Zum Buch:

Im Krieg und in der Liebe ist alles erlaubt, denkt sich Honor Cabot. Nach dem Tod ihres Vaters stehen sie und ihre Schwestern vor dem Ruin. Ihr Stiefbruder und dessen Verlobte sollen alles erben. Honor bleibt nur eine Wahl. Sie muss einen Pakt mit dem Teufel schließen und sich mit dem für seine wilden Frauengeschichten bekannten George Easton verbünden. Doch sie hat nicht mit seinem Charme gerechnet, der ihr fast den Verstand raubt. Bald ist nicht nur ihr Plan in Gefahr, sondern auch ihr Herz!

Zur Autorin:

Julia London hat sich schon als kleines Mädchen gern Geschichten ausgedacht. Später arbeitete sie zunächst für die US-Bundesregierung, sogar im Weißen Haus, kehrte aber dann zu ihren Wurzeln zurück und schrieb sich mit mehr als zwei Dutzend historischen und zeitgenössischen Romanzen auf die Bestsellerlisten von *New York Times* und *USA Today*. Sie lebt mit ihrer Familie in Austin, Texas.

Julia London

Skandal in Mayfair

Roman

Aus dem Englischen von
Claudia Heuer

mtb

MIRA® TASCHENBUCH

FSC MIX Papier FSC® C014496

1. Auflage: Februar 2019
Neuausgabe

Originaltitel: »The Trouble with Honor«
erschienen bei: HQN Books, Toronto

Published by arrangement with
HARLEQUIN ENTERPRISES II B.V./SARL

Umschlaggestaltung: HarperCollins Germany/Deborah Kuschel
Umschlagabbildung: Harlequin Books N.A., Snowshill/Getty Images
Lektorat: Bettina Lahrs
Satz: GGP Media GmbH, Pößneck
Printed in Germany
Dieses Buch wurde auf FSC®-zertifiziertem Papier gedruckt.
ISBN 978-3-95649-876-3

www.mira-taschenbuch.de

1. Kapitel

Im Frühjahr 1812 fing der ganze Ärger an. Und das ausgerechnet in einer Spielhölle in Southwark am südlichen Ufer der Themse, die sogar in diesem Stadtviertel einen besonders schlechten Ruf hatte, weil es hier von Dieben nur so wimmelte.

Es war mehr als merkwürdig, doch gerade dieses alte, baufällige Haus, das noch aus Zeiten stammte, als die Wikinger England erobert hatten, war jetzt zum vornehmsten Treffpunkt für junge Gentlemen aus den besten Familien geworden. Die Einrichtung des Etablissements war kostbar, mit dicken Vorhängen aus rotem Samt, Holzvertäfelungen und kunstvoll verzierten Decken. Jede Nacht strömten die jungen Herren des *ton* in Scharen aus dem vornehmen Viertel Mayfair herbei. Sie fuhren in gut bewachten Kutschen vor, um anschließend horrende Summen aneinander beim Glücksspiel zu verlieren. Sobald einer der Gentlemen sein Limit für den Abend erreicht hatte, konnte er sich noch immer anderen Vergnügungen widmen, denn es mangelte weder an bequemen privaten Räumlichkeiten noch an französischen Damen, von denen jede einzelne ihnen gern zu Diensten war.

In einer eiskalten Nacht – etwa einen Monat vor Beginn der Ballsaison – betrat eine Gruppe sportlicher junger Gentlemen das Etablissement. Eigentlich hatten sie vorübergehend die Spielhölle gegen die Salons und Ballsäle von Mayfair eingetauscht, wo sie sich zur Abwechslung auf gesellschaftlich akzeptierte Weise vergnügen wollten. Aber dort waren sie mit dem süßen Lächeln und dem inständigsten Flehen junger Damen überredet worden, ihnen diese Spielhölle zu zeigen.

Den jungen Damen diesen Wunsch zu erfüllen, war nicht ohne Risiko für ihren Ruf. Aber jung, rücksichtslos und zu jedem Spaß aufgelegt, wie sie nun einmal waren, kamen sie der Bitte gerne nach. Es verstieß zudem gegen die Regeln des Etablissements,

Frauen mitzubringen, doch davon ließen sie sich genauso wenig abschrecken. Auch die anderen Risiken für die jungen Damen wie Unglücksfälle oder Verbrechen kamen ihnen kaum in den Sinn. Für sie war das Ganze ein kleines Abenteuer im ansonsten trostlosen Winterhalbjahr.

In eben dieser Spielhölle in Southwark traf George Easton zum ersten Mal auf Miss Honor Cabot, eine Debütantin dieser Saison.

Der Aufruhr um die Ankunft der jungen Hitzköpfe und ihrer Eroberungen war ihm zunächst überhaupt nicht aufgefallen. Dabei waren sie ganz erfüllt von ihrem Wagemut und vom Stolz darauf, dass es ihnen gelungen war, den Türsteher dazu zu bringen, sie hereinzulassen. Georges Aufmerksamkeit war vom Kartenspiel gefangen gewesen, in dem er gerade dabei war, dem notorischen Spieler Charles Rutherford dreißig Pfund abzunehmen. Ihm war nicht einmal aufgefallen, dass etwas nicht in Ordnung war, bis Rutherford sagte: „Was zum Teufel soll das denn?"

Dann erst fiel sein Blick auf die jungen Damen, die in der Mitte des Raumes standen und herumflatterten und die Köpfe reckten wie ein Schwarm Vögel. Die Kapuzen ihrer Umhänge rahmten ihre hübschen Gesichter ein, mit ihrem Gekicher steckten sie sich immer wieder gegenseitig an. Neugierig blickten sie die Männer an, die sie im Gegenzug ansahen wie eine Herde guter Pferde auf dem Viehmarkt.

„Zur Hölle", murmelte George. Als er seine Karten niederlegte, stand Rutherford auf und schubste dabei unsanft das Mädchen zu Boden, das auf seinem Schoß gesessen hatte.

„Was in drei Teufels Namen wollen die denn hier?", wollte Rutherford wissen. Er sah sie aus zusammengekniffenen Augen an. „Das ist doch vollkommen verantwortungslos. Sehen Sie mich an!", polterte er laut. „Das ist ganz und gar unmöglich! Die Damen müssen sofort wieder gehen!"

Die drei jungen Gentlemen, auf deren Konto dieses Abenteuer ging, sahen einander betreten an. Der kleinste von ihnen reckte schließlich das Kinn, um seinen Worten Nachdruck zu verleihen. „Die Damen haben das gleiche Recht, hier zu sein, wie Sie, Sir!"

Mr Rutherfords Gesichtsfarbe nach zu urteilen, würde ihn gleich der Schlag treffen, deshalb sagte George schnell: „Dann sorgen Sie um Gottes willen dafür, dass sie Plätze finden und spielen können. Wenn sie da herumstehen, lenken sie nur die anderen Gentlemen ab."

„Spielen?", fragte Rutherford, während ihm die Augen beinahe aus den Höhlen quollen. „Sie sind nicht einmal in der Lage zu spielen."

„Das bin ich wohl", sagte eine einzige Frauenstimme.

Na, das war ja allerhand, welche der Damen wagte denn jetzt zu sprechen? George beugte sich zu Rutherford hinüber, um besser sehen zu können. Doch da die Vögelchen ständig durcheinanderflatterten, konnte er nicht erkennen, welches von ihnen gepiepst hatte.

„Wer hat das gesagt?", wollte Rutherford wissen, so laut, dass die Herren an den umstehenden Tischen auf die Auseinandersetzung aufmerksam wurden.

Keine der jungen Damen machte einen Mucks; sie sahen den Bankdirektor vielmehr mit weit aufgerissenen Augen an. Gerade als Rutherford zu einem weiteren Wutausbruch ansetzte, trat jedoch eine von ihnen vor. Sie blickte zunächst Rutherford und dann George an. Ihre Augen waren von atemberaubend tiefem Blau, im Kontrast dazu waren ihre Wimpern und ihr Haar tiefschwarz und ihre Haut alabasterweiß. Eine solche jugendliche Schönheit sah man hier nicht oft.

„Miss Cabot?", rief Rutherford ungläubig. „Was in drei Teufels Namen haben Sie denn hier verloren?"

Sie machte einen Knicks, als befänden sie sich mitten in einem Ballsaal, und verschränkte dabei die Hände miteinander. Dabei hatte sie noch immer ihre Handschuhe an. „Meine Freundinnen und ich wollten mit eigenen Augen den Ort sehen, an den die Gentlemen stets verschwinden."

Eine Welle von Gelächter lief durch die Menge der Anwesenden. Rutherford wirkte beunruhigt, so als wäre er in irgendeiner Weise verantwortlich für diesen Verstoß gegen die Regeln des Anstandes. „Miss Cabot … dies ist nun wirklich nicht der richtige Ort für eine tugendhafte junge Dame."

Eines der Vögelchen, die hinter ihr standen, flatterte und flüsterte ihr etwas zu, aber Miss Cabot achtete nicht auf sie. „Verzeihen Sie mir, Sir, aber ich verstehe nicht ganz, wie ein Ort genau der richtige für einen tugendhaften jungen Herren sein kann, aber nicht für eine tugendhafte Dame."

Sie schaute George wieder aus ihren unglaublich blauen Augen an. Dabei verspürte er ein seltsames Ziehen in der Brust. Dann fiel ihr Blick auf die Spielkarten, die auf dem Tisch lagen. „Sie spielen Commerce?“, fragte sie.

„Allerdings“, antwortete George. Es erstaunte ihn sehr, dass sie dies sofort erkannt hatte. „Wenn Sie spielen möchten, Miss, dann lassen Sie sich um Himmels willen nicht davon abhalten.“

Rutherford war in der Zwischenzeit kreidebleich geworden und George bemerkte nicht ganz ohne Belustigung, dass er aussah, als würde er gleich in Ohnmacht fallen. „Auf keinen Fall!“, rief Rutherford. Dabei schüttelte er energisch den Kopf und hob abwehrend die Hände. „Ich muss doch sehr bitten, Miss Cabot, aber ich kann diese Tollheit auf keinen Fall dulden. Sie müssen sofort wieder nach Hause fahren.“

Miss Cabot wirkte enttäuscht.

„Dann übernehme ich die Verantwortung“, sagte George und schob mit dem Fuß einen der Sessel in ihre Richtung. Ein Raunen ging durch die Menge und die dicht gedrängte Gruppe kleiner Vögel begann aufgeregt zu flattern, dass die Säume ihrer Umhänge dabei über den Boden fegten. Aufgeregt tuschelten sie miteinander. „Wen habe ich das Vergnügen, an diesem Tisch zu dulden?“, fragte er.

„Miss Cabot“, antwortete sie. „Aus Beckington House.“

Sie war also die Tochter des Earl of Beckington. Wollte sie ihn etwa beeindrucken? Dann war ihr das keineswegs gelungen. George zuckte mit den Schultern. „George Easton. Aus Easton House.“

Die Mädchen hinter ihr kicherten, aber Miss Cabot verzog keine Miene. Sie lächelte ihm höflich zu. „Es ist mir ein Vergnügen, Mr Easton.“

Wahrscheinlich hatte sie dieses Lächeln schon in frühester Kindheit benutzt, um zu bekommen, was sie wollte. George hielt sie für eine bemerkenswert schöne junge Frau. „Das sind hier keine Gesellschaftsspiele, Miss, haben Sie Geld für Ihren Einsatz?“

„Das habe ich allerdings“, antwortete sie und hielt ihm ihre Geldbörse hin.

Gott, war das Mädchen naiv. „Das stecken Sie lieber wieder weg“, sagte er. „Hinter der hübschen Fassade, den seidenen Halstüchern und polierten Lederstiefeln verbirgt sich eine echte Diebesbande."

„Zumindest haben wir noch einen Geldbeutel, Easton, und haben nicht alles mit einem Schiff versenkt", warf jemand ein.

Einige der Gentlemen lachten bei dieser Bemerkung, doch George nahm keine Notiz von ihnen. Er hatte sich sein Vermögen hart erarbeitet und einige der Männer waren neidisch auf die Klugheit, mit der er dabei vorgegangen war.

Er lud die liebreizende Miss Cabot mit einer Handbewegung ein, sich zu setzen. „Sind Sie überhaupt alt genug, um die Feinheiten eines Spiels wie Commerce zu verstehen?"

„Warum fragen Sie?", wollte sie wissen, dabei zog sie eine Augenbraue hoch und ließ sich anmutig auf dem Sessel nieder, den er ihr hingeschoben hatte. „Wie alt muss man denn sein, um sich in einem Spiel zu versuchen, bei dem es hauptsächlich um Glück geht?"

Hinter ihr tuschelten die Vögelchen eifrig, doch Miss Cabot sah George ruhig in die Augen, während sie auf seine Entgegnung wartete. Sie ließ sich nicht so leicht einschüchtern, weder von ihm noch von der ungewohnten Umgebung oder von sonst irgendetwas.

„Ich würde mir nicht anmaßen, eine Altersgrenze festzulegen", antwortete er galant. „Meinetwegen könnte jedes Kind mitspielen."

„Easton", rief Rutherford in warnendem Ton. George aber folgte eben nicht den Regeln der adligen Gentlemen und das wusste Rutherford auch ganz genau. Die Angelegenheit war ein netter Zeitvertreib; George hatte ganz und gar nichts dagegen, eine Stunde oder auch länger mit einer Dame zu verbringen – in London war er dafür wohlbekannt –, vor allem, wenn die junge Dame so attraktiv war wie diese hier. „Ist Ihnen klar, dass Sie alles bis auf den letzten Penny verlieren können?"

Sie lachte ein perlendes Lachen. „Das habe ich keineswegs vor."

Die anwesenden Gentlemen stimmten in ihr Lachen ein, einige von ihnen waren sogar aufgestanden, um sich das Geschehen aus der Nähe anzusehen.

„Man muss stets darauf gefasst sein zu verlieren, Miss Cabot", warnte George sie noch einmal.

Sie öffnete mit großer Sorgfalt ihr Handtäschchen, nahm ein paar Münzen heraus und blickte ihn stolz an. George ermahnte sich innerlich, sich nicht von ihrem Lächeln beeindrucken zu lassen ... zumindest nicht am Spieltisch.

Rutherford hingegen starrte erst George und dann Miss Cabot entsetzt an, ehe er sich langsam und sehr zögerlich wieder hinsetzte.

„Soll ich geben?“, fragte George, indem er den Kartenstapel in die Höhe hielt.

„Bitte“, antwortete Miss Cabot und legte ihre Handschuhe sorgfältig geglättet zur Seite, direkt neben ihren kleinen Stapel Münzen. Während George die Karten mischte, schaute sie sich im Saal um. „Wissen Sie, ich bin tatsächlich noch nie in den Vierteln südlich der Themse gewesen.“

„Das erstaunt mich wenig“, brummte er, während er ausgab. „Ihr Einsatz, Miss Cabot.“

Sie sah sich die Karten an, die vor ihr lagen, und legte ein Schillingstück in die Mitte des Tisches.

„Mit diesem Einsatz kommen Sie in diesem Spiel nicht weit“, sagte George.

„Ist es denn zulässig, so zu setzen?“

Er zuckte mit den Schultern. „Natürlich.“

Statt einer Antwort lächelte sie nur.

Rutherford folgte sofort und auch die junge Dame, die schon beinahe den ganzen Abend über auf seinem Schoß gesessen hatte, nahm ihren Platz wieder ein. Der Blick, den sie Miss Cabot zuwarf, während sie sich auf seinen Knien zurechtrückte, war eine Provokation.

„Oh“, murmelte Miss Cabot. Offensichtlich hatte sie gerade erst verstanden, was für eine Sorte Frau da auf Rutherfords Schoß Platz nahm, denn sie wandte den Blick ab.

„Sind Sie schockiert?“, flüsterte George amüsiert.

„Ein wenig“, gab Miss Cabot zu, während sie der noch jungen Hure einen Seitenblick zuwarf. „Ich hätte gedacht, sie wären irgendwie schlichter. Aber sie ist sehr hübsch, nicht wahr?“

George sah zu der jungen Frau auf Rutherfords Schoß hinüber. Er hätte sie als verführerisch bezeichnet, aber nicht unbedingt als hübsch. Miss Cabot selbst war hübsch.

Er sah sich sein Blatt an – er hatte ein Paar Könige. Das war eine leicht gewonnene Partie, dachte er, als er seinen Einsatz machte.

Eines der Dienstmädchen kam mit einem Tablett voll Essen vorbei, um es an einen der Tische zu bringen, an dem das Spiel ebenfalls wieder aufgenommen worden war. Miss Cabot schaute ihr nach.

„Miss Cabot", sagte George.

Sie sah ihn an.

„Sie sind an der Reihe."

„Oh!" Sie sah lange ihre Karten an, nahm eine weitere Münze und legte sie zu den anderen Einsätzen.

„Gentlemen, es liegen zwei Pfund auf dem Tisch. Wenn wir in diesem Tempo weitermachen, dann ist das Spiel noch nicht zu Ende, wenn die Sonne wieder aufgeht."

Miss Cabot lächelte ihm zu, dabei funkelten ihre blauen Augen vor Vergnügen.

George musste sich ins Gedächtnis rufen, dass er sich keine schönen Augen machen lassen durfte.

In der nächsten Runde schien Rutherford seine Vorbehalte aufgegeben zu haben, mit einer Debütantin zu spielen. In der übernächsten setzte Miss Cabot zwei Schillinge auf einmal ein.

„Miss Cabot, werden Sie nicht übermütig. Sie wollen doch nicht schon im ersten Spiel alles verlieren", sagte einer der jungen Kerle und lachte dabei nervös.

„Ich denke, dass es nicht weniger schmerzlich ist, mein ganzes Geld in sechs Spielen zu verlieren, als in einem, Mr Eckersly", antwortete sie heiter.

George gewann diese Runde, wie er erwartet hatte, doch Miss Cabot schien nicht so leicht aufgeben zu wollen. „Ich finde, es sollte überall mehr Glücksspiele geben, meinen Sie nicht?", fragte sie die umstehende Menge, die zusehends größer wurde. „Sie sind so viel unterhaltsamer als Whist."

„Nur wenn man gewinnt", wandte einer der Männer ein, die weiter hinten standen.

„Und das mit dem Geld seines Vaters", witzelte Miss Cabot zum großen Vergnügen sowohl der umstehenden Herren als auch der Vögelchen, die sie begleiteten, denn sie hatten jetzt die Aufmerksamkeit aller anwesenden Gentlemen.

Sie machten eine Zeit lang so weiter: Miss Cabot setzte hier und da einen Schilling und unterhielt die Menge mit geistreichen Bemerkungen. Die Einsätze waren bei Weitem zu gering, als dass

George Spaß am Spiel gehabt hätte, aber dafür hatte er umso mehr Spaß an Miss Cabot. Sie war ganz und gar keine gewöhnliche Debütantin. Sie war geistreich und spielte gern, genoss ihre kleinen Triumphe und diskutierte ihr Spiel mit jedem, der gerade hinter ihr stand.

Nach etwa einer Stunde hatte Miss Cabot gerade noch zwanzig Pfund in ihrer Geldbörse. Sie war mit Mischen und Geben an der Reihe. „Sollen wir den Einsatz erhöhen?“, fragte sie leichthin.

„Wenn Sie meinen, dass Sie meinen Einsatz halten können, bin ich ganz Ohr“, sagte George.

Sie warf ihm einen kecken Blick zu. „Zwanzig Pfund für das Spiel“, sagte sie und begann, die Karten zu verteilen.

George musste angesichts von so viel Naivität lachen. „Aber das ist alles, was Sie noch haben“, stellte er fest.

„Nehmen Sie einen Schuldschein von mir?“, fragte sie und sah ihn an. Sie hatte noch immer dieses Funkeln in den Augen. Doch ihr Blick hatte sich verändert. Sie wollte ihn herausfordern. Der Himmel mochte wissen, was das Mädchen im Schilde führte, doch sie hätte George keinen größeren Gefallen tun können. Er grinste.

„Miss Cabot, ich muss Ihnen dringend abraten“, sagte einer der jungen Männer, derselbe, der schon während des gesamten Spiels hinter ihr gestanden hatte und dabei immer nervöser geworden war. „Es ist höchste Zeit, dass wir nach Mayfair zurückkehren.“

„Ihre Vorsicht und Ihre Sorge um die vorgerückte Stunde habe ich verstanden und schätze sie sehr, Sir“, sagte sie mit zuckersüßem Lächeln. Dabei hielt sie den Blick auf George gerichtet. „Aber Sie sind doch noch im Spiel, Mr Easton, oder etwa nicht?“, fragte sie. „Und nehmen einen Schuldschein von mir?“

George hatte einer Dame noch nie etwas abschlagen können, speziell, wenn er sie so anziehend fand. „Aber mit dem größten Vergnügen“, sagte er mit der eleganten Andeutung einer Verbeugung. „Ich würde einen Schuldschein über jede beliebige Summe von Ihnen nehmen.“

Diese Nachricht verbreitete sich wie ein Lauffeuer im ganzen Saal und im Handumdrehen war die Menge der Umstehenden noch größer geworden. Alle wollten Zeuge werden, wie eine Debütantin ein Vermögen an George Easton verlor, der sich selbst als Bastard des Duke of Gloucester bezeichnete.

Die Einsätze wurden immer höher, bis Rutherford sich schließlich aus dem Spiel zurückzog, weil er den Gedanken nicht ertrug, dass eine Debütantin ihm Geld schuldete. George und Miss Cabot spielten von da an alleine weiter, was ihr erstaunlich wenig auszumachen schien. Das war typisch für die Gesellschaft aus Mayfair, dachte George. Vollkommen gleichgültig, wie viel vom Geld ihres Vaters sie verspielte – Schuldscheine wie Münzen würden wie von Zauberhand wiederauftauchen.

Der Einsatz war bis auf einhundert Pfund gestiegen, als George innehielt. Auch wenn er ihre Chuzpe bewunderte, war ihm doch nicht wohl bei dem Gedanken, einer Debütantin so viel Geld abzunehmen. „Wir sind jetzt bei einhundert Pfund, Miss Cabot. Wird Ihr Herr Vater diese Summe einfach so wieder in Ihr Täschchen stecken?“, fragte er, woraufhin die umstehenden Herren anfingen, zustimmend zu lachen.

„Du liebe Zeit, Mr Easton, ist diese Frage nicht ein wenig persönlich? Sollte ich mich vielleicht ebenfalls vergewissern, dass Sie einhundert Pfund in der Tasche haben, für den Fall, dass ich gewinne?“

Was für ein freches kleines Ding. Um sie herum war einige Unruhe entstanden und George wagte nicht, sich auszumalen, wie sehr diese Bemerkung einigen der Herren im Raum gefallen hatte. Er warf eine Handvoll Geldscheine auf den Tisch und zwinkerte ihr zu. „Das habe ich allerdings.“

Sie ging mit, nachdem sie sich von jemandem ein Blatt Papier hatte geben lassen, auf dem sie mit ihrer Unterschrift bestätigte, dass sie ihm einhundert Pfund schuldig war.

George legte seine Karten auf den Tisch. Er hatte eine kleine Straße, die Zehn war der höchste Wert. Sie hatte kaum eine Chance, dieses Blatt zu schlagen, und tatsächlich holte Miss Cabot vor Überraschung tief Luft. „Du lieber Himmel, das ist ja sehr beeindruckend!“, sagte sie.

„Ich spiele ja heute nicht zum ersten Mal.“

„Natürlich nicht.“ Sie hob den Blick und lächelte ihn an und in diesem Augenblick wusste George, dass er sich geschlagen geben musste. Ihr Lächeln war einfach zu frech und zu triumphierend.

Als sie ihre Karten auf den Tisch legte, waren überall um sie herum überraschte Ausrufe zu hören, gefolgt von Applaus. Miss

Cabot hatte ihn mit einem Dreier geschlagen, sie legte drei Zehnen auf den Tisch. George starrte ungläubig die Karten an, dann hob er langsam den Blick und sah ihr in die Augen.

„Darf ich?", fragte sie ungerührt und fing an, mit beiden Händen das Geld einzustreichen, das auf dem Tisch lag. Sie nahm alles an sich, bis auf die letzte Münze, und steckte es in ihre elegante kleine Handtasche. Sie dankte George und Mister Rutherford, dass sie sie hatten mitspielen lassen, und entschuldigte sich dann höflich. Anschließend zog sie ihre Handschuhe wieder an und schlüpfte wieder in ihren Umhang, ehe sie zu ihrem kleinen Vogelschwarm zurückkehrte.

George sah ihr nach und trommelte dabei mit den Fingern auf den Tisch. Er war ein erfahrener Spieler und war gerade von einer Debütantin abgezockt worden.

Das war jedoch nur der Anfang des Ärgers mit Honor Cabot.

2. Kapitel

Lady Humphreys jährliches Frühjahrskonzert galt gemeinhin als das Ereignis, bei dem die Damen der vornehmen Gesellschaft ihre modischen Vorstellungen von der beginnenden Saison preisgaben. Dabei stach jedes Jahr unweigerlich eine von ihnen besonders heraus. Im Jahre 1798 trug Lady Eastbourne ein Kleid mit kurzen Flügelärmeln, das viele für so gewagt und doch für so klug befanden, dass in ganz Mayfair wochenlang von nichts anderem geredet wurde. 1804 hatte Miss Catherine Wortham zum allgemeinen Entsetzen auf jede Form von Unterrock für ihren Musselin verzichtet, sodass der Umriss ihrer Beine für alle sichtbar war.

Im wunderschönen Frühjahr 1812 allerdings hinterließ Miss Honor Cabot bleibenden Eindruck mit ihrem eng geschnittenen Ballkleid, das ein gewagt tiefes Dekolleté zierte. Sie war in exquisite Pariser Seide gehüllt, die allem Anschein nach ein kleines Vermögen gekostet hatte. Immerhin wurde es von Schmuckbändern und umfangreichen Perlenstickereien gesäumt. An Pariser Mode war zudem in diesen Tagen nicht leicht heranzukommen, befand sich England doch noch immer im Krieg mit Frankreich. Die Seide hatte das Blau von Pfauenfedern, das die Farbe ihrer Augen besonders schön zur Geltung brachte. Auch ihr rabenschwarzes Haar hatte sie mit kleinen Kristallen geschmückt, welche den Farbton ihres Kleides spiegelten.

Honor Cabot war auch sonst ein Sinnbild für Schönheit. Ihre Kleider waren stets hervorragend geschnitten, ihre ebenmäßige helle Haut bildete einen hübschen Kontrast zu ihren dunklen Wimpern, den vollen roten Lippen und der gesunden Farbe ihrer Wangen. Sie wirkte stets heiter und ihre Augen funkelten vor Vergnügen, wenn sie mit ihren vielen Freunden oder den Gentlemen, die sie anhimmelten, um die Wette lachte.

Sie hatte den Ruf, die Grenzen vornehmen und tugendhaften Benehmens für Debütantinnen ständig zu verschieben. Alle hatten von ihrem jüngsten Abenteuer in Southwark gehört. Skandalös! Die Gentlemen der vornehmen Gesellschaft nannten sie im Scherz einen Haudegen.

An diesem Abend, als die Gesangsdarbietung gerade vorüber war und die Gäste eingeladen waren, über Hanover Square zum Stadthaus der Humphreys zu promenieren, um dort das Abendessen einzunehmen, war es jedoch nicht das Ballkleid, das für allgemeinen Gesprächsstoff sorgte, sondern ihre Haube.

Und was für eine kunstvoll gestaltete Haube sie trug! Lady Chatham, die anerkannte Autorität in allen Belangen der Hutmacherei, behauptete, dass niemand anders als die exklusive Firma *Lock and Company* in der St James Street diese Kreation entworfen haben konnte. Die Materialien waren schwarzer Crêpe und tiefblauer Satin und der Stoff war auf einer Seite zu einem kleinen Fächer zusammengefasst, der von einem funkelnden Aquamarin zusammengehalten wurde. Aus diesem ragten wiederum zwei Pfauenfedern hervor, die, wenn man Lady Chatham glauben durfte, den langen Weg aus Indien nach London gekommen waren. Sie sagte das, als müsste jedermann wissen, dass indische Pfauenfedern den englischen weit überlegen waren.

Als Miss Monica Hargrove diese Haube auf Honors dunkelhaarigem Schopf zu sehen bekam, hätte sie um ein Haar einen Herzanfall erlitten.

In ganz Mayfair verbreitete sich wie ein Lauffeuer die Nachricht, dass es im Damensalon zu einem unglücklichen Zusammenstoß zwischen Miss Cabot und Miss Hargrove gekommen sei. Es ging sogar so schnell, dass die Neuigkeit den Earl of Beckington in seinem Stadthaus am Grosvenor Square erreicht hatte, ehe Miss Cabot selbst wieder zu Hause war.

Honor war sich keiner Schuld bewusst, als sie sich mit dem ersten Hahnenschrei ins Haus zurückstahl. Sie lief, so schnell sie konnte, die Treppe hinauf in ihr Schlafzimmer. Sobald sie die Tür hinter sich geschlossen hatte, warf sie die Haube auf das Sofa, zog das wunderschöne Kleid aus, das Mrs Dracott extra für sie angefertigt hatte, und fiel kurze Zeit später in einen tiefen, traumlosen Schlaf. Ihre dreizehnjährige Schwester Mercy weckte sie nur wenig später unsanft aus ihrem Schlummer, indem sie sich über sie beugte und sie unverwandt anstarrte.

Honor erschrak fürchterlich, umklammerte die Bettdecke, während sie sich aufsetzte und fragte: „Mercy, was um Himmels willen ist denn los?"

„Augustus sagt, du sollst zu ihm kommen", sagte Mercy und sah Honor dabei durch ihre großen Brillengläser hindurch eindringlich an. Mercy hatte die gleichen blauen Augen und dunklen Haare wie Honor. Ihre beiden Schwestern, Grace, die mit einundzwanzig nur ein Jahr jünger war als Honor selbst, und die sechzehnjährige Prudence hingegen waren blond und hatten haselnussbraune Augen.

„Augustus?", wiederholte Honor und gähnte dabei. Sie war an diesem Morgen nicht in der Stimmung, mit ihrem Stiefbruder zu sprechen. War es überhaupt schon Morgen? Sie warf einen Blick auf die Uhr auf dem Kaminsims, die halb zwölf zeigte. „Was will er denn?"

„Woher soll ich das wissen?", fragte Mercy zurück und setzte sich mit einem Schwung auf das Fußende von Honors Bett. „Warum hast du so schwarze Ränder unter den Augen?"

Honor stöhnte. „Müssen wir heute Besuche empfangen?"

„Nur Mr Jett", sagte Mercy. „Er hat dir seine Karte dagelassen."

Der gute Mr Jett – der Mann wollte einfach nicht glauben, dass Honor nicht wünschte, dass er ihr den Hof machte. Es schien ihr Schicksal zu sein, immer genau diejenigen Gentlemen der Londoner Gesellschaft anzuziehen, für die sie auch in ihren wildesten Träumen keinerlei Zuneigung hätte entwickeln können. Mr Jett war bestimmt zweimal so alt wie sie und außerdem hatte er außerordentlich fleischige Lippen. Es wurmte sie, dass es von Frauen erwartet wurde, jeden Mann zu akzeptieren, dessen Vermögen und Status mit dem eigenen mithalten konnten. Was war denn mit Seelenverwandtschaft? Mit gegenseitiger Wertschätzung?

Am nächsten war Honor solchen Gefühlen im Jahr ihres Debüts gekommen. Damals hatte sie sich unsterblich in Lord Rowley verliebt, einen gut aussehenden, charmanten jungen Gentleman, der bisher ungeahnt zärtliche Gefühle in ihr geweckt hatte. Honor war so sehr von ihm eingenommen gewesen, dass sie geglaubt hatte – und sie war auch in diesem Glauben gelassen worden –, dass ein Antrag kurz bevorstand.

Tatsächlich war auch ein Antrag gefolgt ... allerdings an Delia Snodgrass.

Honor war zum Tee bei jemandem zu Gast gewesen, als sie von der Verlobung erfahren hatte, und die Nachricht hatte sie so aus der Bahn geworfen, dass Grace sie hatte entschuldigen müssen. Honor war schnurstracks nach Hause gelaufen. Diese Enttäuschung hatte ihr das Herz gebrochen und sie war wochenlang nicht über ihren Liebeskummer hinweggekommen. Es hatte sie zu sehr geschmerzt, mit ansehen zu müssen, wie Rowley Miss Snodgrass den Hof machte, und sie hatte sich in ihrem Schmerz immer und immer kleiner und unbedeutender gefühlt.

Wie hatte sie sich nur so schrecklich täuschen können? Hatte ihr Rowley nicht immer wieder Komplimente für ihre Anmut und Schönheit gemacht? Hatte er ihr nicht ins Ohr geflüstert, wie gern er sie küssen würde, und nicht nur auf die Wange? Waren sie nicht lange im Park spazieren gegangen und hatten dabei über ihre Wünsche und Träume für die Zukunft gesprochen?

Eines Tages, nachdem sie die Wahrheit erfahren hatte, hatte sie Lord Rowley zufällig getroffen. Er hatte gelächelt und ihr hatte das Herz bis zum Hals geklopft. Sie konnte nicht anders als ihn zur Rede zu stellen und ihn – so höflich, wie es ihr eben möglich war – zu fragen, was aus dem Antrag geworden war, den sie von ihm erwartet hatte.

Solange sie lebte, würde sie niemals den überraschten Gesichtsausdruck seiner Lordschaft vergessen. „Verzeihen Sie, Miss Cabot, aber ich hatte ja keine Ahnung von der Tiefe Ihrer Gefühle für mich", hatte er als Entschuldigung vorgebracht.

Diese Reaktion hatte sie entsetzlich schockiert. „Sie wussten es nicht?", hatte sie gefragt. „Aber Sie haben mich so oft besucht! Wir sind im Park zusammen spazieren gegangen und haben Zukunftspläne geschmiedet, wir haben sogar sonntags nebeneinander in der Kirche gesessen."

„Ja, also", hatte er gesagt und dabei sehr unbehaglich ausgesehen. „Ich habe viele Freunde des schönen Geschlechts. Ich bin unzählige Male spazieren gegangen und habe viele interessante Gespräche geführt. Aber mir war nicht klar, dass Sie Gefühle für mich entwickelt hatten, die über Freundschaft hinausgingen. Sie haben sich nicht das Geringste anmerken lassen."

Honor war sprachlos gewesen. Natürlich hatte sie sich nichts anmerken lassen! Sie war immerhin ein wohlerzogenes Mädchen – sie war ordentlich und tugendhaft, so wie man es ihr beigebracht hatte! Sie hatte geduldig darauf gewartet, dass der Gentleman den ersten Schritt machte, so wie sie glaubte, dass solche Dinge funktionierten.

„Und ich möchte ausdrücklich betonen, Miss Cabot", hatte er mit leidvoller Miene hinzugefügt, „dass es nichts geändert hätte, wenn ich es gewusst hätte." Dann war er rot geworden bis über beide Ohren und hatte mit den Schultern gezuckt. „Unsere Verbindung wäre bestimmt nicht glücklich gewesen."

Das hatte sie noch mehr schockiert als seine anfängliche Täuschung. „Wie bitte?"

Er hatte sich geräuspert und auf seine Hände gestarrt. „Ich will damit sagen, dass ich der erstgeborene Sohn eines Earls bin und von mir erwartet wird, mich nicht mit Beckingtons Stieftochter zufriedenzugeben ... oder der Tochter eines Bischofs, was das angeht." Er konnte ihr dabei nicht in die Augen sehen. „Das verstehen Sie doch sicherlich."

Honor hatte sehr gut verstanden, was er ihr sagen wollte. Für Rowley, ebenso wie für die anderen Gentlemen in Mayfair, ging es bei einer Heirat ausschließlich um Position und Status. Liebe oder auch nur Zuneigung waren ihm vollkommen gleichgültig. Und sie war ihm erst recht gleichgültig.

Die Wunden, die Honor sich in diesem Sommer zugezogen hatten, waren nur schlecht verheilt und wirklich erholt hatte sie sich von ihnen nie. Sie hatte sich und ihren Schwestern geschworen, sich niemals wieder in eine solche Lage zu begeben. Niemals.

Sie gähnte und sah Mercy an. „Kannst du bitte Augustus sagen, dass ich gleich unten bin?"

„In Ordnung, aber beeile dich, er ist ziemlich wütend auf dich."

„Warum? Was habe ich denn nun schon wieder getan?"

„Ich weiß nicht, aber auf Mama ist er auch wütend", fügte Mercy hinzu. „Angeblich hat er Mama gestern gesagt, dass die Hargroves zum Abendessen kommen, aber sie sagt, das hat er nicht getan. Sie hat kein Essen vorbereiten lassen und sie haben sich ziemlich gestritten."

„Oh nein", sagte Honor. „Und was ist dann passiert?"

„Wir haben kaltes Hühnchen zum Abendessen gegessen", antwortete Mercy. „Ich muss gehen", fügte sie unbekümmert hinzu und hüpfte aus dem Zimmer.

Honor stöhnte noch einmal und schälte sich aus der Bettdecke. Sie hatte Augustus wirklich sehr gern, alles in allem. Er war jetzt seit zehn Jahren ihr Stiefbruder. Er war vierundzwanzig, kaum größer als Honor und ein wenig korpulent. Er war nie der Typ gewesen, der lange Wanderungen unternimmt oder auf die Jagd geht. Er verbrachte seine Nachmittage lieber mit einem Buch oder seinen Freunden im Club, wo er mit ihnen die englischen Flottenmanöver diskutierte. Die Einzelheiten dieser Gespräche gab er dann beim Abendessen zum Besten.

Aber von seinem schrecklich langweiligen Lebensstil abgesehen war Augustus Devereaux, Lord Sommerfield, ein guter Mann. Er war freundlich und fürsorglich, aber schwach und fürchterlich schüchtern, wenn es um Frauen ging. Jahrelang hatten Honor und Grace ihn leicht um den Finger wickeln können. Das hatte sich allerdings geändert, nachdem er sich in Monica Hargrove verliebt und sich mit ihr verlobt hatte. Wäre der Earl nicht bei so schlechter Gesundheit gewesen, wären die beiden in der Zwischenzeit verheiratet. Doch wie die Dinge standen, erschien es allen Beteiligten geschmacklos, die Hochzeit des Erben des Titels von Beckington zu feiern, solange das Leben des Earls am seidenen Faden hing. Honors Stiefvater litt unter Schwindsucht. Die vielen Ärzte, die im Haus ein und aus gingen, glaubten, dass er nur noch Monate, wenn nicht sogar Wochen zu leben hatte.

Honor zog ein schlichtes Tageskleid an und bürstete ihr Haar, ohne es wieder aufzustecken, denn dazu war sie einfach zu erschöpft. Sie ging die Treppe hinunter, wo sie ihre Schwestern und Augustus im Frühstückszimmer antraf. Sie war nicht eben froh darüber, dass all ihre Geschwister anwesend waren, insbesondere wenn sie Graces finstere Miene betrachtete – das war ganz und gar kein gutes Zeichen. Der Anblick des Essens auf der Anrichte hingegen weckte Honors Lebensgeister, denn sie konnte sich kaum noch erinnern, wann sie zum letzten Mal etwas gegessen hatte. „Guten Morgen allerseits", sagte sie fröhlich, während sie über die kostbaren Teppiche hinweg zur Anrichte schritt und sich einen Teller nahm.

„Honor, meine Liebe, wann genau bist du letzte Nacht nach Hause gekommen?“, fragte Augustus mit scharfer Stimme.

„Es war noch nicht spät“, antwortete Honor ausweichend und versuchte, ihm nicht in die Augen zu sehen. „Ich wollte eigentlich auch schon früher gehen, aber Lady Humphrey hat eine Partie Faro organisiert und ich habe über dem Spiel die Zeit vergessen …“

„Faro! Das ist ein schmutziges Spiel, das von Trunkenbolden in Spelunken gespielt wird! Ich muss schon sagen, denkst du denn nie darüber nach, was dein Verhalten für eine Wirkung hat?“

„Doch, das tue ich immer“, gab Honor zu.

Augustus blinzelte verwirrt. Er zog die Stirn kraus. „Und was glaubst du, welcher Gentleman eine Debütantin heiraten will, die das Vermögen ihres Stiefvaters verspielt und erst in den frühen Morgenstunden nach Hause kommt?“, fragte er.

Honor blieb die Luft weg, doch dann sah sie ihrem Stiefbruder fest in die Augen. „Ich habe keineswegs das Vermögen des Earls verspielt, Augustus! Ich habe mit dem Geld gespielt, das ich gewonnen habe!“ Sie würde sich dafür nicht entschuldigen – sie gewann gar nicht so selten. Vor nicht einmal einem Monat hatte sie einem Mr George Easton vor aller Augen in einer Spielhölle in Southwark einhundert Pfund abgenommen. Sie erinnerte sich noch lebhaft an die Niederlage in seinen Blick.

Doch so leicht ließ sich Augustus nicht beschwichtigen. „Und inwiefern verbessert es deinen Ruf, wenn du gewinnst?“, wollte er wissen.

„Erzähl uns lieber vom Konzert“, sagte Prudence eifrig und ging damit einfach über Augustus’ Empörung hinweg. „War die Musik himmlisch? Wer war alles eingeladen? Wie haben die Kleider der Damen ausgesehen?“

„Die Kleider?“, wiederholte Honor gedankenverloren, während sie sich mit einem Teller voller Käse und Crackern neben Augustus an den Tisch setzte. „Ich habe nicht wirklich darauf geachtet. Ich nehme an, das Übliche: Musselin und Spitzen.“ Sie zuckte gleichgültig mit den Schultern.

„Und was war mit Hauben?“, fragte Augustus wütend und nahm sich einen der Cracker von Honors Teller.

Honor war klar, dass er vom Streit mit Monica wusste. Sie zögerte nur eine Sekunde, dann richtete sie sich auf, lächelte ihren

Stiefbruder an und sagte: „Ich kann mich nur an meine eigene Haube erinnern."

„Siehst du, Augustus!", sagte Grace triumphierend. „Siehst du? Sie kann unmöglich Monicas Haube genommen haben."

„Genommen?", fragte Honor ungläubig.

„Wir alle wissen, dass Honor einen zur Weißglut treiben kann, aber sie ist durch und durch aufrichtig", fuhr Grace fort, so als sei Honor überhaupt nicht anwesend. „Im Gegenteil! Wenn man ihr etwas vorwerfen kann, dann, dass sie zu ehrlich ist!"

„Wie kann man denn zu ehrlich sein?", wollte Prudence wissen. „Entweder man ist ehrlich oder eben nicht."

„Ich will damit sagen, dass es ihr manchmal an Taktgefühl fehlt", erklärte Grace.

„Vielen Dank auch", sagte Honor trocken. „Das ist wirklich zu nett von dir."

Grace blinzelte, als sei sie sich keiner Schuld bewusst.

„Miss Hargrove kann man ebenso wenig einen Mangel an Aufrichtigkeit vorwerfen", sagte Augustus streng. „Sie würde mir gegenüber nicht solche Vorwürfe äußern, wenn sie nicht wahr wären." Wie um seiner Aussage Nachdruck zu verleihen, stopfte er sich das letzte Stück des Crackers in den Mund und kaute eifrig, während er Honor finster anstarrte.

Honor verkniff sich die Bemerkung, dass es Monica Hargrove noch an ganz anderen Dingen fehlte und dass sie es wissen musste, denn immerhin kannten sie sich schon seit ihrem sechsten Lebensjahr, als ihre Mütter es für angezeigt gehalten hatten, sie gemeinsam zu einem Tanzlehrer zu schicken. Soweit Honor sich erinnern konnte, war dieser Lehrer ein einfältiger Kerl mit einer spitzen Nase und langen, dünnen Armen gewesen, der Monica besonders gemocht und ihr bei allen Aufführungen die besten Rollen gegeben hatte. Außerdem hatten Monicas Kostüme immer Flügel gehabt, Honors aber nie. Das hätte Honor auch hingenommen, wenn Monica es ihr nicht immer wieder unter die Nase gerieben hätte. „Vielleicht wirst du ja auch noch besser und darfst nächstes Jahr dieses Kostüm tragen", hatte sie gesagt, während sie sich hin und her drehte, damit Honor ihr Kostüm in seiner ganzen Pracht bewundern konnte.

In den nächsten sechzehn Jahren war die Konkurrenz zwischen den beiden immer stärker geworden.

„Monica würde auch mit dem kleinsten Missverständnis zu dir kommen, wenn es bedeutet, dass sie bei dir besser dasteht als ich“, sagte Honor.

„Willst du etwa leugnen, dass Miss Hargrove bei *Locke and Company* eine Haube bestellt hat“, fuhr Augustus fort, der jetzt seinen Cracker heruntergeschluckt hatte, „und dass sie empört darüber war, sie während des Konzerts auf deinem Kopf zu sehen? Sie muss einen schrecklichen Schock erlitten haben, die Arme!“

Mercy, die in einem Buch blätterte, ohne darin zu lesen, musste lachen, aber ein finsterer Blick von Grace brachte sie sofort zum Schweigen. Grace sagte beruhigend zu Augustus: „Das ist bestimmt nur ein kleines Missverständnis.“

„Nein“, sagte Augustus und schüttelte dabei den Kopf. „Miss Hargrove hat mir selbst erzählt, dass sie Honor beim Abendessen zur Rede gestellt und dass Honor alles abgestritten hat. Aber als Miss Hargrove sagte, die Bestellung habe sie eine erhebliche Summe gekostet, hat Honor gesagt, so erheblich auch nun wieder nicht. Also bitte, sie hat Miss Hargrove gegenüber quasi zugegeben, dass sie ihre Haube gestohlen hat.“

„Ich habe damit nur sagen wollen, dass ich sie nicht so teuer fand, als ich die Haube gekauft habe“, sagte Honor mit sanfter Stimme.

Augustus lief fleckig rot an, wie er es immer tat, wenn er erregt und verwirrt war. „Honor, das …“ Er schwieg, dabei schob er seine Brust nach vorn, im Versuch, Autorität auszustrahlen. „So geht das nicht.“

„Was geht so nicht?“, fragte Honor und hielt ihm den Teller mit den Crackern hin. „Sie hat meine Haube bewundert und dann behauptet, dass sie ihr gehört. Aber wie kann sie ihr gehören, wenn der Hutmacher sie mir verkauft hat und ich sie auf meinem Kopf hatte, frage ich dich? Frag doch bei *Locke and Company* nach, wenn du mir nicht glaubst.“

Augustus wirkte sehr verwirrt, als er in seinem Kopf versuchte, Ordnung in die Sache mit der Haube zu bringen. „Es liegt mir doch überhaupt nichts daran, deine Verlobte gegen mich aufzubringen, Augustus“, fuhr Honor fort. „Ich möchte, dass wir Freundinnen sind, wirklich! Aber ich will dir nichts vormachen, ich frage mich manchmal, welche Absichten sie eigentlich wirklich hat.“

„Sie hat nur die allerbesten Absichten!“, sagte Augustus. „Ich kann mir keine liebenswertere und sanftmütigere Frau vorstellen.“ Plötzlich griff er nach Honors Hand, doch dabei stieß er mit dem Handrücken gegen den Teller, deshalb umfasste er ihr Handgelenk und sah sie flehend an. „Ich muss darauf bestehen, dass du das nicht noch einmal tust, Honor. Oder ... oder dass du nicht die Sachen kaufst, auf die sie ein Auge geworfen hat“, sagte er verunsichert.

Hinter Augustus' Rücken verdrehte Grace die Augen.

„Ich gebe dir mein Wort“, sagte Honor feierlich. „Ich werde nicht Monicas Hauben stehlen.“ Das unterdrückte Kichern kam von Prudence, die sich alle Mühe gab, nicht laut herauszuplatzen.

„Ich will zwischen euch keinen Streit haben“, fuhr Augustus fort. „Du bist meine Stiefschwester und sie wird meine Frau sein. Ich will kein Gerede über euch zwei in der Stadt und für Papas Gesundheit ist es auch nicht gut.“

„Nein, da hast du natürlich recht“, sagte Honor, die sich nun ein klein wenig schuldbewusst fühlte. „Wie geht es dem Earl heute?“

„Er ist sehr schwach. Ich war vor dem Frühstück bei ihm, da hat er mich darum gebeten, die Vorhänge zuzuziehen, damit er schlafen kann. Die Nacht war wohl sehr unruhig.“

Augustus erhob sich, dabei streifte er mit seinem runden Bauch die Tischkante. Er zog seine Weste zurecht, die sich ständig nach oben schob, wenn er saß, und nahm die Serviette ab, die er sich in den Kragen gesteckt hatte. „Ihr entschuldigt mich?“

„Ich wünsche dir einen schönen Tag, Augustus!“, sagte Grace freundlich.

„Alles Gute!“, rief Honor ihm nach.

Grace warf ihr dafür einen bösen Blick zu, ehe sie sagte: „Alles klar, Pru, Mercy, bitte lasst euch jetzt die Haare machen, ja? Wir unternehmen nach dem Mittagessen einen Ausritt mit Mama.“

Mercy hüpfte von ihrem Stuhl. „Darf ich den Fuchs reiten?“

„Da musst du Mr Buckley fragen.“ Grace scheuchte sie mit einer Handbewegung zur Tür hinaus. Während Mercy und Prudence folgsam den Salon verließen, lächelte Grace dem Lakaien zu, der sie bediente, und sagte: „Vielen Dank, Fitzhugh. Meine Schwester und ich kommen jetzt allein zurecht.“

Fitzhugh folgte den jüngeren Schwestern und schloss die Tür hinter sich.

Als sie allein waren, wandte Grace sich mit finsterem Blick in den haselnussbraunen Augen Honor zu. Diese leerte heißhungrig ihren Teller und tat so, als bemerke sie nichts.

„Was hast du getan?", fragte Grace leise.

„Gar nichts." Doch Honor konnte ein Lächeln nicht unterdrücken. „Also gut, ich habe eine Haube gekauft." Sie nahm ein Stück Käse.

„Warum ist Monica dann so außer sich?"

„Ich vermute, weil sie die Haube für sich hat machen lassen." Honors Lächeln wurde immer breiter.

Grace sah sie mit offenem Mund an und brach dann in schallendes Gelächter aus. „Du lieber Gott, du bist wirklich unverbesserlich! Du richtest uns noch alle zugrunde!"

„Das ist so nicht ganz richtig. Ich bin sehr verbesserungswürdig."

„Honor, also wirklich!", sagte Grace, die noch immer lachen musste. „Wir hatten doch ausgemacht, dass du sie nicht schon wieder ärgern solltest."

„Ach, weißt du, was ist schon eine Haube?", sagte Honor und schob den Teller von sich weg. „Sie lag im Schaufenster von *Locke and Company* und ich fand sie wunderschön. Die Verkäuferin fand überhaupt nichts dabei, mir zu erzählen, dass Miss Monica Hargrove sie vor über einem Monat in Auftrag gegeben hatte, es ihr aber noch nicht eingefallen war, die Rechnung zu bezahlen. Da lag sie also, Grace, die wunderschöne Haube, und wenn ich das so frei heraus sagen darf, hatte sie ohnehin die falschen Farben für Monicas farbloses Gesicht. Der Laden wäre sonst vielleicht auf den Kosten für die Herstellung sitzen geblieben! Natürlich war die Verkäuferin froh, dass ich sie gekauft habe. Und ehrlich gesagt war es mir vollkommen egal, ob Monica sie bestellt hatte oder nicht. Sie ist eine unangenehme Person! Weißt du, was sie gestern Abend zu mir gesagt hat?", fragte sie und beugte sich zu ihrer Schwester hinüber. „Sie hat gesagt: *Ich weiß, was du vorhast, Honor Cabot*", Honor sprach in übertrieben tiefem und drohendem Ton, *„aber es wird dir nicht gelingen. Augustus und ich werden heiraten und du kannst nichts tun, um das zu verhindern. Und wenn wir erst verheiratet sind, wirst du dich in einem Cottage in den Cotswolds wiederfinden und dort brauchst du ganz bestimmt keine vornehme*

Haube, das kannst du mir glauben." Honor lehnte sich zurück und ließ ihre Worte auf ihre Schwester wirken.

Grace holte tief Luft. „In den Cotswolds? Warum verbannt sie uns nicht gleich in die afrikanische Wüste? Das wäre auch nicht viel schlimmer! Mein Gott, Honor, genau davor hatten wir doch immer Angst und jetzt hast du sie genau dazu provoziert!"

Honor schnaubte verächtlich und nahm sich noch ein Stückchen Käse. „Glaubst du im Ernst, dass Monica Augustus dermaßen im Griff hat? Ihm liegt das Wohlergehen seiner Schwestern doch am Herzen."

„Ja natürlich!", sagte Grace mit bewegter Stimme. „Ja, ich glaube allerdings, dass sie so viel Einfluss auf ihn hat! Egal, wie sehr wir alle Augustus am Herzen liegen, glaubst du im Ernst, dass Monica ein Haus mit uns allen teilen wird, wenn der Earl stirbt? Ganz gleich, ob Beckington oder das Landhaus in Longmeadow oder überhaupt irgendeins?"

Honor seufzte tief. Es war gesellschaftlich allerdings alles andere als üblich, dass ein frischgebackener Earl und dessen ebenfalls frischgebackene Ehefrau die dritte Ehefrau des verstorbenen Earls mit allen vier Stieftöchtern bei sich aufnahmen. Grace hatte vollkommen recht, aber Monica war einfach so ... *herrschsüchtig!* Und so vollkommen, bescheiden, sittsam und so hübsch!

„Du bist manchmal einfach rücksichtslos", sagte Grace. „Was soll denn aus Prudence und Mercy werden, wenn wir auf dem Land festsitzen? Und aus Mama?"

Es wäre allerdings sehr schwierig für ihre Mutter, einen neuen Ehemann zu finden, dem es nichts ausmachte, auch für ihre vier unverheirateten Töchter zu sorgen, die einen ziemlich luxuriösen Lebensstil gewohnt waren und eine nicht unerhebliche Mitgift erwarteten. Die Familie Cabot hatte nur wenig eigenes Vermögen in die Ehe eingebracht, das reichte ganz bestimmt nicht aus, um alle vier Töchter gut zu verheiraten. Sie waren vollkommen abhängig vom Vermögen des Earls.

Erschwerend kam noch hinzu, dass die Cabots sich ganz bestimmt am Rande der vornehmen Gesellschaft wiederfinden würden, wenn irgendjemand erfuhr, was Grace und Honor bei ihrer Mutter beobachteten: Sie verlor langsam, aber sicher den Verstand. Es hatte vor zwei Jahren angefangen, nach einem Aufenthalt in Longmeadow. Ihre Mutter war in einen Unfall verwickelt gewesen, bei dem sich ihr Zweispänner überschlagen hatte und sie auf die Straße geschleudert worden war. Körperlich hatte sich die Countess wieder erholt, aber Honor und Grace hatten danach immer wieder bemerkt, dass ihr Geist nicht ganz klar zu sein schien. Meistens waren es Gedächtnisschwierigkeiten. Aber es gab auch andere Veränderungen, die offensichtlicher waren. Einmal erzählte sie davon, wie sie ihre Schwester getroffen hatte, so als wäre diese noch am Leben. Ein anderes Mal konnte sie sich nicht mehr an den Titel des Earls erinnern.

In letzter Zeit war es eher schlimmer mit ihrer Mutter geworden als besser. An den meisten Tagen war sie bei klarem Verstand und wich ihrem Gatten nicht von der Seite. An anderen Tagen hingegen konnte sie mehrmals dieselbe Frage stellen oder sie machte innerhalb von wenigen Minuten drei oder sogar vier Mal dieselbe Bemerkung über das Wetter. Honor hatte einmal versucht, ihre Mutter auf ihre immer schlimmer werdende Vergesslichkeit anzusprechen, daraufhin war ihre Mutter sehr verwirrt und auch wütend gewesen. Sie hatte Honor sogar vorgeworfen, ihr ihre eigene Vergesslichkeit in die Schuhe schieben zu wollen.

„Und ich muss dir ja wohl nicht sagen, dass der Earl seit zwei Tagen das Bett nicht mehr verlassen hat“, fügte Grace hinzu.

„Ich weiß, ich weiß“, sagte Honor mit trauriger Stimme. Sie zog die Füße unter sich auf ihre Stuhl. „Grace … ich habe nachgedacht“, sagte sie zögernd. „Was wäre, wenn Monica Augustus nicht heiraten würde?“

„Warum sollte sie denn nicht?“, fragte Grace und schnitt Honor damit das Wort ab. „Augustus ist ganz hingerissen von ihr. Er läuft ihr nach wie ein Hündchen.“

„Aber was wäre, wenn … wenn Monica von einem noch größeren Vermögen angelockt würde?“

„Wie bitte?“ Grace sah Honor ängstlich an. „Wie? Warum?“

„Nehmen wir nur einmal an, dass Monica weggelockt werden würde. Das würde uns die Zeit verschaffen, die wir brauchen, um unsere Angelegenheiten zu regeln. Sieh mal, Grace, wenn der Earl stirbt, wird Augustus sie so schnell wie möglich zum Altar führen – und was sollen wir dann noch machen? Aber wenn sie nicht ganz so schnell heiraten …“

„Das ist alles schön und gut, du vergisst dabei nur eins: Augustus liebt sie“, sagte Grace und war dabei sichtlich bemüht, einen kühlen Kopf zu bewahren.

„Das habe ich nicht vergessen. Aber er ist ein Mann, oder etwa nicht? Er wird sie vergessen und eine andere finden.“

„Aber doch nicht unser Augustus!“, sagte Grace zweifelnd. „Monica Hargrove ist die erste Frau, die er auch nur genauer angesehen hat, und selbst das hat noch mehrere Jahre gedauert!“

„Ich weiß“, antwortete Honor, der bei der Sache nicht ganz wohl war. „Ich versuche doch bloß, ihre Hochzeit ein bisschen zu verschieben.“

„Und bis wann?“

„So weit war ich noch nicht“, musste Honor zugeben.

Grace sah ihre Schwester eine Weile nachdenklich an, doch dann schüttelte sie den Kopf. „Das ist doch lächerlich. Eine fixe Idee! Monica gibt doch nicht einfach so den Spatz in der Hand wieder her – selbst wenn Augustus blind und taub wäre, wäre ihr das egal. Außerdem habe ich eine bessere Idee.“

„Und welche?“, fragte Honor mit skeptischem Blick.

Grace richtete sich auf. „Wir heiraten vor den beiden. So schnell wie möglich. Wenn wir verheiratet sind, müssen unsere Ehemänner Mutter und unsere Schwestern mit aufnehmen, wenn der Earl stirbt.“

„Wer hat hier jetzt die fixe Idee?“, fragte Honor. „Was glaubst du denn? Dass wir nur mit den Fingern schnipsen müssen, um einen Ehemann zu finden? Wen sollten wir denn heiraten?“

„Mr Jett, zum Beispiel …“

„Auf gar keinen Fall! Das ist der schlechteste Plan überhaupt, Grace. Erstens hat er keiner von uns einen Antrag gemacht und zweitens will ich überhaupt noch nicht heiraten. Ich will mich nicht um einen Ehemann kümmern und tun, was er von mir verlangt, und vielleicht aufs Land ziehen, wo nichts los ist, weil er das so will.“

„Wovon redest du denn? Wer ist denn dazu gezwungen worden, aufs Land zu ziehen? Jetzt mal im Ernst, Honor, willst du denn nicht heiraten? Sehnst du dich nicht nach Liebe und Zweisamkeit und Kindern?“

„Natürlich“, sagte Honor mit deutlichem Zweifel in der Stimme. Sie mochte ihre Freiheit. Sie sehnte sich nicht wie andere Frauen in ihrem Alter nach Familienglück und Ehe. „Aber im Augenblick bin ich in niemanden verliebt und ich will nicht einfach nur heiraten, weil es von mir erwartet wird. Es macht mich wütend, dass wir tun sollen, was man von uns verlangt, und diesen Mann heiraten oder jenen Antrag annehmen. Warum sollten wir das machen? Wir sind freie Menschen. Wir sollten tun und lassen können, was uns gefällt, so wie die Männer."

„Du vergisst, dass wir nicht allein auf der Welt sind", gab Grace zu bedenken. Damit meinte sie vor allem Prudence und Mercy.

Diese Bemerkung versetzte Honors Begeisterung für Gleichberechtigung einen Dämpfer.

„Außerdem kannst du Rowley nicht für immer nachtrauern ..."

„Ich trauere ihm nicht nach", setzte Honor an, doch Grace hob die Hand, um sie zum Schweigen zu bringen.

„Ich will dir wirklich nicht zu nahetreten, aber seit dem Vorfall bist du wirklich nicht mehr dieselbe, Honor. Du lässt überhaupt niemanden mehr an dich heran."

Ehe Honor noch zu einer Gegenrede ansetzen konnte, fuhr Grace fort: „Zumindest sind wir uns in einem einig: Es muss etwas passieren."

„Ja, natürlich sind wir uns einig. Deswegen will ich ja Monica von Augustus weglocken. Und ich weiß auch schon, wer der Köder sein wird."

„Wer?", fragte Grace skeptisch.

Honor musste lächeln, so genial fand sie ihren eigenen Plan. „George Easton!"

Vor Überraschung riss Grace die Augen auf und vergaß, den Mund wieder zu schließen. Es dauerte einen Moment, bis sie wieder sprechen konnte. „Bist du jetzt vollkommen verrückt geworden?"

„Das bin ich nicht", verkündete Honor entschieden. „Er ist genau der richtige Mann dafür."

„Reden wir von dem George Easton, dem du in diesem skandalösen Glücksspiel in Southwark einhundert Pfund abgenommen hast?"

„Allerdings!"

Grace stieß einen Laut aus, der genauso gut Verzweiflung wie Überraschung bedeuten konnte, Honor war sich nicht sicher, doch plötzlich erhob sich ihre Schwester und kam im Halbkreis um ihren Stuhl herum. Die Hände verschränkte sie dabei hinter dem Rücken. Als sie Honor schließlich gegenüberstand, kreuzte sie die Arme über der Brust und sah sie streng an. „Nur damit wir uns richtig verstehen, wir reden von dem Mann, der sich selbst den Bastard des Duke of Gloucester nennt? Dem Mann, der ein Vermögen genauso schnell verliert wie verdient?"

„Genau der", bekräftigte Honor, von ihrer Idee überzeugt. „Er sieht gut aus, er ist ein Neffe des Königs und zur Zeit sind seine Taschen, soweit wir wissen, gut gefüllt."

„Aber er ist ein Mann ohne eigenen Titel. Und ohne Verbindungen in der vornehmen Gesellschaft. Es nützt überhaupt nichts, wenn alle glauben, dass er der leibliche Sohn des verstorbenen Dukes ist, wenn der Duke selbst ihn niemals als sein Fleisch und Blut anerkannt hat. Und wo wir gerade davon sprechen: Der jetzige Duke – der ja dann Eastons Halbbruder wäre, wenn seine Geschichte stimmt – meidet ihn vollständig. Man darf in seiner Gegenwart nicht einmal Eastons Namen erwähnen! Um Himmels willen, Honor, seine angebliche Herkunft nützt ihm gar nichts! Monica Hargrove wird niemals den Titel des Hauses Beckington für ihn aufgeben, auf gar keinen Fall."

„Vielleicht doch", beharrte Honor. „Wenn man es nur geschickt anstellen würde mit der Verführung."

Grace blinzelte verwirrt. Sie sank wieder auf ihren Stuhl, legte die Hände auf die Knie und sah ihre Schwester mit offenem Mund an. „Das ist eine nicht nur lächerliche, sondern auch gefährliche Idee. Du musst mir versprechen, dass du keine solchen Gemeinheiten vollbringen wirst."

„Gemeinheiten!" Honor war ein wenig gekränkt, dass Grace die Genialität ihres Planes nicht erkannte. „Er soll sie doch nur ein wenig verführen, nicht kompromittieren! Er soll sie nur in dem Glauben lassen, es gäbe noch andere Interessenten an einer Ehe mit ihr, dann wird sie schon von selbst versuchen, ihre Optionen auszuloten, ehe sie Augustus heiratet. In meinen Augen ist der Plan so einfach wie genial. Oder hast du eine bessere Idee?"

„Allerdings", sagte Grace im Brustton der Überzeugung. „Wenn du nicht heiraten willst, dann werde ich es eben tun."

„Oh, hast du Anträge bekommen, von denen du mir noch nichts erzählt hast?"

„Nein“, sagte Grace und schnaubte dabei. „Aber ich habe schon eine Idee, wie ich einen bekomme.“

„Zum Beispiel?“

„Das geht dich nichts an“, konterte Grace. „Aber du musst mir versprechen, dass du keine Dummheiten machst.“

„Also gut, also schön“, antwortete Honor und wedelte dabei vor Ungeduld mit der Hand. „Ich verspreche es dir“, sagte sie mit dramatischem Tonfall, dann nahm sie ihren Teller wieder in die Hand. „Ich verhungere fast.“

Honor hatte tatsächlich fest vor, ihr Versprechen zu halten. Das hatte sie eigentlich immer.

Aber dann traf sie noch am selben Nachmittag zufällig auf George Easton.

3. Kapitel

Finnegan, der für George Easton sowohl Butler als auch Lakai und Kammerdiener war, hatte Georges besten dunkelbraunen Mantel und die dazu passende Weste sowie ein Halstuch im selben Farbton sorgfältig gebügelt. Er hatte die Kleidungsstücke so aufgehängt, dass sie George sofort ins Auge fallen mussten: direkt vor dem Waschbecken, sodass er an ihnen vorbei nicht in den Spiegel sehen und auch die Rasierklingen, Bürsten und Manschettenknöpfe nicht erreichen konnte.

Bevor er Finnegan engagiert hatte, war George mit zwei Lakaien, einer Köchin und einer Haushälterin als einzigen Dienstboten vollkommen zufrieden gewesen. Doch seine Geliebte, Lady Dearing, hatte darauf bestanden, dass George Finnegan einstellte, nachdem ihr eigener Ehemann den Kammerdiener auf die Straße gesetzt hatte. Lady Dearings Aussage nach war diese Entlassung den schlechten finanziellen Verhältnissen im Hause Dearing zu verdanken. George kannte sich mit finanziellen Schieflagen aus, er hatte in seinen einunddreißig Lebensjahren durchaus schon einige erlebt.

Es waren einige Wochen in Georges Dienst verstrichen, ehe er den wahren Grund für Finnegans Entlassung erfuhr: Er war ebenfalls von Lady Dearing eingeladen worden, ihr Bett zu teilen. George war durchaus nicht verborgen geblieben, dass seine blonde Löwin einen überaus großen Appetit besaß, aber der Kammerdiener? Das verstieß gegen die Regeln des guten Geschmacks. Doch in der Zwischenzeit hatte George sich an Finnegans Dienste gewöhnt und so hatte er sich der Geliebten entledigt und ihn als Butler behalten.

Er hatte sich gerade fertig angezogen, als Finnegan mit einem Hut in der Hand in der Tür seines Schlafzimmers erschien.

„Was ist das?“

„Ihr Hut, Sir.“

„Das sehe ich selbst, warum bringen Sie ihn mir?"

„Sie haben einen Termin mit Mr Sweeney. Anschließend treffen Sie sich mit den beiden Misses Rivers bei den Ställen von Cochran. Sie haben die jungen Damen zu einem Ausritt eingeladen."

George runzelte entnervt die Stirn. „Was habe ich? Und wann soll ich diese Einladung ausgesprochen haben?"

„Offensichtlich gestern Abend, Sir. Ein Lakai der Rivers war vorhin hier, um die Nachricht zu überbringen, dass beide Misses Rivers Ihre Einladung mit dem größten Vergnügen annehmen." Er lächelte. Oder grinste. Ganz sicher war George sich da nie.

Er konnte sich an keinerlei Einladung erinnern, doch andererseits hatte er wohl gestern Abend im Coventry House Club ein wenig zu viel Spaß gehabt. Der Club war genau das Richtige für Männer wie ihn, er wurde viel von den Gentlemen der feinen Gesellschaft besucht, die – so wie George selbst – über ein üppiges Budget fürs Glücksspiel verfügten und sowohl Whiskey als auch südamerikanische Zigarren schätzten. Der Club war das Gegenteil von versnobt und damit von *White's* in St. James. Zumindest stellte sich George das so vor.

Tom Rivers, der Bruder der beiden Damen, war gestern Abend ebenfalls im Coventry House gewesen, daran konnte er sich erinnern, ebenso an zu viele Drinks und jede Menge Gelächter. „Gott im Himmel", murmelte er, stand auf und streckte die Hand nach dem Hut aus.

Er lief die mit dicken Teppichen ausgelegten Treppen des repräsentativen Hauses in Mayfair hinunter, das er in aller Stille dem Count of Wellington abgekauft hatte. Der Count hatte an einen Mann wie ihn – den unehelichen Sohn eines Dukes und Halbbruder eines anderen, der den Gedanken an seine Existenz schon kaum aushalten konnte – keineswegs verkaufen wollen, aber er hatte das Geld gebraucht, das George ihm zu bieten hatte.

Auch für die Verhältnisse der eleganten Audley Street in Mayfair war es ein geradezu spektakuläres Haus. Von der hohen Decke der Eingangshalle hing ein reich verzierter Kronleuchter von der Größe eines Pferdes herab und die Treppen wanden sich um ihn herum. Die mit Seidentapeten bespannten Wände der Halle waren mit Gemälden und Porträts geschmückt, die allesamt noch der Vorbesitzer zusammengetragen hatte.

Mittlerweile fielen sie George kaum noch auf, aber er hatte früher viel Zeit damit verbracht, sie einzeln sehr genau zu studieren und nach Ähnlichkeiten mit seinem eigenen Äußeren zu suchen. Schließlich war er zu dem Schluss gekommen, dass sie alle als seine Vorfahren in Frage kamen. Was spielte es schon für eine Rolle, um wen genau es sich handelte? Wenn man der Sohn eines Dukes und eines niederen Zimmermädchens war – eines Zimmermädchens, welches der Duke sofort entlassen hatte, als er von der Schwangerschaft erfuhr –, ist einem nichts so sicher wie verschlossene Türen und unangenehmes Schweigen, wenn man nach seinen Vorfahren forscht.

Barns, einer seiner Lakaien, stand an der Tür und öffnete sie, noch ehe George sie erreicht hatte. Das war Finnegans Werk. Finnegan war der einzige Mensch in seinem Leben, jetzt oder früher, der ihn jemals wie den Urgroßenkel eines Königs und Neffen eines weiteren behandelt hatte. George war sich nie ganz sicher, ob ihm diese Behandlung gefiel. Er zog es eigentlich vor, seine Türen selbst zu öffnen. Er sattelte auch sein Pferd lieber selbst – da er das schon als kleiner Junge gelernt hatte, als er in den Stallungen der Royal Mews gearbeitet hatte, während seine Mutter dort die Nachttöpfe ausleerte, ging es bei ihm sehr schnell.

„Vielen Dank, Barns“, sagte George. Er war einen ganzen Kopf größer als sein Lakai. George verfügte über die Statur der königlichen Familie und die robuste Gesundheit der Familie seiner Mutter. All seine Verwandten mütterlicherseits hatten sich mit ihrer Hände Arbeit ihren Lebensunterhalt verdient. In Montagu House aber hing ein Porträt seines Vaters, das George sich gewissenhaft angesehen hatte, als sich die Gelegenheit dazu ergab. Es kam ihm so vor, als hätte er die schmale, aristokratische Nase und das energische Kinn seines Vaters, aber das kastanienbraune Haar seiner Mutter und ihre hellblauen Augen. Die anderen Kinder, die in den Royal Mews arbeiteten, hatten gesagt, er sei ein Mischling, nicht der Neffe eines Königs.

Georges Pferd stand bereits gesattelt auf dem gepflasterten Bürgersteig vor seinem Haus. Er warf dem Stallburschen einen Viertelpenny zu, der die Münze geschickt auffing und in die Tasche steckte, während er George die Zügel übergab. „Tach auch, Sir“, sagte er und rannte zurück zu den Ställen.

George setzte sich den Hut auf, schwang sich in den Sattel und trieb sein Pferd im Trab die Audley Street hinunter.

Eine Viertelstunde später kam er beim Büro von Sweeney and Sons an. Sam Sweeney, sein Anwalt und Schiffsmakler, grinste breit. „Woher die gute Laune?“, fragte George, als er kurz darauf in der Eingangshalle seinen Hut einer alten Dienstbotin mit einer Spitzenhaube übergab.

„Es gibt allen Grund zur Freude, ja zum Glücklichsein“, antwortete Mr Sweeney, während er Georges Hand ergriff und überschwänglich schüttelte. „Kommen Sie doch bitte herein, Mr Easton. Ich habe wunderbare Neuigkeiten.“

„Ist das Schiff wiederaufgetaucht? Hat man es in den Hafen gebracht?“

„Nicht ganz“, gab Mr Sweeney zu, während er George in sein Büro bat. Umständlich wedelte er mit seinem Taschentuch über die Polster eines Ledersessels und bat George, dort Platz zu nehmen.

Als George sich hingesetzt hatte, sagte Mr Sweeney: „Die ‚St. Lucia Rosa‘ liegt im Hafen. Ich habe mit dem Kapitän selbst gesprochen. Er hat mir berichtet, dass Godsey und seine Mannschaft Indien erreicht haben und eine Woche später nach England aufbrechen sollten. Das bedeutet, er müsste in spätestens einer Woche hier sein.“

Erleichterung durchflutete George. Er hatte einen nicht unerheblichen Teil seines Vermögens in dieses Schiff investiert und den Gedanken, alles zu verlieren und wieder einmal von vorn anzufangen, konnte er kaum ertragen.

„Lassen Sie uns außerdem nicht vergessen, dass Kapitän Godsey ein Mann mit viel Erfahrung ist“, ergänzte Sweeney.

Sweeney hatte Godsey aufgetrieben. George vertraute seinem Urteil – Sweeney und er arbeiteten seit Jahren zusammen, seit George angefangen hatte, das Geld zu investieren, das der Duke of Gloucester ihm bei seinem Tod vor ein paar Jahren hinterlassen hatte. Das war und blieb die einzige Anerkennung, die George von seinem Vater jemals erhalten hatte. Es war kein großes Vermögen gewesen, sondern gerade genug, um das Gewissen eines Mannes zu erleichtern, eher er vor seinen Herrn und Schöpfer trat. Alles andere hatte der älteste Sohn des Dukes geerbt, Georges Halbbruder, den er nur ein einziges Mal getroffen hatte. Dieser hatte daraufhin prompt verfügt, dass George Easton keinen Fuß in irgendwelche Bereiche des Londoner Lebens setzen durfte, in denen er selbst verkehrte.

George hatte inzwischen Übung darin, die bitteren Enttäuschungen von sich abperlen zu lassen, die er um der Umstände seiner Geburt willen erleiden musste. Er machte sich nicht mehr viel daraus, wenn man ihn einen Lügner, einen Emporkömmling oder einen Betrüger nannte, dem es ausschließlich um das Gloucester'sche Vermögen ging. Er hatte sich lieber darauf konzentriert, sich selbst einen Namen zu machen. In seine letzte Unternehmung, den Import von indischer Baumwolle, hatte er viel Geld investiert.

Er war ein hohes Risiko eingegangen, aber George hatte sein Vermögen damit gemacht, sorgfältig kalkulierte Risiken einzugehen. Mit seinem Vermögen war auch sein Selbstvertrauen gewachsen. Die Damen mochten ihn, aber er gestand sich niemals zu, für eine von ihnen besondere Zuneigung zu entwickeln. Er spielte ein Männerspiel, nahm sich von ihnen, was er bekommen konnte, und hielt sie ansonsten von sich fern. Wenn nämlich eins sicher war, dann, dass er niemals mehr als ein Bastard für diese Leute sein würde.

George hatte keinerlei Illusionen, wenn es um seine Position in der Gesellschaft ging. Aber er hoffte sehr, dass diese Position in Zukunft um ein lukratives Baumwollgeschäft bereichert wurde.

Durch den anhaltenden Krieg mit Frankreich waren Männer wie George heute in der Lage, bislang unentdeckte Geschäftsfelder zu nutzen. Vor zwei Jahren hatte er mit einem Inder einen Vertrag über die Lieferung von Baumwolle auf die Britischen Inseln geschlossen. Es war ein risikoreiches Geschäft, es gab so vieles, was dabei schiefgehen konnte. Aber dieses Leben hatte George sich selbst ausgesucht – er ergriff jede Gelegenheit, die sich ihm bot. Erstaunlich lukrative Gelegenheiten. Die Risiken machten ihm sogar Spaß; sie ließen ihn wachsam bleiben, der Balanceakt, den sie erforderten, war zu seinem Lebenselixier geworden.

Bei der ersten Baumwolllieferung war er richtiggehend euphorisch gewesen. Die Ladung war wie vereinbart in London eingetroffen und George hatte sie mit außergewöhnlich hohem Gewinn weiterverkauft. Das Kapital, das er hier erworben hatte, hatte er dann in ein eigenes Schiff mit Mannschaft investiert, um so noch mehr Baumwolle nach England zu bringen.

Dies war bei Weitem das größte geschäftliche Risiko, das er jemals eingegangen war. Niemand hinderte etwa die Mannschaft daran, sich mit der Ladung aus dem Staub zu machen und sie selbst zu verkaufen. Das Schiff konnte auf der Überfahrt in Seenot geraten und sinken. Es konnte auch von Piraten aufgebracht werden. Und das waren nur die offensichtlichen Gefahren. George war sich darüber klar, dass er im Grunde nicht wusste, was alles passieren konnte, denn er selbst war in seinem ganzen Leben noch nirgendwohin gesegelt. Aber wenn alles gut ging, würde er ein unvorstellbar wohlhabender Mann werden. Und wenn nicht, nun ja ... George würde schon etwas einfallen.

Er würde schlicht und einfach von vorne anfangen.

Er besprach mit Sweeney, wie schnell er die Baumwolle zu Geld machen konnte, wenn das Schiff erst den Hafen erreicht hatte, und als er sein Büro wieder verließ, war ihm deutlich leichter ums Herz als bei seiner Ankunft.

Bei den Ställen von Cochran warteten schon die Zwillinge Miss Eliza und Miss Ellen Rivers auf ihn. Bei ihnen war eine Frau mit säuerlicher Miene, die wohl ihr Kindermädchen sein musste, wenn er bedachte, wie jung die Damen tatsächlich waren, echte Kinder im Vergleich zu seinen einunddreißig Jahren. Aber die jungen Mädchen waren fröhlich und aufgeregt an diesem kühlen Frühlingsnachmittag, ihre Wangen leuchteten wie rote Äpfel. „Bei allem, was mir heilig ist“, sagte George, „ich kann mich nicht entscheiden, welche von Ihnen hübscher ist.“

Die Mädchen kicherten und George musste zugeben, dass ihm das Geräusch gefiel; es klang nach Frühling. Gerne machte er sich mit den beiden Vögelchen auf den Weg zur Reitbahn Rotten Row; ihre kleinen Pferde trotteten neben seinem Araber her, den er in gemächlichem Tempo gehen ließ.

George fiel sofort auf, dass die beiden Debütantinnen die Angewohnheit hatten, die Sätze der jeweils anderen zu beenden, sodass er Mühe hatte, der Unterhaltung zu folgen. Deshalb überschlug er im Kopf, wie viele Schritte es noch waren, ehe er die jungen Damen wieder bei den Ställen abliefern konnte – er lenkte sich gerne einmal mit Rechnereien ab –, da kam plötzlich eine blaue Wolke mit halsbrecherischer Geschwindigkeit auf ihn zugerast.

Er richtete sich im Sattel auf und sah der blauen Wolke verwundert entgegen, ehe er erkannte, dass es sich tatsächlich um eine Dame handelte, die so schnell und rücksichtslos ritt, dass er dachte, ihr Pferd müsse durchgegangen sein. Er machte sich bereit, das Tier zu verfolgen und anzuhalten, um die Dame zu retten, da zügelte sie direkt vor ihm ihr Pferd und lächelte freundlich. „Guten Tag, Miss Rivers, Miss Rivers“, sagte sie freudig und atemlos und legte eine Hand an ihren Hut.

Georges Begleiterinnen waren von ihrem plötzlichen Eintreffen so perplex, dass sie sie mit offenem Mund anstarrten, aber George hatte sie sofort erkannt: Honor Cabot.

Sie lachte fröhlich. „Mr Easton!“, sagte sie, als hätte sie ihn eben erst bemerkt. „Was für ein unerwartetes Vergnügen, Sie hier wiederzusehen, Sir!“

„Miss Cabot“, sagte er und nickte ihr zu. „Sie haben uns aber erschreckt.“

„Oh, wirklich?“ Sie lachte übermütig. „Ich bitte vielmals um Verzeihung, das war ganz und gar nicht meine Absicht. Ich wollte nur, dass das alte Mädchen sich einmal ordentlich austoben kann.“ Sie beugte sich dabei über den Hals ihres Pferdes und klopfte ihn liebevoll. „Miss Rivers, wie geht es Ihren Eltern?“, fragte sie.

„Ausgezeichnet, danke der Nachfrage“, sagte eine von ihnen.

„Das freut mich sehr zu hören. Ich wollte Ihre kleine Gesellschaft nicht stören. Ich verabschiede mich, dann können Sie in Ruhe weiterreiten“, sagte sie und fügte hinzu: „Ich bitte nochmals um Entschuldigung, falls ich Sie erschreckt haben sollte.“

„Schon vergessen“, sagte eine der Zwillingsschwestern.

„Einen schönen Tag noch!“ Miss Cabots Lächeln wurde fast unmerklich schwächer, als sie sich George zuwandte. „Mr Easton“, sagte sie und musterte ihn dabei von oben bis unten, während sie ihr Pferd wendete und in die andere Richtung davongaloppierte. Seltsamerweise schien ihr Blick an George zu haften.

Plötzlich zügelte Miss Cabot noch einmal ihr Pferd und warf einen Blick zurück über ihre Schulter. „Verzeihung, aber mir ist gerade eben ein Gedanke gekommen! Mr Easton, sind Sie nicht zur Teegesellschaft heute Nachmittag im *Gunter's* eingeladen, die mein Bruder Lord Sommerfield gibt?“

Sommerfield? Wohl kaum. George hielt nichts von verweichlichten Männern, die Bücher dem Sport vorzogen. Er sah sie neugierig an und fragte sich, wie sie wohl auf diese Idee kommen mochte.

„Ich habe mich gefragt, ob Sie wohl die Güte hätten, ihm eine Nachricht von mir zu überbringen? Ich sehe ihn heute sonst gar nicht mehr, weil ich noch andere Verpflichtungen habe."

„Ich bin nicht ..."

„Natürlich nur, wenn es Ihnen nichts ausmacht", warf sie schnell ein. „Würden Sie ihm wohl sagen, dass ich mit der Kutsche des Earls so etwa um halb sechs komme, um ihn abzuholen? Ich möchte Ihr Treffen nicht unterbrechen."

Er öffnete den Mund, um zu erklären, dass eine Verwechslung vorliegen musste, aber ehe er etwas erwidern konnte, sagte sie: „Das ist sehr nett von Ihnen. Sie vergessen es doch nicht? Halb sechs vor *Gunter's Teestube*. Ich nehme die Kutsche des Earls."

George kam es auf einmal so vor, als ob Miss Cabot beabsichtigte, sich mit *ihm* zu treffen, aber das war natürlich absurd.

Nein. Ganz ausgeschlossen. Das würde eine wohlerzogene junge Dame niemals tun. Aber dennoch hatte sie es gerade eben getan. Was konnte sie nur von ihm wollen? Er war sprachlos. Und sehr neugierig. „Ich überbringe Ihre Nachricht mit dem größten Vergnügen", sagte er. „Halb sechs, ich werde es nicht vergessen."

Sie lächelte. „Vielen Dank." Dann wendete sie und trieb ihr Pferd an, sodass sie die anderen Reiter weiter unten auf der Bahn schnell überholt hatte.

Eher zufällig warf George einen Seitenblick auf Miss Eliza Rivers.

Sie starrte ihn ungläubig an. „Sind Sie mit Miss Cabot näher bekannt?"

„Wir sind uns schon einmal vorgestellt worden", antwortete er, beließ es aber bei dieser Auskunft. „Sollen wir weiterreiten?" Er trieb sein Pferd an und machte eine Bemerkung über das schöne Wetter.

Es war streng genommen nicht ganz richtig, dass sie einander vorgestellt worden waren, aber er hatte sie immerhin in Southwark getroffen, als sie ihn nach allen Regeln der Kunst eingewickelt und vorgeführt hatte.

Wenn George Easton eins nicht ausstehen konnte, dann war es, ein Spiel zu verlieren.

Und wenn es etwas gab, dass er ganz und gar nicht ausstehen konnte, dann, ein Spiel an eine schöne junge Dame zu verlieren.

Und wenn es etwas gab, das er noch weniger mochte, als gegen eine schöne junge Dame zu verlieren, dann war es, das vor Publikum zu tun, und noch dazu, weil er sich mehr um ihr appetitliches Dekolleté gekümmert hatte als um das Blatt, das er auf der Hand hatte.

Er hatte nicht die geringste Ahnung, was Miss Cabot heute im Schilde führte, aber er würde auf jeden Fall um halb sechs bei dieser Teestube sein. Es war mehr als gewagt, ihn auf diese Weise allein treffen zu wollen. Weit weg von allen Beobachtern.

So eine Einladung würde kaum ein Mann ausschlagen, und George Easton ganz bestimmt nicht.

4. Kapitel

Honor gab sich große Mühe mit ihrer Garderobe für ihr Treffen mit Mr Easton. Sie wollte auf gar keinen Fall einen falschen Eindruck erwecken, denn sie stand so schon auf sehr dünnem Eis. Sie konnte sich noch gut daran erinnern, wie er sie in Southwark angesehen hatte: Mit durchdringendem Blick hatte er sie von oben bis unten genau gemustert.

Sie brauchte etwas sehr Schlichtes. In dem sie reserviert wirkte. Sie entschied sich für ein Kleid aus weißem Musselin mit hohem Kragen und grüner Umsäumung und zog darüber noch ein ebenfalls grünes Jäckchen. Dazu setzte sie eine Haube mit passendem Band auf und zog dunkelgrüne Handschuhe an.

Honor sah sich kritisch im Spiegel der Frisierkommode an. Das würde gehen – niemand würde auf den Gedanken zu kommen, dass sie *Gunter's Teestube* aus einem anderen Grund besuchte, als eine Tasse Tee zu trinken oder ein Eis zu essen. Vor allem nicht, um allein, ohne Anstandsdame, einen Gentleman zu treffen. „Ganz sicher nicht", sagte sie und lächelte ihrem Spiegelbild aufmunternd zu.

Aber ihr Lächeln kam ihr selbst gekünstelt vor. Als wüsste ihr Mund ganz genau, wie unangemessen ihr Benehmen war.

Sie steckte ein paar Münzen in das mit Perlen besetzte Handtäschchen, das Prudence für sie gemacht hatte, dann machte sie sich auf den Weg nach unten, dabei gab sie acht, Grace nicht in die Arme zu laufen. Sie bat Beckingtons Butler, Mr Hardy, darum, die Kutsche vorfahren zu lassen. Als sie in der Eingangshalle stand und wartete, kam Augustus herein.

„Honor!", rief er, überrascht, sie zu treffen. „Gehst du aus?"

„Eine Verabredung zum Tee", sagte sie und versuchte, dabei fröhlich zu klingen, um ihre Nervosität zu verbergen. „Sehe ich dich beim Abendessen?"

„Beim Abendessen? Nein, ich fürchte, heute nicht." Er gab

Hardy seinen Hut und fügte mit Stolz in der Stimme hinzu: „Ich bin zum Abendessen mit Miss Hargrove und ihren Eltern verabredet." Er warf einen Seitenblick auf Hardy und flüsterte hörbar: „Soll ich dir ein Geheimnis verraten?"

„Aber natürlich, ich bin ganz verrückt nach Geheimnissen!"

Augustus zog an seiner Weste, die schon wieder über seinen Bauch nach oben gerutscht war. Seine braunen Augen glänzten und er konnte sein Lächeln kaum unterdrücken. „Ich habe es noch niemandem erzählt, aber Papa hat eingewilligt, dass Miss Hargrove und ich im Frühling heiraten."

Honor hatte das Gefühl, als habe ihr Herzschlag kurz ausgesetzt. Sie war fest davon ausgegangen, dass es ganz ausgeschlossen war, dass diese Hochzeit stattfand, solange der Earl krank, aber noch am Leben war. „Dieses Frühjahr schon?"

„Allerdings, ist das nicht fantastisch? Als ich Papa erzählte, wie sehr Miss Hargrove an einer Heirat gelegen ist – genau wie mir natürlich –, hat er gesagt, dass er wahrscheinlich noch Monate vor sich hat und es keinen Sinn hat, die Sache auf die lange Bank zu schieben. Ich glaube, er freut sich, wenn ich heirate, ehe er … also … ehe das Unvermeidliche geschieht."

Honor versuchte, ihren Schreck hinter einem strahlenden, herzlichen Lächeln zu verbergen.

„Am liebsten würde ich den Termin schon in Longmeadow verkünden", fügte Augustus mit glücklichem Lächeln hinzu.

Die Beckingtons waren jedes Jahr vor Beginn der Parlamentssaison Gastgeber einer großen Landpartie auf dem Sitz der Familie in Longmeadow. Das herrschaftliche georgianische Anwesen hatte dreißig Gästezimmer und jedes Frühjahr nahmen mindestens einhundert Menschen an diesem Ereignis teil.

„Könnte es einen besseren Ort und eine bessere Zeit geben?", fuhr Augustus fröhlich fort.

„Es gibt keinen besseren", stimmte Honor ihm zu, dabei wirbelten die Gedanken in ihrem Kopf wild durcheinander. Das Abendessen, mit dem Longmeadow jedes Jahr begann, fand in nicht einmal drei Wochen statt.

„Monica ist ein wenig unsicher. Ich habe ihr gesagt, dass sie sich keine Sorgen zu machen braucht, denn meine Schwestern sind *sehr* gastfreundlich." Er sah Honor eindringlich an.

„*Ganz besonders* zu guten Freunden, will ich meinen", sagte Honor und das schloss Monica natürlich aus, aber sie sah keine Veranlassung, die Situation jetzt durch solche Erklärungen unnötig kompliziert zu machen.

Augustus warf Hardy einen verstohlenen Blick zu, dann lehnte er sich zu Honor hinüber und flüsterte: „Ich fürchte, es kommt ihr so vor, als ob ihr vier sie als Eindringling in unsere glückliche Familie betrachtet. Ich habe ihr versichert, dass euch nichts ferner liegen könnte. Das hat sie ein wenig beruhigt und sie hat außerdem gesagt, dass ihr ja früher oder später auch alle heiraten werdet." Augustus lächelte Honor entschuldigend zu. „Ich sollte nicht darüber reden, aber ich glaube, sie wäre euch gern dabei behilflich."

„Daran habe ich keinerlei Zweifel", sagte Honor trocken.

„Denk darüber nach, Honor. Man kann nicht ewig im Elternhaus wohnen bleiben, ich habe das selbst festgestellt."

„Nein, natürlich nicht." Also fing Monica jetzt schon an, Stimmung gegen sie zu machen? Honor würde auf jeden Fall etwas dagegen unternehmen, ehe es zu spät war, dessen war sie sich jetzt ganz sicher. „Was für ein freudiges Ereignis", sagte sie zu Augustus. „Du musst unserer Freundin unbedingt klarmachen, dass wir sie *in keinster Weise* als Eindringling betrachten." Sie pikste ihm mit dem Finger in die Brust, um ihre Worte zu unterstreichen.

Die Tür wurde geöffnet und einer der Lakaien kam herein. „Oh, deine Kutsche ist bereit", sagte Augustus, der sehr zufrieden aussah. „Ich richte Miss Hargrove deine herzlichen Glückwünsche aus, wenn es dir recht ist."

„Unbedingt", bestätigte Honor und stellte sich vor, wie sie die Hände um Monicas Hals legte.

„Ich wünsche dir einen schönen Tag, Schwesterherz", sagte er gutmütig.

„Einen schönen Tag, Augustus." Honor sah ihm nach, wie er pfeifend davoneilte. Sie ging zur Tür. Hardy wartete noch immer auf sie, während er die Tür aufhielt. „Möge Gott uns allen beistehen, Hardy", sagte sie, als sie an ihm vorbeirauschte.

„In der Tat, Miss."

Honor erblickte Mr Easton im selben Augenblick, als die Kutsche auf den Berkeley Square einbog. Seine stattliche Gestalt war auch kaum zu übersehen. Mit lässig verschränkten Armen und überkreuzten Beinen lehnte er an einem Geländer und sah den Menschen zu, die über den Platz gingen. An jenem Abend in Southwark hatten seine männliche Ausstrahlung und seine attraktive Erscheinung sie schon sehr gereizt. Sie verstand jetzt sehr gut, woher die Gerüchte kamen, er sei Londons größter Schwerenöter und habe unzählige Affären. Wenn sie ihn ansah, regte sich etwas tief in ihrem Inneren.

Honor öffnete die Trennscheibe zum Fahrer. „Jonas, halten Sie bitte vor dem *Gunter's* an und öffnen Sie die Tür, sodass der Gentleman im schwarzen Jackett und mit der goldenen Weste einsteigen kann", rief sie ihm zu.

Der Wagen bog schließlich um die Ecke und verlangsamte die Fahrt. Unruhig rückte Honor ihre Haube zurecht. Doch beim Gedanken an Monica und die bevorstehende Hochzeit kehrte ihre Entschlossenheit zu ihr zurück.

Nur kurze Zeit später war draußen Jonas' tiefe Stimme zu vernehmen. Die Kutschentür ging auf und Mr Easton neigte sich ein wenig nach rechts, um hineinsehen zu können. Dabei blieb er am Geländer, an dem er sich abgestützt hatte, stehen. Honor lächelte ihm zu. „Guten Tag!", sagte sie.

Er stieß sich vom Geländer ab und richtete sich zu seiner vollen Größe auf. Er war *wirklich* hoch gewachsen. Mit seinen muskulösen Beinen und seinen breiten Schultern wirkte er beinahe zu groß, um überhaupt in die Kutsche zu passen. Jetzt kam er auf sie zu. Dabei blieb seine Miene unergründlich. Sein Blick war ihr schon an jenem Abend in Southwark aufgefallen. Er sah sie an, als könne er direkt in sie hineinblicken. Damals war es ihr so vorgekommen, als könne er ihre Karten sehen, jetzt hatte sie das Gefühl, alle ihre Gedanken seien ein offenes Buch für ihn. In der fraglichen Nacht hatte sie ein Flattern wie von Tausenden Schmetterlingen in der Brust verspürt.

Jetzt flatterte es wieder.

Direkt vor der offenen Kutschentür hielt er einen Augenblick inne, zog eine Augenbraue hoch und sagte: „Ihr Stiefbruder muss wohl an einem anderen Ort speisen."

Honor versuchte, ihre Nervosität herunterzuschlucken. „Wollen Sie nicht hereinkommen, Mr Easton?"

Er neigte den Kopf zur Seite und sah sie prüfend an, musterte sie von oben bis unten. Dann lächelte er fast unmerklich. Schließlich hielt er sich am Handlauf der Kutsche fest und schwang sich hinein. Während er sich ihr gegenüber hinsetzte, schwankte das Gefährt heftig. Dann fiel die Tür hinter ihm zu.

Honor hatte ihn richtig eingeschätzt – er war wirklich zu groß für diese Kutsche. Seine Knie ragten an beiden Seiten der ihren hervor und er füllte die Sitzbank beinahe ganz aus. Er hatte es sich gleich bequem gemacht und einen Arm über die Rückenlehne gelegt. So, wie er dasaß, erinnerte er sie an einen Wolf, der in aller Seelenruhe einem Hasen zusieht, der ihm über den Weg läuft.

Er neigte den Kopf. „Miss Cabot."

„Mr Easton, wie geht es Ihnen?" Sie klopfte mit der Hand an das Dach der Kutsche und rief dem Fahrer zu: „Bitte fahren Sie uns um den Park herum, Jonas." Dann schloss sie die Trennscheibe und lächelte ihrem Gast zu. „Vielen Dank, dass Sie gekommen sind."

„Wie hätte ich eine so außergewöhnliche Einladung wohl ausschlagen können?" Seine Stimme war voll und tief, und während er sprach, überlief sie ein kleiner Schauer und kribbelte erst in ihrer Brust und dann noch tiefer.

Plötzlich machte der Wagen eine scharfe Wendung; Mr Easton stieß mit seinem Knie an ihr Bein. Er sagte nichts, aber er lächelte, als ob er das sehr witzig fände. „Also, Miss Cabot?", fragte er. „Wem oder was verdanke ich das unerwartete Vergnügen einer Spazierfahrt im Park in einer der Kutschen der Familie Beckington? Haben Sie etwa vor, mich zu verführen? Ich wäre dem ganz und gar nicht abgeneigt, wenn es so sein sollte." Er ließ den Blick an ihr hinab- und auf ihr hochgeschlossenes Dekolleté gleiten. „Ich finde, dass die Verführung eines der größten Vergnügen im Leben ist."

Honor hätte beinahe hinabgeschaut, um sicherzugehen, dass ihre Jacke bis obenhin zugeknöpft war.

Easton hob den Blick. „Also? Ich komme um vor Neugier."

Plötzlich hatte sie ganz feuchte Hände, ihr Herz klopfte wie verrückt, sodass sie keinen Ton herausbekam. Aber sie musste jetzt etwas sagen, sonst war der Augenblick vorüber, ohne dass sie etwas unternommen hatte. „Ich möchte Sie um einen Gefallen bitten, Mr Easton."

Erstaunt zog er die Augenbrauen hoch.

„Sie müssen mir helfen, also wenn Sie so nett wären ..." Sie lächelte hilflos.

Mr Easton sah sie noch einmal von oben bis unten an und sein Blick blieb dabei fast unmerklich an ihrem Dekolleté haften. „Sind wir denn schon so vertraut miteinander, dass Sie mich einfach so um einen Gefallen bitten können?" Er stieß ihren Fuß mit einem seiner Schuhe an.

„Ich ..." Sie zögerte.

Jetzt lächelte er, als ob er soeben die Oberhand gewonnen hatte, als ob diese Frage ausschließlich mit einem Nein beantwortet werden konnte.

Da hatte er im Grunde genommen natürlich recht – von Nein abgesehen, konnte es keine Antwort auf diese Frage geben, alles andere war vollkommen undenkbar. Aber die leichte Genugtuung, die in seinen Augen lag, ließ Honor jetzt nicht aufgeben. „Man könnte sagen, dass etwa einhundert Pfund Ihres Vermögens dafürsprechen, Sir."

Mr Easton wäre das Lächeln beinahe vergangen. Honor fiel in diesem Augenblick auf, was für ein außergewöhnliches Blau seine Augen hatten, die Farbe erinnerte sie an blasse chinesische Seide. Für einen kurzen Augenblick konnte sie nicht umhin, sich vorzustellen, wie es wohl sein mochte, unter diesem Mann zu liegen und in seine Augen zu schauen.

„Sie haben mich erwischt, Miss Cabot", antwortete er. „Ich bin zwar noch nie auf diesem Wege um einen Gefallen gebeten worden, aber Sie sind zu schön, als dass ich Ihnen irgendetwas abschlagen könnte. Würden Sie Ihre Röcke anheben, damit ich sehen kann, auf was ich mich einlasse?"

„*Was?*", fragte sie entsetzt, während sie die Erkenntnis, in welcher Situation sie sich befand, wie ein Blitz durchzuckte. „Nein, *nein*, Mr Easton, Sie haben mich vollkommen missverstanden!"

„Habe ich das?", fragte er mit einem unschuldigen Lächeln.

„Allerdings. Ich möchte Sie um einen anderen Gefallen bitten, nicht ... nicht *darum*", sagte sie atemlos.

Er lachte. „Ich bewege mich für gewöhnlich nicht in den gleichen Kreisen wie Debütantinnen."

Er bewegte sich nicht wo? Honor blinzelte verwirrt. Die Erregung, die sie eben noch verspürt hatte, wurde von Empörung abgelöst. „Um Himmels willen, ich will Sie doch nicht zum *Tanzen* auffordern. Meine Tanzkarte ist schon gefüllt, ehe ich den Tanzsaal auch nur richtig betreten habe."

„Voll bis zum Bersten, was?", fragte er trocken.

„Ich will damit nur sagen, dass ich es nicht nötig habe, mich mit Gentlemen zu treffen, nur damit sie sich mit mir auf die Tanzfläche wagen. Oder sonst wohin", fügte sie schnell hinzu.

„Ich habe auch nicht angenommen, dass Sie mich darum bitten wollten, Sie zum Tanzen aufzufordern, Miss Cabot. Ich war davon ausgegangen, dass Sie mich aus offensichtlicheren und ...", er zögerte und ließ die Zunge über seine Lippen gleiten, während er sie noch einmal prüfend ansah, dann fuhr er fort, „... angenehmeren Gründen hergebeten haben. Mittlerweile bin ich mir jedoch ziemlich sicher, dass Sie mich für irgendeinen Debütantinnenstreich einspannen wollen, und das", sagte er, „finde ich ganz und gar nicht attraktiv."

Ihr Herz klopfte wie wild, während sie im Geiste die angenehmen Gründe durchging. „Es ist doch wirklich seltsam", sagte sie und versuchte dabei, sich nichts anmerken zu lassen. „Wenn Sie es so ausdrücken, klingt es, als hätten Debütantinnen nichts anderes als Streiche im Sinn." Was, das musste Honor schon zugeben, in diesem Moment auf sie durchaus zutraf.

„Das oder ihren Schönheitsschlaf. Kommen Sie schon, keine falsche Bescheidenheit." Mit einer Handbewegung forderte er sie auf fortzufahren. „Ich würde sagen, dass es mir nicht grundsätzlich widerstrebt, jemandem einen Gefallen zu tun ... ganz besonders natürlich nicht, wenn ich Grund zu der Annahme habe, dass dieser Gefallen mir auch ein gewisses Vergnügen bereiten wird." Er warf noch einen Blick auf ihr Mieder. „Knöpfen Sie einmal die Jacke auf."

„Auf keinen Fall!", rief Honor, gleichzeitig entsetzt und erregt.

„Dann wird es wohl nichts mit uns beiden", sagte er und schickte sich an, an das Kutschendach zu klopfen, damit der Fahrer anhielt.

Honor öffnete schnell die Knöpfe ihrer Jacke. Er zog eine Augenbraue hoch; sie runzelte die Stirn und öffnete die Jacke widerwillig so weit, dass er ihren Oberkörper betrachten konnte.

Er lehnte sich wieder zurück und schaute sie wie beiläufig an. Honor war es nicht neu, wie Männer sie ansahen. Doch sie hatte dabei noch nie so starke Gefühle verspürt. Ihr rauschte das Blut in den Ohren. Sie wusste noch nicht, ob sie ihn verabscheuungswürdig oder anziehend finden sollte.

„Hmmm", sagte er nachdenklich, während er ihr hochgeschlossenes Kleid musterte. „Das macht die Sache nicht wesentlich besser."

Honor zog die Jacke um sich zusammen. „Wie schon gesagt, Mr Easton, ich bin nicht hier, um ein Techtelmechtel mit Ihnen anzufangen."

„Offensichtlich nicht", sagte er. „Oder Sie sind ganz einfach eine extrem fantasielose Verführerin." Sein herablassendes, herausforderndes Lächeln sorgte dafür, dass das Kribbeln in Honors Brust ihre Wirbelsäule hinunterlief und sich in ihrem Bauch breitmachte. „Ich glaube trotzdem, dass wir beide unseren Spaß haben werden."

Honor konnte keinen klaren Gedanken fassen. Ihre Vorstellungskraft war längst mit ihr durchgegangen.

„Also fahren Sie ruhig fort, Miss Cabot. Ich bin sehr gespannt. Wenn Sie mir nicht gestatten wollen, Ihnen zu zeigen, wonach Ihr jugendliches Herz sich eigentlich sehnt, dann sagen Sie mir bitte, was ich sonst für Sie tun kann."

Jetzt nicht die Nerven verlieren. Honor versuchte, sich nicht von ihrer eigenen Atemlosigkeit aus dem Konzept bringen zu lassen, und ignorierte auch die Hitze, die durch ihren Körper strömte, und das Verlangen, sich nun wirklich ihrer Jacke zu entledigen, dann sagte sie: „Ich will offen mit Ihnen sprechen, Mr Easton. Der Gefallen, um den ich Sie bitten möchte, verlangt schon etwas ... Überredungskunst."

„Jetzt wird es interessant." Er sah ihre Lippen an. „Mir war schon klar, dass Sie furchtlos sind, Miss Cabot. Eine junge Dame von Ihrem Stand muss schon sehr wagemutig sein, wenn sie einfach so in einer Spielhölle in Southwark auftaucht. Welche Art von Überredungskunst haben Sie denn im Sinn?" Er streckte die Hand aus, griff nach den Enden der Schleife, die ihre Haube an ihrem Platz hielt, und rieb den Samt zwischen seinen Fingern.

Sie zog die Bänder aus seinem Griff. „Sie sollen jemanden verführen."

Er ergriff erneut die Schleife ihrer Haube und lächelte dabei so entwaffnend, dass Honor innerlich zu schmelzen begann. „Das versuche ich ja gerade, Miss Cabot."

Sie nahm ihm die Bänder wieder weg. „Aber nicht *mich*."

Er lachte in sich hinein und der Klang hallte in ihrer Brust wider. „Das ist wirklich sehr schade. Aber ich nehme an, dass Sie dafür doch zu zartbesaitet sind. Kenne ich diejenige Person? Oder kann ich mir jemanden aussuchen?"

„Es ist eine meiner Bekannten." Sie versuchte gerade, sich die Worte zurechtzulegen, mit denen sie ihm die Situation erklären wollte, als George Easton plötzlich nach ihrem Handgelenk griff und sie fest umklammert hielt, sein Daumen drückte sich dabei in die Vene an ihrer Hand. Konnte er fühlen, wie ihr Puls raste? Ihr Herz schien kurz auszusetzen – sie war für einen Augenblick außer sich, als sie seine Hand auf ihrem Handgelenk sah; im Vergleich mit ihrem schmalen Arm wirkte sie riesig. Sie war so *dumm* – woher sollte sie wissen, dass er ihr nichts antun würde, wenn er sie nun gewaltsam ...

„Wovon zum Teufel reden Sie da?", fragte er mit sanfter Stimme und fuhr dabei mit dem Daumen an der Innenseite ihres Handgelenks entlang.

Bei allem, was ihr heilig war, jetzt gab es kein Zurück mehr – sie war schon zu weit gegangen, hatte den Pfad von Tugend und Anstand längst verlassen. „Wie ich bereits sagte, ist es unerlässlich, dass Sie jemanden verführen."

Er hob ihren Arm an und berührte durch einen Spalt im Leder ihres Handschuhs hindurch die Innenseite ihres Handgelenks mit den Lippen, dann sah er sie mit wissendem Blick an. „Mir scheint, ich habe auch in dieser Kutsche mehr Erfolg in der Verführung, als ich zuerst dachte." Er zog sie an sich, dabei sah er sie mit flammendem Blick an. „Wenn es nicht um Sie geht, mein Vögelchen, um wen denn dann?"

„Miss ... Miss Monica Hargrove."

Mr Easton blinzelte verwirrt. Er ließ ihr Handgelenk jäh wieder los und sank in die Sitzpolster zurück. „Miss Hargrove", wiederholte er ungläubig.

Honor nickte. Zum Glück ließ ihr seine Verwunderung Zeit, um wieder zu Atem zu kommen. Sie legte sich eine Hand auf die Brust und atmete tief.

„Aber ist Sommerfield nicht mit Miss Hargrove verlobt?"

Honor nickte noch einmal.

„Ihr Stiefbruder", stellte er fest, so als wäre ihr nicht klar, dass Augustus Viscount Sommerfield war.

Als Honor ihm eine Antwort schuldig blieb, brach Easton plötzlich in schallendes Gelächter aus. „Von allen möglichen *verwerflichen* …"

„Verwerflich!", protestierte Honor. „Du lieber Himmel, Mr Easton, Sie sollen sie doch nicht entehren. Ich möchte nur, dass Sie ihre Aufmerksamkeit auf sich ziehen", erläuterte sie und machte dabei eine unbestimmte Bewegung mit der Hand.

„Und aus welchem Grund sollte ich ihre Aufmerksamkeit auf mich ziehen?", fragte er, indem er ihre Geste nachahmte.

„Es dürfte wohl keinen Zweifel hinsichtlich des Zwecks geben."

„Der einzige Zweck, der mir dazu einfällt, wäre, dafür zu sorgen, dass Ihr Stiefbruder die Verlobung löst, und ich kann mir einfach nicht vorstellen, dass Ihnen daran irgendetwas liegen könnte …"

„Ich habe meine Gründe", sagte sie nur.

„Haben Sie die?", murmelte er und faltete die Arme über der Brust. „Und welche sind das, wenn ich fragen darf?"

„Das geht Sie überhaupt nichts an …"

„Zum Teufel, und wie mich das etwas angeht. Sie wollen, dass ich der Verlobten Ihres Bruders den Kopf verdrehe, und glauben im Ernst, dass ich nicht zu wissen brauche, warum?"

„Ich hatte ganz bestimmt nicht vor, mit Ihnen zu streiten", sagte sie gereizt, während sie gedankenverloren mit den Kordeln des Vorhangs spielte. Dabei versuchte sie, blitzschnell einen neuen Plan aufzustellen. „Ich kann Ihnen einfach nicht verraten, was ich über Miss Hargrove erfahren habe", sagte sie zögernd, „aber ich versichere Ihnen, dass ich gute Gründe dafür habe, mir zu wünschen, sie würde Augustus nicht heiraten." Sie warf Easton einen verstohlenen Blick zu, der sie vollkommen fassungslos ansah. In seinen Augen loderten noch immer Flammen, aber auf eine andere Weise als zuvor. Honor musste schlucken. „Aus dieser Verbindung kann einfach nichts werden. Sie müssen mir in diesem Punkt vertrauen", betonte sie. „Und ich dachte … Ich dachte, dass Sie mir vielleicht helfen würden."

„Natürlich", sagte er mit gespielter Ernsthaftigkeit. „Weil ich der bin, der ich bin."

„Allerdings! Weil Sie ein Mann sind, der das Risiko nicht scheut, und außerdem sind Sie ziemlich …“ Sie kam nicht umhin, ihn bewundernd anzusehen, seine breiten Schultern, seine muskulösen Beine, seinen angenehmen Mund.

„Ziemlich was?“, wollte er wissen und stieß mit dem Knie noch einmal ihr Bein an. „Ein ziemlicher Bastard? Ein Mann, dessen bloßer Umgang einen Fleck auf der Reputation einer Debütantin hinterlassen kann, der sich nicht wieder löschen lässt?“

„Keinesfalls!“, widersprach Honor, die fühlte, wie sie bei diesen Worten errötete. „Ich wollte sagen, Sie sind ziemlich gut aussehend, Mr Easton. Und … wohlhabend. Zumindest wird allgemein angenommen, dass Sie das sind. Das kann ich natürlich nicht wissen.“

„Natürlich nicht“, sagte er etwas herablassend.

Oh Gott, es klang wirklich absurd, wenn man es laut aussprach. Sie sah zum Fenster hinaus und versuchte, sich wieder auf ihren ursprünglichen Plan zu konzentrieren, aber sie konnte sich kaum noch erinnern, was sie eigentlich vorgehabt hatte. Seine männliche Ausstrahlung und sein offensichtliches sinnliches Vergnügen, wenn er sie ansah, brachten sie vollkommen aus dem Konzept. Als sie zum ersten Mal über ihren Plan nachgedacht hatte, war er ihr so perfekt erschienen, aber Grace hatte eigentlich vollkommen recht. Sie machte sich gerade lächerlich.

Ein weiterer Stoß mit dem Knie riss sie aus ihren Gedanken. Sie warf Easton einen finsteren Blick zu.

„Und was, wenn Sommerfield dann die Verlobung gelöst hat? Bilden Sie sich vielleicht ein, dass Sie ihn damit vor einer großen Blamage gerettet und ihm Leid erspart haben? Wollen Sie so das letzte bisschen Gewissen beruhigen, das Sie noch haben, nachdem Sie um einen solchen Gefallen gebeten haben?“

Er hatte noch nicht endgültig abgelehnt? „Nun ja“, sagte Honor und rutschte dabei vor Unbehagen auf ihrem Sitz hin und her. „Ich hätte es wohl nicht genau so ausgedrückt, aber …“

„Aber“, unterbrach er sie und beugte sich erneut vor, sodass sein Gesicht nur wenige Zentimeter von ihrem entfernt war. Er legte ihr die Hand aufs Knie und drückte es, sodass Honor schon wieder vergaß, was sie eigentlich hatte sagen wollen. „Jetzt, wo Beckington jeden Moment sterben kann, haben Sie Angst, dass eine neue Countess die vier Stiefschwestern nicht mit derselben Fürsorge behandeln wird, mit der sie bisher behandelt worden sind.“

Honor holte vor Schreck tief Luft – wie war er nur darauf gekommen?

„Deshalb wollen Sie verhindern, dass Sommerfield Miss Hargrove heiratet, nur damit Ihr Leben weitergeht wie bisher. Und das, meine liebe Miss Cabot, finde ich mehr als nur ein wenig bösartig." Er drückte noch einmal ihr Knie, als habe er vor, es zu durchstechen, dann lehnte er sich zurück, breitete die Arme auf der Rückenlehne aus und bedachte sie mit einem sehr überheblichen Blick. Dabei hob er eine Augenbraue, als wolle er sie herausfordern, jetzt noch eine passende Antwort zu finden.

Honor musste ihm insgeheim zustimmen, aber sie würde sich von ihm nicht so abkanzeln lassen. Wer zum Teufel glaubte er wohl, dass er war? Blitzschnell beugte sie sich zu ihm hinüber und legte ihm ihrerseits die Hand aufs Knie – doch mit ihren Fingern konnte sie es kaum ganz umfassen. Sie versuchte zuzudrücken, aber sein Knie war hart wie Stein. „Und wenn schon? Was würde das für Sie für einen Unterschied machen?"

Er lachte laut vor Vergnügen. „Mein Gott, Sie trauen sich wirklich was! Sie geben es ja sogar noch zu!"

„Mir ist durchaus klar, wie so etwas funktioniert, Mr Easton. Ich bin keine grüne und unschuldige Debütantin mehr."

„Nein, das sind Sie ganz sicher nicht", erwiderte er heiter.

„Und bevor Sie mich verurteilen, sollten Sie lieber daran denken, mit welcher Rücksichtslosigkeit allen anderen gegenüber Sie selbst Ihre Interessen verfolgen." Sie drückte noch einmal mit aller Kraft sein Knie, aber das schien ihn überhaupt nicht zu beeindrucken.

„Verzeihung?", sagte er und lachte laut auf. „Was wollen Sie denn damit sagen?"

Sie lehnte sich zurück und verschränkte die Arme vor der Brust. „Kommen Sie schon", sagte sie und rollte dabei entrüstet mit den Augen, „die ganze Stadt weiß von Ihrer Affäre mit Lady Dearing. Und das ist nur die Spitze eines Eisberges, wenn man die Gerüchte über Sie und Lady Uxbridge bedenkt und erst die über Mrs Glover, die Sie offensichtlich zur gleichen Zeit verführt haben, als Sie ihrer Tochter den Hof machten ..."

„Schon gut, schon gut", sagte er fröhlich und hob abwehrend die Hände, um ihr Einhalt zu gebieten. „Sie haben sich deutlich genug ausgedrückt."

„Das will ich meinen", sagte sie geziert und strich den Rock ihres Kleides glatt. Plötzlich kam ihr ein ganz anderer Gedanke – hatte er wohl Miss Glover genauso verführt? „Was jetzt also Miss Hargrove angeht, ich muss zugeben, dass ich mich in einem Dilemma befinde."

„Wirklich?", sagte er in skeptischem Ton und machte eine ausladende Handbewegung, um sie zum Weiterreden aufzufordern.

„Es ist ein ungeschriebenes Gesetz in unserer Gesellschaft, dass Frauen, die nicht von einem Bruder, Vater oder auch nur einem Onkel unterstützt werden, gänzlich hilflos sind. Wir können ja immerhin nicht unseren eigenen Lebensunterhalt verdienen. Die einzige Möglichkeit, uns ein Auskommen zu verschaffen, ist, selbst zu heiraten."

„Was Miss Hargrove zweifelsfrei vorhat", stellte er fest. „Und was Sie selbst auch tun sollten, wenn Sie mich nach meiner Meinung fragen."

„Vielen Dank, aber ich habe keinerlei Verwendung für Ihre Meinung."

Er grinste und daraufhin fing das Kribbeln in ihrem Magen wieder an.

„Miss Hargrove könnte an jedem Finger zehn Heiratskandidaten haben, wenn sie wollte", sagte Honor, und das war die reine Wahrheit. Auch wenn es ihr schwerfiel, das zuzugeben, war Monica eine sehr schöne Frau und wurde von Männern und Frauen gleichermaßen für ihr Aussehen bewundert. „Sie braucht Augustus überhaupt nicht. Aber da sie sich ausgerechnet Augustus ausgesucht hat, steht für mich viel auf dem Spiel."

„Ich könnte mir vorstellen, dass es Ihnen auch nicht an Anträgen mangelt", sagte er. „Wäre es nicht die bessere Lösung, einen davon anzunehmen?"

„Ja, natürlich, der einzige Wunsch, den eine Frau haben kann: eine gute Ehe. Vielen Dank für Ihre Offenheit, aber um mich geht es hierbei überhaupt nicht."

„Vielleicht hätten Sie dann lieber jemandem Ihre Gunst schenken sollen, Miss Cabot. Das Versprechen ehelicher Freuden finde ich wesentlich attraktiver."

„Ich muss doch sehr bitten", sagte Honor mit großem Nachdruck. „Ich würde niemals einen Gentleman darum bitten, um meine Hand anzuhalten!"

„Ich verstehe. Sie würden niemals einen Mann darum bitten, Sie zu heiraten, finden aber nichts dabei, ihn zu fragen, ob er nicht die Frau verführen will, die Ihre Schwägerin werden soll."

„Das sind doch zwei grundverschiedene Dinge, Mr Easton!", verteidigte sie sich. „Meine Schwester Grace und ich werden unseren Weg schon machen, egal, ob Augustus uns unterstützt oder nicht, aber meine zwei jüngeren Schwestern hatten noch nicht einmal ihr Debüt und ohne ordentliche Einführung in die Gesellschaft haben sie so gut wie keine Chance auf eine gute Ehe. Und dann ist da noch meine Mutter …" Sie unterbrach sich im letzten Moment und atmete tief durch.

„Was ist mit Ihrer Mutter?", bohrte er nach.

Jetzt war es heraus. Nervös strich sie wieder über ihren Rock. „Meiner Mutter geht es nicht besonders gut", sagte sie und sah ihn an. „Das weiß bis jetzt noch niemand."

Er blickte sie eine Weile nachdenklich schweigend an. „Es tut mir leid, das zu hören", antwortete er leise.

Seine plötzliche Sanftheit überraschte sie. Und seltsamerweise fing das Kribbeln jetzt an, sich über ihre Haut auszubreiten. „Ich bezweifle sehr, dass meine Mutter in der Lage ist, meinen Schwestern das zu bieten, was Grace und ich hatten. Ich fürchte, sie werden ganz einfach aus der Gesellschaft ausgeschlossen werden."

„Und warum reden Sie nicht einfach mit Sommerfield über Ihre Bedenken? Er scheint mir doch ein sehr anständiger Kerl zu sein. Er würde sicherlich für ein angemessenes Auskommen sorgen …"

„Er lässt sich einfach zu leicht von Miss Hargrove beeinflussen. Und Miss Hargrove ist … Ich will damit sagen, dass sie …" Honor seufzte vor Verzweiflung, weil es ihr so schwerfiel, zu erklären, worauf sie hinauswollte. „Also, ich will ja keine Lügen verbreiten", sagte sie schließlich vorsichtig. Welchen Zweck hätte das auch? „Miss Hargrove hat nicht gerade viel für mich übrig."

„Aha. Und da sind Sie sich ganz sicher?"

„Ziemlich", sagte Honor mit einer abwehrenden Handbewegung. „Sie findet mich unsympathisch."

„Tatsächlich?" Er lächelte jetzt wieder. „Das kommt mir merkwürdig vor, denn ich finde Sie wirklich sehr sympathisch."

Bei dieser Bemerkung lief ihr ein kleiner Schauer den Rücken hinab. Sie wollte sich eigentlich kein Lächeln gestatten, aber sie konnte nicht anders. „Trotz allem?“

„Trotz allem.“ Er sah sie mit einem warmen Lächeln an.

Er hatte jetzt so gar nichts Raubtierhaftes mehr an sich und dennoch ... dennoch war Honor erneut atemlos.

„Also erklären Sie mir mal, Miss Cabot, falls ich mich darauf einlassen sollte, Ihre unglaublich verabscheuungswürdige und nicht sehr ratsame Bitte zu erfüllen, um Ihre armen Schwestern und Ihre kranke Mutter zu retten ...“

Sie holte tief Luft und vergaß vor Überraschung beinahe das Ausatmen. „Das würden Sie wirklich tun?“

„Ich sagte, falls“, warnte er sie. „Aber wenn ich mich einverstanden erklären sollte, was bekomme ich dann eigentlich dafür?“

„Was wollen Sie denn damit sagen?“

„Kommen Sie schon, Mädchen, ich habe gesehen, wie Sie Karten spielen. Sie sind viel zu gerissen, um anzunehmen, dass ich keine Gegenleistung erwarten würde.“

Offensichtlich war sie weniger gerissen, als er annahm, denn darauf war sie wirklich noch nicht gekommen.

Er beugte sich ruckartig wieder vor und sah sie demonstrativ von oben bis unten an. Mit den Fingerknöcheln berührte er ihre Wange und ließ sie langsam bis zu ihrem Kinn hinabgleiten, sodass Honors Herz wieder einmal wie wild schlug. „Was bieten Sie mir im Gegenzug an?“, fragte er mit tiefer und sanfter Stimme.

Sie rückte von ihm ab. „Wie können Sie es wagen ...“

Easton ergriff ihren Arm und zog sie zu sich heran. „Wie kann *ich* es wagen?“, fragte er, während er ihren Mund bewunderte. Er erinnerte sie an eine Katze, die mit einer Maus spielt und sich fragt, wie lange sie noch spielen soll, ehe sie tötet. „Wie ich es wagen kann, für so ein Verbrechen eine Gegenleistung zu erwarten?“ Plötzlich schob er eine Hand unter ihre Brust, so als wäre es das selbstverständlichste überhaupt. Honor hielt die Luft an; er lächelte verhalten und fing an, sie zu streicheln. „Wie kann ich im Gegenzug eine Gefälligkeit verlangen?“, fragte er mit sanfter Stimme, während Funken des Begehrens Honors Rückgrat entlangtanzten.

„Sie verlangen zu viel“, sagte sie und rückte von ihm ab. „Wie können Sie sich nur einen Gentleman nennen?“

„Ich habe mich nichts dergleichen genannt, meine Liebe.“ Er

strich mit den Knöcheln über ihre Brust, sodass das Feuer ihren Rücken hinabloderte. Dann schob er ihr die Hand unters Kinn und streichelte mit dem Daumen ihre Wange.

Honors Herz raste derartig, dass sie meinte, es müsse ihr gleich aus der Brust springen. Sie verstand sehr gut, wie es ihm gelang, Frauen zu verführen und für sich zu gewinnen. Ihr wurde klar, wieso so viele Frauen ihn zum Liebhaber genommen hatten. Sie fühlte sich sehr von ihm angezogen, vor allem von seinem intensiven Blick, der gleichzeitig bewundernd und hungrig war. Von seinen Berührungen, unnachgiebig und doch sanft. „Erlauben Sie mir, einen angemessenen Tausch vorzuschlagen“, sagte sie schnell, ehe die Katze sich anschicken konnte, ihre Beute zu verschlingen. „Ich bezahle Sie für Ihre Dienste“, sagte sie und erschreckte sich selbst etwas, weil ihre Stimme zitterte. „Ich habe doch Ihre einhundert Pfund gewonnen. Ich könnte Sie Ihnen als Ausgleich für Ihre Hilfe zurückgeben.“

„Sie würden einhundert Pfund ehrlich gewonnenes Geld dafür wiederhergeben?“, fragte er mit sanfter Stimme und berührte mit dem Finger ganz leicht die Spitze ihrer Brust.

„Tatsächlich“, sagte sie und hielt dabei die Augen auf seinen Mund gerichtet, „würde ich Ihnen zweiundneunzig Pfund zurückgeben.“ Es fiel ihr nicht im Traum ein, ihm zu erzählen, dass sie eine Haube, ein Paar Schuhe und Unterwäsche von der Differenz gekauft hatte.

„Sehr verlockend. Aber an Geld denke ich überhaupt nicht.“ Er legte seine Hand in ihren Nacken und zog sie zu sich heran. „Ich habe für Sie etwas ganz Bestimmtes im Sinn.“ Er näherte sich mit dem Mund ihrem Ohr und flüsterte: „Etwas, das Ihr furchtsames Herz zum Zerspringen und ihre Wangen zum Glühen bringen wird.“ Er legte eine Hand in ihren Schoß und drückte mit den Handballen gegen ihren Unterleib. „Wissen Sie, was die Wangen einer Frau zum Glühen bringt, Miss Cabot?“

Sie versuchte, den Kopf zu drehen, aber sie hatte nicht die Kraft dazu. „Ich bin kein Kind, Mr Easton.“

„Sind Sie nicht?“, flüsterte er und nahm ihr Ohrläppchen zwischen seine weichen, feuchten Lippen, zupfte daran.

Gott im Himmel, das überlebte sie nicht. Sie schloss die Augen und sog seinen Duft ein – würzig und warm –, dabei genoss sie die Berührung seiner Hände. Sie stellte sich vor, wie er sie überall berührte, und fühlte sich, als ob ihr Herz gleich zu schlagen aufhören und sie hier auf dieser Sitzbank sterben müsste. Und doch, irgendwie gelang es ihr, sich wieder zu fassen. „Ich biete Ihnen die zweiundneunzig Pfund und sonst nichts, Sir."

Er rückte näher, mit seinen Lippen berührte er jetzt ihre Wange und Honor glaubte, dass er sie küssen wollte. Ihr Verstand schrie, dass sie an das Kutschendach klopfen und nach Jonas rufen sollte, damit er sie rettete. Aber ein anderer, wollüstiger Teil von ihr flüsterte: *Küss mich. Küss mich, küss mich …*

Er ließ seine Hand ihre Rippen hinauf bis neben ihre Brust gleiten. „Ich denke über Ihre zweiundneunzig Pfund nach", murmelte er. Dabei konnte sie seinen warmen Atem auf ihrer Haut spüren, er machte sie fast verrückt.

„Sie werden es tun", sagte sie leise, überrascht öffnete sie die Augen. „Sie tun mir den Gefallen."

„Jetzt sind Sie abscheulich *und* überheblich. Ich habe nicht gesagt, dass ich es tun werde."

„Aber ich kann es Ihnen ansehen", sagte sie und drehte sich um, um ihn mit einem strahlenden Lächeln anzusehen. „Danke, Mr Easton!"

Er umfasste ihre Finger mit seiner Hand.

„Suchen Sie mich morgen in Beckington auf, bitte, dann werde ich Ihnen die Sache in aller Offenheit erklären."

„Ich kann mir beim besten Willen nicht vorstellen, wie jemand noch offener sein könnte, Miss Cabot."

„Ich wusste, dass Sie mitspielen", sagte sie, und plötzlich war ihr ganz leicht ums Herz.

„Ich habe keineswegs eingewilligt."

„Ich erwarte Sie um halb drei. Dann sind die Mädchen beim Unterricht und Augustus ist in seinem Club. Vielen Dank, Sir", sagte sie noch einmal, mit aller Dankbarkeit in der Stimme, die sie in diesem Augenblick empfand. „Ich stehe in Ihrer Schuld." Sie schickte sich an, an die Decke zu klopfen, um Jonas zu signalisieren, dass die Fahrt vorbei war.

Da erst wurde ihr bewusst, dass Mr Easton noch immer ihre Hand hielt.

5. Kapitel

Honor war noch immer atemlos von ihrer gefährlichen Begegnung, als sie nach Beckington House zurückkehrte. Ihr Herz klopfte wie wild, als sie die Eingangshalle betrat, wo Prudence und Mercy sich lautstark stritten.

„Honor!", rief Prudence, als sie ihre ältere Schwester sah. „Bitte sag Mercy, dass sie mir sofort meine Schuhe wiedergeben soll!"

„Mercy, gibt Pru bitte sofort ihre Schuhe zurück", sagte Honor, ohne auch nur einen Blick auf Mercys Füße zu werden.

„Aber warum darf sie sie immer haben?", erwiderte Mercy. „Ich verstehe überhaupt nicht, was dabei ist, wenn ich sie mir manchmal ausleihe."

„Du verstehst nicht, was dabei ist?", fragte Prudence entrüstet. „Honor, du musst dringend etwas tun. Sie ist komplett skrupellos! Wenn du sie nicht dazu bringen kannst, dass sie mir die Schuhe zurückgibt, dann ziehe ich sie ihr selber von den Füßen!"

„Also wirklich, Mercy", sagte Honor abwesend, während sie die Schleife ihrer Haube löste. Dabei fuhr sie mit dem Finger versonnen über dasselbe Samtband, das Easton berührt hatte. Mit den Fingern, die außerdem die Haut an ihrem Arm berührt hatten und ihr Gesicht. Sie erschauerte leicht, als sie daran dachte. „Sie gehören Pru und du hast einen ganzen Schrank voller Schuhe."

„Was ist mit den Schuhen?" Die Mutter der Mädchen, Joan Devereaux, Lady Beckington, trat aus einem der Korridore. „Hier zieht niemand irgendjemandem mit Gewalt die Schuhe aus, meine Lieben." Ihre blauen Augen wirkten vollkommen klar; es gab kein Anzeichen des Schattens, den Honor in den Augen ihrer Mutter gesehen hatte, wenn ihr Geist sich verwirrte. Joan Devereaux war eine beeindruckende Frau, ein Sinnbild von Eleganz und Anmut, und früher hatte sie als eine der schönsten Damen der vornehmen Gesellschaft gegolten. Sie schenkte ihren Töchtern ein warmes Lächeln und sah eine nach der anderen an. „Was ist denn mit euch Mädchen los?"

„Nur das Übliche, Mama", sagte Prudence würdevoll und schritt auf die große Freitreppe zu. „Mercy hat die Angewohnheit, sich ohne Erlaubnis Dinge auszuleihen, und niemand sagt etwas dagegen!"

„Jetzt übertreibst du aber ein wenig, meine liebe Pru", schalt Lady Beckington sanft, während sie ihrer Tochter nachsah, die die Treppe hinaufhastete.

„Mir war schon klar, dass du so reagieren würdest – dich betrifft es ja auch nicht!", gab Prudence über die Schulter hinweg zurück und trat in den Korridor am Kopf der Treppe.

Lady Beckington seufzte und sah ihre jüngste Tochter tadelnd an. „Mercy, Liebling, du solltest dir wirklich angewöhnen, zu fragen, ehe du dir irgendetwas ausleihst. Ich schlage vor, du gehst und entschuldigst dich bei deiner Schwester, dann gibst du ihr die Schuhe zurück. Jetzt geh und zieh dich zum Abendessen um."

„Aber wir haben doch gerade erst Tee getrunken", beschwerte Mercy sich.

„Nun geh schon, Liebling." Ihre Mutter schob sie sanft in Richtung Treppe. Honor hingegen hielt sie einen Arm hin, den Honor nur zu gern ergriff. Die Bänder ihrer Haube flatterten hinter ihr her, als sie gemeinsam gingen. Sie bemerkte, dass die Verzierungen am Ärmel ihrer Mutter beschädigt waren – ein Faden hatte sich gelöst. „Was ist denn hier passiert?", fragte sie und beugte sich hinunter, um die Sache genauer zu betrachten.

„Was?" Ihre Mutter hatte kaum einen Blick übrig für ihren Ärmel. „Lass das doch jetzt. Wo bist du eigentlich heute Nachmittag gewesen?", fragte sie, als sie die Treppe hinaufstiegen.

„Nirgendwo eigentlich." Sie lächelte ihre Mutter verlegen an.

„Ich kenne dich besser, Honor. Wenn ich raten sollte, würde ich sagen, dass es etwas mit einem Gentleman zu tun hat, dass du heute nicht beim Tee warst."

Honor konnte fühlen, wie sie rot wurde. „Mama ..."

„Du musst mir gar nichts sagen", antwortete sie und drückte liebevoll ihre Hand. „Aber deine arme Mutter wünscht sich nichts sehnlicher, als dass du zumindest darüber nachdenkst, ob nicht die

Zeit gekommen ist, sich für einen einzigen Verehrer zu entscheiden und Hochzeitspläne zu schmieden, wie es sich gehört."

„Warum soll ich denn jetzt heiraten?" Der Gedanke gefiel Honor überhaupt nicht. Sie kam sich einfach noch zu ... unfertig vor.

„Weil es an der Zeit ist", sagte ihre Mutter. „Eine ganz neue Welt erwartet dich. Du brauchst dich nicht davor zu fürchten."

„Wer fürchtet sich denn? Die Leute nennen mich einen Haudegen, Mama."

„Das kann schon sein und du bist vielleicht im Ballsaal eine Draufgängerin. Aber ich kenne doch mein Mädchen und dein Herz scheint mir noch immer verletzt zu sein."

In solchen Momenten war es kaum zu glauben, dass der Geist ihrer Mutter sich langsam verwirrte. Honor kam nicht umhin, sich zu fragen, ob sie nicht falschlag, ob Grace und sie sich alles nur einbildeten. Ihre Mutter wirkte ruhig, schien vollkommen bei der Sache zu sein und war sogar ziemlich mütterlich. „Was soll ich zum Abendessen anziehen?", fragte Honor und wechselte damit so abrupt das Thema, dass ihre Mutter ihr keine weiteren Fragen stellen konnte.

Diese lachte. „Also gut, du musst es ja wissen. Das blaue Seidenkleid", fügte sie hinzu. „Das steht dir so gut."

„Das blaue dann also", sagte Honor.

Sie begleitete ihre Mutter in ihre Räume und läutete nach Hannah, die ihr beim Umziehen helfen sollte. Dann ging sie in ihr Zimmer hinüber. Es überraschte sie nicht, dass sie dort Grace vorfand, die mit verschränkten Armen auf dem neuen französischen Aubusson-Teppich stand. Die Nachmittagssonne fiel durch die geöffneten Fenster herein und warf tiefe Schatten auf die Seidentapeten an den Wänden und auf Graces Gesicht.

Doch auch diese Schatten konnten Graces Zorn nicht verbergen. „Wo bist du gewesen?", fragte sie.

„Aus."

„Ja, ja, ganz offensichtlich warst du *aus*. Hardy hat gesagt, du bist in der Kutsche zu *Gunter's* gefahren."

„Und wenn schon?", erwiderte Honor mit einem Schulterzucken.

„Ich versuche, mir vorzustellen, was du wohl ganz alleine im *Gunter's* gemacht hast. Man isst doch nicht allein ein Eis. Ich kam nicht umhin, mich zu fragen, ob dich dort wohl jemand erwartet hat. War es so? Vielleicht der uneheliche Sohn eines gewissen Dukes, der dort seinen Tee getrunken hat?“

Honor blinzelte. „Wie um alles in der Welt hast du das erfahren?“, rief sie.

„Mercy hat gesehen, wie du im Park mit einem Gentleman geredet hast, Dummkopf. Sie konnte ihn genau beschreiben.“

„Mir scheint, diese Brille verbessert ihr Sehvermögen mehr, als wir gehofft hatten“, murmelte Honor und warf ihre Haube achtlos aufs Bett.

„Dann streitest du es also nicht ab?“

„Nein“, gab Honor zurück.

„Gott im Himmel!“, rief Grace den Girlanden und Engeln aus Stuck zu, mit denen die Decke verziert war. „Du hast es mir versprochen!“

„Ich weiß.“

„Denk doch nur an den Skandal, den es geben wird!“

„Grace! Es gibt überhaupt gar keinen Skandal. Es tut mir leid, wenn ...“

„Erspare mir bitte deine Entschuldigungen“, unterbrach Grace sie und ließ sich theatralisch auf das Sofa sinken, das vor dem Kamin stand. „Es tut dir immer leid und du wolltest nie etwas Böses. Als du von diesem albernen Plan angefangen hast, habe ich noch gelacht. Ich war so naiv zu glauben, dass selbst du nicht so weit gehen würdest, dass selbst du nicht dieses Risiko eingehen würdest, nur wegen einer Albernheit.“

Honor runzelte die Stirn, sie war nicht glücklich darüber, dass Grace sie so gut zu kennen schien. „Es geht nicht um irgendeine Albernheit, mir zumindest nicht. Und ganz ehrlich, Grace, du trägst auch einen Teil der Verantwortung, oder etwa nicht?“

„Ich!“

„Warst du es nicht, die darauf bestanden hat, dass ich Mama und euch zum Ausreiten im Hyde Park begleiten soll? Ich hätte mir überhaupt gar keine Gedanken mehr über die ganze Sache gemacht, wenn ich Easton nicht dort getroffen hätte.“

Grace starrte sie ungläubig an. Dann brach sie in schallendes Gelächter aus und ließ sich rückwärts in die Kissen fallen. „Das ist ja wohl die absurdeste Verteidigungsrede, die ich in meinem ganzen Leben gehört habe!“

Honor musste zugeben, dass sie auch damit recht hatte. „Also gut", sagte sie beschwichtigend, während sie sich neben Grace auf das Sofa setzte. „Ich gebe ja zu, dass ich vielleicht ein wenig vorschnell gewesen bin. Aber die Idee war so neu und so verführerisch für mich, Grace. Und dann war er auf einmal da, ausgerechnet in Begleitung der Rivers-Zwillinge. Da konnte ich nicht anders, ich habe gedacht, wenn er sich mit diesen beiden Elstern abgibt, dann ist Monica immerhin eine echte Verbesserung."

„*Selbstverständlich* ist Monica eine Verbesserung, vor allem den beiden gegenüber, aber das ist doch hier gerade gar nicht die Frage, oder? Das Problem ist, dass du ganz alleine losgezogen bist, um dich mit diesem Mann zu treffen. Du kennst ihn kaum und hast ihm trotzdem deinen abstrusen Vorschlag gemacht. Das war nicht nur unverantwortlich von dir, sondern es wird wahrscheinlich auch deinen Ruf ruinieren."

„So kann man es natürlich sehen", entgegnete sie erschöpft. „Aber wenn eine Frau in dieser Männerwelt ohne Ehemann ihren Weg machen will, muss sie schon einiges riskieren. Es ist ja nicht so, dass ich einen Rechtsbeistand hätte, der einfach nur seinem Rechtsbeistand einen Besuch abzustatten bräuchte. Ich kann Monica auch keine Geldprämie anbieten, wenn sie sich einen anderen Verehrer sucht. Ich bin nun einmal eine Frau und als solche habe ich keinerlei Einfluss auf meine Lebensumstände, es sei denn, ich reiche jemandem die Hand zur Ehe. Wenn ich so darüber nachdenke, finde ich es ganz ungeheuerlich ..."

„Honor ..."

„Ist ja schon gut. Um dich zu beruhigen, ja, ich habe ihn vor *Gunter's Teestube* getroffen. Aber außer Jonas hat mich niemand gesehen. Easton ist zu mir in die Kutsche gestiegen und wir haben uns unterhalten."

Nach der Art und Weise zu urteilen, wie sie das Gesicht in den Händen vergrub, schien diese Enthüllung Grace nur noch mehr zu beunruhigen. Honor streichelte ihr beruhigend über das Haar. „Ich sehe einfach keine andere Möglichkeit für uns, Liebes."

„Du kannst deinen guten Ruf nicht einfach so aufs Spiel setzen. Wenn ich dich daran erinnern darf, ist er ohnehin schon hier und da etwas angekratzt." Grace hob den Kopf und zog eine ihrer goldblonden Augenbrauen hoch, als warte sie nur darauf, dass Honor ihr widersprechen würde.

„So schlecht habe ich mich auch wieder nicht benommen", murmelte Honor.

„Kannst du dir nicht vorstellen, was für einen Sturm du heraufbeschworen hättest, wenn jemand euch gesehen hätte?"

„Es ist mir gerade schmerzlich bewusst geworden." Honor war schon klar, dass sie sich nicht immer verantwortungsbewusst verhielt. Sie wollte ihren guten Ruf auch keineswegs ruinieren und verstand ganz genau, warum Grace sich Sorgen machte.

„Lass uns nicht weiter davon reden, was geschehen ist, ist geschehen." Mit einem Ruck drehte Grace sich um und sah sie direkt an. „Also? Was hat er denn nun gesagt?"

Honor lächelte ihre Schwester verschmitzt an. „Er hat gesagt, dass ich verabscheuungswürdig sei."

Grace schnappte vor Verblüffung nach Luft.

„Aber dass er es sich überlegen würde."

Grace hielt die Luft an, dann sagte sie: „*Was?* Er will es wirklich tun?"

„Das werden wir morgen wissen." Honor erhob sich und knöpfte ihre Jacke auf. „Wenn er einverstanden ist, wird er mich morgen hier besuchen."

„*Hier!* Das sieht natürlich nach außen wesentlich besser aus, aber was soll Augustus denken?"

„Grace, jetzt beruhige dich doch bitte. Augustus verschwendet derzeit keinen Gedanken an irgendetwas anderes als an seine Hochzeit. Ich habe Mr Easton gebeten, um halb drei zu kommen, wenn die Mädchen beim Unterricht sind und Augustus das Haus verlassen hat, um in seinen Club zu gehen."

Grace sah so aus, als wolle sie weitere Einwände erheben, doch sie wurde von einem ohrenbetäubenden Hustenanfall unterbrochen, der über den Gang hallte; sie lauschten beide. Nur wenige Sekunden später hörten sie, wie ihre Mutter in die Richtung eilte, aus der das Geräusch gekommen war.

Grace sank wieder in die Sofapolster zurück. „Es wird immer schlimmer, findest du nicht auch?", fragte sie verdrießlich; sie meinte den Gesundheitszustand des Earls, der sich zusehends verschlechterte.

„Den Eindruck habe ich auch“, stimmte Honor ihr zu.

„Dein Plan grenzt an Wahnsinn, ist dir das klar?“

„Und das ist noch milde ausgedrückt“, sagte Honor. „Aber der Wahnsinn könnte ganz unterhaltsam werden.“

Grace lächelte mitleidig. „Ich glaube, bei dir ist jede Hoffnung verloren.“

„Ganz im Gegenteil, meine Liebe – ich bin ganz erfüllt von Hoffnung“, sagte Honor. Aus dem Augenwinkel sah sie, dass sich etwas bewegte, und drehte sich zur Tür um. Ihre Mutter stand im Türrahmen und blickte starr ins Zimmer hinein.

„Mama?“, fragte Honor. „Ist irgendetwas nicht in Ordnung?“

Lady Beckington runzelte leicht die Stirn.

„Mama“, wiederholte Honor und trat zu ihrer Mutter hin. „Wolltest du nach dem Earl sehen?“

„Oh, Honor“, rief ihre Mutter mit deutlicher Erleichterung in ihrer Stimme. „Du bist wieder zu Hause! Ja, dem Earl geht es nicht gut. Ich sollte einmal nach ihm sehen“, fuhr sie fort und drückte liebevoll Honors Hand, dann drehte sie sich um und lief den Korridor hinab zum Schlafzimmer des Earls.

Honor drehte sich zu Grace um. „Ich verstehe das einfach nicht. Vor nicht einmal einer Viertelstunde war sie ganz normal.“

„Wir sollten nach Dr. Cardigan schicken“, schlug Grace vor.

„Dann riskieren wir, dass der gesamte *ton* Bescheid weiß, noch ehe der Earl unter der Erde ist. Dr. Cardigan macht Hausbesuche bei jeder alten Schachtel in ganz Mayfair! Das können wir nicht machen Grace, nicht, wenn es nicht unbedingt sein muss.“

Es brach einem schlichtweg das Herz, mit ansehen zu müssen, wie die eigene geliebte Mutter langsam senil wurde. Die charmante, kluge Joan Devereaux – Honor kannte wirklich niemanden, der eine schlechte Meinung von ihr hatte; außerdem war sie unglaublich erfindungsreich gewesen – hatte wie keine Zweite gewusst, wie man sich in einem Ballsaal bewegen musste, und sie hatte es geschafft, ihren Töchtern ein gutes Leben zu bieten, nachdem ihr Ehemann verstorben war. Damals war Honor gerade elf Jahre alt gewesen, doch sie erinnerte sich noch genau daran, wie ihre Mutter einmal zwei alte Kleider zu einer Freundin gebracht hatte – gemeinsam hatten sie dann ein atemberaubendes Ballkleid daraus gemacht. Ihre Mutter hatte es beim nächsten großen Ball getragen und schon am Morgen darauf hatte sie ihre Töchter noch im Bett um sich versammelt, um ihnen vom Earl of Beckington zu erzählen.

Sie hatte aus der Not heraus die Nähe des Earls gesucht, aber Honor war fest davon überzeugt, dass ihre Mutter mit der Zeit echte Zuneigung zu dem wesentlich älteren Mann gefasst hatte. Niemand hätte Lady Beckington einen Vorwurf gemacht, wenn sie die Pflege des Earls einer Krankenschwester überlassen hätte, doch ihre Mutter hatte sich geweigert, das zu tun. Sie kümmerte sich Tag für Tag um ihn.

Der Klang rasselnden Hustens drang erneut zu ihnen. „Ich gehe ihr helfen", sagte Grace und erhob sich vom Sofa, um sich auf den Weg zu machen. An der Tür drehte sie sich jedoch noch einmal um und sah ihre Schwester an. „Pass bloß auf dich auf, Honor. Du spielst ein sehr gefährliches Spiel."

„Ganz bestimmt", versicherte Honor.

Später sollte sie sich an das leichtherzige Versprechen erinnern, das sie ihrer Schwester gegeben hatte. Sie hatte nicht ernsthaft geglaubt, dass George Easton sie in Beckington aufsuchen würde.

Aber genau das tat er.

6. Kapitel

George war wirklich nicht leicht zu beeindrucken, doch Honor Cabot hatte es gerade geschafft. Angefangen bei ihrer unverschämten Einladung bis hin zu ihrem lächerlichen, *unsinnigen*, hirnverbrannten Vorschlag, hätte George nichts mehr verblüffen können, nicht einmal, wenn der König von England ihn als legitimen Neffen anerkannt hätte.

Nachdem er Berkeley Square gestern verlassen hatte, hatte er in seinem eigenen Saft geschmort. Ihre Schönheit hatte ihn, wie sie es immer tat, erregt und gleichzeitig empfand er Abscheu vor Miss Cabot ebenso wie vor sich selbst, weil er sich von ihr wieder hatte um den Finger wickeln lassen. Was hatte diese Debütantin nur an sich, dass sie ihn mit ihrem Lächeln so einfach umgarnen konnte? Er war fest entschlossen, sie nicht wiederzusehen. Sie bedeutete nichts als Scherereien. Tatsächlich wäre er beinahe nach Beckington House geritten, um diesem Einfaltspinsel Sommerfield zu erzählen, was seine Stiefschwester vorhatte. Sie verdiente es wirklich nicht besser.

Doch George war nicht nach Beckington House geritten. Stattdessen hatte er sich auf den Heimweg gemacht, er war schnell geritten, auf der Flucht vor einem Paar blauer Augen mit schwarzen Wimpern, deren Bild er nicht wieder loswurde.

Verdammt. Verdammt!

Er hatte trotzdem geglaubt, dass er nur darüber schlafen musste, um die Geschichte zu beenden, dass er danach keinen flüchtigen Gedanken mehr an die junge Frau verschwenden würde. Gestern Abend war er ausgegangen wie immer und hatte mit einigen anderen Gentlemen im Coventry House Club zu Abend gegessen. Danach konnten weder das Kartenspiel noch die Gespräch seine Aufmerksamkeit lange gefangen halten, deshalb war er schon vor Mitternacht nach Hause zurückgekehrt.

Finnegan hatte kein Wort darüber verloren, dass er so viel früher heimkam als üblich. Er hatte nur eine Augenbraue fragend hochgezogen. „Machen Sie nicht so ein vielsagendes Gesicht“, hatte George gebrummt, als er an ihm vorbeigeeilt war.

George war zwar früh schlafen gegangen, doch er hatte sich unruhig hin und her gewälzt. Schließlich legte er sich auf den Rücken, legte einen Arm über seinen Kopf, den anderen auf seine nackte Brust und starrte den Betthimmel über sich an. Mit zusammengebissenen Zähnen dachte er über die seltsame Begegnung nach.

Er hatte in seinem ganzen Leben noch nie so etwas Törichtes gehört wie Honor Cabots Vorschlag. Außerdem konnte er es kaum ertragen, die Horden von Debütantinnen anzusehen, die sich in Mayfair tummelten – alberne Gänse in hübschen Kleidchen, die Spielchen mit ihren Verehrern spielten.

Honor Cabot war jedoch die Schlimmste von allen, denn ihr Spiel war regelrecht gefährlich.

Das Problem lag darin, dass George, das hatte er sehr wohl erkannt, sich von gefährlichen Frauen angezogen fühlte. Er machte sich keinerlei Illusionen – Honor Cabot war von Natur aus eine gefährliche Frau und das wurde noch verstärkt dadurch, dass sie eine Schönheit mit einem gewinnenden Lächeln war. Unglücklicherweise waren es Schönheit und Gerissenheit, die ihn an einer Frau am meisten reizten.

Warum nur, fragte er sich, als er grübelnd allein in der Dunkelheit der Nacht lag, konnte er sich nicht einfach mit einer tugendhaften Frau zufriedengeben? Einer keuschen Frau, die eine gute Gattin abgab und ihm hübsche Kinder schenkte, jemandem, der ihn dazu zwang, den Sonntagsgottesdienst zu besuchen und Bettlern ein Almosen zu geben, die pflichtbewusst die Beine für ihn spreizen würde? Er nahm an, dass er sich eines Tages für genau so eine Frau entscheiden würde, die gut und rein war, immer wusste, wo seine Brille und seine Hausschuhe waren und mit der er die Abende verbringen konnte, er mit Lesen und sie mit Handarbeiten.

Eines Tages.

Jetzt hatte er für so etwas jedoch keine Zeit, nicht, wenn ein Schiff voller Baumwolle, das von seinen Abnehmern sehnlichst erwartet wurde, mit Verspätung auf dem Weg in den Hafen war.

Wie kam es dann bloß, dass George am nächsten Nachmittag auf dem Grosvenor Square stand und das imposante Stadthaus der Beckingtons betrachtete, dessen lange Reihen von Fenstern in der Nachmittagssonne schwarz wirkten? *Was für ein unverzeihlicher Leichtsinn.*

Zunächst antwortete niemand, als er dreimal an die Tür klopfte, aber als er sich schon wieder zum Gehen wandte, wurde plötzlich geöffnet. Ein Mann mit schütterem Haar stand gebieterisch vor ihm.

George fischte eine Visitenkarte aus der Innentasche seines Mantels. „Mr Easton, ich bin hier, um Miss Honor Cabot zu besuchen. Wenn Sie wohl so freundlich wären?“

Der Mann nickte und verschwand für einen Augenblick, dann kehrte er mit einem Silbertablett zurück, das er George hinhielt. Nachdem George seine Karte auf das Tablett gelegt hatte, öffnete sich die Tür weiter. Der Mann trat zur Seite und neigte den Kopf, um George hereinzubitten. Dieser trat über die Schwelle. Dabei nahm er vorsorglich den Hut ab.

„Wenn ich Sie bitten dürfte, hier zu warten, Mr Easton, ich werde Miss Cabot darüber informieren, dass Sie hier sind“, sagte der Butler und eilte los, dabei hielt er das Silbertablett hoch vor sich.

George sah sich in der luftigen Eingangshalle um und betrachtete den reich verzierten Kronleuchter, der in großer Höhe über ihm schwebte. An den Wänden hingen Gemälde, Porträts und Landschaften. Der Marmorboden war poliert worden, bis er glänzte, und auf einem Tisch in der Nähe standen goldene Leuchter mit frischen Bienenwachskerzen sauber aufgereiht.

Er hörte den Butler zurückkommen, ehe er ihn sah, seine schnellen Schritte hallten den Korridor hinab, in dem er vorher verschwunden war. Der Mann verbeugte sich vor ihm. „Erlauben Sie bitte, dass ich Sie in eines der Empfangszimmer begleite, Sir“, sagte er und stellte sorgsam das Silbertablett ab, das jetzt leer war. Dann ging er voran in die entgegengesetzte Richtung, aus der er gekommen war, den westlichen Korridor hinab.

George folgte ihm. Hintereinander gingen sie einen Flur entlang, der mit Teppich ausgelegt war, vorbei an blank polierten Holztüren und Kerzenhaltern mit noch mehr Bienenwachskerzen an den Wänden. George musste daran denken, wie sehr seine Mutter sich immer gefreut hatte, wenn sie sich einmal eine oder zwei Bienenwachskerzen leisten konnten, weil es im Haus dann eine Zeit lang nicht nach den Talglichtern gerochen hatte, die sie normalerweise benutzte.

Der Butler betrat den letzten Raum auf der rechten Seite. Er öffnete die breite Flügeltür, stieß sie weit auf und brachte mit dem Fuß einen Türstopper in Position. Dann durchquerte er den kleinen Raum und öffnete die schweren Fenstervorhänge, die er mit Schnüren befestigte, ehe er sich zu George umdrehte. „Ist Ihnen der Raum angenehm, Sir, oder soll ich einen der Lakaien schicken, um den Kamin anzuzünden?“

„Das wird nicht nötig sein“, sagte George förmlich. „Ich habe nicht vor, lange zu bleiben.“

„Wie Sie wünschen, Sir. Wenn es an irgendetwas fehlt, der Klingelzug befindet sich gleich hier drüben.“ Der Butler wies mit dem Kinn auf ein Seil aus breiten Samtstreifen neben der Tür. „Miss Cabot wird Ihnen gleich Gesellschaft leisten.“ Mit diesen Worten verließ er den kleinen Salon.

George legte seinen Hut ab und betrachtete eines der Gemälde an der Wand, während er wartete. Er starrte hinauf in das aufgedunsene Gesicht eines der Beckington'schen Vorväter. In Häusern wie diesem nahm er stets die Familienporträts genau in Augenschein und suchte nach Ähnlichkeiten mit sich selbst. Auf diese Weise erhoffte er sich Hinweise darauf, mit wem er verwandt sein könnte. Dieser Mann sah dem verstorbenen Gloucester so gar nicht ähnlich, wenn man von der leicht hakenförmigen Nase absah. George war so versunken in die Betrachtung seiner Gesichtszüge, dass er nicht bemerkte, wie Miss Cabot ins Zimmer kam, bis sie, in eine blassgelbe Wolke gehüllt, vollends hereinschwebte. Ihre Schleppe wirbelte um sie herum, als sie in den Korridor hinaussah und dann leise die Türen schloss.

Sie drehte sich schwungvoll zu ihm um und schenkte ihm ein strahlendes Lächeln. Dabei hielt sie die Hände unter der Brust gefaltet, fast wie ein Chorknabe, der sich zu singen anschickt. Doch alles Engelhafte verlor sich in dem Augenblick, als er bemerkte, dass das Kleid, das sie trug, sie nicht wie das von gestern bis zum Kinn verhüllte. Dieses Kleid hier hatte einen modisch tiefen Ausschnitt, aus dem die weichen Hügel ihrer Brüste beinahe hervorzuquellen schienen ... Dieses Missgeschick hätte George nur zu gern miterlebt.

Sie hatte seine Faszination für ihr Dekolleté offensichtlich nicht bemerkt. „Sie sind wirklich gekommen“, sagte sie atemlos.

Trottel, der er war, allerdings. George neigte zustimmend den Kopf.

„Ich kann es kaum glauben! Ich war mir ganz sicher, dass Sie nicht kommen würden, und ich wusste nicht, was ich tun sollte, wenn nicht. Aber hier sind Sie nun!“, rief sie und breitete dabei die Arme aus. „Sie werden mir helfen!“

„Ehe Sie vor lauter Freude den Boden unter den Füßen verlieren, Miss Cabot, müssen Sie bitte einsehen, dass ich nicht hier bin, um bei Ihrem Wahnsinn mitzumachen, sondern um Sie davon abzuhalten.“

Sie blinzelte und ihre wunderschönen blauen Augen blickten ungläubig. „Mich *abzuhalten*“, wiederholte sie, als hätte sie das Wort noch nie gehört. George nahm an, dass das durchaus der Fall sein konnte. „Aber das ist nicht möglich, Mr Easton. Ich bin fest entschlossen. Wenn ich mir einmal etwas in den Kopf gesetzt habe, verwende ich meine ganze Energie darauf. Also – werden Sie mir helfen?“

George konnte nicht anders, er musste insgeheim lachen bei so viel hartnäckiger Entschlossenheit. „Nein.“

„Nein?“

„Das ist doch Wahnsinn, der reine, ultimative Wahnsinn“, sagte er. „Es ist fürchterlich, dem eigenen Bruder so etwas antun zu wollen oder einem Freund, und als Gentleman empfinde ich es als meine Pflicht, Sie davon abzuhalten und Sie nicht auch noch zu unterstützen.“

Plötzlich erstarb ihr strahlendes Lächeln. Sie verschränkte die Arme vor der Brust. „Also gut, Mr Easton. Sie haben hiermit Ihre Pflicht als Gentleman getan“, sagte sie, ohne dass dabei die geringste Ehrfurcht mitschwang. „Werden Sie mir also jetzt helfen?“

George starrte sie fassungslos an. Doch dann konnte er nicht mehr an sich halten – er musste einfach lachen. „Sie sind wahrscheinlich die halsstarrigste Frau, die ich je getroffen habe.“

„Dann haben Sie vielleicht nicht so viele Frauen getroffen, wie die Gerüchteküche behauptet“, erwiderte sie keck. „Glauben Sie etwa, dass es mir leichtfällt, Sie um diesen Gefallen zu bitten? Dass das Ganze nichts weiter ist als eine kindische Laune? Ganz und gar nicht, Sir. Monica Hargrove hat vor, meine Familie aus dem Haus zu jagen, wenn sie meinen Bruder heiratet. Das hat sie mir selbst gesagt. Außerdem glaube ich Ihnen kein Wort, wenn Sie mir weismachen wollen, dass sie den ganzen Weg hierhergekommen sind, nur um mir zu sagen, dass Sie mir *nicht* helfen wollen. Dann hätten Sie mir eine kurze Nachricht schicken oder ganz einfach schweigen können, oder etwa nicht?"

Da hatte sie allerdings recht und George war nicht ganz wohl dabei zumute, dass sie es so direkt aussprach. Er zuckte mit den Schultern.

„Dass Sie das nicht getan haben, zeigt mir doch bereits, dass Sie über meine Bitte zumindest nachgedacht haben. Ist es nicht so?"

Er kam sich vor wie ein ungezogener kleiner Junge, den man bei einem Streich ertappt hatte. Sie hatte ihn, genau wie damals an diesem Abend in Southwark, diese clevere und gerissene junge Dame. Und sie wusste es, denn auf ihren vollen Lippen erschien jetzt ein Lächeln, das Grübchen in ihre Wangen zauberte. Dieses Lächeln war der kleine Windhauch, der ausreichte, um glimmende Asche wieder anzufachen, und George fühlte, wie eine kleine Flamme aufloderte.

„Mir scheint, wir sind uns einig", sagte sie mit sanfter Stimme.

„Nicht so schnell." Er sah sie von oben bis unten an. Zu gern hätte er seine Finger und seine Zunge in dieses Fleisch vergraben und den Duft ihrer Haare gerochen. „Wenn ich Sie so gar nicht überzeugen kann ..."

„Auf keinen Fall."

„Dann ist es also meine Pflicht als Gentleman, dafür zu sorgen, dass Sie Miss Hargrove keinen Schaden zufügen."

Miss Cabot strahlte vor Siegesgewissheit. „Wie überaus freundlich von Ihnen."

„Ich bin nicht im Mindesten freundlich, Miss Cabot. Aber ich habe meine Prinzipien. Ich bin mir nicht sicher, dass man von Ihnen das Gleiche sagen könnte."

„Ihre Sorge um Monica rührt mich sehr", sagte sie in zuckersüßem Tonfall. „Mir geht es ausschließlich darum, dass sie erkennt, dass sich ihr andere, vielleicht sogar attraktivere Möglichkeiten bieten, sodass sie es vielleicht nicht ganz so eilig hat, vor dem Altar zu stehen, wie jetzt gerade. Ich kann darin keinen Schaden erkennen."

„Das ist durchaus zweifelhaft", sagte er, während er von ihren weiblichen Reizen angezogen wurde und näher auf sie zu trat. „Es bleibt noch zu klären, was für eine Gegenleistung ich für diesen ... verabscheuungswürdigen Gefallen zu erwarten habe."

„Natürlich", sagte sie mit ernster Stimme und verschränkte die Arme dicht vor ihrem Körper.

„Lassen Sie uns mit der Vereinbarung anfangen, dass Sie mir die einhundert Pfund zurückgeben, die Sie in Southwark gewonnen haben."

„Zweiundneunzig", verbesserte sie ihn.

„Dann also zweiundneunzig Pfund", gab er zurück, während er ihren Mund ansah, „für die Sie von mir eine Vorstellung als Herzensbrecher bekommen, die dafür sorgt, dass Miss Hargrove sich noch einmal in der Männerwelt umsieht. Das sollte wohl genügen."

„Nun ja ..." Miss Cabot hob eine Augenbraue.

„Was ist?", fragte er.

„Nur eine Kleinigkeit", sagte sie leichthin und zuckte die Schultern. „Mir scheint, Sie sind sich Ihrer Sache sehr sicher."

George starrte sie ungläubig an. Er wünschte sich in diesem Augenblick nichts sehnlicher, als dass diese verfluchte Unverfrorenheit dieser verwöhnten, überprivilegierten jungen Dame ihn weniger fesseln würde. „Selbstverständlich bin ich mir sicher, Miss Cabot."

„Ach du liebe Zeit, ich wollte Sie doch nicht beleidigen", sagte sie und schenkte ihm ihr schönstes Lächeln. „Ich habe keinerlei Zweifel, dass es Ihnen ein Leichtes wäre, den meisten Debütantinnen den Kopf zu verdrehen ..."

„Sie reiten sich gerade immer tiefer in Ihre Misere hinein."

Sie biss sich auf die Lippen.

Er hätte ihr auch gern ein wenig auf diese Lippen gebissen. George runzelte die Stirn – das alles gefiel ihm überhaupt nicht. Wenn er solche Fantasien hatte, nahm es für ihn gewöhnlich kein gutes Ende. Es gab einige Frauen in der Stadt, die das bestätigen konnten. „Also dann? Ich werde mich mit Miss Hargrove unterhalten und ihr ein paar schmalzige Komplimente machen", sagte er mit einer nachlässigen Handbewegung, „dafür erhalte ich zweiundneunzig Pfund von Ihnen." Er streckte ihr die Hand entgegen, um das Geschäft zu besiegeln.

Aber Miss Cabot sah seine Hand zögernd an.

George seufzte. „Was ist denn nun schon wieder, um Himmels willen?"

„Ich bin unter einer Bedingung damit einverstanden", sagte sie und streckte dabei den Zeigefinger aus.

„Sie sind überhaupt nicht in der Position, irgendwelche Bedingungen zu stellen ..."

„Das ist richtig“, gab sie schnell zu. „Dennoch ... Sie müssen mir erlauben, Ihnen den einen oder anderen Rat zu geben.“

Es dauerte einen Augenblick, ehe George den Sinn ihrer Worte erfasst hatte. „Bei allem, was recht ist, aber von Ihnen brauche ich nun wirklich keine Ratschläge“, sagte er wütend. „Sie haben mich doch wegen meiner Erfahrung angesprochen, oder nicht? Ich glaube, ich weiß selbst am besten, was man tun muss, um einer Debütantin zu gefallen.“

„Ja, sicher ... aber ich kenne sie besser als sonst irgendjemand“, antwortete sie und legte den Kopf in den Nacken, um ihm direkt in die Augen zu sehen.

„Gott im Himmel, Sie reden ja, als wäre ich in kurzen Hosen zu unserem Treffen gekommen ...“

„Das wollte ich damit ganz gewiss nicht sagen ...“

Plötzlich umfasste George ihre Taille und zog sie an sich.

„Mr Easton!“, rief sie laut. „Was machen Sie denn?“

Ihm war selber nicht klar, was er tat. Wahrscheinlich brachen sich gerade irgendwelche Urinstinkte in ihm Bahn. „Ich brauche keinen Rat von Ihnen“, sagte er leise und strich mit seinen Fingerknöcheln über ihre Schläfe.

„Sie nehmen sich wirklich zu viel heraus“, sagte sie wütend, doch mit den Händen umklammerte sie seine Oberarme und machte keinerlei Anstalten, sich aus seiner Umarmung zu lösen.

„Das ist mir wohl bewusst.“ Er sah ihr mitten ins Gesicht. „Und doch gefällt es Ihnen. Das ist genau das, was ich meine.“

„Sind Sie immer so von sich selbst eingenommen, Sir?“

„Und Sie?“, gab er zurück.

„Sie glauben, dass ich Sie nicht verstanden habe“, sagte sie auf Höhe seines Mundes, woraufhin sein Puls dumpf in seinen Ohren zu dröhnen begann. „Aber bilden Sie sich bloß nichts ein – ich bin empört.“

„Wenn Sie wirklich empört wären“, sagte er und imitierte dabei ihren Tonfall, „dann würden sie treten und kratzen wie jedes anständige kleine Mädchen, damit ich Sie gehen lasse.“ Er zog eine Augenbraue hoch und war gespannt, ob sie es wagen würde, ihm zu widersprechen.

Sie runzelte die Stirn und sah ihn finster an.

„Na also“, sagte er und fuhr mit den Fingern über ihr Schlüsselbein. Es fühlte sich klein und zerbrechlich an. „Mir scheint, dass ich wesentlich mehr über Frauen weiß als Sie."

Diese Bemerkung beantwortete Honor Cabot mit einem festen Tritt gegen das Schienbein.

George ließ sie sofort los und fasste sich ans Bein. „Autsch", sagte er mit schmerzverzerrtem Gesicht.

Miss Cabot stemmte die Hände in die Seiten und sah aus zornig funkelnden Augen zu, wie er sich das Schienbein rieb. „Ich gestehe Ihnen zu, dass Sie bereits Bekanntschaft mit einigen Frauen gemacht haben, Mr Easton. Jeder in Mayfair weiß, wie *gut* diese Bekanntschaften sind. Aber *ich* bin mit Monica Hargrove gut bekannt. Ich weiß, was sie attraktiv findet und was sie abstoßen wird, und ich bestehe darauf, dass Sie mir zumindest gestatten, Sie auf diese Begegnung vorzubereiten."

Er hatte wirklich einige Frauen in seinem Leben gekannt, aber so eine wie Honor Cabot war ihm noch nie begegnet. Es war außerdem gar nicht zu seinem Vorteil, wenn sie merkte, dass seine Fassade Risse bekommen hatte, denn jetzt breitete sich ein Lächeln auf ihrem Gesicht aus. Zum Teufel, dieses Lächeln wäre noch sein Untergang! Es ging ihm durch Mark und Bein, ließ sein Blut aufwallen und Spannung durchzog seinen ganzen Körper. Wie war es nur möglich, dass diese kleine Frau ihn so um den Finger wickeln konnte? Mit einem resignierten Seufzer richtete er sich wieder auf.

„Wie es der Zufall will, weiß ich, dass sie am Freitag bei den Garfields zu Gast sein wird", sagte Miss Cabot.

Seine lustvollen Überlegungen wurden von nackter Angst verdrängt. George wusste von der Zusammenkunft bei den Garfields; jeder in London wusste davon. Der *haut ton* würde geschlossen dort sein. Sein ganzes Leben lang war ihm die vornehme Gesellschaft als beispielhaft vor Augen gehalten worden, als Ideal, das er nie erreichen konnte, als Welt, zu der er nie würde gehören können. Er war sich der Tatsache durchaus bewusst, dass er in ihren Reihen nicht toleriert würde, wenn sein Wohlstand nicht wäre. Er fürchtete, dass sie ihn meiden würden wie einen Aussätzigen, wenn er eines Tages sein Vermögen verlor – und im Augenblick gab es durchaus Grund zu der Befürchtung, dass das passieren konnte. Es gab nichts Erbärmlicheres als jemanden, der versucht hatte dazuzugehören und dabei kläglich versagt hatte.

George war sein Leben lang behandelt worden, als wäre er irgendwie minderwertig, als könne er den anderen nicht das Wasser reichen, weil sein Vater ihn nie anerkannt hatte. Diese Weigerung seines Vaters war zu Georges Kreuz geworden, das er zu tragen hatte, ob er wollte oder nicht. Er hatte sich angewöhnt, sein Herz niemandem zu öffnen, emotional immer auf Distanz zu bleiben. Manchmal kam er sich dabei vor wie die Vollblutpferde der königlichen Kavallerie, die er als Kind hatte striegeln müssen. Wie sie war er stolz und unnahbar, seine Bewegungen präzise, sein Aussehen bewundernswert. Aber er schaute weder nach rechts noch nach links, hängte sein Herz nicht an Dinge, die außerhalb seiner Reichweite lagen. Er setzte stetig seinen Weg fort mit langen Schritten und hoch erhobenem Kopf.

George hatte schon schmerzhafte Enttäuschungen erfahren und dennoch hielt er sich nicht für verbittert – im Gegenteil, er war im Großen und Ganzen glücklich mit seinem Leben. Aber er gab sich auch redlich Mühe, Ereignisse wie bei den Garfields zu meiden.

„*Nein*", sagte er sofort.

„Aber Mr Easton! Eine bessere Gelegenheit bietet sich so schnell nicht", sagte Miss Cabot. Dabei leuchteten ihre Augen im Triumph darüber, dass er nachgegeben hatte. *Schon wieder.*

„Ich glaube, ich habe mich bei unserem ersten Treffen deutlich genug ausgedrückt: Ich werde keinen einzigen Salon betreten."

„Aber ich kann dafür sorgen, dass man Sie einlädt …"

„Wie bitte? Sie können was? Ich habe es überhaupt nicht nötig, dass Sie zu meinen Gunsten für irgendetwas sorgen, Miss Cabot. Sie können sich das sicherlich nicht vorstellen, aber es gibt Menschen, so wie mich, denen überhaupt nichts daran liegt, den Abend unter lauter albernen Debütantinnen zu verbringen!"

Wenn seine Rede überhaupt irgendeinen Effekt hatte, dann den, dass Miss Cabots Lächeln noch mehr strahlte. Sie glaubte ihm demnach kein Wort. „Sie halten mich doch sicherlich nicht für derart naiv, Sir", sagte sie kess. „Sie halten sich von solchen Gesellschaften fern, weil Sie ohne Einladung keinen Zutritt erhalten. Aber ich kann Ihnen genau so eine Einladung besorgen. Und Sie müssen zugegen, dass Sie so eine perfekte Gelegenheit so schnell nicht wieder bekommen werden. Augustus wird nicht dort sein und alles, was Sie tun müssen, ist, mit Miss Hargrove zu sprechen, sodass sie den Eindruck bekommt, dass Sie sie anziehend finden."

„Dafür brauche ich auf keine solche Gesellschaft zu gehen", sagte er kühl.

„Wie stellen Sie sich das denn vor? Wollen Sie sie einfach auf der Straße ansprechen?", fragte Miss Cabot mit fröhlichem Spott.

Ohne groß nachzudenken, nahm sie seine Hand. „Kommen Sie", sagte sie und zog ihn hinter sich her, bis sie in der Mitte des Raumes standen. „Stellen Sie sich genau hierhin, wenn Sie so freundlich sein wollen." Sie nahm einen der Stühle, die neben dem Kamin standen, baute ihn vor ihm auf und setzte sich. Dabei drapierte sie ihre Röcke um sich herum und legte anmutig die Hände in den Schoß. „Los geht's. Wir befinden uns also in einem Salon."

George starrte auf sie hinab.

„Fangen Sie an", sagte sie mit einem süßen Lächeln. „Stellen Sie sich vor, ich sei Miss Hargrove, und Sie fangen ein Gespräch mit mir an." Sie rückte sich noch einmal auf dem Stuhl zurecht und sah dann in die andere Richtung.

George konnte es kaum glauben: Er stand mitten im Empfangssalon von Beckington House und sollte ein lächerliches Flirtspiel mitspielen. „Das ist doch albern", seufzte er.

„Ach bitte", sagte sie mit unschuldigem Augenaufschlag.

Bei allem, was mir heilig ist. Er fluchte leise vor sich hin, dann fuhr er sich mit der Hand durchs Haar und verbeugte sich vor ihr. „Guten Abend, Miss Hargrove."

Miss Cabot sah ihn von der Seite an. „Oh, Mr Easton", sagte sie und nickte ihm höflich zu, ehe sie wieder in die andere Richtung sah.

George stand wie angewurzelt da. Auf diese Weise würde er niemals versuchen, Miss Hargrove den Kopf zu verdrehen, ganz im Gegenteil. Er hatte wirklich noch nie versucht, auf diese Weise eine Frau anzusprechen, und er fragte sich, was eigentlich in den Männern vorging, die das so versuchten. Für ihn fühlte sich der Versuch sehr verzweifelt an. Verhielten sich die jungen wilden Kerle in den Salons von Mayfair tatsächlich so?

Honor warf ihm wieder einen Seitenblick zu. „Setzen Sie sich neben mich", flüsterte sie.

„Warum?", wollte George wissen.

„Sie müssen mit mir auf Augenhöhe sein. Sie sehen so…" Sie sah ihn von oben bis unten an, und wenn George sich nicht getäuscht hatte, war sie ein wenig rot geworden. „*Groß*", sagte sie schließlich. „Sie sehen sehr groß aus, wenn Sie sich auf diese Weise vor mir aufbauen."

George verstand nicht, worauf sie hinauswollte. „Aber ich *bin* groß."

„Und gerade das wirkt auf eine sensible junge Frau ziemlich einschüchternd", erklärte sie. „Bitte setzen Sie sich doch."

„Einschüchternd!" Er musste lachen. „Ich kann mir kaum vorstellen, dass es irgendetwas gibt, das Sie wirklich einschüchtert, Miss Cabot."

„Ganz gewiss nicht! Aber wir reden hier ja auch nicht von mir. Wir sprechen von Miss Hargrove."

George konnte ein weiteres Lachen nicht unterdrücken. „Zum Teufel damit", sagte er und zog einen weiteren Stuhl heran, den er direkt neben Miss Cabot abstellte, und setzte sich. Sie sah ihn nicht an. Sagte keinen Ton. Was sollte er jetzt tun? Er zerbrach sich den Kopf, was er wohl sagen könnte. „Das Wetter ist heute sehr angenehm", bemerkte er schließlich.

„Das ist es, allerdings." Sie sah immer noch nicht in seine Richtung. „Entschuldigen Sie mich bitte, Mr Easton, aber mir scheint, ich werde dort drüben gebraucht." Plötzlich stand sie auf und entfernte sich. Da er ihr nicht folgte – sollte er etwa auch noch wie ein Hündchen hinter ihr herlaufen? –, wirbelte sie herum und sah ihn mit gerunzelter Stirn an.

„Was soll denn das alles?", wollte George wissen.

„Mr Easton, was ich Ihnen damit zeigen will, ist, dass Sie nicht einmal versucht haben, mich in ein Gespräch zu verwickeln. Alles, was ich gesehen habe, war ein großer Kerl, der nicht wusste, was er sagen sollte."

Diese Feststellung berührte etwas in George – genau davor fürchtete er sich insgeheim: dass er die Ansprüche des *ton* niemals würde erfüllen können. „Jetzt reicht es mir aber", sagte er wütend. „Ich weigere mich, bei so einer komplizierten, festgelegten Flirtzeremonie mitzumachen."

Jäh sprang er auf und kam direkt auf sie zu.

„Was soll das denn?", rief Honor.

George antwortete nicht. Er umrundete einen Stuhl, der in seinem Weg stand, und näherte sich ihr weiter. Miss Cabot stolperte fast, als sie versuchte, sich in Sicherheit zu bringen, aber sie war zwischen einem Tisch und der Tür gefangen. Sie wirbelte herum, drückte sich mit dem Rücken an die Tür und riss die Augen weit auf, als er sich vor ihr aufbaute, mit einer Hand neben ihrem Kopf.

Miss Cabot blinzelte mit ihren blauen Augen. Alberne junge Gans. Ihr war nicht einmal bewusst, wenn sie das Tier im Mann zum Leben erweckte. „Ich kann Ihnen gern zeigen, wie man die Aufmerksamkeit einer sensiblen jungen Frau auf sich lenkt, Miss Cabot."

„Ist das Ihr Plan? Sie sind schon wieder zu forsch. Sie müssen es mit etwas mehr Taktgefühl angehen."

Plötzlich lächelte er und sah sie noch einmal von oben bis unten an. „Ich habe noch nicht einmal angefangen", murmelte er, dabei war sein Kopf nah an ihrem, sie konnte seinen Atem in ihrem Haar spüren. „Ich weiß genau, was zu tun wäre", fügte er leise hinzu und drehte den Kopf, sodass er mit den Lippen ihre Schläfe berührte. „Sie brauchen sich keine Gedanken zu machen."

„Dann reden Sie um Gottes willen nicht über das Wetter", wisperte sie.

Er war drauf und dran, die Sache in die Hand zu nehmen und ihr zu zeigen, wie ein Mann eine Frau verführte. Aber er unterdrückte die aufkeimende Lust. Zwar war er ein Mann, der sich gern am Körper einer Frau erfreute und ihr Lust bereitete, das ja – aber er war keiner, der sich mit einem jungen Mädchen einließ, das nicht mehr Erfahrung hatte als ein Kälbchen. „Zur Hölle mit dem Wetter. Ich werde stattdessen ihre alabasterfarbene Haut erwähnen", sagte er und berührte mit den Lippen ihre Wange. „Den Duft ihres Haars", fügte er hinzu und berührte mit seiner Nase ihre Locken. „Und dann werde ich noch beiläufig erwähnen, wie unwiderstehlich ihr Lächeln ist."

Miss Cabot rührte sich nicht. Sie hatte rote Flecken auf den Wangen, aber sie atmete noch einmal tief ein und aus, ehe sie sagte: „Das wäre doch schon mal ein Anfang, würde ich sagen."

Er konnte hören, dass ihre Stimme ein wenig zitterte, und lächelte in sich hinein, dann näherte er sich ihr noch ein wenig und legte eine Hand an ihre Taille. „Sie wollen, dass ich Miss Hargrove den Kopf verdrehe, meine Liebe? Dabei wird es nicht bleiben", sagte er mit sanfter Stimme, während er ihre Seite entlangstrich und mit der Hand ihre Hüfte drückte. „Ich werde dafür sorgen, dass sie es gar nicht erwarten kann, ihre Schenkel für mich zu öffnen."

Miss Cabot holte einmal tief Luft, sodass ihre Brust sich hob. „*Nein*", flüsterte sie.

„Nein? Ich werde sie nicht anfassen, falls es das ist, was Ihnen Sorge bereitet. Sie glauben vielleicht, mich zu kennen, aber ich bin ein Mann, der unterscheiden kann, mit wem er es zu tun hat." Er presste seinen Unterleib an ihren, sodass sie seine Erregung spüren konnte. „Ich gehe nur dorthin, wo man mich mit offenen Armen empfängt." Er küsste ihre Schläfe, dabei konnte er das Jagen ihres Pulses an seinen Lippen spüren. „Ich investiere nur dort, wo es sich lohnt", flüsterte er und drückte den Mund auf ihren Hals, dabei berührte er mit der Zungenspitze ihre Haut, während er mit der Hand eine Brust umfasste und leicht knetete.

„Kein Gentleman mit Selbstachtung würde die Hand an eine Dame legen", sagte Miss Cabot atemlos, während sie die Augen schloss und den Kopf in den Nacken legte, um ihn näher an sich heranzulassen.

Er hätte beinahe aufgelacht, als er sich ihrem Ohr näherte und an ihrem Ohrläppchen knabberte. „Das stimmt. Aber Sie haben sich doch nicht an mich gewandt, weil ich ein Gentleman mit Selbstachtung bin, Miss Cabot. Und jetzt seien Sie still", sagte er. Dabei legte den anderen Arm um sie, sodass er nach ihren Händen greifen konnte, die sie hinter dem Rücken verschränkt hielt. Er umfasste eines ihrer Handgelenke und hob die Hand an seinen Mund. Miss Cabot öffnete leicht die Lippen; sie fixierte ihn mit ihrem Blick. George drehte ihre Hand herum und leckte über die Innenseite ihres Handgelenks, ehe er es küsste. Ihre Haut duftete, sie war warm und seidenweich. Er konnte fühlen, wie sein Herz vor Lust schneller schlug. Er schob ihr eine Hand unter das Kinn, sodass sie den Kopf heben musste. Sie hatte die Augen weit aufgerissen, ihr Mund stand offen. George wusste, dass er jetzt nicht weiter gehen durfte, aber er küsste sie trotzdem. Dabei fuhr er spielerisch mit der Zunge über ihre Lippen und liebkoste erst ihre Brust, dann ihre Hüfte. Er fühlte, wie sie ihm langsam nachgab und er immer härter wurde. Er hob den Kopf und sagte: „Würden Sie mir die Ehre erweisen, mir einen Tanz zu versprechen, Miss Hargrove?"

Miss Cabot nickte. *„Also gut."* Ihre Stimme zitterte kaum merklich, doch sie fing sich schnell wieder und räusperte sich. Dann sagte sie noch einmal, mit fester Stimme: „Natürlich. Vielen Dank."

Er war sehr zufrieden mit sich. Er hatte ihr gezeigt, wozu er fähig war, wenn es um Verführung ging. Jetzt konnte er wieder angemessenen Abstand von ihr halten.

Miss Cabot rührte sich nicht. Sie starrte ihn eingeschüchtert an, ihr Blick fiel dabei auf das sichtbare Zeichen seiner Lust in seiner Hose.

George hob ohne das kleinste Unbehagen eine Augenbraue. Seine körperlichen Reaktionen waren schließlich so natürlich wie das Atmen, und wenn sie so etwas noch nie gesehen hatte, war das ihr Problem. „Also?", fragte er.

„Ich glaube", sagte sie, während sie nervös nach der Perlenkette tastete, die sie um den Hals trug, „Sie wissen schon, was zu tun ist." Noch immer starrte sie ihn ängstlich an. Dabei hielt sie den Blick auf seine Lippen gerichtet. Die Art, wie sie ihn ansah, berührte etwas Fürchterliches in seinem Inneren. Er musste jetzt gehen. Sofort. Ehe er etwas tat, das er später bereuen würde. „Dann sind wir uns ja einig, Miss Cabot. Sagen Sie mir noch das eine: Wann findet diese Gesellschaft statt?"

„Am Freitag", sagte sie. „Um halb neun."

Er nickte, nahm seinen Hut und setzte ihn sich auf den Kopf. „Ich werde dort sein."

„Vielen Dank noch einmal, Mr Easton. Sie wissen gar nicht, wie sehr Sie mir helfen." Ihr Lächeln war etwas unsicher, aber gleichzeitig überzog eine verräterische Röte ihre Wangen.

Das war es also. George hatte seinen Teufelspakt geschlossen und das alles nur für ein verdammtes Lächeln von ihr. Er war drauf und dran gewesen, ihr das Kleid vom Leib zu reißen, doch er würde Beckington House verlassen, ehe er noch weitere derartige Ideen entwickeln konnte. Bei allem, was ihm heilig war: Diese verantwortungslose und listige Person hatte ihn auf eine Weise für sich eingenommen, die ihm ganz und gar nicht gefiel. „Guten Tag, Miss Cabot."

„Guten Tag, Mr Easton", sagte sie, während sie noch immer gedankenverloren mit der Perlenkette spielte, und blickte ihm hinterher, wie er zur Tür hinausging.

7. Kapitel

Honor und Grace Cabot betraten die Gesellschaft der Garfields mit der Anmut von Prinzessinnen, aber heute Abend stach Honor ihre jüngere Schwester mit ihrem Kleid aus, das aus blassblauer, mit Perlen besetzter Seide war. Sie sah atemberaubend aus. Monica wendete den Blick ab und ging auf einen Lakaien zu, der ihre Tasse wieder mit Punsch füllte.

Monica war immer wieder aufs Neue überrascht, wie viele Kleider und Accessoires Honor und Grace besaßen. Sie hatte Augustus einmal im Spaß gefragt, wie viel von seinem Familienvermögen schon in die Ausstattung seiner Stiefschwestern geflossen war, aber er hatte ihr glaubhaft versichert, dass alles Geld, das sie dafür ausgaben, von ihrem verstorbenen Vater kam.

Natürlich dachte Augustus das, der arme Mensch hatte überhaupt keine Vorstellung davon, was eine Garderobe wie die von Honor kostete. Monica ließ sich nicht so einfach weismachen, dass der verstorbene Richard Cabot, der es in der anglikanischen Kirche immerhin bis zum Bischof gebracht hatte, seiner Familie dermaßen viel Geld hinterlassen hatte, dass seine Töchter sich einen extravaganten Lebensstil leisten konnten. Monica war der festen Überzeugung, dass Honor es sehr geschickt verstand, ihren kranken Stiefvater auszunutzen. Sie hatte dafür natürlich keinerlei Beweise, aber es war schließlich kaum möglich, dass eine unverheiratete Frau so modisch gekleidet war.

Monica ärgerte sich über Honor. Sie waren einmal die besten Freundinnen gewesen, aber es gefiel Monica überhaupt nicht, dass Honor alles bekam, was sie wollte. Einfach alles! Sie war sehr hübsch mit ihrem dunklen Haar, den erstaunlich blauen Augen und ihrem makellosen Teint. Monica selbst hatte kastanienbraunes Haar und braune Augen, und wenn sie neben Honor stand, konnte sie förmlich fühlen, wie sie mit dem Hintergrund verschmolz, bis sie nicht mehr zu sehen war.

Honor war außerdem durch nichts aus der Ruhe zu bringen, wirkte immer fröhlich, während Monicas zuweilen finstere Stimmung sich nie ganz verbergen ließ.

Und Honor durfte im palastähnlichen Beckington House wohnen, wenn sie in London war, oder auf dem majestätischen Landsitz des Earls in Longmeadow. Es war fast, als wäre Honor nach dem Tod ihres Vaters im Schoß des Luxus wieder aufgewacht. Jetzt, wo sie in die Gesellschaft eingeführt war, himmelten die Männer Honor förmlich an – man brauchte sich nur hier im Salon umzusehen und zu schauen, wie viele bewundernde Blicke ihr zugeworfen wurden. Honor wusste die Aufmerksamkeit, die sie genoss, überhaupt nicht zu schätzen. Andere junge Frauen hätten sich gefreut, unter so vielen Verehrern wählen zu dürfen, aber Honor ging nie über einen flüchtigen Flirt hinaus.

Und was hatte Monica? Zwei ältere Brüder, das war es, was sie hatte. Keiner der beiden verschwendete auch nur einen Gedanken an gesellschaftliche oder modische Fragen. Ihre Familie bewohnte ein anständiges Haus am Rande von Mayfair und ihr Vater war ein hoch angesehener Rechtsgelehrter. Kein Earl. Nicht einmal ein Baron. Ein Gelehrter.

Monica konnte schon froh darüber sein, dass man sie heute Abend in so erlesener Gesellschaft überhaupt duldete. Sie hatte sich nie über einen Mangel an Verehrern beklagen können, aber sie war nicht der Typ, der flirtete und sich mit mehreren jungen Männern gleichzeitig eingelassen hätte. Wenn sie ehrlich war, fürchtete sie sich ein wenig vor den meisten Männern und schätzte sich glücklich, Augustus, Viscount Sommerfield, für sich gewonnen zu haben.

Augustus schüchterte sie nicht ein; er betete sie förmlich an. Ihre Eltern waren überglücklich über ihre Verlobung, und je eher Monica ihn heiratete, desto lieber war es ihnen. Wer hätte gedacht, dass ihre Tochter in eine Adelsfamilie einheiraten und einmal Countess werden würde?

Es war Monica wohl bewusst, dass Honor glaubte, die Verlobung mit Augustus sei nur durch cleveres Taktieren zustande gekommen. Dabei war alles ganz ehrenvoll verlaufen. Zuerst hatten Augustus' Avancen Monica eher belustigt. Er war für ihren Geschmack ein wenig zu wohlgenährt und er konnte manchmal wirklich ungeschickt sein. Aber als aus Wochen Monate wurden, hatte sie ihn wirklich lieb gewonnen. Er war sehr aufmerksam und aufrichtig in seinen Gefühlen für sie. Sicherlich war es kein Nachteil, dass er eines Tages den Titel erben würde oder dass Monica dann die Herrin über Beckington House und weitere Güter sein würde. Monica hatte sich an diese Vorstellung gewöhnt und sie war der Überzeugung, dass Augustus und sie eine große, glückliche Familie haben würden.

Sie hatte überhaupt nicht über seine Stiefschwestern nachgedacht, bis ihre Mutter eines Tages angemerkt hatte, dass sechs Personen zu viel für eine Ehe waren, die doch vor allem zwei Menschen betreffen sollte. „Ich hoffe, dass du nicht ständig mit all diesen Mädchen um seine Aufmerksamkeit konkurrieren musst", hatte sie lachend gesagt. Oder: „Also, Honors Kleid ist wirklich wunderschön. Hoffentlich ist für *deine* Garderobe auch so viel Geld da, wenn du erst Countess bist."

Jetzt konnte Monica sich nicht mehr vorstellen, ihre rosige Zukunft mit einer Bande von Stiefschwestern zu teilen.

Wenn man vom Teufel sprach ... Monica warf einen Blick über ihre Schulter. Zwei Gentlemen hatten Honor abgefangen und lachten, als hätte sie soeben etwas schrecklich Witziges gesagt. Selbst aus dieser Entfernung konnte Monica noch das Funkeln in Honors Augen erkennen.

Monica wandte sich von der Szene ab und wurde von Lady Chatham aus ihren Gedanken gerissen, die wie aus dem Nichts aufgetaucht war und nun plötzlich direkt neben ihr stand.

„Lady Chatham", sagte Monica und machte einen Knicks.

„Guten Abend, Miss Hargrove", erwiderte diese fröhlich. „Sind Sie ganz alleine hier? Wo ist denn Ihr gut aussehender Verlobter?"

„Er kann heute Abend leider nicht kommen, er hatte bereits anderweitige Verpflichtungen."

„Ich verstehe", sagte Lady Chatham.

Monica konnte förmlich sehen, wie die Zahnräder in ihrem Kopf ratterten, um jedes bisschen Klatsch, dessen sie habhaft werden konnte, für morgen aufzusaugen, damit sie es dann brühwarm ihren Freundinnen erzählen konnte. „Mein Cousin Mr Hatcher begleitet mich heute Abend", fügte Monica hinzu.

„Der gute Mr Hatcher", sagte Lady Chatham, als würde sie ihn tatsächlich kennen. „Wie ich sehe, sind die Cabots auch hier.

Zumindest trägt Miss Cabot heute Abend Perlen im Haar und nicht die Haube von irgendjemand anderem."

Die ganze Angelegenheit war wirklich komplett aus dem Ruder gelaufen. Monica hatte die Haube tatsächlich für sich bestellt, aber als sie sie abholen wollte, war sie viel teurer als veranschlagt gewesen. Sie wollte sie wirklich nicht mehr haben – aber warum musste ausgerechnet Honor sie dann kaufen?

„Das war doch eine Nichtigkeit. Die Haube interessierte mich überhaupt nicht." Sie lächelte und hoffte, dass man ihr die Lüge nicht zu deutlich ansah.

„Also mir gefiel sie auch nicht", stimmte Lady Chatham ihr zu. „Mir scheint, sie ist doch um einiges zu auffällig und das, Miss Hargrove, ist einer jungen Dame ganz sicher nicht würdig."

Monica fand die Haube nicht ganz so auffällig und sie war sich ganz sicher, dass Honor sich nicht im Mindesten darum kümmerte, was alte Schachteln wie Lady Chatham von ihr dachten. Im Gegenteil – Honor war dafür bekannt, gern Risiken einzugehen und die Grenzen des gesellschaftlich Akzeptablen in Frage zu stellen. Das war der große Unterschied zwischen ihnen: Honor beugte die Regeln zu ihren Gunsten, während Monica sie befolgte.

„Miss Hargrove."

Monica drehte sich zur Seite und sah, dass Thomas Rivers neben sie getreten war.

„Lady Chatham", fügte er hinzu und neigte den Kopf vor der älteren Dame, ehe er sich mit einem Lächeln wieder an Monica wandte. „Miss Hargrove, würden Sie mir die Ehre erweisen?"

Lady Chatham wedelte mit der Hand und zwitscherte: „Natürlich, natürlich, Sie müssen tanzen und sich amüsieren, Miss Hargrove; ehe Sie sichs versehen, sind Sie eine verheiratete Frau."

„Wie bitte?", fragte Monica und wunderte sich, was Lady Chatham wohl gemeint haben konnte, doch die war schon davongesegelt.

Mr Rivers führte sie auf die Tanzfläche. Der Tanz begann mit zwei Drehungen, erst in die eine Richtung, dann in die andere. Während der zweiten Drehung fingt Monica den Blick von George Easton auf, der sie zu beobachten schien. Das war ja merkwürdig. Monica drehte sich in die andere Richtung.

Was machte George Easton denn hier? Sie hatte ihn natürlich

sofort erkannt – alle kannten ihn. Man behauptete nicht einfach so, der Neffe des Königs zu sein, ohne dass jemand davon Notiz nahm. Es wurde gemunkelt, dass er vor Kurzem sein ganzes Vermögen aufs Spiel gesetzt hatte.

Wie war er bloß an die Einladung gekommen? Lady Feathers, die erste Gastgeberin dieser Gesellschaft, war sehr streng, wenn es darum ging, wer Zutritt zu der Veranstaltung erhielt und wer nicht, und Monica konnte sich einfach nicht vorstellen, dass sie den Bastard des Duke of Gloucester einladen würde, schon gar nicht, wenn der Duke selbst ihn voller Verachtung als Betrüger bezeichnete.

Als der Tanz endete, führte Mr Rivers Monica an den Rand der Tanzfläche. Sie lehnte seine Einladung zu einer Erfrischung ab und sah ihm nach, während er sich entfernte – auf der Suche nach der nächsten Tanzpartnerin.

Monica sah sich in der Menge um – dort drüben tanzte Honor, mit leichtem und unbeschwertem Schritt hüpfte sie um Charles Braxton herum, während dieser sie aus großen Augen bewunderte wie ein Kind. Auch Grace war auf der Tanzfläche, ihr Lächeln strahlte mit den Kronleuchtern um die Wette und sie tanzte noch anmutiger als ihre Schwester.

Monica musste sich abwenden, das konnte sie einfach nicht mit ansehen. Sie suchte mit den Augen die Menge nach bekannten Gesichtern ab, nach Gesprächspartnern, da fühlte sie plötzlich einen Schauer ihren Rücken hinablaufen – sie konnte *fühlen*, dass jemand sie anstarrte, und als sie sich umdrehte, sah sie zu ihrer großen Überraschung, dass George Easton sie direkt anschaute.

Und er sah sie nicht nur an, sondern kam auch noch in ihre Richtung. Monica meinte, dass sie sich irren müsse, aber Easton kam geradewegs auf sie zu. Er lächelte freundlich und verbeugte sich tief. „Miss Hargrove, darf ich wohl so verwegen sein, mich Ihnen als Tanzpartner anzubieten? Ich hoffe, Sie halten mich nicht für unverschämt, aber ich habe gesehen, wie Sie mit Rivers getanzt haben, und konnte die Augen nicht von Ihnen abwenden. Ich bin George Easton, zu Ihren Diensten."

Wusste er denn nicht, dass ein Gentleman keine Dame einfach so ansprechen durfte, ohne dazu eingeladen worden zu sein? Monica sah sich unauffällig im Saal um, ob jemand diese Verletzung der Etikette bemerkt hatte. „Wie geht es Ihnen, Mr Easton?", sagte sie lächelnd. Sie fand seine Avancen sehr merkwürdig und doch konnte sie nicht anders, als sich ein wenig geschmeichelt zu fühlen.

Er schenkte ihr ein einnehmendes Lächeln. „Ich muss gestehen, ich bin ganz bezaubert."

Es war schon von Zeit zu Zeit vorgekommen, dass Gentlemen sie bezaubernd gefunden hatten, aber keiner von ihnen hatte es je so unverhohlen ausgesprochen. „Ist das wahr?", fragte sie und lächelte dabei schüchtern. „Es ist wirklich ungewöhnlich, dass ein Gentleman einfach uneingeladen auf eine Lady zukommt und dann so eine Erklärung abgibt."

„Ich bin ein ungewöhnlicher Mann", sagte er fröhlich. „Aber ich verstehe schon, ich bin zu forsch gewesen. Das hat man mir schon häufiger vorgeworfen, aber wenn es um eine schöne Frau geht, kann ich offensichtlich nicht anders. Darf ich Ihnen ein Glas Punsch holen, Miss Hargrove?"

Was war denn hier los? Warum redete er so mit ihr? Sie glaubte bei allem, was sie von ihm gehört hatte, keine Sekunde, dass ein Mann wie er, charmant und gut aussehend, von ihr auch nur im Mindesten eingenommen sein konnte. Plötzlich überkam sie große Neugier, was der Grund für sein Verhalten sein könnte. „Sie dürfen."

Er führte sie auf die andere Seite des Saals auf das Buffet zu, gab dem Lakaien ein Zeichen und nahm ein Glas Punsch entgegen, das er an Monica weiterreichte.

„Vielen Dank."

Easton lächelte erneut, dabei wurde sein Blick ganz sanft. Er war wirklich ziemlich gut aussehend, mit seinem energischen Kinn, den blauen Augen und den hellen Strähnen in seinem braunen Haar. Manchmal wünschte sich Monica, dass Augustus vollere Haare hätte, er wurde jetzt schon kahl oben auf dem Kopf.

Easton fasste sie sanft am Arm und führte sie vom Buffet weg. „Sie werden mich sicherlich schon wieder für dreist halten, wenn ich Ihnen sage, dass Sie die schönste Frau des heutigen Abends sind, aber so ist es."

Vielleicht konnte er nicht besonders gut sehen? „Aber es sind doch so viele Frauen hier heute Abend", erwiderte Monica.

„Keine von denen kann Ihnen auch nur annähernd das Wasser reichen." Er liebkoste mit seinen Fingern gedankenverloren ihr Handgelenk. In seinen Augen flackerte es beinahe und Monica begann zu verstehen, woher er seinen Ruf hatte, jede Frau verführen zu können.

„Ich habe zugesehen, wie Sie mit Rivers getanzt haben", sagte er und ließ seinen Blick herunter auf ihr Dekolleté wandern. „Dabei habe ich Ihre Schönheit bewundert."

„Das ist mir aufgefallen", gab Monica zurück.

Er beugte sich zu ihr hinüber. Den Kopf ganz nah an ihrem, flüsterte er: „Ich habe angefangen, Sommerfield sehr zu beneiden."

„Vielleicht sollten Sie das lieber Lord Sommerfield erzählen."

„Damit er mich herausfordert?"

Monica gestattete sich angesichts dieser Unverschämtheit ein Lächeln. Ein Mann wie Easton brauchte sich vor Augustus nicht zu fürchten, wenn es um Duelle oder Handgreiflichkeiten ging, oder wie auch immer Männer solche Sachen zu regeln pflegten. Eastons plötzliches Interesse an ihr machte Monica jedoch neugierig. Sie fragte sich, was er sich wohl erhoffte. Wollte er jemandem vorgestellt werden? Vielleicht sogar Augustus? Sie sah ihm direkt in die Augen und sagte: „Ich komme nicht umhin, mich zu fragen, weshalb Sie so plötzlich an mir interessiert sind."

Ihre Direktheit schien ihn zu überraschen. „Ich will doch meinen, dass eine schöne Frau wie Sie wo sie geht und steht von den Gentlemen bewundert wird, Miss Hargrove."

Er glaubte doch wohl nicht im Ernst, dass sie ihm das abnehmen würde? Das war nun wirklich ungeheuerlich, wenn man die Standesunterschiede zwischen ihnen betrachtete.

„Ich hatte gehofft, Sie hätten nichts dagegen, wenn ich Sie auffordere, sodass ich Sie noch ein wenig bewundern kann, ohne gegen die guten Sitten zu verstoßen", sagte er und streckte ihr seinen Arm entgegen.

Monica lachte. Sie hatte ganz gewiss nicht die Absicht, sich von ihm auffordern zu lassen und damit der Gerüchteküche Nahrung zu geben. Sie umklammerte ihre Tasse mit den Fingern. „Vielen Dank, aber ich lege keinen Wert darauf, Anlass für irgendwelche Spekulationen zu werden. Guten Abend, Mr Easton", sagte sie beiläufig und ließ ihn einfach stehen.

Er sah ihr nach, dabei hielt er den Kopf gesenkt und lächelte ein wenig selbstzufrieden.

Also wirklich, was zum Geier hatte er nur vor?

8. Kapitel

George Easton verließ die Gesellschaft zusammen mit einem Gentleman, den Honor nicht kannte. Er hatte sie in der kurzen Zeit, die er dort gewesen war, nicht ein Mal angesehen, aber sie nahm dennoch an, dass er seinen Teil der Abmachung erfüllt hatte.

Sie nahm weiterhin an, dass Monica mittlerweile wie Wachs in seinen Händen sein musste, wenn er ihr gegenüber nur halb so herausfordernd agiert hatte wie bei seinem Besuch in Beckington House. Der Himmel wusste, dass es Honor so gegangen war. Auch nachdem er weg war, raste ihr Herz, und sie hatte noch für Stunden seine Lippen auf den ihren gespürt. Sie musste unbedingt mit eigenen Augen sehen, ob Monica genauso litt wie sie.

Honor suchte in der Menge nach Monica, schließlich sah sie sie an einem Tisch in Gesellschaft von Agatha Williamson und Reginald Becker.

Sie sah überhaupt nicht verunsichert aus.

Sie wirkte eher ein wenig mürrisch.

Oh nein. Nein, das durfte doch nicht wahr sein. Ohne wirklich zu merken, was sie tat, war Honor schon auf dem Weg zu ihr.

Monica lauschte so konzentriert auf das, was Mr Becker sagte, dass sie Honor zunächst nicht einmal bemerkte. „Oh", sagte sie schließlich, offensichtlich überrascht, dass sie Honor vor sich stehen sah. „Guten Abend."

„Guten Abend", sagte Honor fröhlich. „Miss Williamson, schön Sie zu sehen. Mr Becker, wie geht es Ihnen?", fragte sie höflich, während der Gentleman sich alle Mühe gab, schnell aufzustehen.

„Gleichfalls", sagte Miss Williamson.

Niemand bot ihr einen Platz an, aber das hielt Honor nicht zurück. „Darf ich?", fragte sie gut gelaunt.

Mr Becker zog sofort einen Stuhl für sie heran. Honor setzte sich und lächelte Monica zu.

„Soll ich uns etwas zu trinken holen?“, fragte Mr Becker.

„Das wäre wirklich sehr nett von Ihnen“, antwortete Honor, ehe Monica den Mund aufmachen konnte.

„Sie werden Hilfe benötigen“, sagte Miss Williamson.

„Vielen Dank“, antwortete Mr Becker und warf Honor noch ein Lächeln zu, ehe er sich mit seiner treuen Gefährtin auf die Suche nach vier Erfrischungen machte.

„Also? Was verschafft mir das Vergnügen deiner Gesellschaft?“, fragte Monica trocken.

Honor lachte. „Nur das Bedürfnis, mit einer alten Freundin zu reden.“

„Hmmm“, sagte Monica und sah Honor von oben bis unten an. „Dein Kleid ist wunderschön.“

Wenn man Monica eines zugestehen musste, dann, dass sie ein schönes Kleid zu würdigen wusste, wenn sie eines sah. „Vielen Dank“, sagte Honor. „Genau wie deins.“ Das dunkle Grün stand Monica ausgezeichnet. „Hat Mrs Dracott es gemacht?“

„Nein“, antwortete Monica kurz angebunden. „Es ist von Mrs Wilbert. Mrs Dracott hat gerade so viele Aufträge, wo die Saison wieder begonnen hat. Aber sie hat deins sehr schön gemacht, oder nicht? Ich nehme an, es gibt sogar eine Haube, die dazu passt.“ Sie zog die Augenbrauen zusammen, während sie Honor ansah.

„Du lieber Himmel! Du bist doch wohl nicht noch immer wütend wegen der Haube?“ Honor machte eine wegwerfende Geste mit der Hand.

„Nicht mehr als damals, als du mir Mr Gregory ausgespannt hast“, gab Monica schnippisch zurück.

Honor musste vor lauter Überraschung lachen. „Da waren wir gerade einmal sechzehn, Monica. Musst du wirklich immer auf den alten Geschichten herumreiten?“

„Ich reite nicht auf alten Geschichten herum, sondern auf alten Intrigen“, erwiderte Monica. „Du machst das einfach gerne, oder etwa nicht? Eine kleine Intrige oder zwei?“

„Intrige?“, wehrte sich Honor. „Willst du wirklich von Intrigen reden? Erinnerst du dich noch an den Ball der Binghams und wie du und Agnes Mulberry die beiden letzten Plätze in ihrer Kutsche ergattert habt, obwohl sie eigentlich *mich* eigeladen hatten, und wie ihr zwei dann eingeladen wurdet? Ich konnte sehen, wo ich bleibe, und das wusstet ihr ganz genau."

„Genauso wie du wusstest, dass du mich nicht zur Abendgesellschaft in Longmeadow eingeladen hast." Monica schnalzte mit der Zunge. „Eine verlorene Einladung, dass ich nicht lache!"

Honor machte ein entschlossenes Gesicht, sie wollte überhaupt gar nicht mehr an jenen Sommer denken. „Jetzt lass doch die alten Geschichten, Monica. Ich wollte dich eigentlich beglückwünschen und nicht wieder aufwärmen, was wir mit sechzehn getan haben."

„Beglückwünschen? Wozu?", fragte Monica.

„Habe ich da irgendetwas falsch verstanden?", fragte Honor. „Augustus hat gesagt, dass du dich sehr auf die Hochzeit freust und dass sie wahrscheinlich früher stattfinden kann als gedacht."

Monica brach plötzlich in Gelächter aus; ihre hellbraunen Augen funkelten. „Mein liebster Sommerfield!", sagte sie fröhlich. „Das hast du falsch verstanden, Honor. Er ist so sehr entschlossen, mich zu heiraten, dass er ständig davon redet, nach Gretna Green in Schottland zu fahren, damit wir nicht warten müssen, bis ich volljährig bin. Es ist beinahe erschreckend."

„Dann solltest du ihn lieber gleich heiraten", sagte Honor. „Wer weiß, ob du so schnell wieder einen Mann findest, der so erpicht darauf ist, dich zu heiraten, oder nicht?"

„Wie bitte?", sagte Monica lachend. „Also wirklich, Honor, wir kennen uns zu lange, als dass ich dir abnehmen würde, dass du extra zu mir gekommen bist, um über meine Hochzeitspläne zu reden. Das sieht dir überhaupt nicht ähnlich. Und mir genauso wenig, nebenbei bemerkt."

Honor konnte nicht anders, sie musste einfach lachen. „Das ist richtig. Aber wo wir doch so etwas wie Schwestern werden, dachte ich, es wäre Zeit für einen Neuanfang. Lass uns nicht mehr über solchen Kleinkram wie Hauben streiten."

Monika zog zweifelnd die Augenbrauen hoch. „Wirklich? Wenn du allen Ernstes einen Neuanfang versuchen willst, sollten wir auch unangenehmen Themen nicht länger ausweichen ... zum Beispiel einer Teegesellschaft exakt zum gleichen Zeitpunkt wie eine andere Teegesellschaft. Meinst du das, wenn du von einem Neuanfang sprichst?"

Damit hatte Monica sie kalt erwischt – in der letzten Saison hatte Honor tatsächlich eine Teeparty im Garten veranstaltet, am selben Tag und um dieselbe Uhrzeit wie Monica – zu der weder Grace noch sie eingeladen worden waren. Allerdings musste man zu Honors Verteidigung sagen, dass sie allen Ernstes nicht angenommen hatte, dass sie dieselben Leute einladen würden. Sie war davon ausgegangen, dass Monica all die langweiligen, leblosen Bekanntschaften anschreiben, während sie sich mit lebhafter und unterhaltsamer Gesellschaft umgeben würde.

„Und wir sollten genauso wenig in der Öffentlichkeit Vermutungen darüber anstellen, wo die andere sich wohl gerade aufhält", sagte Honor und spielte damit auf den Ball zum letzten Thronjubiläum an, nachdem Monica vor aller Ohren hatte verlauten lassen, dass Honor zusammen mit Lord Cargill verschwunden war, obwohl Honor mit Grace im Ruheraum gewesen war. Das hatte in nicht unerheblichem Maße Spekulationen ausgelöst.

„Das sollten wir wirklich lieber nicht tun", sagte Monica und neigte graziös den Kopf zur Seite.

Honor lächelte. „Also gut, hast du einen schönen Abend gehabt?"

„Ganz ordentlich."

„Hast du neue Bekanntschaften gemacht?"

Monica legte den Kopf auf die andere Seite. „Worauf willst du hinaus?", fragte sie misstrauisch. „Woher kommt nur dieses plötzliche Interesse daran, ob ich mich amüsiere?"

„Du lieber Himmel, du bist aber misstrauisch!", rief Honor. „Ich wollte damit nur sagen, dass diese Gesellschaft so gleichförmig ist, dass einem wirklich langweilig werden kann, findest du nicht? Ich wünschte, es gäbe mal jemanden, der uns alle ein wenig aufmischt. Da haben wir es nebenbei wieder einmal, die Wurzel allen Ärgers zwischen uns – du verstehst mich immer falsch."

„Oder ich verstehe dich besser, als dir lieb ist", gab Monica zurück. „Wenn dir nach Abwechslung ist, warum gehst du dann nicht einfach auf Reisen? Das habe ich letzte Woche auch schon zu Augustus gesagt", fuhr sie fort und fing an, ihre Handschuhe glatt zu streichen, als würden sie sich nur beiläufig über das Wetter unterhalten. „Ich habe gesagt, vielleicht gefällt es dir in Amerika, dort gibt es so viele Dinge zu entdecken."

In Honors Kopf schrillte eine Alarmglocke. Sie rang sich ein Lachen ab. „Das soll wohl ein Scherz sein."

Monica hob den Blick von ihren Handschuhen. „Augustus schien mir durchaus interessiert. Er hat gesagt, dass er sich freuen würde, wenn Grace und du eure Bildung in der Welt fortsetzen würdet. Und ich möchte meinen, dass dir eine neue Umgebung sicher guttun wird, wenn dich unsere Gesellschaft hier so langweilt."

„Monica, ich habe keineswegs gesagt, dass mich unsere Gesellschaft langweilt. Ich habe nur von heute Abend gesprochen. Ich bitte dich inständig, Augustus keine solchen Ideen mehr zu unterbreiten."

„Weil wir doch jetzt einen Neuanfang machen."

„Ganz genau", antwortete Honor entschieden.

„Da sind wir wieder!", ließ sich Mr Beckers Stimme vernehmen. Er und Miss Williamson waren plötzlich wieder da, jeder von ihnen hielt zwei Gläser Wein in den Händen.

„Oje, so spät ist es schon. Ich habe überhaupt nicht auf die Uhr gesehen", sagte Honor und erhob sich. „Ich sollte wirklich schleunigst nach Hause fahren, um dem Earl Gute Nacht zu sagen." Sie bedachte Monica mit einem vielsagenden Blick. Diese Frau konnte sie nach seinem Tod vielleicht in hohem Bogen auf die Straße setzen, aber heute Abend hatte sie zumindest die Oberhand behalten. „Guten Abend allerseits", wünschte sie lächelnd.

„Guten Abend, Honor", gab Monica ebenso freundlich zurück.

Honor machte sich mit geradem Rücken und erhobenem Kopf auf den Weg, so als könne sie überhaupt nichts bekümmern.

Doch tatsächlich gab es da plötzlich einiges.

Amerika! Der Teufel sollte Monica Hargrove holen.

9. Kapitel

Wie war es nur möglich, dass ihr schöner Plan so gar nicht funktioniert hatte?

Diese Frage beschäftigte Honor dararartig, dass sie sich die ganze Nacht unruhig in ihrem Bett umherwälzte. Sie war von Eastons vorgetäuschtem Verführungsversuch in ihrem eigenen Empfangszimmer fast um den Verstand gebracht worden. Wie hatte Monica ihm widerstehen können?

Es gab nur eine Erklärung: George Easton hatte sein Versprechen gebrochen. Oder, noch schlimmer: Er hatte sein Versprechen gehalten und war gescheitert.

Am nächsten Morgen war Honor müde und fürchterlich gelaunt. Sie zog ihren Morgenmantel über, setzte sich an ihren Schreibtisch und verfasste eine Nachricht an Easton: *Sie haben mir Ihr Wort gegeben.*

Sie war noch immer im Morgenmantel, als sie in die Eingangshalle hinunterging. Foster, der alte Lakai, stand neben der Tür; sie drückte ihm die Nachricht in die Hand. „Bitte sorgen Sie dafür, dass dies hier in die Audley Street gebracht wird."

Foster sah den Brief an. „Easton", las er laut vor.

„Leise!", zischte Honor und sah sich schnell nach links und rechts um, ob jemand in die Halle gekommen war und Foster gehört hatte. „Bitte seien Sie diskret, Foster."

„Natürlich, Miss Cabot", versprach er mit einem Augenzwinkern. „Bin ich das nicht immer?"

„Das sind Sie", sagte sie und legte ihm liebevoll die Hand auf den Arm. „Ich verlasse mich doch immer auf Sie …"

„*Honor?* Was um Himmels willen tust du da?"

Honor wirbelte herum. „Augustus! Guten Morgen!"

Augustus musste gerade beim Frühstück gewesen sein, denn er stand mit einer Stoffserviette im Kragen in der Tür. „Ich habe schon nach dir gesucht." Er sah über sie hinweg zu Foster.

„Was machst du im Morgenmantel an der Tür?“

„Sie haben recht, Miss, es sieht so aus, als würde es heute Regen geben“, sagte Foster schnell, „sieht fast nach einem richtigen Unwetter aus.“

Honor verehrte den würdigen alten Diener. „Vielen Dank, dann ziehe ich mich entsprechend an.“ Sie drehte sich zu Augustus um und schenkte ihm ein strahlendes Lächeln.

„Dann beeil dich und zieh dich an!“, sagte Augustus. „Mercy besteht darauf, uns eine grausame Geschichte mit wandelnden Leichen vorzutragen. Mir hat sie bereits den Appetit verdorben. Dieses Mädchen braucht eine feste Hand, wenn du mich fragst.“

„Oh nein, das kann doch nicht wahr sein!“, rief Honor und fragte sich, womit Augustus' feste Hand wohl an diesem Morgen beschäftigt gewesen sein mochte. Sie warf Foster noch einen heimlichen Blick zu, dann rannte sie die Stufen hinauf, um sich anzuziehen.

Es regnete den ganzen Morgen über und es hatte noch nicht nachgelassen, als es Zeit fürs Mittagessen war. Honor hatte den Vormittag damit verbracht, ihrem Stiefvater vorzulesen. Die Feuchtigkeit war nicht gut für den Zustand des armen Mannes, er lag die ganze Zeit mit Kissen im Rücken und hatte den Blick ins Leere gerichtet. Er wirkte traurig und erschöpft. Seine ehemals energischen Züge waren eingefallen, seine Hände knochig und seine Augen wässrig.

Noch während sie ihm aus Wordsworths Gedichtsammlung *The Lyrical Ballads* vorlas, hatte der Earl die Augen geschlossen. Honor klappte geräuschlos das Buch zu und stand leise von ihrem Sessel auf. Sie schlich auf Zehenspitzen über den Teppich und hatte schon fast die Tür erreicht, als der Earl mit rauer Stimme sagte: „Honor, Liebes.“

Sie drehte sich um. Er hatte den Arm ausgestreckt, als hätte er versucht, sie zu berühren, aber sie sei ihm ausgewichen. „Wie geht es Ihnen?“, fragte sie und ging wieder zu ihm. „Brauchen Sie etwas? Soll ich Mama suchen gehen?“

Er griff nach ihrer Hand und sie schloss die Finger um seine. „Du musst gut für deine Mutter sorgen, wenn ich nicht mehr bin“, sagte er mit vom vielen Husten heiserer Stimme.

„Natürlich.“

„Hör mir zu, Honor – sie hat dann niemanden mehr außer euch Mädchen, der dafür sorgt, dass ihr nichts zustößt. Verstehst du das?“, fragte er und sah ihr in die Augen.

Er wusste Bescheid. Der Earl wusste bereits, was Grace und sie nur vermuteten – dass ihre Mutter langsam, aber sicher den Verstand verlor. „Ich verstehe genau, was Sie meinen.“

„In all den Jahren, die wir verheiratet sind, habe ich deine Mutter immer geliebt“, sagte er. „Ich glaube, Augustus kann sie gut leiden, aber mein Sohn hat einen schwachen Charakter. Er ist leicht zu beeinflussen. Er ist ein guter Mensch, aber ich glaube, er bemüht sich zu sehr darum, anderen zu gefallen.“

„Vielleicht haben Sie recht“, stimmte Honor zögernd zu. „Meine Mutter liebt Sie ebenfalls sehr, so wie wir alle. Ich gebe mein Wort, dass ich mich um sie kümmern werde.“

Der Earl klopfte ihr auf den Handrücken. „Und wie willst du das anstellen, meine liebe Honor? Ich war immer zu nachsichtig mit dir, oder nicht? Ich habe zugelassen, dass du in der feinen Gesellschaft herumflatterst, ohne dich jemals um deine Zukunft zu kümmern. Gibt es denn niemanden, der dich wirklich interessiert?“

Honors Herz klopfte heftig; sie dachte an Rowley, wie sie sich nach ihm gesehnt hatte, nachdem sie getrennt waren. „Es gab da mal jemanden, aber er hat sich nichts aus mir gemacht.“

Der Earl schluckte schwer. „Dann ist er ein Dummkopf. Vielleicht macht die Vorstellung, einer schönen Frau das Leben bieten zu müssen, das sie verdient, auch manchem Gentleman Angst.“

„Aber mir sind Äußerlichkeiten doch überhaupt nicht so wichtig“, entgegnete Honor.

Der Earl lächelte. „Nein? Dafür hast du aber ganz schön viel von meinem Vermögen dafür ausgegeben.“

Sie lächelte schuldbewusst, aber schüttelte dabei den Kopf. „Ich mag schöne Dinge, das ist richtig, aber sie sind eben nur das: Dinge. Wenn ich jemanden lieben würde, wirklich lieben, dann wäre mir alles andere ganz egal.“

„Wenn du die Liebe findest, mein Herz, dann greif nach ihr und halt sie fest. Sie ist sehr selten und viel zu schön, um sie einfach so entwischen zu lassen. Und hab keine Angst davor, dass dich jemand verletzen könnte. Schmerz hat seinen Zweck und sorgt dafür, dass du die Liebe umso tiefer empfinden kannst.“

„Nun ja", sagte sie und sah ihn an. Sie legte nicht besonders viel Wert auf Herzschmerz. Im Gegenteil, sie tat alles, um ihn zu vermeiden.

„Du bist ein guter Mensch, Honor. Es ist mir gleichgültig, was die Leute über dich sagen." Er seufzte tief und ließ ihre Hand los. Dann sank sein Kopf auf seine Schulter. „Könntest du bitte Jericho zu mir hereinschicken?" Jericho war sein persönlicher Diener gewesen und hatte sich in den letzten zwei Jahren aufopfernd um ihn gekümmert. Mit einem schweren Seufzer schloss er die Augen.

Honor suchte nach Jericho und schickte ihn zum Earl, dann folgte sie dem fröhlichen Klang von Musik nach unten. Als sie die Eingangshalle durchquerte, trat Foster zur Tür herein, blieb stehen und drehte sich um, um Regenwasser von seinem Mantel und seinem Hut zu schütteln.

„Foster! Haben Sie sie abgegeben?"

„Natürlich, Miss", antwortete er und legte seinen Hut ab.

„Und? Gab es keine Antwort?"

„Nein, Miss. Der Butler sagte, der Gentleman sei noch nicht nach Hause zurückgekehrt, aber er würde ihm die Nachricht übergeben, sobald er kommt."

Er war noch nicht wieder zu Hause? Das versetzte Honor einen seltsamen kleinen Stich – immerhin gab es nicht so schrecklich viele Möglichkeiten, wo ein Mann die ganze Nacht bis in die Morgenstunden hinein bleiben konnte. Es hatte sicher mit einem warmen Bett und einem ebenso warmen, wohlgeformten Körper zu tun. Das versetzte ihr einen noch schärferen Stich.

„Vielen Dank", sagte sie gedankenverloren zu Foster.

Sie setzte ihren Weg ins Musikzimmer fort und stellte sich vor, wie Easton bei einer anderen Frau lag, wie die Laken von seinem muskulösen nackten Körper glitten, während er mehr von seiner Eroberung verlangte. *Aber wer war die Frau?* Lady Dearing etwa?

Sie fand ihre Schwestern im Musikzimmer versammelt. Prudence spielte auf dem Klavier – sie war die Musikalischste von den vieren, Honor beneidete sie manchmal um ihr präzises Gehör. Grace saß am Tisch. Ihre Feder glitt schnell über das Papier, während sie einen Brief aufsetzte. Mercy lag auf dem Bauch vor dem Kamin, die Füße hielt sie dabei überkreuzt. Sie blätterte sorgfältig durch die Modeseiten vom *Lady's Magazine*. Im Kamin brannte ein behagliches Feuer und im ganzen Zimmer waren Kerzen aufgestellt, um die Trostlosigkeit des Regentages zu vertreiben.

„An wen schreibst du, Grace?“, wollte Honor wissen und setzte sich auf das Sofa. Dabei zog sie die Füße unter sich.

„An Cousine Beatrice.“

„Sie ist doch überhaupt nicht unsere Cousine“, verbesserte Honor.

„Nein?“, fragte Prudence und hörte mitten im Stück zu spielen auf.

Honor schüttelte den Kopf. „Mama und sie sind nur schon seit ihrer Kindheit so gut befreundet, dass sie irgendwann angefangen haben, sich gegenseitig Cousine zu nennen. Was willst du denn eigentlich von ihr, Grace?“

„Sie wohnt doch in Bath und ich will sie fragen, ob sie Lord Amherst zufällig getroffen hat. Ich habe gehört, dass er nicht in London ist.“

Honor blinzelte verwirrt. „Amherst? Und warum willst du das wissen?“

„Also wirklich, Honor!“, versetzte Grace mit einem schnippischen Lächeln. „Es geht um eine private Angelegenheit. Du kannst dir sicher vorstellen, um was.“ Honor konnte sich überhaupt nichts vorstellen, aber Grace warf Mercy einen bedeutungsvollen Blick zu, die aufgehört hatte, in ihrem Magazin zu blättern, und stattdessen Grace anstarrte.

„Was ist denn los?“, wollte sie wissen. „Warum erzählt ihr mir nie irgendetwas?“

„Weil du noch ein Kind bist. Wie findest du dieses Lied?“, fragte Prudence und fing an, eine neue, fröhliche Melodie zu spielen.

Mercy schob sich auf ihre Knie zurück und rückte ihre Brille gerade, während sie aufmerksam zuhörte. „Es ist wundervoll!“, rief sie kurze Zeit später und sprang auf. Sie machte ein paar Tanzschritte und wirbelte durch den ganzen Salon. Dabei hielt sie die Arme ausgebreitet und schien mit den Füßen kaum den Boden zu berühren.

Lächelnd sah Honor ihrer kleinen Schwester zu. Tanzen war genau das richtige Mittel gegen ihre finstere Stimmung, also sprang auch sie auf, verbeugte sich vor Mercy und hielt ihr wie ein Gentleman den Arm hin. Eifrig ergriff Mercy die ausgestreckte Hand und sie tanzten beide gemeinsam zu Prucence' Spiel durch den Raum. Grace legte die Schreibfeder aus der Hand und klatschte im Rhythmus dazu. „Höher, Mercy", rief sie, wenn ein Sprung dran war. „Lass deine Füße nicht so schleifen, Liebes – ein kleiner Sprung."

Mercy machte einen kleinen Satz. Prudence spielte schneller, sodass Mercy und Honor ihre Schritte schneller machen mussten. Sie drehten sich und wirbelten herum. Alle mussten über die absurde Geschwindigkeit von Tanz und Musik lachen, keiner bemerkte Hardy, bis er mit einem silbernen Tablett in der Hand neben dem Klavier stand.

„Hardy!", rief Honor atemlos, während Mercy und sie stehen blieben und prompt zusammenstießen. „Ich habe Sie gar nicht gesehen."

„Nein, Miss, das wäre bei der Musik und all dem Gelächter auch wohl kaum möglich gewesen."

Prudence war aufgestanden und streckte die Arme hoch über ihren Kopf. „Was haben Sie da?", fragte sie und deutete mit einer Kopfbewegung auf das Silbertablett.

„Besuch", verkündete er mit einer angedeuteten Verneigung, „für Miss Cabot."

Mercy war schneller als Honor – sie schob sich vor ihre Schwester und griff nach der Karte, ehe Honor sie festhalten konnte. Obwohl Hardy uralt aussah, war er noch sehr beweglich – schnell hob er das Tablett über Mercys Kopf, sodass sie ins Leere griff.

„Hardy!", sagte Mercy vorwurfsvoll.

„Jetzt benimm dich doch", entgegnete Honor und streckte die Hand über ihre Schwester hinweg aus, sodass sie die Karte vom Tablett nehmen konnte. Ihr Herz machte einen Sprung, als sie den Namen auf der Karte las: George Easton.

Für das kurze Zögern, das mit diesem Sprung einherging, musste sie teuer bezahlen, denn Mercy konnte einen Blick auf die Karte erhaschen. „Wer ist denn George Easton?"

Grace schnappte nach Luft, stand vom Schreibtisch auf und eilte zu Honor hinüber, um es mit eigenen Augen zu sehen. „Du hast ihn doch nicht etwa hierher eingeladen?"

„Nein! Also, ich habe ihm eine Nachricht geschickt, aber ich habe doch nie geglaubt, dass er gleich herkommen würde ..."

„Wer ist das denn?", wollte Prudence wissen und ging auf ihre

Schwestern zu, um ebenfalls einen Blick auf die Karte werfen zu können.

„Niemand, der dich etwas angehen würde", sagte Grace schnell und fragte, an Hardy gewandt: „Wo ist denn Augustus gerade?"

„In seinem Club."

„Hardy, würden Sie bitte Mr Easton bitten, einen Augenblick zu warten, während wir ..." Sie wedelte mit der Hand und Hardy verstand die Geste offensichtlich als Aufforderung, den Salon zu verlassen, denn er verbeugte sich, ging hinaus und schloss die Tür hinter sich.

Honor wirbelte herum und starrte aus dem Fenster, dabei rasten ihr Herz und ihre Gedanken wie wild. „Du lieber Gott, er ist hier bei uns!"

„Aber wer *ist* er denn nun?", wollte Prudence wissen. „Ich habe noch nie von ihm gehört."

„Und das ist dein Glück, weil du noch keine gesellschaftlichen Verpflichtungen hast und noch nicht weißt, was für Kerle da draußen lauern", meinte Grace mit finsterer Miene.

„Grace! Das ist nun wirklich nicht fair", protestierte Honor. „Es ist ja nun nicht so, als würde er mir den Hof machen."

„Und warum ist er dann überhaupt hier?", fragte Mercy.

Honor ließ die Frage unbeantwortet – ihr war eben wieder eingefallen, dass sie die Haare offen trug und das einfachste Kleid anhatte, das sie überhaupt besaß. Schnell kniff sie sich in die Wangen, um wenigstens ein bisschen Farbe zu haben.

„Und was soll das dann jetzt?", fragte Grace streng.

„Weil sie in ihn verliebt ist!", rief Mercy freudig erregt.

„Du willst ihn doch wohl nicht etwa empfangen?", fragte Grace entsetzt. „Prudence und Mercy sind auch hier!"

Prudence war von dieser Bemerkung schwer beleidigt. „Ich bin doch kein Kind mehr, Grace! In drei Monaten werde ich siebzehn."

„Ich bin nicht in ihn verliebt, Mercy", sagte Honor und lief zum Buffet hinüber, um in den Spiegel zu sehen, der darüber an der Wand hing. Sie musste sich die Haare kämmen! So konnte sie niemanden empfangen.

„Warum verziehst du dann so das Gesicht?", wollte Mercy wissen, als Honor ihr Haar betrachtete und es zu einem langen Zopf wand.

„Ich bin überhaupt nicht für Besuch angezogen!“, sagte Honor entrüstet.

„Dann solltest du ihn vielleicht einfach nicht empfangen“, versetzte Prudence in gebieterischem Tonfall.

„Vielleicht hast du recht.“ Dann wirbelte sie plötzlich herum und streckte die Arme nach ihren Schwestern aus. „Wie sehe ich aus?“

Grace seufzte resigniert. „Entzückend. Glaub mir, es gibt kaum etwas, das dich entstellen könnte. Es ist wirklich sehr ärgerlich.“

„Danke, mein Liebes. Also gut, ihr drei bleibt hier. Habt ihr mich verstanden?“

„Warum?“, fragte Mercy. „Ich will ihn auch mal sehen.“

„Nein, Mercy, die ganze Sache hier geht dich nichts an …“

Plötzlich lief Mercy auf die Tür zu, öffnete sie und lief weiter in den Korridor hinein.

„Um Himmels willen!“, rief Honor.

„Wenn sie ihn sehen kann, dann will ich auch“, verkündete Prudence und folgte Mercy schnell, aber mit majestätischem Schritt.

Honor sah Grace an.

„Siehst du, was du angerichtet hast“, sagte Grace. „Wenn du auch nur für eine Sekunde glaubst, dass die beiden ein Geheimnis bewahren können …“

„Also wirklich! Du erzählst mir nichts, was ich nicht schon weiß.“ Honor nahm Grace bei der Hand und zog sie hinter sich her, während sie versuchte, ihre kleinen Schwestern einzuholen.

10. Kapitel

George war zunächst erschrocken, als so viele junge Frauen auf einmal auf ihn zukamen, aber er gewann seine Fassung sofort wieder, als die kleinste, wahrscheinlich die jüngste von ihnen ihn hinter dicken Brillengläsern, die ihre blauen Augen riesengroß erscheinen ließen, hervor ansah und fragte: „Sind Sie ein Verehrer?"

„Um alles in der Welt, Mercy, wo sind bloß deine Manieren geblieben?", fragte Miss Cabot streng, als sie hinter dem Mädchen den Salon betrat und ihr die Hände auf die Schultern legte. „Entschuldigen Sie bitte vielmals, Mr Easton", sagte sie, während sie das Mädchen mit dem Gesicht zu sich drehte und sie beinahe aus dem Gleichgewicht gebracht hätte. „Meine Schwester Mercy hat erschreckenderweise gerade ihre Erziehung vergessen. Darf ich Sie miteinander bekannt machen? Das sind Miss Mercy Cabot, Miss Prudence Cabot und natürlich kennen Sie meine Schwester bereits, Miss Grace Cabot."

„Dann sind aber viele Tugenden auf einmal in einem kleinen Raum versammelt", sagte George scherzhaft und legte dabei den Kopf zur Seite. „Es ist mir ein Vergnügen, meine Damen."

„Nun ja", sagte Grace Cabot nachdenklich und sah ihn zweifelnd an, so als wäre er extra den weiten Weg im strömenden Regen hierhergekommen, um so zu tun, als sei es ihm ein Vergnügen, die Cabot-Schwestern zu treffen.

„Sind Sie hier, um Honor zu besuchen?", fragte die Jüngste weiter. „Oder wollen Sie zu Grace? Manchen Besuchern ist es ganz egal, wer von ihnen sie empfängt."

„Mercy!", rief Honor entsetzt und war dabei ganz blass geworden. „Bitte, das gilt für euch alle, geht zurück in den Salon und, um alles in der Welt, haltet Augustus auf, wenn er nach Hause kommt."

„Und warum?", fragte Prudence. „Was willst du denn machen?"

„Sie will gar nichts *machen*", sagte Grace mit finsterer Miene und warf der einen Schwester einen bösen Blick zu, während sie die andere am Arm nahm. „Also los, ihr zwei, wir gehen …"

„Aber können wir ihn nicht zum Tee einladen?", fragte Prudence und Mercy wand sich in Graces Griff, um George über ihre Schulter hinweg noch einmal sehen zu können. „Wir laden die Gentlemen doch sonst immer zum Tee ein."

„Aber so ein Besuch ist das nicht", stellte Grace noch einmal klar, während sie die beiden vor sich herschob. „Honor ist gleich wieder da. Oder nicht?"

Miss Cabot beantwortete diese Feststellung mit einer abwehrenden Handbewegung, woraufhin die Miene ihrer Schwester sich noch mehr verfinsterte. Als die Mädchen den Korridor hinunter verschwunden waren, ergriff Miss Cabot George am Ellenbogen und steuerte ihn in die entgegengesetzte Richtung. „Hardy, wir haben eine Privatangelegenheit zu besprechen …"

„Jawohl, Miss, natürlich, Miss", sagte der Butler nachdenklich, was bei George den Eindruck erweckte, dass Honor nicht zum ersten Mal eine „Privatangelegenheit" zu besprechen hatte.

„Einen Augenblick noch bitte, Miss Cabot", sagte er, während er versuchte, sie aufzuhalten. „Ich möchte Sie nicht *besuchen* …"

„In Ordnung, aber ich brauche Sie für einen Moment", sagte sie, während sie ihn drängte, ihr zu folgen, oder ihn vielmehr hinter sich herzog.

Sie schob ihn in denselben kleinen Salon, den er beim letzten Mal schon gesehen hatte, und schloss die Tür.

„Miss Cabot …"

„Haben Sie überhaupt nicht mit ihr geredet?", rief sie, während sie sich zu ihm umdrehte.

„Was zum Teufel meinen Sie damit? Natürlich habe ich mit ihr geredet!", verteidigte sich George. Er war ein bisschen gekränkt, weil sie an seinen Worten zweifelte. „Sie wird bestimmt das schlechte Wetter heute dafür nutzen, sich die Details unseres Gesprächs noch einmal in allen Einzelheiten ins Gedächtnis zu rufen." Er wusste genau, wie junge Frauen waren – ihre Fantasien waren meistens genauso opulent wie ihre Kleider.

Aber Miss Cabot starrte ihn mit offenem Mund an. „Sie haben ja ein sehr gesundes Selbstvertrauen!"

„Warum auch nicht?“, fragte er und setzte sich auf ein Sofa, wobei er ein Bein über das andere schlug. „Es ist ja nun nicht so, als wäre mir das Spiel, das wir spielen, völlig fremd, Miss Cabot.“ Er lachte in sich hinein bei diesem Gedanken. „Miss Monica Hargrove war bei meiner Annäherung nicht nur sprachlos, sondern geradezu entzückt, wenn ich das einmal so sagen darf.“

„Entzückt war sie? Wie erklären Sie sich dann ihre Antwort, als ich sie später darauf angesprochen habe? Sie hat gesagt, sie hätte keinerlei neue Bekanntschaften gemacht, und sie hat sogar gesagt, es wären nur die üblichen Gäste dort gewesen.“

George zuckte mit den Schultern. „Und was folgern Sie daraus?“

„Daraus folgere ich, dass Sie so gut wie gar keinen Eindruck hinterlassen haben!“

George gefiel diese Unterstellung überhaupt nicht, doch er blickte Miss Cabot ruhig unter zusammengezogenen Augenbrauen hervor an. „Ich habe sehr wohl einen Eindruck hinterlassen“, sagte er in sehr deutlichem Tonfall. „Ihre Freundin war überaus verwirrt. Natürlich würde sie das niemals einfach so zugeben. Es geht Sie schließlich überhaupt nichts an.“ Er sprach jedes einzelne Wort überdeutlich aus und versuchte dabei, die Figur dieser dummen Gans so gut es ging zu ignorieren.

„Ja, gut, aber Sie kennen Monica Hargrove eben auch nicht so gut wie ich“, gab sie zurück. „Sie würde niemals auf die Gelegenheit verzichten, mir zu erzählen, dass ein Gentleman von Ihrem Ruf ihr auch nur das kleinste bisschen Aufmerksamkeit geschenkt hat.“

George setzte gerade zu einer Gegenrede an, da wurde ihm die Bedeutung ihrer Worte bewusst. *Ein Gentleman von Ihrem Ruf.*

„Ich will damit sagen“, fuhr sie hastig fort, als sie seinen Gesichtsausdruck sah, „dass Sie … nun ja, Sie sind …“

„Jetzt bin ich aber gespannt, liebe Miss Cabot, was bin ich?“, murmelte er. *Ein Bastard. Ein Betrüger.* Er wusste genau, was er war, und wenn sie anderer Meinung war, dann war sie dümmer, als er geglaubt hatte.

„Nun ja.“ Sie war ein wenig rot geworden. „Attraktiv. Wollte ich sagen“, fügte sie hinzu und machte eine unbestimmte Handbewegung.

Attraktiv? George wusste nicht, was er sagen sollte. *Das* war der Ruf, den er genoss? Ihr versehentliches Eingeständnis freute ihn sehr. Er grinste. „Also, Miss Cabot, ich wusste ja gar nicht, dass Sie mich so sehr schätzen."

„Treiben Sie keine Späße mit mir."

„Ich denke nicht einmal im Traum daran", sagte er und legte einen Arm lässig auf die Sofalehne. Es war eine Gabe, dachte er und lächelte dabei noch breiter, er konnte die jungen Damen eben zum Erröten bringen. Das galt selbst für nicht mehr ganz so junge Damen.

Miss Cabots rote Wangen verschwanden jedoch bereits wieder unter einem finsteren Gesichtsausdruck. „Sie haben es mir versprochen, Easton."

„Ich habe getan, was ich versprochen habe, Cabot."

„Dann müssen Sie etwas falsch gemacht haben."

„Das ist nicht wahr!", sprudelte es aus ihm heraus. Plötzlich überkam ihn das Bedürfnis, sie übers Knie zu legen, ihre Röcke zu heben und ihr wie einem Kind den nackten Hintern zu versohlen. „Bei allem, was mir heilig ist. Sie sind wirklich unverbesserlich."

„Und Sie sind voller Einbildung!", rief sie, runzelte die Stirn und fing an, auf und ab zu gehen. Sie kräuselte die Lippen. Plötzlich blieb sie stehen und sah ihn direkt an. „Sie müssen es eben einfach noch einmal machen."

„Ich höre wohl nicht richtig, das kommt überhaupt nicht in Frage. Ich habe getan, was wir vereinbart hatten. Wie ich die Dinge sehe, schulden Sie mir einhundert Pfund."

„Zweiundneunzig Pfund", widersprach sie ihm, „hatten wir vereinbart."

„Dann eben zweiundneunzig", gab er zurück und stand auf. „Schicken Sie das Geld doch einfach an meinen Agenten, Mr Sweeney ..."

„Am Freitag findet der Prescott-Ball statt", warf sie ein, als hätte sie nicht gehört, was er gesagt hatte, und fing wieder an, auf und ab zu gehen. „Ich kann Ihnen eine Einladung verschaffen."

Wut stieg in ihm auf. Sie redete mit ihm, als wäre er irgendein Untergebener, ein Wohlfahrtsfall, und sosehr er sich auch vorstellte, wie sie sich nackt in seinen Armen wand, es nützte nichts. „Auf keinen Fall."

„Sie müssen mit ihr tanzen", beharrte sie und blieb plötzlich stehen, um ihn von oben bis unten kritisch anzusehen.

„Wieso starren Sie mich so an?“, wollte er wissen und sah an sich hinab. „Jetzt hören Sie mir mal gut zu, Honor Cabot, Sie dürfen mir die zweiundneunzig Pfund schicken, die wir vereinbart hatten …“

„Nein“, widersprach sie und hob den Kopf. „Nicht, ehe Sie Ihr Versprechen erfüllt haben.“

George starrte ihr hübsches Gesicht und ihre schönen blauen Augen an. War sie verrückt geworden? War sie vielleicht krank? Er konnte sich nicht erinnern, dass ihn jemals jemand so beleidigt hätte. „Ich finde es schon sehr bedenklich, dass eine tugendhafte junge Dame wie Sie so wenig zu ihrem Wort steht. Oder dass sie das Glück von zwei Menschen aufs Spiel setzt, die ihr nichts getan haben, nur damit sie ihr bequemes Leben hier nicht aufgeben muss“, sagte er und deutete mit der Hand auf den hübsch eingerichteten Salon, in dem sie sich befanden.

„So denken Sie also von mir?“, fragte sie und sah dabei aufrichtig überrascht aus.

Er schnaubte. „Mir ist schon klar, worauf die ganze Sache hinausläuft, Miss Cabot. Ihre Beweggründe sind doch wirklich mehr als offensichtlich.“

Einen Moment lang sah sie so aus, als wolle sie ihn wütend anbrüllen, und das hätte ihn auch nicht weiter überrascht. Dann aber presste sie die Lippen zusammen, verschränkte die Arme über der Brust und sagte: „Meine Beweggründe gehen Sie überhaupt nichts an, Sir. Und ich werde ganz bestimmt zu meinem Wort stehen“, fuhr sie fort, „so wie Sie zu Ihrem Wort stehen. Ich nehme an, Sie denken, dass Miss Hargrove Ihrem Charme vollständig erlegen ist, aber das ist eindeutig nicht der Fall. Ich werde Ihnen ganz bestimmt kein Geld geben, nur weil Sie so von sich eingenommen sind, dass Sie die Wahrheit nicht mehr erkennen können.“

Er ballte eine Hand zur Faust, um die Mischung aus Begehren und Wut zu unterdrücken, die ihn zu überkommen drohte. „Gott im Himmel, wenn Sie ein Mann wären, dann würde ich Sie nach so einer Beleidigung fordern.“

„Und wenn ich ein Mann wäre, dann würde ich Ihrer Forderung mit dem größten Vergnügen nachkommen.“ Sie ging erneut auf und ab. „Sie müssen mit ihr tanzen und ihr beweisen, dass es Ihnen ernst ist mit dem, was Sie sagen. Das wird sie beeindrucken.“

Was war die Frau hartnäckig. George vergaß seinen Ärger für

einen Augenblick. Gewiss hatte er Eindruck auf Miss Hargrove gemacht … oder etwa nicht? Er versuchte, sich an den Verlauf des Abends zu erinnern. Die junge Frau hatte ihn angelächelt – ein sehr charmantes Lächeln. Nicht so charmant wie das der unmöglichen Debütantin, die jetzt gerade vor ihm stand, aber dennoch. Miss Hargrove hatte gekichert und gelächelt und ihm schüchterne Blicke zugeworfen. Nein, Miss Cabot musste sich einfach irren. George war sich sicher. Er hatte getan, was sie von ihm verlangt hatte. „Nein“, verkündete er. „Ich weiß zwar nicht, wie Sie zu der Annahme gelangt sind, dass Sie die führende Autorität in Sachen Verführung sind, Madam, aber ich habe mein Versprechen erfüllt.“

Sie seufzte, als wäre er derjenige in diesem Raum, der nicht ganz bei Verstand war. „Also gut. Was haben Sie zu ihr gesagt?“

George senkte den Kopf. „Jetzt werde ich aber langsam wirklich wütend.“

„Ich bitte vielmals um Verzeihung.“

„Sie wollen genau wissen, was ich gesagt habe?“, fragte er und trat dabei auf sie zu und überrumpelte sie, indem er ihr die Hand unter das Kinn legte und mit dem Daumen über ihre Wange fuhr. „Ich habe ihr gesagt, dass ich sie wunderschön finde“, er hob ihr Kinn an, „dass ich sie bewundere.“ Dabei erlaubte er sich einen Blick auf Miss Cabots Figur. Er näherte sich ihr noch weiter und senkte den Kopf, sodass sein Mund nur noch einen Zentimeter weit von ihrem Mund entfernt war. „Und dass ich Sommerfield ziemlich beneide.“

Miss Cabots Augenlider flatterten. „Und?“

„Und? Ich habe sie um einen Tanz gebeten, aber sie hat mit Bedauern abgelehnt“, sagte er, während er den Blick nicht von den vollen, feuchten Lippen wenden konnte, die darum zu betteln schienen, dass er sie noch einmal küsste.

„Na also, sehen Sie?“, sagte sie leise und senkte den Blick auf seine Lippen. Dass ihr Atem dabei plötzlich flacher wurde, erregte ihn.

„Überrascht Sie das? Ich bin ein Mann mit einem gewissen Ruf und sie ist eine junge, unerfahrene Braut. Sie hat nur aus Anstand abgelehnt.“

„Sie ist keine unerfahrene Braut. Sie kennt sich aus und ist sehr gerissen.“

Naiv, dachte er und legte seine Hand an eine Seite von Miss Cabots schlankem Hals. Die Wärme ihrer Haut breitete sich in seiner Handfläche aus. Weibliche Formen faszinierten ihn – sie waren so weich, so zerbrechlich und hatten doch die Macht, Kriege zwischen Männern auszulösen. „Sie kam mir nicht sehr erfahren vor. Sie schien mir verwirrt …" Er schwieg einen Augenblick, um ihren betörenden Duft einzusaugen. „Gar nicht so anders als Sie, früher in dieser Woche, in eben diesem Raum."

Miss Cabot wandte den Kopf ein wenig zur Seite, weg von seinem Mund. „Ich muss doch sehr bitten. Ich war keineswegs verwirrt."

„Aber, aber, Miss Cabot. Da gibt es doch jetzt nichts mehr zu leugnen."

Sie krauste die Stirn, widersprach aber nicht. „Sie müssen trotzdem noch einmal mit ihr reden", beharrte sie, „und sie zum Tanzen auffordern."

George seufzte. Er legte die andere Hand auf ihren Rücken und zog sie an sich. Zum ersten Mal sagte sie nichts mehr und sah ihn nur aus ihren strahlend blauen Augen an. Er erwiderte den Blick und strich mit dem Handrücken leicht über ihre Schläfe. „Ich glaube, ich sollte Sie noch einmal küssen. Aber richtig dieses Mal. Auch wenn ich es besser wissen müsste."

„Ich verbiete es Ihnen", murmelte sie. Aber sie rührte sich nicht.

„Sie sind einfach zu vertrauensselig, Miss Cabot. Sie sollten einem Mann niemals etwas verbieten und ihm gleichzeitig erlauben, sie so zum umarmen, wenn Ihnen etwas an Ihrer Ehre liegt." Vor allem ihm nicht. „Sie haben ja keine Ahnung, was in einem Mann vorgeht. Wenn eine Frau ihm so nah ist, wird er …"

Er kam nicht dazu, den Satz zu beenden; als er in ihre Augen sah, durchzuckten Tausende von Einfällen, was er mit so einer Frau machen würde, seinen Geist.

„Wird er was?", fragte sie.

Er konnte nicht aussprechen, was wirklich in ihm vorging: dass ein Mann nicht eher Ruhe geben würde, ehe er sie gehabt hatte. Aber zum ersten Mal, seit er Honor Cabot kennengelernt hatte, verstand er, wie unschuldig sie war. Unter einem Deckmantel aus Privilegien und Kultur war sie noch ein Kind. Er hatte plötzlich das Gefühl, sie beschützen zu müssen.

Du lieber Himmel, das doch nicht. Er war ein gut trainiertes Vollblutpferd, das niemals den vorgesehenen Pfad verließ. Verdammte Unschuld! George wusste nicht, ob es sein Bedürfnis war, sich gegen den Gedanken des Beschützens zu wehren, oder seine sich beinahe zum Wahnsinn steigernde Lust, jedenfalls sagte er: „Wird er das tun", und küsste sie.

Er hatte nicht erwartet, dass Honor Cabot seinen Kuss erwidern würde. Sie schmiegte sich an ihn, ihr Rücken wölbte sich, als sie in seine Arme sank. Sie strich mit den Händen seine Arme hinauf und legte sie ihm um den Hals. Dann lehnte sie leicht den Kopf zurück, während sie die Lippen öffnete. George wurden beinahe die Knie weich, als er mit seiner Zunge die ihre berührte. Er zog sie enger an sich, um ihren weichen Körper gegen seine harte Lust gepresst zu spüren. Er ließ seine Hand ihren Rücken hinab bis auf ihren Po gleiten und presste seine Finger in das weiche Fleisch ihrer Hüften. Er küsste sie noch einmal, bis er fühlte, wie seine innersten Triebe erwachten und er seinen Körper an ihrem, in ihrem spüren wollte.

Er hob den Kopf und schob sie mit den Händen auf ihren beiden Schultern ein Stück von sich weg. Mit großer Anmut fuhr sich Miss Cabot mit dem Daumen über die Unterlippe und lächelte ihn zaghaft an.

„Sehen Sie?", sagte er streng. „Sie hätten mir nicht vertrauen sollen."

„Aber ich vertraue Ihnen eben."

Er stemmte eine Hand in die Seite. Er musste ihr Verstand beibringen. „Würden Sie zu meiner Familie gehören …"

„Was ich nicht tue."

„Aber wenn Sie es täten, dann hätte ich Sie schon längst anweisen müssen, mit Ihrer Tugend nicht so achtlos umzugehen. Und auch nicht mit der von jemand anderem, wo wir gerade dabei sind! Was Sie hier tun, ist bar jeder Vernunft."

Sie verschränkte die Arme. „Ich habe Sie nicht darum gebeten, mein Tugendwächter zu sein", sagte sie mit zuckersüßer Stimme.

„Provozieren Sie mich nicht, Cabot", warnte er sie und betrachtete dabei ihr schönes Gesicht und Haar an.

„Sie glauben doch wohl nicht, dass die Männer die Einzigen sind, die Bedürfnisse haben?"

Sein Interesse war nun geweckt. George zog eine Augenbraue hoch. „Begehren Sie mich etwa, meine Liebe?“, fragte er mit seidener Stimme und umfasste wieder ihre Taille, dann zog er sie so weit an sich heran, dass sie fühlen konnte, wie sehr er sie begehrte.

Noch nie hatte er eine Frau getroffen, die sich nicht wenigstens ein bisschen einschüchtern ließ. Aber Miss Cabot hielt seinem Blick stand, ohne mit der Wimper zu zucken, und sagte mit einem kleinen Lächeln: „Sie glauben doch, sich mit Frauen auszukennen, Easton. Was meinen Sie?“

Er lachte leise. „Ich glaube, Sie wissen überhaupt nicht, was Sie wollen, Mädchen“, sagte er und beugte sich zu ihr hinunter, um mit der Zunge den Rand ihrer Lippen nachzuzeichnen.

Honor schnappt nach Luft, obwohl George noch nicht einmal richtig angefangen hatte. Er schob ihr die Hand unters Kinn, sodass sie den Kopf in den Nacken legen musste, und knabberte an ihrer Unterlippe. „Ist es das, was Sie wollen?“, fragte und zog ihren Unterleib an seinen, ehe er die Zunge in ihren Mund gleiten ließ.

Sie stieß einen kehligen Laut aus. Als sie beide Hände an seine Schultern legte, glaubte er für einen Moment, dass sie ihn wegschieben wollte, doch sie öffnete die Lippen weiter und ließ dabei die Hände seine Arme hinab- und anschließend wieder hinaufgleiten, sodass sie die Finger in seinen Haaren vergraben konnte. Er strich mit einer Hand über ihre Brüste, nahm eine in seine Handfläche und drückte sie, dabei tastete er mit den Fingern durch den Stoff ihres Kleides hindurch nach der harten Spitze ihrer Brust. Er stürzte sich kopfüber in den Strudel seiner Lust und seiner Gefühle. Mit einem tiefen Grollen legte er einen Arm um ihre Taille und zog sie zu sich auf die Lehne des Sofas.

Honor schnappte erneut nach Luft; ihre Brust hob und senkte sich mit jedem Atemzug. George ließ seine Zunge hinunter zu ihrem Busen gleiten, dabei hielt er ihre Brüste mit den Händen, liebkoste sie und neckte sie. Er befreite eine Brust aus dem Gefängnis ihres Mieders und Honor gab einen Laut von sich – was war es? Protest? Lust? Was immer es auch gewesen war, George erstickte es mit einem neuen Kuss, ehe er sich ihrer Brust zuwandte und sie in den Mund nahm.

Plötzlich sank sie mit einem tiefen Seufzen in sich zusammen und vergrub ihre Finger tiefer in seinen Haaren. George sog an ihrer Brustspitze, dabei ignorierte er den Sturm, der sich in seinem Inneren zusammenbraute, die Funken, die aufsprangen und in ihm Ströme von Feuer entzündeten. Er schmeckte ihre duftende Haut, fühlte ihre harte Brustspitze mit seiner Zunge. Er war hart, Lust dröhnte in ihm wie eine Trommel, vor seinem geistigen Auge sah er, wie ihre Körper miteinander verschmolzen, während er auch ihre andere Brust aus dem Mieder hob.

Aber in ihm war noch etwas anderes: ein leises Hufgeklapper, das gut trainierte Vollblutpferd lief geradeaus, ohne dabei nach links oder rechts zu sehen. Sosehr er sie ausziehen wollte, ihre Beine spreizen und sie entjungfern, die feuchte Hitze ihrer Lust spüren, er konnte es nicht tun. Er konnte weder eine Debütantin entehren, noch eine andere verführen. Er war keiner von diesen Männern, egal, was die Leute sagten. Und so nahm er alle Willenskraft zusammen und stemmte sich hoch, weg von ihr, von ihren Brüsten. Er stützte sich über ihr auf seine Arme auf und sah auf die junge Frau mit den strahlend blauen Augen hinab.

„Niemals“, sagte er wütend. „Sie dürfen niemals einem Mann auf diese Weise vertrauen.“ Er setzte sich wieder auf, dann nahm er sie bei der Hand und zog sie ebenfalls hoch.

Honor Cabot sah ein wenig so aus, als habe man ihr eine Standpauke gehalten. Sie nahm sich einen Moment Zeit, um ihr Kleid wieder in Ordnung zu bringen, und sah ihn dann zerknirscht an. Sie wirkte, als wolle sie etwas sagen, doch dann wurde plötzlich die Tür geöffnet.

Wie wirbelte herum, dabei strich sie ihre Röcke herunter und glättete ihre Haare.

Eine Frau betrat den Salon. George erkannte sie sofort. Sie war das ältere, ein wenig ergraute Ebenbild von Honor.

„Mama!“, rief Miss Cabot und machte schnell einige Schritte von George weg. „Äh, darf ich dir Mr George Easton vorstellen?“

Himmel, er war noch immer hart vor Verlangen nach Lady Beckingtons Tochter. Glücklicherweise schien die Countess das nicht zu bemerken und sah ihn fragend an. „Mylady“, sagte er und verneigte sich tief.

Sie blickte neugierig auf ihn hinab, so als versuchte sie, ihn einzuordnen. „Ach ja“, sagte sie, „natürlich, Sie sind wegen der Pferde hier, nicht wahr?“

Pferde? Ratlos blickte George Miss Cabot an. „Ich bitte vielmals um Verzeihung, ich glaube, da liegt ein Missverständnis vor …"

„Der Earl hat sie bereits alle verkauft, nicht wahr, Honor? Ich glaube, es ist nur noch der Fuchs übrig geblieben."

„Mama", sagte Honor sanft, „die Pferde … Wir haben sie schon vor einer Ewigkeit verkauft."

„Wie bitte?" Lady Beckington gab ein nervöses Lachen von sich. „Das haben wir nicht! Der Fuchs ist doch noch da. Bitte warten Sie hier, Sir. Mein Mann ist gleich bei Ihnen, um über die Bedingungen zu reden."

George wusste überhaupt nicht, wie ihm geschah, aber er konnte sehen, dass Miss Cabot ein wenig zitterte. „Ich werde Mr Easton Gesellschaft leisten, während er wartet", sagte sie. „Soll ich nach Hannah läuten?", fragte sie und trat neben ihre Mutter.

„Wer? Oh nein, das ist überhaupt nicht nötig", sagte Lady Beckington und drehte sich zur Tür. „Guten Tag, Sir." Sie verließ den Salon, ohne sich noch einmal umzusehen.

Miss Cabot sagte kein Wort; sie senkte den Kopf für einen langen Augenblick und schloss dabei die Augen. Dann hob sie den Blick wieder und sah George an.

„Das verstehe ich nicht", sagte er schließlich. Wie konnte denn eine Mutter, die ihre Tochter in einer so offensichtlich kompromittierenden Situation vorfand, einfach so wieder zur Tür hinausspazieren?

„Vielleicht hilft es, wenn ich Ihnen sage, dass mein Vater vor zwei Jahren in Longmeadow einige Pferde verkauft hat? Mit Ausnahme des Fuchses?", sagte Miss Cabot. „Und selbst wenn er heute noch mehr Pferde verkaufen wollte, könnte er nicht die Treppen herunterkommen, um mit Ihnen zu verhandeln, zumindest nicht ohne Hilfe."

Langsam dämmerte es George, was hier los war. Als Miss Cabot bei ihrem Treffen vor *Gunter's Teestube* gesagt hatte, ihre Mutter sei unpässlich, hatte George an so etwas wie Rippenfellentzündung gedacht. „Wie lange geht das schon so?"

„So?", sagte Honor und sah die geschlossene Tür an. „Ein paar Minuten? Wochen? Monate? Manchmal ist sie ganz normal. Und manchmal überhaupt nicht …" Ihre Stimme brach und sie sah auf den Teppich hinunter.

„Warum haben Sie mir nichts davon gesagt?“, fragte George. „Als Sie mich zum ersten Mal angesprochen haben, warum haben Sie mir da nichts davon gesagt?“

„Damit ganz London davon erfährt?“

So sprach sie nicht mit einem Mann, der sein ganzes Leben lang für seine eigene Mutter gesorgt hatte. „Miss Cabot, bei meiner Ehre, ich würde es keiner Menschenseele erzählen. Sie haben mein Wort.“

Sie wurde rot und stemmte beide Fäuste in die Seiten. „Dann verstehen Sie ja die Misere, in der ich stecke, Mr Easton. Ich glaube nicht, dass Miss Hargrove besonders erpicht auf vier Schwestern und eine Verrückte unter ihrem Dach ist. *Niemand* will eine Verrückte bei sich wohnen haben, ist es nicht so? Ich brauche ... Ich brauche mehr Zeit, zumindest so lange, bis Grace und ich heiraten können oder ... so etwas“, sagte sie und richtete den Blick zur Decke hinauf, ohne etwas zu sehen. „Wenn ich ein Schwert in die Hand nehmen und dafür kämpfen könnte, würde ich es tun. Wenn ich ein großes Vermögen zu meiner Verfügung hätte, würde ich es benutzen. Aber ich bin nur eine Frau und alles, was ich tun kann, ist, alles geheim zu halten, bis ich mich an den Bieter mit dem besten Angebot verkaufen kann, bevor alle Bescheid wissen.“ Sie senkte den Blick und sah ihn an. „Vielleicht kommt es Ihnen so vor, als ob es mir an Anstand fehlt, aber ich gebe Ihnen mein Wort, ich tue, was ich kann. Ich will weder Augustus noch Monica Schaden zufügen. Ich will einfach nur Zeit gewinnen, bis mir etwas einfällt. Was könnte ich denn sonst tun?“

Sie tat George leid. Er hatte seine Mutter sehr geliebt, ein einfaches Dienstmädchen mit dem unehelichen Sohn eines Dukes, den sie ganz alleine großziehen musste. Sie war nie irgendwo respektiert worden. Die anderen Dienstboten glaubten, dass sie keine Moral hatte. Der Duke hatte sie für sein persönliches Vergnügen missbraucht und dann sich selbst überlassen.

Aber Lucy Easton war zu allem entschlossen gewesen, und als sie erfahren hatte, dass der Duke krank war, hatte sie es irgendwie geschafft, ihn zu überreden, George eine Zuwendung zu geben. Er konnte sich bis heute nicht vorstellen, wie sie das gemacht hatte – vielleicht wollte er es auch nicht wissen. Er wusste nur, dass seine Mutter sich selbst für ihn geopfert hatte und dass die Zuwendung des Dukes für seine Ausbildung verwendet worden war. Er war zur Schule gegangen, wo er junge Männer kennengelernt hatte, die seine Freunde geworden waren, auch wenn sie seine Behauptung, er habe königliches Blut, mit Skepsis betrachteten. Wenn seine Mutter nicht gewesen wäre, würde er noch immer die königlichen Stallungen ausmisten.

„Bitte helfen Sie mir", sagte Miss Cabot mit sanfter Stimme. „Bitte kommen Sie zum Ball am Freitag."

Du lieber Himmel, wie konnte er denn Sorgen und Traurigkeit in diesen Augen mit ansehen, ohne ihre Bitte zu erfüllen? „Und wenn ich kommen würde? Selbst wenn es mir gelänge, sie so abzulenken, wie Sie sich das vorstellen, kann danach noch immer alles Mögliche passieren. Was sollte sie denn davon abhalten, allen zu erzählen, was Sie getan haben, wenn sie es herausfindet? Was wird sie Sommerfield erzählen? Verstehen Sie denn nicht? Es könnte für Sie alles noch schlimmer werden."

„Das weiß ich. Aber ich muss es trotzdem versuchen. Ich gehe das Risiko ein."

George sah ihr hübsches Gesicht an. Wahrscheinlich hatte er selbst auch ein paar Dinge getan, die andere für verrückt gehalten hätten, weil er keine andere Wahl gehabt hatte.

„Also kommen Sie?", fragte sie leise.

„Ein letztes Mal, Honor", willigte er ein. „Ein allerletztes Mal."

Sie lächelte und bei diesem Anblick schmolz er innerlich dahin. „Danke, George."

Ein wohliger Schauer durchlief ihn, als er sie seinen Namen sagen hörte. Er bewegte sich auf gefährlichem Terrain, er konnte leicht einsinken und dann würde er nie wieder herauskommen. Dass das so schnell passiert war, verwirrte George so sehr, dass er abrupt zur Tür hinüberging. „Ein *allerletztes* Mal, Miss Cabot. Das ist alles. Aber verstehen Sie mich nicht falsch: Es ist mir vollkommen egal, was aus Ihnen wird und ob Sie mit Ihrem Plan Erfolg haben oder nicht."

„Auf keinen Fall", versicherte sie ihm schnell. „*Niemals.*" Und sie lächelte dabei.

11. Kapitel

Warum lächelst du denn so dümmlich?“, wollte Grace wissen, als Honor endlich aus dem Empfangszimmer trat. Prudence und Mercy waren an ihre Seite getreten und sie alle sahen Honor misstrauisch an. Dieses Misstrauen bei den jungen Dingern! Honor hatte ihnen wohl doch etwas Entscheidendes beigebracht.

„Lächle ich?“, fragte sie aufrichtig verwundert. Sie dachte, sie hätte lange genug gewartet, um ein neutrales Gesicht machen zu können nach dieser unerwartet erfreulichen Erfahrung eben auf dem Sofa. „Ich freue mich, dass der Regen endlich weniger geworden ist. Ihr etwa nicht? Es macht keinen Spaß, hier eingesperrt zu sein.“

„Wenn überhaupt, dann regnet es jetzt mehr als vorhin“, stellte Prudence fest.

„Um Himmels willen, wollt ihr hier nur herumstehen und mich mit offenem Mund anstarren? Wenn ihr nicht aufpasst, nisten Vögel in eurem Mund“, wies Honor sie zurecht und ging an ihren Schwestern vorbei auf die Treppen zu, ohne sie weiter zu beachten.

Alle drei folgten ihr auf dem Fuße.

Sie würde ihnen überhaupt nichts erzählen. Es ging sie gar nichts an. Wenn es darauf ankam, konnte sie keiner von ihnen voll vertrauen, dass sie ein Geheimnis für sich behalten würden. Außerdem fehlten ihr ohnehin die Worte, um dieses außergewöhnliche, extrem verlockende Erlebnis zu beschreiben. Erotische Erfahrungen wie diese verursachten ein Kribbeln im ganzen Körper und waren so beeindruckend, dass sie wahrscheinlich noch in vielen Jahren davon träumen würde. Sie war sich auf jeden Fall ganz sicher, dass sie es niemals vergessen würde.

„Warum schleichst du dich davon wie eine Katze, die man in der Speisekammer erwischt hat?“, rief ihr Grace hinterher.

„Weil ich meine Ruhe haben will!", gab Honor zurück. Aber auch diese Feststellung hatte keinerlei Effekt auf ihre Schwestern. Sie blieben ihr dicht auf den Fersen.

„Müsst ihr mir alle hinterherlaufen wie eine Schafherde?", fragte sie verärgert. Sie wollte so schnell wie möglich in ihr Zimmer und sich auf ihre Couch legen und sich vor ihrem inneren Auge ausmalen, wie verführerisch Eastons Augen gefunkelt hatten, als er wütend geworden war. Sie wollte in Ruhe noch einmal Revue passieren lassen, wie genau der Ablauf gewesen war, damit sie sicherstellen konnte, dass ihr so etwas nicht noch einmal passierte, egal, wie sehr sie sich auch danach sehnte! Sosehr sie es genossen hatte – mit jedem Atemzug und jedem Muskel in ihrem Körper –, so etwas konnte ihren Untergang bedeuten, ganz zu schweigen davon, dass es ihren Plan ruinieren konnte! Sie durfte ihn auf keinen Fall noch einmal so nahe an sich heranlassen, oder vielleicht noch ein einziges Mal, allerhöchstens zweimal.

Sie betrat ihr Zimmer, ihre Schwestern folgten ihr immer noch. Mercy ließ sich sofort auf Honors Bett fallen wie sonst auch und streckte sich auf der seidenen Tagesdecke aus, wo sie den Kopf auf ihre Fäuste stützte und darauf wartete, dass der Tratsch begann. Prudence, die sich in Honors Zimmer ebenso heimisch fühlte, ging zu ihrer Frisierkommode hinüber und fing an, ohne weitere Hintergedanken Honors Schmuckkästchen zu durchstöbern.

Nur Grace war ungeduldig stehen geblieben und wartete darauf, dass Honor anfing zu reden. „Willst du uns überhaupt nichts von deinem kleinen privaten Stelldichein erzählen?"

„Grace, Liebes, du weißt doch, wie so etwas abläuft", sagte Honor leichthin. „Ein Gentleman kommt zu Besuch. Er fragt dich nach deiner Gesundheit und nach deiner Familie …"

„Man empfängt aber keinen Gentleman ohne Anstandsdame", wandte Mercy ein. „Das hat Miss Dilly gesagt."

„Ich kenne die Regeln", sagte Honor. „Hat deine Gouvernante dir denn nicht erklärt, dass man die Regeln manchmal auch brechen muss?"

Mercy schnappte nach Luft. „*Nein*", sagte sie und riss dabei vor Begeisterung die Augen auf. „Stimmt das?"

„*Nein*", erklärte Prudence mit fester Stimme. „Hör nicht auf Honor und Grace, Mercy. Sie benehmen sich nicht immer so, wie sie sollten." Sie sah Honor mit gerunzelter Stirn an. „Ich bitte dich, du solltest Mercy nicht auch noch ermutigen."

„Wir sind moralisch absolut untadelig", sagte Grace und deutete dabei mit der Hand erst auf Honor und dann auf sich selbst. „Es war absolut in Ordnung, dass Honor Mr Easton empfangen hat. Sie braucht niemanden, um ihre Tugend zu verteidigen, denn sie passt selber sehr gut auf sich auf."

Honor gab vor, am Kleiderschrank etwas zu suchen, sodass Grace nicht sehen konnte, dass sie bei diesen Worten rot geworden war.

„Verzeihung, Miss Cabot."

Das Hausmädchen Kathleen, die ihnen oft mit den Haaren und beim Ankleiden half, stand auf der Schwelle. Das Häubchen, das zu ihrer Arbeitskleidung gehörte, saß ein wenig schief auf ihrem Kopf. „Seine Lordschaft bittet darum, dass Sie zum Tee kommen. Es sind Gäste da."

„Gäste?", wiederholte Honor. Ihr Herz hörte für einen Augenblick zu schlagen auf – Mr Easton war doch gerade weg. „Wer ist es denn?"

„Miss Hargrove und Mr Hargrove. Er hat darum gebeten, dass Sie ihnen und Lady Beckington im grünen Salon Gesellschaft leisten."

Honor erschrak; die Hargroves mussten angekommen sein, gerade als Easton das Haus verlassen hatte. Sie warf Grace einen ängstlichen Blick zu. Dem Blick, den diese zurückgab, nach zu urteilen, hatte sie denselben Gedanken gehabt. „Wir kommen sofort", versicherte Honor. „Danke, Kathleen." Sie wandte sich den jüngeren Schwestern zu. „Jetzt geht schon und leistet Mama Gesellschaft. Ich muss mir etwas Ansehnlicheres anziehen. Pru, du kannst ihnen doch das neue Stück vorspielen, bis Grace und ich unten sind."

Zum Glück waren Prudence und Mercy so froh, dass man sie mit einbezog, dass sie sofort losliefen, um zu tun, worum Honor sie gebeten hatte.

„Hilfst du mir bitte beim Umziehen?", fragte Honor und griff nach einem sonnengelben Kleid. „Ich kann es ja nicht ausstehen, wenn sie unangekündigt auftaucht, und dann sitzt sie auch schon unten mit Mama! Wie lange schon hat Mama keine Gäste mehr empfangen?"

„Seit einem Monat oder noch länger.“ Grace knöpfte schnell Honors Kleid auf.

Ihre Mutter hatte sich nach und nach aus der Gesellschaft zurückgezogen, seit sich die Gesundheit des Earls verschlechtert hatte, aber Honor war sich sicher, dass es dafür noch einen anderen Grund geben musste. Ihre Mutter war ihr manchmal fast verstört vorgekommen, wenn sie Gäste hatten. Monica wiederum war sehr gut darin, alle und alles um sie herum genau zu beurteilen. „Beeil dich“, drängte Honor ihre Schwester.

„Erzählst du mir jetzt, was mit Easton los war?“

„Eigentlich nichts.“ Honor hoffte, dass ihre Worte in den Ohren ihrer Schwester überzeugender klangen als in ihren eigenen. „Er hat mir versprochen, dass er es beim Ball der Prescotts noch einmal versuchen wird.“

„Beim Prescott-Ball!“, wiederholte Grace ungläubig. „Ist er denn eingeladen?“

„Dafür sorge ich schon“, sagte Honor. Sie zog das gelbe Kleid über und drehte sich mit dem Rücken zu Grace, sodass diese es zuknöpfen konnte.

„Und wie willst du das anstellen? Lady Prescott würde ihn niemals einladen. Gloucester ist immerhin einer ihrer engsten Freunde.“

„Das weiß ich auch. Aber ich glaube, dass man Lord Prescott vielleicht überreden könnte.“

„Und wer wird ihn überreden? Hast du dir das auch schon überlegt?“

Honor zog eine Augenbraue hoch und sah ihre Schwester an.

Grace seufzte tief, als sie verstand, worauf Honor hinauswollte. „Um Himmels willen, Honor, du kennst den Mann doch kaum.“

„Ich kenne ihn gut genug.“

„Das würdest du doch nicht wirklich tun!“, hauchte Grace mit mehr als nur einem bisschen Ehrfurcht in der Stimme. Sie ließ die Hände sinken, nachdem sie das Kleid bis oben zugeknöpft hatte.

Honor griff nach einem Kamm. „Ich weiß es nicht“, gab sie nachdenklich zu, während sie ihr Haar löste. „Eigentlich nicht, denn das kommt selbst mir ziemlich gefährlich vor.“

„Das ist ja immerhin schon etwas.“ Grace nahm Honor den Kamm aus der Hand, um ihr bei ihrer Frisur zu helfen. „Manchmal glaube ich, du hast einfach den Verstand verloren.“

Honor hätte es niemals zugegeben, aber sie glaubte selbst, den Verstand verloren zu haben, seit sie Easton auf der Rotten Row zum ersten Mal angesprochen hatte.

Der grüne Salon war der kleinste im Haus, aber auch der gemütlichste. Dicke Teppiche und Wandbehänge sorgten dafür, dass einem nicht kalt wurde, wenn man sich im Raum aufhielt. Die Möbel waren abgenutzter als die im restlichen Haus, denn sie hatten schon einige Winter mit herumlungernden Mädchen und einem ziemlich unbeholfenen Jungen hinter sich.

Honor betrat den Raum leichten Schrittes direkt nach Grace. Ihre Mutter saß an einem der niedrigen Teetische neben dem Earl, der sich tief über die Tischplatte beugte und eine Wolldecke um die Schultern gelegt hatte. Monica, Augustus und Mercy hatten auf dem Sofa Platz genommen und Prudence saß an ihrer Harfe. Monicas Bruder stand direkt am Kamin.

„Guten Tag“, sagte Grace zu den Anwesenden. „Mr Hargrove. Miss Hargrove“, fuhr sie fort und nickte ihnen höflich zu, während sie auf den Earl zuging und sich neben ihn stellte.

Honor lächelte Monicas älterem Bruder zu, den sie immer nur als Teddy gekannt hatte. Er war dünn und hatte eine lange Adlernase und er war bereits in die Fußstapfen seines Vaters getreten, indem er eine akademische Karriere begonnen hatte. Sie streckte ihm eine Hand entgegen und sagte: „Teddy, mein Lieber, wie geht es dir?“

„Ganz gut, vielen Dank. Aber dieses Wetter sorgt dafür, dass meine Mutter das Haus heute nicht verlassen wollte.“

Das war sehr schade. Wenn Mrs Hargrove dabei war, redete Monica für gewöhnlich nicht so viel. Wo sie gerade dabei war, drehte sie sich zum Sofa um. „Monica, meine Allerliebste“, sagte sie und streckte auch ihrer Erzfeindin die Hand entgegen. „Wie wunderschön du heute wieder aussiehst!“

Monica war aufgestanden, nahm Honors Hand und drückte sie fast unmerklich zu fest. „Es ist so eine Freude, dich zu sehen, Honor.“

Honor mochte eine Menge an Monica auszusetzen haben, aber ihr Aussehen gehörte nicht dazu. Sie sah sich Monicas hellgrünes Kleid an. „Das solltest du auch zum Prescott-Ball anziehen“, schlug sie vor. „Du gehst doch hin oder etwa nicht?“

„Den will ich auf keinen Fall versäumen“, sagte Monica und ließ endlich ihre Hände los.

Der Prescott-Ball war die große Eröffnung der Saison, die Gelegenheit, bei der ein oder zwei Dutzend frischgebackener Debütantinnen, die gerade eben bei Hofe eingeführt worden waren, der feinen Gesellschaft präsentiert wurden. *Alle* nahmen teil.

Honor ging auf den Earl zu. „Und wie geht es Ihnen heute Abend, Mylord?“

„Ganz ordentlich“, antwortete er und nahm ihre Hand. „Ein bisschen Tee wird mich aufwärmen.“

„Ich mache das schon, Liebster“, sagte Honors Mutter, während sie aufstand, um nach dem Personal zu läuten.

„Aber wir haben doch eben erst nach Hardy geläutet“, sagte Augustus, „so schnell kann er doch nicht hier sein.“

„Oh, wirklich?“, fragte die Countess leichthin und setzte sich wieder.

„Wo wir gerade vom Prescott-Ball sprechen, Honor, Grace und du kommt doch bestimmt auch?“, fragte Monica freundlich. „Diese Gelegenheiten sollte man nicht versäumen, wenn man gerade auf der Suche nach einer guten Partie ist.“

Honor erwiderte ihr süßliches Lächeln, auch wenn es sie schmerzte.

„Also wirklich, mein Liebes, Honor interessiert sich überhaupt nicht für solche Dinge“, sagte Augustus fröhlich.

„Also, ich bin schon sehr gespannt“, sagte Grace, im gleichen Augenblick, in dem Hardy mit dem Teegeschirr hereinkam.

„Und werden wir dich auch auf dem Ball sehen?“, fragte Teddy, während Hardy Tassen und Teller füllte.

Teddy hatte sich alle Mühe gegeben, sich in eleganter Haltung am Kamin zu positionieren. Er hatte einen Ellenbogen auf das polierte Mahagoniholz gestützt und ein Bein so lässig über das andere geschlagen, dass es mehrere Minuten gedauert haben musste, ehe er es so hinbekommen hatte.

„Mich? Ich werde doch nicht einen der wichtigsten Bälle der ganzen Saison verpassen“, rief Honor mit einem Lachen.

Augustus prustete. „Allerdings. Was ist schon ein Ball in London, wenn die Cabot-Schwestern nicht daran teilnehmen?“

„Das freut mich aber sehr zu hören!“, sagte Monica. „Ich hoffe doch so sehr, dass einer der unverheirateten Gentlemen Honor ins Auge fallen wird. Sie können mir glauben, Lady Beckington, manchmal macht Ihre älteste Tochter den Eindruck, als wolle sie überhaupt nicht, dass jemand um ihre Hand anhält."

„Das ist ja auch richtig", sagte Honor gelassen. „Ich gehe nicht auf Bälle, um einen Heiratskandidaten zu finden. Ich freue mich nur über die Abwechslung."

Monica lachte, als hätte Honor einen Witz gemacht.

„Bist du denn überhaupt nicht an einer Heirat interessiert?", fragte Teddy.

„Im Augenblick nicht", erwiderte Honor. „Auch wenn du das vielleicht glaubst, Teddy – nicht jeder unverheirateten Frau geht es nur darum, einen Mann zu finden."

„Nein, natürlich nicht", stimmte Monica ihr zu. „Aber einige sollten es tun. Immerhin hängt das Glück deiner Schwestern vor allem von dir ab, oder nicht?"

Augustus wirkte verwirrt. „Was meinst du denn damit, Liebes?"

„Nur dass die jüngeren Schwestern sich doch auch nicht vermählen können, solange die Älteste nicht verheiratet ist." Sie lächelte ihn an und zuckte leicht mit den Schultern, so als hätte sie etwas vollkommen Selbstverständliches gesagt. Dann wandte sie sich wieder ihrem Teller zu. „Aber ich fürchte, da kann man nichts machen, solange man dagegen ist."

„Seit der Sache damals mit Rowley hat Honor etwas dagegen", sagte Augustus beiläufig. „Ich glaube, sie trauert ihm immer noch ein wenig nach, oder nicht?"

„Wie bitte?" Honor konnte fühlen, dass sie rot wurde. „Nein! Aber ganz bestimmt nicht. Überhaupt nicht." Verzweifelt sah sie Grace an.

Doch Rettung kam von ihrer Mutter. „Meine Töchter waren schon immer sehr gefragt in der vornehmen Gesellschaft, das ist bestimmt sehr schmeichelhaft und überaus angenehm. Warum um alles in der Welt sollte sie das nicht genießen?"

„Sie kommen nach ihrer Mutter", sagte der Earl und Honors Mutter schenkte ihrem Mann ein strahlendes Lächeln.

Hardy hatte in der Zwischenzeit den Tee serviert, und als er sich davon überzeugt hatte, dass alle hatten, was sie brauchten, verließ er den Salon.

Prudence fragte: „Was ziehst du denn an, Grace?"
„Anziehen?", wiederholte Lady Beckington verwirrt.
„Na, zum Ball, Mama", erklärte Grace.
Plötzlich strahlte ihre Mutter vor Aufregung über das ganze Gesicht. „Ein Ball!", rief sie. „Wer ist denn der Gastgeber?"
Honor kam es so vor, als hielten alle im Raum den Atem an. Alle sahen ihre Mutter an und sie blickte zurück und erwartete eine Antwort.
„Der Prescott-Ball doch, Mama!", sagte Mercy in einem Tonfall, als wäre die fehlende Erinnerung ihrer Mutter überhaupt nichts Ungewöhnliches. „Weißt du nicht mehr? Wir reden doch schon die ganze Zeit davon."
Verständnislos sah die Countess Mercy an.
„Bei allem, was recht ist, Mercy, wie hätte sie denn irgendetwas verstehen sollen, so wie alle durcheinandergeredet haben", versetzte Grace schnell.
Honor bemerkte, dass Monica ihre Mutter aufmerksam ansah. Panik kam in ihr auf und sie warf schnell ein: „Mercy, Liebes, du hast uns ja noch gar nichts auf der Harfe vorgespielt."
Mercy wirkte verwirrt.
„Jetzt los doch, Mercy. Sei nicht so schüchtern", sagte Honor und forderte ihre jüngste Schwester mit einer Geste zum Spielen auf.
Mercy setzte sich hinter die Harfe. Sie sah sich unsicher im Salon um. Dann rückte sie ihre Brille zurecht, legte die Finger auf die Seiten und spielte mit vor Anstrengung gerunzelter Stirn einen lauten, schiefen Akkord.
„E-Dur", flüsterte Prudence ihr vernehmlich zu.
Mercy nickte und versuchte es noch einmal. Immerhin schien der Akkord jetzt zu stimmen, aber Mercy ging alles andere als elegant mit der Harfe um. Sie zerhackte das Lied geradezu. Honor fiel auf, wie oft Monica verstohlen zu ihrer Mutter hinübersah, die den Blick starr auf den Tisch gerichtet hielt und nervös am Ärmel ihres Kleides herumzupfte.
Noch während Mercy die Harfe malträtierte, ging Honor zum Sofa hinüber und setzte sich zwischen Monica und ihre Mutter. Dabei schenkte sie Monica ein strahlendes Lächeln. „Spielt sie nicht sehr vielversprechend?", flüsterte sie.

Das hatte den gewünschten Effekt – Monica sah stattdessen Mercy an.

Nachdem Mercy das Lied beendet hatte – zumindest glaubte Honor, dass dies das Ende war, sicher war sie keineswegs –, bat der Earl ihre Mutter darum, ihn in sein Zimmer zurückzubringen. Er ging langsam und mit steifen Beinen durch den Salon und hielt kurz an, um mit Monica und ihrem Bruder ein paar Worte zu wechseln. Dabei ging sein Atem schwer und flach.

Morgen musste Honor einen Weg finden, Lord Prescott dazu zu bringen, Easton zu seinem Ball einzuladen. Sie brauchte Monica nur anzusehen, während diese beobachtete, wie Lord und Lady Beckington langsam und schwerfällig den Salon verließen, um zu wissen, dass Monica klar war, dass etwas nicht stimmte. Monica war zu klug, um keine Schlüsse zu ziehen, und wahrscheinlich würde sie die Wahrheit früher erraten, als ihr lieb war.

12. Kapitel

Um Himmels willen, sie hat es wirklich getan, dachte George, als er zwei Tage später eine persönliche Einladung zum Prescott-Ball erhielt. Er hatte es schlicht nicht für möglich gehalten, dass eine Frau, die noch nicht einmal dreißig Jahre alt war, eine einflussreiche Persönlichkeit wie Lord Prescott dazu überreden konnte, einem Mann wie ihm eine der begehrten Einladungen zu schicken. „Wer hat sie gebracht?", wollte George von Finnegan wissen, der in Georges dunkles Arbeitszimmer gestürmt kam und das dicke Büttenpapier mit großer Geste präsentierte.

„Prescotts persönlicher Diener."

George murmelte kaum hörbar einige Flüche vor sich hin. Ein Teil von ihm hatte sehr gehofft, dass Miss Cabot eine unsanfte Begegnung mit dem Boden der Tatsachen gehabt hätte. Ein anderer Teil jedoch, der dicht neben seiner klügeren, moralischen Seite existierte, konnte an nichts anderes denken als an ihre Begegnung im kleinen Salon neulich Nachmittag.

Wenn er ehrlich war, ärgerte sich George darüber. Nicht über die körperliche Begegnung – um Himmels willen, nein, das war so ziemlich das Einzige, worüber er sich nie ärgerte. Ihn beunruhigte vielmehr, dass es ausgerechnet der Kuss dieser kleinen unerfahrenen Debütantin war, der ihm nicht mehr aus dem Kopf ging, obwohl er schon in ganz England erotische Begegnungen gehabt hatte. Er wurde das Bild nicht wieder los, wie sie auf dem kleinen Sofa lag. Die Begebenheit hatte ihn in erhebliche Unruhe versetzt und bislang war es ihm noch nicht gelungen, sich wieder zu beruhigen.

„Soll ich Ihren Frack aufbügeln?", fragte Finnegan, während er die Einladung säuberlich wieder zusammenfaltete.

George machte eine abwehrende Handbewegung. „Sie können es doch kaum erwarten. Sie sind doch erst zufrieden, wenn sie auch den letzten Faden noch vollkommen glatt gebügelt haben."

„Sehr wohl, Sir“, sagte Finegan ohne auch nur die Spur eines Lächelns. „Und soll ich Ihre Zusage auch schon abschicken?“, fragte er dann, während er die Einladung auf den Schreibtisch legte.

George sah ihn prüfend an. „Sie strapazieren meine Geduld, Finnegan.“

„Dann schicke ich sie ab, so schnell es geht“, sagte er kühl und drehte sich ohne das leiseste Anzeichen von Unbehagen um.

Mit gerunzelter Stirn sah George Finnegan dabei zu, wie dieser hoch erhobenen Hauptes den Raum verließ. Er war seit einigen Tagen schon schlechter Laune, was er diesen blauen Augen zu verdanken hatte, aber auch einem Ausflug an den West India Kai im Hafen, den Sweeney und er gestern unternommen hatten. In der gesamten Woche hatten nur zwei Schiffe angelegt, die von der Westküste Indiens gekommen wären. George und Sweeney hatten hingegen auf Neuigkeiten von Kapitän Godsey und der „Maypearl“ gehofft.

Zu ihrem Glück hatten sie den Kapitän der „Spirit of Whitby“ noch an Bord angetroffen und hatten ihn nach dem Verbleib des anderen Schiffes befragt. „Ein Dreimaster unter englischer Flagge“, hatte Sweeney erklärt. „Sie liegt ziemlich tief im Wasser, weil sie auf Geschwindigkeit ausgelegt ist.“

Der Kapitän hatte jedoch den Kopf geschüttelt, dabei hatten seine fleischigen, sonnengegerbten Wangen vibriert. „Ich habe sie nicht gesehen, aber das muss ja noch lange nicht heißen, dass sie nicht gerade den Kanal entlangsegelt, oder?“ Er hatte aus vollem Halse gelacht, sodass man sehen konnte, dass von seinen vergilbten Zähnen einer fehlte. „Vielleicht steht der Wind einfach gerade nicht günstig, Sir. Oder sie könnte von der Blockade aufgehalten worden sein. Natürlich kann es immer sein, dass ein Schiff es nicht um das Kap herum schafft. Von Piraten ganz zu schweigen.“

George hatte sich gerade noch zurückhalten können, sonst hätte er dem Kapitän einen Faustschlag mitten ins Gesicht verpasst, dem noch ein oder zwei Zähne zum Opfer gefallen wären. Ihm war klar, dass jedes der Schicksale, die der Kapitän erwähnt hatte, sein Schiff getroffen haben konnte. Vor seinem geistigen Auge versanken drei Dutzend Mann Besatzung samt Ladung in der eisigen Dunkelheit des Ozeans.

George machte sich große Sorgen, aber wie Sweeney hatte er auch großes Vertrauen in Godsey. Er war einer der fähigsten Kapitäne, und als er die Segel gesetzt hatte, hatte er sich keinerlei Sorgen wegen des Krieges oder der Piraten gemacht. Sein Laderaum war voller Vorräte für die lange Reise. „Da draußen gibt es eine Menge Wasser“, hatte er gesagt, als George ihn auf die Gefahren seiner Reise angesprochen hatte.

Andererseits bereitete gerade das George heute Kopfzerbrechen – dass es dort draußen so viel Wasser gab. Zu viele Orte und Menschen, die einem Schiff ernsthaften Schaden zufügen konnten. Dass er sich statt über den möglichen Verlust seines Schiffes über eine hübsche Debütantin mit einer albernen Salonintrige Gedanken machte, versetzte ihn erst recht in Aufruhr. Er war einfach nicht er selbst.

Egal, wie sehr Honor Cabot ihn beeindruckt hatte, es gab keinen Platz für sie in seinem Leben. Sie war zu jung, auch wenn sie so viel klüger war, als es ihrem Alter angemessen schien. Außerdem war sie viel zu … anständig. Sie war eine wohlsituierte Frau mit erstklassigen Verbindungen, eine Debütantin, die zweifellos eines Tages ein sehr vorteilhaftes Angebot für eine eheliche Verbindung bekommen würde. Die Sache zwischen ihnen konnte nichts weiter sein als ein Spiel, ein Zeitvertreib. Deshalb musste er dafür sorgen, dass der Einsatz sich auch lohnte, denn gewinnen würde er dieses Spiel auf keinen Fall.

George war viel zu sehr Realist, um irgendetwas anderes anzunehmen – ihre Welt war nicht die seine. In den Augen des *ton* konnte er ihr niemals das Wasser reichen. Eine Frau aus diesen Kreisen auch nur zu begehren, war fast eine Garantie für Herzschmerz, Zurückweisung und all die anderen Dinge, die er seit seiner frühesten Jugend zu vermeiden und zu missachten gelernt hatte. Er ließ einfach nicht zu, dass es ihm so ging.

Er wusste noch genau, wie er sich als Dreizehnjähriger, der schon einiges gesehen hatte, in Lady Anny Duncan verliebt hatte, die Tochter eines einflussreichen Londoner Abgeordneten. Sie hatte George allen Grund zu der Annahme gegeben, dass sie ebenso für ihn empfand. Doch als sie eines Tages in Begleitung ihres Vaters in die königlichen Ställe gekommen war, hatte George versucht, sie zu küssen. Sie jedoch hatte ihn ausgelacht. „Ich verschwende meinen allerersten Kuss doch an keinen Stallburschen", hatte sie gesagt, und das in einem Ton, als stünde er so weit unter ihr wie ihre Stiefel.

Diese Zurückweisung hatte George sehr geschmerzt, und egal, wie alt er mittlerweile war, und trotz aller Relativierung, die diese Erfahrung in der Zwischenzeit erfahren hatte, so war er doch noch immer davon überzeugt, dass Lady Anna Duncan ihm eine wertvolle Lektion erteilt hatte: Er würde seiner zweifelhaften Herkunft niemals entfliehen können. Keine Dame, die etwas auf sich hielt, würde ihn je haben wollen.

Und Honor Cabot hielt eine Menge auf sich. Sie bedeutete nichts als Ärger; das fühlte er in jedem Knochen, den er im Leibe hatte. Und dennoch konnte er nicht aufhören, an sie zu denken. Er stellte sich vor, wie sie sich in seinen Armen angefühlt hatte, wie ihre Lippen und ihr Mund geschmeckt hatten. Er konnte beinahe fühlen, wie sie sich um ihn schmiegte …

Plötzlich wurde George bewusst, dass er irgendetwas in der Hand hielt, und er sah an sich herunter. Er hatte, wohl ohne es zu wollen, die Einladung in die Hand genommen, die sie ihm verschafft hatte, und jetzt war sie ganz zerknüllt. Ratlos warf er sie quer durch das Zimmer.

13. Kapitel

Finnegan hatte in der Tat dafür gesorgt, dass er am Abend des Prescott-Balls sehr elegant aussah, das musste George schon zugeben. Bewundernd strich er über die grüne Weste mit den schwarzen Stickereien, die überraschend in seinem Kleiderschrank aufgetaucht war, zumindest ohne dass George selber wusste, wo sie hergekommen war. Seine Krawatte war aus schwarzer Seide und sein Frack aus allerfeinster Wolle. Finnegan hatte außerdem nach dem Friseur geschickt, sodass George ganz glatt rasiert war. Sein Haar war in Form geschnitten worden und er trug es zurückgekämmt, sodass es gerade seinen Kragen berührte. Seine Stiefel waren auf Hochglanz poliert. In seinen eigenen Augen sah George wie der rechtmäßige Neffe des Königs aus. Er nahm an, dass dieser Gedanke auch anderen kommen könnte … die dann hinter vorgehaltener Hand über ihn lachen würde.

Im Gegensatz zu früheren Jahren fühlte George sich von den Zweifeln der Leute nicht länger persönlich angegriffen. Er hatte seinen Platz in dieser Welt gefunden. Er war ein aufrichtiger Mensch, der für seine Überzeugungen eintrat, und wenn das den adligen Damen und Herren in dieser Stadt nicht passte, dann konnte er ihnen auch nicht helfen. Er verfügte ganz aus sich selbst heraus über die Mittel, in dieser Liga mitzuspielen. Mit diesem Gedanken verscheuchte er das aufkeimende Unbehagen, das ihn beschlich, als er sich aufmachte, um die Spitzen der Gesellschaft zu treffen.

Er konnte zu Fuß gehen, hatte er sich doch den Luxus eines Hauses in fußläufiger Entfernung vom vornehmen Grosvenor Square gegönnt. Um den Platz herum waren Kutschen aufgereiht, die darauf warteten, ihre Passagiere am Eingang absetzen zu können.

Mit schnellen Schritten ging er an ihnen allen vorbei. Die zerknüllte Einladung trug er in der Manteltasche, als er die Stufen zum Haus von Lord und Lady Prescott hinauflief.

Das Haus war wirklich beeindruckend: Es nahm ein Drittel der

Breite des Platzes auf seiner Nordseite ein. Der Eingang wurde von Säulen in griechischem Stil gesäumt und hinter allen Fenstern war Licht. George betrat die Eingangshalle und war sofort gefangen in einem Meer von Ballkleidern in allen Pastelltönen, Kopfschmuck und Federn. An Hälsen und Handgelenken der hübschen Damen glitzerten Edelsteine. Die Damen wurden von eleganten Herren mit langen Rockschößen und reich verzierten Westen begleitet. Wie sie die Köpfe neigten, um zu hören, was die Damen zu sagen hatten, erinnerte George an den Anblick von Kranichen.

Er machte einen Schritt zur Seite, um nicht auf die über und über mit Perlen verzierte Schleppe einer Dame in Gold zu treten, dabei wäre er um ein Haar mit einem Lakaien zusammengestoßen, der sich mit atemberaubender Geschwindigkeit durch die Menge bewegte und dabei ein Tablett voller mit Champagner gefüllter Sektflöten hoch über seinen Kopf hielt, damit den Federn nichts passierte, die aus den kunstvollen Frisuren der Damen ragten.

George versuchte, seine jugendliche Angst herunterzuschlucken, und stellte sich in die Schlange, die darauf wartete, dem Viscount und dessen Frau vorgestellt zu werden. Er gab einem Butler seine Einladung, der George mit lauter Stimme ankündigte, als er sich der Reihe näherte. Als er vor den Viscount trat, sah ihn dieser neugierig an, als habe er Schwierigkeiten, sich an ihn zu erinnern.

Lady Prescott jedoch machte einen eleganten Knicks und legte ihre Hand in die seine, während sie mit flatternden Lidern zu ihm aufsah und mit einem freundlichen Lächeln sagte: „Herzlich Willkommen, Mr Easton."

„Mylady", antwortete er und beugte sich über ihre Hand. „Vielen Dank."

Sie entzog ihm ihre Hand nicht sofort wieder, sondern sah ihm direkt in die Augen und lächelte dabei. Diese Sorte Lächeln kannte er genau und George hob fragend eine Augenbraue, woraufhin sie noch mehr zu strahlen schien. *Frauen*, dachte er, als er ihre Hand schließlich losließ und seinen Weg fortsetzte. Entweder wollten sie gar nichts mit ihm, dem Bastard, zu tun haben oder sie wollten mehr von ihm, als er zu geben bereit war.

Während er den Saal betrat, ließ er den Blick über die Versammelten schweifen. Er erkannte einige Bekannte – von denen ein paar schnell in die andere Richtung schauten – und blieb stehen, um einige

Worte mit denen zu wechseln, die es nicht taten, während er beiläufig nach Honor Cabot Ausschau hielt. Sie war nicht zu sehen. Genauso wenig wie Miss Hargrove. Wenn Honor ihn dazu gezwungen hatte, für nichts und wieder nichts auf diesem Ball zu erscheinen, konnte er für nichts garantieren, wenn sie sich das nächste Mal trafen.

Er ging weiter und nahm ein Glas Champagner vom Tablett, das ihm einer der Lakaien entgegenhielt, während er bewundernd die anwesenden Damen musterte. Eine Hand legte sich von hinten mit leichtem Griff auf die seine, deshalb drehte er sich um in der Hoffnung, dass es sich um Honors handelte. Doch es war nur seine alte Freundin Lady Seifert.

„Mary“, grüßte er erfreut und ergriff ihre Hand, die er an seine Lippen führte. Er und die dunkelhaarige Schönheit mit den grünen Augen waren vor einigen Jahren … befreundet gewesen.

„George, mein Lieber!“, erwiderte sie mit einem herzlichen Lächeln. „Ich habe dich ja seit einer Ewigkeit nicht gesehen. Man hört, dass du ziemlich beschäftigt bist. Mit Frauen und mit Schiffen, sagt man. Sie scheinen sich aber alle außerhalb deines Fahrwassers zu bewegen.“

Es überraschte ihn, dass sie bereits davon gehört hatte. „Ganz und gar nicht“, gab er mit einem Augenzwinkern zurück.

Sie lachte. „Ich kann gar nicht glauben, dass du heute hier bist, mein Lieber.“

„Und warum nicht? Weil ich nicht tanze?“

„Weil *Gloucester* hier ist.“ Sie sah sich um und stellte sich auf die Zehenspitzen, um über die Köpfe der Umstehenden hinwegsehen zu können. „Du hättest wirklich nicht kommen sollen.“

Insgeheim war er gekränkt, da Gloucesters Erscheinen so viel mehr Bedeutung beigemessen wurde als seinem. „Ich bin eingeladen“, sagte er.

„Am besten, du meidest ihn.“

„Lady Seifert!“

Lady Seifert und George drehten sich gleichzeitig um, aber warum nur setzte sein Herzschlag aus, als er Honor Cabot auf sie zukommen sah?

„Miss Cabot“, sagte Mary freundlich. „Wie geht es Ihnen?“

„Ausgezeichnet, Madam. Und Ihnen?“

„Recht gut. Darf ich Ihnen Mr George Easton vorstellen?“,

fragte Mary, während sie mit einer Hand auf George deutete.

„Es ist mir ein Vergnügen, Miss Cabot“, sagte George, verschränkte die Hände hinter dem Rücken und verbeugte sich vor Honor.

Honors Augen funkelten vor Vergnügen, während sie einen Knicks machte. „Vielen Dank, Mr Easton. Es ist ein sehr schöner Abend für einen Ball, finden Sie nicht?“

Er konnte sich kaum vorstellen, wie ein Abend aussehen musste, damit man ihn für passend für einen Ball hielt, aber er lächelte, genau wie Honor.

Dabei sah er, wie Mary zuerst Honor aufmerksam musterte und dann ihn. Dabei zog sie fast unmerklich die Augenbrauen zusammen und lächelte ein wenig schief.

„Ich denke, Lord und Lady Prescott haben wirklich Glück, dass der Regen zumindest für heute aufgehört hat“, bemerkte Honor und sah sich um, als suche sie im Saal nach jemandem.

„Hat er das?“, fragte George heiter. „Ich selbst gebe ja nicht viel auf das Wetter.“

Honor sah aus, als hätte sie eine Zitrone verschluckt.

„Man muss sich ja schon beinahe fragen, auf was sie überhaupt viel geben, Mr Easton“, schnurrte Mary an seiner Seite.

„Ich nehme an, dass der Gentleman mit seinen Gedanken ganz bei den Debütantinnen ist, die heute vorgestellt werden“, vermutete Honor. „Davon gibt es ja heute Abend einige.“

„Und sind Sie dabei, Miss Cabot?“, fragte George.

Sie lachte. „Ich fürchte, ich bin nicht mehr ganz so frisch, ich wurde vor drei Jahren bereits in die Gesellschaft eingeführt.“

„So würde ich das nicht sagen, meine Liebe“, sagte Mary.

Ein anderer Gentleman tauchte vor ihnen auf. „Lady Seifert“, sagte er zur Begrüßung. „Miss Cabot.“

„Guten Abend, Sir Randall!“, gab Mary zurück.

„Miss Cabot“, erwiderte der junge Mann, „wenn Sie nichts dagegen hätten, würde ich Sie gern um die Ehre des nächsten Tanzes bitten.“

„Es wäre mir ein großes Vergnügen“, sagte Honor und wirkte dabei vollkommen aufrichtig. „Entschuldigen Sie mich bitte, Lady Seifert.“ Sie warf George einen Seitenblick zu und lächelte dabei. „Mr Easton.“

Sir Randall verlor keine Zeit, er bot ihr den Arm an; sie nahm ihn und schenkte George dabei ein flüchtiges, aber strahlendes Lächeln, ehe sie sich an der Seite dieses albernen Gockels auf den Weg machte. George musste sich sehr beherrschen, um ihnen nicht nachzustarren.

Sollte das schon alles gewesen sein?

Sie stolzierte davon und tanzte, während er die Drecksarbeit für sie erledigte? Er sah ihnen nach, wie sie in der Menge verschwanden. Dabei bemerkte er gar nicht, dass er den Blick starr auf Honor gerichtet hielt, bis Mary ihm mit ihrem zusammengefalteten Fächer auf die Schulter tippte. „Trink noch ein Glas Champagner, mein lieber George. Die ist nichts für dich."

Er lachte in sich hinein. „Nein? Dann sag du mir doch, meine Liebe, wer etwas für mich ist."

„Auf jeden Fall keine der Debütantinnen", sagte Mary mit einem unterdrückten Lachen. „Das würden ihre Mütter überhaupt nicht zulassen." Sie blinzelte ihm verschwörerisch zu. „Du solltest den Abend trotzdem genießen." Sie entfernte sich von ihm und wiegte sich beim Gehen in den Hüften.

George wandte sich ab von diesem sehr erfreulichen Anblick und sein Blick fiel dabei auf niemand anderen als Miss Monica Hargrove, die neben Sommerfield stand. Wo er nun schon hier war, konnte er seinen Auftrag auch ausführen, dachte er und schlenderte in ihre Richtung.

Sie sah auf, und als sie ihn näher kommen sah, blinzelte sie vor Überraschung. „Oh!", rief sie. „Mr Easton!"

„Miss Hargrove", erwiderte er höflich.

Sie sah ihren Verlobten an, der seinerseits George neugierig betrachtete. „Lord Sommerfield, darf ich Ihnen Mr Easton vorstellen?", fragte sie.

„Easton, aber ja, natürlich!", sagte Sommerfield fröhlich. „Ja, Sie sind es wirklich. Wir kennen uns doch bereits."

„Wirklich?", fragte Miss Hargrove.

„Allerdings. Ich glaube, wir sind uns im Club begegnet, oder nicht, Sir?"

George hatte keinen Zutritt zu Sommerfields Club, aber er sagte trotzdem: „Schön, Sie wiederzusehen, Sommerfield. Wie geht es der Familie?"

„Ausgezeichnet. Wenn man von meinem Vater absieht, natürlich. Er wird immer schwächer. Die Schwindsucht, wissen Sie."
„Es tut mir sehr leid, das zu hören."
„Vielen Dank", sagte Sommerfield höflich.
„Ich hatte gehofft", fuhr George fort und wandte sich dabei an Miss Hargrove, „dass ich Miss Hargrove dazu verführen könnte, mit mir eine Runde auf der Tanzfläche zu drehen."
Miss Hargrove war ganz blass geworden, als er diese Einladung aussprach, und sah Sommerfield an, der genauso verwirrt aussah. Er rang sich ein nervöses Lächeln ab und klopfte ihr beruhigend auf die Hand. „Aber natürlich, meine Liebe."
„Aber ich … ich dachte, vielleicht …"
„Ich verspreche Ihnen auch, Ihnen nicht auf die Zehen zu treten", versicherte George und hielt ihr seinen Arm hin. Miss Hargrove sah den angebotenen Arm unsicher an, dann blickte sie Sommerfield an. Ihr Verlobter nickte ihr aufmunternd zu.
Zögerlich legte sie eine Hand auf Georges Arm. „Vielen Dank."
George führte sie so schnell es ging davon, ehe sie es sich anders überlegte und sich wieder in Sommerfields Arme warf. Er zog sie hinter sich her auf die Tanzfläche und sie stellten sich mit den anderen zusammen einander gegenüber auf.
Miss Hargrove sah ihn mit gerunzelter Stirn an. „Also, das war aber wirklich ziemlich unverfroren."
„Weniger unverfroren kann ich nicht sein, Miss Hargrove. Ich bin ein Mann der Tat." Er lächelte sie an.
Dann fing die Musik zu spielen an und er verbeugte sich vor ihr. Sie machte einen Knicks. Sie machten gemeinsam einen Schritt nach vorn, dann drehte sie sich hinter seinem Rücken.
„Aber was wollen Sie denn nur von mir?", fragte sie, als sie sich wieder in die Reihe mit den anderen einordnete.
Er machte einen Schritt vor und drehte sich hinter ihrem Rücken. „Ich möchte Sie davon überzeugen, dass eine schöne Frau wie Sie wesentlich potentere Möglichkeiten hätte als Sommerfield."
Sie schnappte nach Luft, während er seinen Schritt zurück in die Reihe machte. Sie traten aufeinander zu und legten die Hände über ihren Köpfen gegeneinander. „Ich bin mit Lord Sommerfield *verlobt.*"
Sie drehten sich dicht umeinander, währenddessen sah er mit einem Lächeln auf sie herab. „Das weiß ich."

Als die Schrittfolge von Neuem begann, fragte sie: „Und was um alles in der Welt erhoffen Sie sich davon, Mr Easton?“

„Ich glaube, diese Frage können Sie sich selbst beantworten.“ Er warf einen langen Blick auf ihren Mund, während er wieder einen Schritt zurück machte.

„Und wie stellen Sie sich diese Verführung vor?“, fragte sie mit offensichtlichem Zweifel in der Stimme, während sie ihre Hände über den Köpfen zusammenführten und sich dann umdrehten. „Sie verfügen über keinerlei Verbindungen und den Gerüchten zufolge haben Sie gerade Ihr gesamtes Vermögen verloren.“

George lächelte. „Die Gerüchte haben mein Vermögen nicht gerade vermehrt, aber verloren habe ich es keineswegs. Außerdem bilde ich mir ein, dass ich über ausgezeichnete Verbindungen verfüge. Immerhin bin ich der Neffe des Königs.“ Bei diesen Worten ließ er ihre Hände los und trat zurück.

Miss Hargrove tat dasselbe. Mit einem Lachen sagte sie: „Sie glauben doch nicht im Ernst, dass ich das wirklich glaube?“

„Dann glauben Sie vielleicht stattdessen das“, sagte er und machte einen Schritt vor, „dass ich von Ihnen fasziniert bin.“

Sie gab ihm keine Antwort, aber sie lächelte noch immer und sah ihn aufmerksam an. George gab sich mit dem Tanz die größte Mühe und sah ihr bei jeder Drehung tief in die Augen.

Als das Stück sich dem Ende zuneigte, verbeugte er sich tief und griff nach ihrer Hand. Er drückte sie sanft und legte sie dann auf seinen Arm, wo er sie mit seiner eigenen Hand festhielt. „Ich bitte vielmals um Verzeihung, falls ich Sie beunruhigt haben sollte, Miss Hargrove“, sagte er, während er sie zurück zu Sommerfield führte, der bereits unruhig von einem Bein aufs andere trat, weil er seinen Schatz endlich zurück an seiner Seite haben wollte. Neben ihm stand Honor und sah vollkommen unbekümmert aus, die Hände hinter dem Rücken verschränkt. Sie würdigte George keines Blickes, eher hätte man sagen können, dass sie es absichtlich vermied, ihn anzusehen, um gar nicht erst den Eindruck entstehen zu lassen, sie würden sich besser kennen.

„Ich bin keineswegs beunruhigt, Mr Easton“, sagte Miss Hargrove und lächelte ihm zu. „Aber ich bin bereits vergeben.“

„Ich bestreite ja auch gar nicht, dass es so ist … im Moment.“

Ihm schien es so, als verstärkte sich ihr Lächeln und als sei eine leichte Röte in ihre Wangen gestiegen.

Da war er, der unmissverständliche Beweis dafür, dass er Eindruck auf sie gemacht hatte. Jetzt konnte er den nächsten Schritt wagen und mit ihr in den Garten hinausgehen. Doch als sie Sommerfield und Honor erreicht hatten, löste George ihre Hand von seinem Arm, trat einen Schritt zurück und verbeugte sich tief. „Vielen Dank für diesen Tanz, Miss Hargrove", sagte er, „ich glaube nicht, dass ich jemals mit einer anmutigeren Partnerin getanzt habe."

Miss Hargrove lachte, als glaubte sie ihm kein Wort, aber Sommerfield stimmte ihm zu: „Sie ist allerdings eine ausgezeichnete Tänzerin, das muss man schon sagen. Ich könnte bestimmt auch noch das eine oder andere von Ihnen lernen, Mr Easton." Er lachte und rieb sich dabei nervös die Nase. „Vielleicht können Sie mir für unseren Hochzeitstanz ein paar Stunden Unterricht erteilen."

„Eigentlich bin ich kein besonders guter Tänzer, Sommerfield. Ich interessiere mich mehr für Pferde."

„Es gibt nichts Besseres als ein Pferderennen, um Schwung in einen Tag zu bringen, nicht wahr?", stimmte Augustus ihm zu. „Wir sind durchaus stolz auf unsere Pferde in Longmeadow. Wir haben einige der besten Tiere in ganz England ..."

Honor schnappte plötzlich nach Luft: „Augustus, du muss ihn nach Longmeadow einladen!"

Sommerfield und Miss Hargrove wirkten ebenso überrascht, wie George sich fühlte – er war einen Augenblick lang sprachlos. „Wie bitte?"

„Oje", sagte Honor mit einem süßen Lächeln und einem kleinen Knicks. „Ich muss mich wirklich bei Ihnen entschuldigen, Sir. Bitte verzeihen Sie mir meinen Ausbruch, aber mir fiel eben ein, dass im Frühling einige Rennen in Longmeadow stattfinden."

„Das stimmt wohl", sagte Sommerfield mit einem deutlichen Zögern, „aber ich habe nicht ... Ich will damit sagen ..." Der arme Mann wirkte ganz aufgelöst und lächelte nervös, als er die Umstehenden stumm anblickte und jemanden suchte, der ihm helfen würde.

Honor wurde sofort ganz ernst. „Also, jetzt komme ich mir aber ganz albern vor, Mylord."

„Nein, ich – so habe ich das doch nicht gemeint“, stotterte Sommerfield. „Ich meine, natürlich sind Sie in Longmeadow willkommen, Mr Easton. Aber die Rennen finden doch bloß zum Spaß statt.“

„Mein Lieber …“, sagte Miss Hargrove und berührte den Arm ihres Verlobten mit den Fingerspitzen.

„Und es macht wirklich eine Menge Spaß“, warf Honor schnell ein, ehe Monica ihm etwas anderes einreden konnte. „Es gibt jede Menge Wetten, nur so zum Spaß. Sie müssen einfach kommen, Mr Easton. Wir haben immer zu wenige Herren als Tanzpartner und ich meine auch sagen zu können, dass der eine oder andere der Gentlemen einen erfahrenen Kartenspieler zu schätzen wüsste.“

Sommerfield riss erstaunt die Augen auf, aber Honor war auf festem Kurs und ließ sich nicht abbringen. „Kennen Sie Longmeadow?“, fragte sie eifrig.

George starrte Honor an. Ihm war vollkommen klar, was sie vorhatte, sie war gerade dabei, ihm eine weitere „Einladung“ zu verschaffen. Das versetzte ihm einen Stich, aber jetzt sah ihn auch Miss Hargrove erwartungsvoll an.

„Es ist der Landsitz meines Stiefvaters und liegt etwa eine Stunde nordwestlich von hier“, fuhr Honor fort.

„Sie müssen uns wirklich besuchen kommen, Easton“, sagte Sommerfield schließlich und nickte. „Dann ist es also abgemacht. Sie kommen zu uns nach Longmeadow!“

Mit einem glücklichen Lächeln drehte er sich zu Miss Hargrove um, die – allerdings mit wesentlich weniger Begeisterung – sagte: „Ja, bitte, kommen Sie doch, Mr Easton.“

„Das ist wirklich sehr freundlich“, sagte er, „vielen Dank.“ George war froh, als die Musik wieder einsetzte und es ihm so möglich war, diesem Alptraum zu entkommen. „Miss Cabot, würden Sie mir wohl die Ehre erweisen?“

„Geh schon, Honor. Er ist ein wirklich guter Tänzer“, sagte Sommerfield in einem Ton, als habe er selbst eben mit George auf der Tanzfläche gestanden.

„Also gut, dann ist es mir ein großes Vergnügen“, sagte sie und hielt ihm ihre Hand hin.

George nahm sie mit festem Griff. Auf ihrem Gesicht war keinerlei Reaktion zu erkennen. „Dann entschuldigen Sie uns bitte“, sagte er zu Sommerfield.

Weder er noch Honor sahen, wie Monicas dünnes Lächeln hinter ihnen erstarb.

„Du bist wirklich eine wundervolle Tänzerin, Liebes", sagte Augustus zu ihr. „Ich wünschte nur, ich wäre ein besserer Partner für dich."

„Du bist der perfekte Partner für mich, Augustus."

„Bist du dir da wirklich sicher?", fragte er und nahm ihre Hand in die seine, wobei er sie ein wenig zu fest drückte. „Denn ich wäre verloren ohne dich, meine Liebe."

„Ich bin ganz sicher." Das kam aus vollem Herzen, denn Augustus war ein freundlicher, einer liebevoller Mensch. Sie war glücklich an seiner Seite. Warum also sollte Honor es darauf abgesehen haben, sie auseinanderzubringen? Das war nämlich genau das, was sie vorhatte, dessen war Monica sich sicher. „Lass doch meine Hand bitte wieder los, ehe du mir noch einen Knochen brichst, Liebling."

„Oh!" Erschrocken zog Augustus seine Hand zurück.

Monica sah noch einmal Easton und Honor hinterher. Sie befanden sich jetzt beide auf der Tanzfläche und warteten darauf, dass die Musiker zu spielen anfingen. Honor hatte sich von ihm abgewandt und unterhielt sich mit Miss Amelia Burnes, während Easton interessiert das Orchester anschaute.

Die Szene hatte eigentlich überhaupt nichts Verdächtiges an sich, doch Monica wusste trotzdem, dass Honor Easton zu dieser Sache angestiftet hatte. Sie war eine scharfsinnige Frau und Eastons Gerede hatte sie nicht im Mindesten beeindruckt. Es ergab überhaupt keinen Sinn: Warum hätte ein Mann wie Easton plötzlich Interesse an ihr entwickeln sollen? Ganz besonders, weil doch jeder wusste, dass sie kurz davorstand, Augustus zu heiraten.

Als Honor Easton nach Longmeadow eingeladen hatte, war Monica alles klar geworden. Es sah Honor gar nicht ähnlich, an irgendeinen der Herren auch nur einen Gedanken zu verschwenden, und jetzt sollte sie so darauf erpicht sein, dass ausgerechnet einer wie Easton sie auf ihrem Landsitz besuchte? Oh ja, Monica kannte Honor Cabot schon lange und sie wusste ganz genau, wenn diese etwas vorhatte.

„Ich verdurste beinahe", sagte Augustus, als ob er die letzten drei Stücke getanzt hätte, „sollen wir uns ein Glas Champagner holen und uns ein wenig hinsetzen, meine Liebste?"

„Ja, gern." Sie schloss sich ihrem Verlobten an, dabei drehten sich ihre Gedanken wie wild im Kreis.

14. Kapitel

Easton blickte verwirrt drein, als das Orchester schließlich zu spielen begann. Honor machte einen Schritt nach vorn und knickste, wie es die Regeln vorsahen. „Ich bin hier entschieden im Nachteil", sagte er, „dieses Stück kenne ich überhaupt nicht."

„Es handelt sich um einen Walzer. Haben Sie den noch nie getanzt?"

Er runzelte die Stirn, als sie die Hand in seine legte und den Arm ausstreckte. „Sie wissen doch, dass ich nicht gerade in Salons und Ballsälen zu Hause bin."

„Vielleicht sollten Sie dann ein paar Tanzstunden nehmen. Ich habe gehört, dass Monsieur Fournier ein ganz ausgezeichneter Lehrer ist. Er hat schon den gesamten französischen Hochadel unterrichtet."

„Ich brauche keinen Tanzlehrer", sagte er in gekränktem Ton, „weil ich überhaupt keine Lust zum Tanzen habe. Ich bin nur Ihretwegen hier und ich frage mich deshalb schon die ganze Zeit, ob ich eigentlich noch ganz bei Trost bin."

„Und ich werde Ihnen dafür auf ewig dankbar sein", gab sie huldvoll zurück. „Sie müssen die andere Hand um meine Taille legen", fügte sie hinzu und legte ihre andere Hand auf seine Schulter.

Er legte wie befohlen die Hand in ihr Kreuz, direkt über ihrer Hüfte, und zog eine Augenbraue hoch, als er sie ansah. „Für eine Versammlung mit lauter Debütantinnen scheint mir das recht gewagt zu sein."

Honor zog nun ebenfalls eine Augenbraue hoch. „Und es beunruhigt sie auch etwas. Ihre Hand müsste bitte etwas höher liegen."

Er warf ihr ein raubtierhaftes Lächeln zu. „Mir gefällt es so, wie es ist."

Ihr auch und nicht wenig. Sie mochte seine Nähe – er war so viel größer und so viel stärker –, aber wenn Lady Chatham und

Lady Prescott sie sahen, würden sie einen Herzanfall erleiden. Leider war das Vorspiel des Musikstücks schon vorbei und der Tanz hatte begonnen, sodass Honor nicht länger mit Easton die Position seiner Hand diskutieren konnte. „Also gut, machen Sie mir einfach alles nach – eins, zwei, drei, eins, zwei, drei", murmelte sie, während sie ihn zuerst in die eine Richtung führte und dann in die andere.

Nachdem er ein paarmal über seine Füße gestolpert war, hatte er den Rhythmus des Tanzes verstanden.

„Na also!", sagte sie, während sie sich weiterdrehten. „Das ist es schon! Sie haben ja richtig Talent."

„Dann erlauben Sie mir doch bitte, die Führung zu übernehmen", sagte er und wirbelte sie plötzlich herum, sodass sie beinahe mit einem anderen Paar zusammengestoßen wären.

Honor lachte. „Das dürfen Sie nicht machen – Sie müssen sich in die gleiche Richtung drehen wie die anderen Paare."

„Wie bitte? Ich tue, was mir gefällt, genau wie Sie. *Longmeadow*, Honor? Diese ganze Sache geht jetzt wirklich zu weit."

Er war offensichtlich wütend auf sie. Die Wahrheit war, dass Honor einfach gesagt hatte, was ihr gerade durch den Kopf gegangen war. Wenn sie ehrlich zu sich war, musste sie zugeben, dass ihr das in letzter Zeit recht häufig passiert war.

Eastons Fuß stieß mit ihrem zusammen und sie stolperten ein wenig, konnten sich aber gleich wieder fangen. „Pardon", sagte er und schwenkte sie wieder in die falsche Richtung herum, ohne auf die anderen Paare Rücksicht zu nehmen.

„Falsche Richtung, Mr Easton!"

„Was Sie nicht sagen", erwiderte er zornig. „Ist Ihnen übrigens schon einmal der Gedanke gekommen, dass ich London vielleicht im Augenblick gar nicht verlassen möchte? Dass ich vielleicht Wichtigeres zu tun habe, als mich um Ihre Albernheiten zu kümmern?"

Jetzt wollte sie wirklich wissen, was ihm so viel wichtiger war als sie, vor allem, ob es dabei um andere Frauen ging. „Sie möchten London nicht verlassen?", äffte sie ihn nach.

„Also gut. Ich habe noch einen vollkommen neuen Gedanken für Sie, Madam: Ich will einfach nicht nach Longmeadow fahren. Und selbst wenn ich wollte, wäre ich bestimmt nicht darauf angewiesen, dass Sie auf so offensichtliche Weise eine Einladung für mich organisieren!“

So war das also – die ganze Sache war ihm einfach unangenehm. Das ärgerte Honor ein wenig. Außerdem hatte sie nicht gewollt, dass er sich unwohl in seiner Haut fühlte. „Ich habe überhaupt nichts für Sie organisiert, Easton. Der Gedanke kam mir eben gerade und da habe ich ihn eben einfach angesprochen. Außerdem kann ich mir wirklich nicht vorstellen, was Sie gegen Longmeadow haben sollten. Es ist wunderschön dort! Das Haus ist grandios. Und ganz unter uns, Sir, ich war zu dieser Einladung ja geradezu gezwungen, wo Sie Ihren Teil der Abmachung wieder nicht eingehalten haben. Ich ermögliche lediglich einen neuen Versuch.“

Bei diesen Worten hielt er mitten im Tanzschritt inne.

„Weiter!“, rief sie erschrocken.

Er kam der Aufforderung zähneknirschend nach, aber sein Gesicht zeigte deutlich seinen Ärger. „Honor Cabot, wie können Sie das nur behaupten; ich habe unsere Abmachung sehr wohl befolgt“, sagte er in scharfem Tonfall und machte einen Schritt zur Seite, sodass sie ihm mit einem kleinen Sprung folgen musste. „Ich bin auf diesen verdammten Ball gekommen und ich habe mit ihr *getanzt*“, sagte er eindringlich. Dabei stießen sie mit einem Tanzpaar zusammen, woraufhin er kurz angebunden „Pardon!“ murmelte. „Ich habe ihr Interesse für mich geweckt und sie zu verführen versucht. Was hätte ich denn sonst noch tun sollen außer vielleicht, um ihre zerbrechliche kleine Hand anzuhalten?“

Honor ließ sich nicht so leicht einschüchtern; sie verdrehte bei seinen Worten die Augen.

Er wirkte für einen Moment verblüfft, doch dann runzelte er die Stirn. „Bei allem, was heilig ist, man hätte Sie schon vor langer Zeit einmal übers Knie legen sollen. Ich würde mich freiwillig dafür melden, es jetzt noch nachzuholen.“

Zu ihrer Überraschung verspürte Honor bei diesen Worten einen gar nicht unangenehmen Schauer, der ihr die Wirbelsäule hinablief. „Jetzt seien Sie doch nicht so ungehalten, George. Ich gebe ja zu, dass Sie heute Fortschritte gemacht haben. Aber die Sache ist noch längst nicht erledigt.“

„Und woher wollen Sie das bitte schön wissen? Sie haben mit Miss Hargrove heute Abend kaum mehr als zwei Worte gewechselt!“

„Das weiß ich auch", entgegnete Honor mit großer Selbstsicherheit. „Sie sieht Sie jetzt gerade auch nicht an, oder doch?" Sie hatte nicht erwartet, dass er sie auf diese Frage hin sofort herumschwenken würde, aber genau das tat er. Er versuchte zu sehen, was dort vorging, wo sie Monica und Augustus stehen gelassen hatten.

„Also?", fragte Honor. „Werden Sie gerade von einem Reh mit den Augen verfolgt?"

„Um Gottes willen, sie ist mit ihrem Verlobten zusammen."

Honor zuckte mit den Schultern. „Das muss einen doch an nichts hindern, oder? Lady Seifert hat Sie ganz offen angehimmelt und die ist immerhin verheiratet."

Diese Feststellung schien ihm besser zu gefallen, als Honor lieb war. „Ist das so?" Er lächelte, als wäre er sehr zufrieden. „Und wo ist sie jetzt?"

„Das weiß ich nicht!" Was für ein eitler Gockel! Jetzt war es an Honor, verärgert zu sein. „Mir scheint es eher gewöhnlich, einen Mann anzuhimmeln, der nicht ihr Ehemann ist."

„Aus Ihnen spricht die reine Unschuld", sagte Easton mit einem nachsichtigen Lächeln, während er die Menge mit den Augen absuchte, wahrscheinlich hielt er nach Lady Seifert Ausschau. Doch dann fiel der Blick aus seinen blauen Augen wieder auf sie; er sah sie einen Moment lang aufmerksam an und lächelte dann plötzlich ein so charmantes Lächeln, dass Honor die Knie weich wurden. „Oh nein", sagte er, während sie sich stocksteif auf die Mitte der Tanzfläche zubewegten. „Sie sehen ja so aus, als versuchten Sie, mich davon zu überzeugen, dass Sie nicht mehr ganz unschuldig sind, es aber aus Gründen des Anstandes nicht zugeben dürften."

Das war genau der Gedanke, der eben durch Honors Kopf geschossen war und sie fühlte, wie Hitze in ihre Wangen stieg. Sie war in der Kunst des Flirtens sehr erfahren, aber sie war im wahrsten Sinne des Wortes vollkommen jungfräulich. Auch wenn ihre Haltung und ihr Gebaren manchmal etwas anderes nahelegten, so wachte Honor doch sorgsam über ihre Tugend. Easton war wirklich der erste Mann, der sie so intensiv geküsst hatte, und die Erinnerung an diesen Kuss, das Gefühl seiner Lippen und seiner Hände auf ihrer Haut, hallte noch immer in ihr nach. Sie hätte ihm nicht so leicht nachgeben sollen – er war ein starker und sehr maskuliner Mann. „So etwas habe ich keineswegs gedacht. Sie können ruhig aufhören, mich zu verspotten – ich fragte mich nur, was für ein Verhältnis Sie wohl mit Lady Seifert verbindet."

„Das geht eine Jungfrau wie Sie überhaupt gar nichts an", sagte er mit offensichtlichem Spott. „Sonst sind Sie am Ende noch verstört."

„Wie konnte ich nur so dumm sein! Ich dachte, Sie seien lediglich ein Gockel, aber mir scheint, Sie sind zudem auch noch herrisch. Ebenso wie mich Ihre Angelegenheiten nichts angehen, so gehen Sie auch meine Angelegenheiten nichts an, Mr Easton."

Sein charmantes Lächeln verstärkte sich bei diesen Worten. „Was bringt Sie denn so auf die Palme, meine Liebste? Erst nennen Sie mich George, dann wieder Mr Easton, das wechselt ja so schnell wie Ihre Stimmungslage. Erlauben Sie mir, es Ihnen zu erklären, Miss Cabot: Der Unterschied besteht darin, dass ich es überhaupt nicht nötig habe, darüber nachzudenken. Ich erkenne eine Jungfrau, wenn ich eine sehe."

Vor lauter Entrüstung musste Honor nach Luft schnappen. Doch noch ehe sie etwas erwidern konnte, wirbelte er sie schon wieder herum, sodass sie mit dem Rücken an einen der anderen Tänzer stieß. „Jetzt passen Sie doch auf!", flüsterte sie wütend.

„*Ich* soll aufpassen? Das ist ja fabelhaft – ganz im Ernst, fällt Ihnen die Ironie hier nicht selber auf?"

„Zumindest bin ich bei allem Leichtsinn noch diskret und stoße nicht andauernd mit anderen Menschen zusammen."

Easton musste lachen. „Hören Sie sich eigentlich manchmal selber zu, Madam? Sie sind wahrscheinlich die indiskreteste Frau, die ich in meinem ganzen Leben getroffen habe!"

„Ich?"

„Ganz genau Sie, meine Liebe", sagte er mit einem unverschämten Lächeln. „Sie sind eine leichtsinnige, indiskrete, lächerlich selbstbewusste junge Dame, die sich wünscht, sie wäre weniger unerfahren, als sie eigentlich ist. Wenn ich ehrlich bin, finde ich Sie einfach verdammt unwiderstehlich."

Honor hatte den Mund bereits geöffnet, um zu einer Gegenrede anzusetzen, aber bei seinen Worten überkam sie ein Schwall von Wärme, auf der sie beinahe zu schweben glaubte. Sie wollte sich von Kopf bis Fuß damit bedecken ... oder mit ihm. Wenn George sie nur nicht so ansehen würde, so voller Charme, Wärme und

Zuneigung. Es strahlte aus ihm heraus, funkelte in seinen Augen. Sie versuchte, ein Lächeln zu unterdrücken und ihm stattdessen zu zeigen, wie sehr seine Worte sie beleidigten, aber sosehr sie sich bemühte, sie konnte ihre Lippen nicht kontrollieren. „Also wirklich, Sie müssen es doch nicht gleich so herausschreien."

Er lachte und zog Honor zu sich heran, dann drehte er sie einmal um und noch einmal und noch einmal, so lange, bis sie am Rand der Tanzfläche angekommen waren, wo er sie bei der Hand nahm und sie hinter sich her von den anderen Tanzenden wegzog.

„Warten Sie, was soll das denn?", rief sie und sah sich ängstlich um. Sie konnte sehen, wie zwei der Gentlemen sie mit wissendem Lächeln musterten. Zumindest kam es ihr so vor.

„Ich möchte meinen armen Füßen eine wohlverdiente Pause gönnen", sagte er und sah sich zu ihr um. „Kommen Sie schon" Er schob sie auf das Buffet und den Lakaien zu, der die Getränke servierte, indem er eine Hand auf ihren Rücken legte. „Ein Glas Champagner wird Ihnen guttun, Miss Cabot", sagte er vernehmlich.

„Aber ich möchte keinen ..."

Er drückte ihre Hand so fest, dass Honor vor Schreck einen kleinen Schrei ausstieß. Aber Easton kümmerte sich nicht darum und dirigierte sie geschickt am Büffet vorbei und in den langen Korridor hinein, bis sie auf der Dienstbotentreppe angekommen waren.

„Moment! Ich muss sofort zurück!"

Er schob seinen Arm an ihr vorbei und öffnete eine Tür hinter ihr, die auf einen dunklen Balkon hinausführte.

Honor machte vorsichtig einen Schritt auf den Balkon, der sich direkt über dem Haupteingang befand. Sie sah sich vorsichtig um; es war dunkel, aber unten spazierten Paare auf und ab. In einiger Entfernung konnte sie ein eng umschlungenes Liebespaar erkennen. „Oh nein", sagte sie, aber Easton hatte bereits nach ihrer Hand gegriffen und zog sie hinter sich her in die Dunkelheit hinter einer zur Dekoration aufgestellten Ritterrüstung. Er schlüpfte hinter sie.

Sie versuchte, sich in der engen Nische umzudrehen, und fasste hastig mit der Hand nach Spinnweben, die ihr Haar berührt hatten. Easton war ihr jetzt so nah, dass sie die Wärme seines Körpers spüren konnte. „Was zum Teufel soll das?", fragte sie wütend.

„Ich befreie Sie von einem Stück Ihrer Unerfahrenheit", antwortete er und legte beide Hände um ihre Taille, während er sie küsste.

Honor war so überrascht, dass sie mit beiden Fäusten auf ihn einschlug. Er hob den Kopf. „Verflucht, das wollte ich schon den ganzen Abend tun."

Gott wusste, dass es ihr genauso gegangen war. „Sind Sie verrückt geworden?", flüsterte sie wütend. „Wenn uns jemand sieht!"

„Und wenn schon?", sagte er mit dem Mund an ihrem Hals, auf ihrer Schulter, seinen Händen an ihrer Taille, an ihrer Hüfte.

Honor hörte, wie jemand näher kam, und hielt den Atem an, dabei krallte sie sich mit den Fingern in seinen Arm. Easton hielt inne. Sie warteten, bis sie den Atem nicht viel länger anhalten konnte, dann ging die Person endlich weiter. Als derjenige fort war, sah George sie an. Sie fühlte etwas Seltsames, so als streife ein Stück Seide über ihre Brust. Seine Augen wurden größer, in ihnen sah sie ... *Zuneigung?* Zuneigung! Sie hatte es geahnt und nun wusste sie es, weil sie genauso fühlte, dabei gab es einen Stich in ihrem Herzen. Sie hatte sich schon so lange nicht mehr so gefühlt und so stark waren ihre Gefühle überhaupt noch nie gewesen – Rowley kam ihr plötzlich wie ein kleines Hündchen vor im Vergleich mit diesem Wolf.

Honor warf sich in seine Arme und küsste ihn heftig.

George hob sie hoch und wirbelte sie herum, sodass sie sich mit dem Rücken halb an der Steinmauer und halb an seinem Körper abstützen konnte. Er legte die Arme um sie, drückte sie fest an sich und küsste sie. Seine Zunge glitt über ihre Lippen und spielte mit ihrer Zunge, dann küsste er sie auf die Wange, den Hals und wieder auf die Lippen. Mit der freien Hand streichelte er sie zwischen den Brüsten, dabei glitten seine Finger in ihr Kleid und strichen über eine aufrechte Brustspitze. Eine Welle von Lust überkam sie dabei.

Honors Atem wurde immer flacher, sie konnte kaum Luft holen, wollte nicht mehr Luft holen. Sie tastete nach ihm, strich ihm über die Arme und die Hüften, seinen Oberkörper hinauf bis zu seinem Gesicht. Dabei schob sie die Finger zwischen ihre Münder, dann seine breite Brust hinab und ohne Zögern über die Wölbung in seiner Hose. Sie hielt den Atem an, als sie fühlte, wie hart er war. Ihr Körper reagierte sofort: Sie fühlte sich feucht und weicher werden.

George griff nach dem Saum ihres Rocks und tastete unter dem Stoff nach ihren Oberschenkeln. Mit der Hand fuhr er über den

Rand ihrer Strümpfe hinweg, wo ihre Beine nackt waren. Seine Finger hinterließen eine flammende Spur überall dort, wo er sie berührte. Honor bekam Angst, dass sie die Welle der Lust nicht länger kontrollieren konnte, die sie zu verschlingen drohte, aber es kümmerte sie auch nicht mehr.

Wie konnte er nur diese Lust in ihr auslösen? Wieso war sie plötzlich so hingerissen von ihm? Er hatte sie wirklich verführt, nach allen Regeln der Kunst. „Du bist ein Unhold", sagte sie heiser, hob die Hände und stützte sie neben ihrem Kopf an die Wand hinter sich. „Ich sollte um Hilfe schreien."

„Dann tu es doch", forderte er sie heraus. „Schrei. Aber du wirst erst richtig schreien, wenn wir uns lieben."

„Schuft!", hauchte sie atemlos und stellte den Fuß auf das Geländer, sodass er mit der Hand den feuchten, warmen Punkt zwischen ihren Beinen erreichen konnte. Sie holte tief Luft, als sie seine Finger an ihrer Weiblichkeit spürte.

„Geliebter!", korrigierte er sie flüsternd.

Honor schloss die Augen und lehnte den Kopf an die Mauer. „Ich muss verrückt geworden sein", flüsterte sie, „vollkommen verrückt."

„Genieß es einfach, Liebste", sagte er und küsste sie auf den Mund, die Kuhle unter ihrem Kinn, ehe er mit den Lippen die Haut zwischen ihren Brüsten berührte, während er sie mit den Fingern streichelte, kurz in sie eindrang und sich wieder zurückzog und so dem Kern ihres Verlangens immer näher kam.

Instinktiv folgte sie dem Rhythmus ihrer Lust, sie ritt auf seiner Hand, drückte ihren Unterleib heftiger gegen seine Finger auf der Suche nach dem Gipfel. Sie grub ihre Finger in seinen Rücken, während er heftiger zustieß, seine Finger kreisen ließ und immer wieder in sie hinein- und wieder herausfuhr. Sie hörte Stimmen und Gelächter der Menschen unter ihnen, das Flüstern derer, die auf dem Balkon standen, doch das steigerte ihre Lust nur noch mehr. Nie hatte sie eine solche Leidenschaft erlebt. Es war ihr vollkommen gleichgültig, ob man sie entdeckte. Als sich in ihrem ganzen Körper etwas zusammenzog und umherwirbelte, presste sie sich an ihn, vergrub ihren Mund im Stoff seiner Jacke und stieß einen wilden Schrei aus, während sie zitternd und bebend an seiner Hand den Höhepunkt ihrer Lust erlebte.

Sie waren beide atemlos, als er seine Finger aus ihr herauszog und ihre Röcke losließ. Sie zwang sich, den Kopf zu heben und die Augen zu öffnen. Sie konnte die Augen nicht von George Easton abwenden, sie war unfähig, auch nur einen Schritt zurück zu machen und die Distanz zwischen ihnen wiederherzustellen, wie sie es normalerweise tat, wenn ein Gentleman ihr zu nahe gekommen war. Ihr fiel nichts ein, was sie sagen konnte. Sie war atemlos, schwerelos und seltsame Lustgefühle schwirrten in ihr umher.

Er strich mit der Hand ihren Arm hinab und verschränkte die Finger mit ihren. Er küsste sie auf die Schläfe und sagte leise: „Siehst du, Cabot, so ist das, wenn man Leute verführt. Ich befürchte, dies ist das Ende dieses schönen Abends."

„Wie bitte?" Honor versuchte, ihre Verwirrung zu verbergen, aber es hatte keinen Sinn. Sie hatte einen unsichtbaren Vorhang durchschritten und hörte alles nur noch gedämpft.

Er neigte den Kopf, damit er ihr in die Augen sehen konnte. „Trotz unserer Divergenzen, was die Wirksamkeit deiner absurden Ideen angeht, war es mir ein großes Vergnügen."

Honor konnte die Augen nicht von ihm abwenden. Sie war wie betäubt von allem, was passiert war, was er mit ihr gemacht hatte. „Also kommst du nach Longmeadow?", fragte sie viel zu eifrig.

„Nein."

Sie nickte, als würde sie das akzeptieren, doch dann fasste sie seine Hand fester und sagte ohne Übergang: *„Bitte!"*

„Ich habe für dich getan, was ich konnte." Sein Lächeln, als er das sagte, war lasziv.

Das konnte doch unmöglich sein Ernst sein. „Wir erwarten dich dort in zwei Wochen", sagte sie dickköpfig, aber voller Angst, dass er Ernst machen könnte. „Die ersten Gäste kommen am Donnerstag."

Er schüttelte den Kopf und sah sie nachsichtig an, während er mit den Fingerspitzen leicht über ihre Schläfe strich und eine Haarsträhne aus ihren Augen wischte. Sein Blick war so unendlich sanft, dass Honor ganz schwach wurde. Sie fühlte sich leicht, als würde sie gleich wie eine Rauchwolke aufsteigen und sich im Kronleuchter auflösen.

„Du musst sofort zurück auf die Tanzfläche", murmelte er. „Sorge dafür, dass alle merken, dass du jemand anderem schöne

Augen machst. Du willst doch nicht, dass alle sich nur noch daran erinnern, dass du mit mir zusammen die Tanzfläche verlassen hast."

„Das ist mir vollkommen gleichgültig", verkündete sie mit großem Ernst in der Stimme, aber Easton legte eine Hand auf ihren Arm und hielt sie sanft umschlungen.

„Doch, das tust du. Jetzt geh schon, ehe die Leute anfangen zu reden."

Hatte er vielleicht recht? Honor war sich nicht sicher. Ihre ganze Welt schien mit einem Mal kopfzustehen. Es war ihr egal, ob die Leute über sie redeten. Es war ihr auch egal, dass er ein Bastard war. Sie wollte nur noch ihn, sonst nichts.

„Geh jetzt", sagte er noch einmal, aber dieses Mal mit strenger Stimme, und schob sie in die richtige Richtung.

Honor ging los, ohne zu merken, was sie tat. Sie ging ans andere Ende des Balkons auf die Haupttreppe zu, dabei war sie sich sehr bewusst, dass er ihr nachsah. Sie zwang sich, nicht zurückzuschauen, *flehte* sich selber an, es nicht zu tun ...

Doch dann drehte Honor sich um.

George Easton stand noch genau an der Stelle, an der sie ihn zurückgelassen hatte, sein Blick ließ sie nicht los. Sie konnte ihn in sich brennen spüren, er ging ihr durch Mark und Bein.

15. Kapitel

Ihre Mutter hatte als Allererstes ein Dienstmädchen eingestellt, nachdem Monica Augustus' Heiratsantrag angenommen hatte. „Eine zukünftige Countess muss wissen, wie sie mit einer Zofe umzugehen hat", hatte sie erklärt.

„Aber sie ist doch keine Zofe", hatte Monica eingewandt, während das arbeitseifrige Mädchen dabei war, die Fensterrahmen in ihrem Zimmer zu polieren.

„Sie wird sich schon zurechtfinden", hatte ihre Mutter zuversichtlich geantwortet.

Aber Violet fand sich nie in ihre Rolle ein. Das Mädchen war genauso hilflos angesichts der Frage, was von ihr verlangt wurde, wie Monica, was die Pflichten einer Countess anbetraf. Monica dachte bei sich, dass sie ohnehin keine Verwendung für eine Zofe hatte. Sie konnte sich sehr gut selber anziehen und brauchte niemanden, der ihr morgens beim Aufstehen half.

Ihre Mutter jedoch bestand darauf, dass Monica wissen musste, was als Dame mit Titel und Würden von ihr verlangt wurde. Ihre Mutter und ihr Bruder Teddy interessierten sich gleichermaßen brennend für ihre neue Rolle als künftige Countess. Sie nutzten jede Gelegenheit, die sich ihnen bot, um darüber zu reden.

Monica konnte an diesem Morgen die heiße Schokolade schon riechen, ehe Violet sie neben ihrem Bett abgestellt hatte.

Monica gähnte, streckte die Arme über den Kopf und setzte sich auf, um sich den Rücken mit Kissen auszupolstern. Während Violet die Vorhänge öffnete, griff sie nach der Tasse mit der Schokolade. Sturzbäche von Regen liefen an den Fensterscheiben herunter.

Violet fing an, die Kleidungsstücke einzusammeln, derer sich Monica beim Nachhausekommen in den frühen Morgenstunden entledigt hatte. „War es ein schöner Ball, Miss?", fragte sie.

„Sehr schön", gab Monica mit einem erneuten Gähnen zurück. „Aber es war ganz schön voll."

„*Aye*, ich kann Menschenmengen auch nicht ausstehen“, sagte Violet, während sie im Zimmer umherging. Sie unterhielt sich mit Monica immer vollkommen ungezwungen. „Ich war heute Morgen mit Mrs Abbot auf dem Markt und so ein Gedränge haben Sie noch nie gesehen!“ Aufgeregt fuhr sie fort, von ihrem Ausflug auf den Wochenmarkt zu berichten.

Monica hörte ihr kaum zu – sie redete wohl gerade über Feigen –, sondern dachte darüber nach, was sie wohl anziehen sollte, als plötzlich der Name Beckington fiel. Monica unterbrach ihre Überlegungen. Sie drehte sich um und sah Violet an. „Was hast du gerade gesagt?“

Violet sah von ihrer Arbeit auf. „Miss?“

„Was hast du gerade über Beckington gesagt?“

Nachdenklich runzelte Violet die Stirn. „Ach ja!“, rief sie schließlich, als es ihr wieder einfiel. „Es war nichts weiter, wir haben nur gesehen, wie einer der Lakaien von den Beckingtons herumlief, als ob er irgendetwas suchen würde. Mr Abbot war auch dort, der hat gesagt, er kennt den Jungen, denn als er Sie nach Beckington House gefahren hat, hat der ihm dort immer die Tür geöffnet.“

„Sie sind in Mayfair auf dem Markt gewesen?“, fragte Monica verwirrt. Das schien ihr doch ziemlich weit weg zu sein.

„Oh ja, allerdings, in Mayfair. Mrs Abbot findet den Schlachter dort besser. Aber der Schinken war teuer! Ich habe zu ihr gesagt, Mrs Abbot, so einen Schinken bekommen Sie in Marylebone für ein paar Schillinge, aber sie hat gesagt, das ist nicht die Qualität, die Mrs Hargrove erwartet ...“

„Also, was ist denn jetzt mit Beckington, Violet?“, unterbrach Monica sie, ehe Violet zu einer längeren Erklärung über verschiedene Sorten von Schweinefleisch ansetzten konnte. „Sie haben gesagt, der Lakai hat irgendetwas gesucht?“

„Ach der! Ja, der hat nach Lady Beckington gesucht.“ Violet lachte und hob den Umhang auf, den Monica am Abend zuvor zum Ball getragen hatte. Dabei strich sie mit der Hand bewundernd über die feine Seide.

„Um Himmels willen! Warum hat er nach Lady Beckington gesucht?“, bohrte Monica nach.

„Also, ich glaube, sie hatte sich verlaufen. Er hat gesagt, sie wollte sich ein bisschen die Füße vertreten und sie war nicht rechtzeitig wieder zurück, da haben sie sich Sorgen gemacht. Ich habe zu Mrs Abbot gesagt, dass es überhaupt gar kein Wetter für einen Spaziergang ist. Und Mrs Abbot hat gesagt, sie hat bestimmt einen Dienstjungen, der einen Schirm über ihren Kopf hält." Violet kicherte.

Monica blinzelte verwirrt. „Was soll das heißen? Hatte Lady Beckington sich etwa verlaufen?"

„Also, das weiß ich nicht, Ma'am. Der Lakai hat sie so schnell wiedergefunden, als sie gerade Treibhausblumen gekauft hat. Ich glaube, Mrs Hargrove würde lieber jemanden schicken, der die Blumen kauft. Sie würde an so einem Tag wie heute nicht in Mayfair herumlaufen."

Violet faltete den Umhang zusammen, während Monica über das eben Gehörte nachdachte. Langsam ergab sich ein Zusammenhang aus allem, was sie in letzter Zeit beobachtet hatte. Die Puzzleteile fügten sich zu einem Bild zusammen.

Nachdem Monica ihre Schokolade ausgetrunken hatte, zog sie sich an und machte sich auf den Weg in den Salon, wo sie ihre Mutter und ihren Vater antraf. Der Raum wirkte mit seinen Holzpaneelen und den fadenscheinigen Vorhängen eher klein und ziemlich dunkel. Ihre Mutter wollte schon lange neue Vorhänge anschaffen, aber ihr Vater erlaubte es nicht.

An diesem Morgen las ihr Vater und machte sich dabei Notizen. Monicas Mutter saß mit ihrer Handarbeit auf dem Sofa. Ihr Haar war noch immer rotblond und glänzte im Kerzenschein, selbst an einem so trüben Tag wie heute. „Da bist du ja, Liebes", sagte sie und legte die Arbeit auf ihren Schoß. Ihr Vater unterbrach seine Arbeit und sah sie über den Rand seiner Brillengläser hinweg an.

„Wie hat dir der Ball gefallen?", fragte ihre Mutter.

„Wundervoll", sagte Monica.

„Und Lord Sommerfield? Hat er sich ebenfalls amüsiert?"

Monica zuckte mit den Schultern und setzte sich neben ihre Mutter. Sie hatte noch nie erlebt, dass Augustus schlechte Laune gehabt hätte. „Ich denke schon."

Ihre Mutter tätschelte ihr Knie. „Du solltest lieber sichergehen, mein Liebes. Es ist wichtig, seinen Mann glücklich zu machen. Habe ich nicht recht, Benjamin?", sagte sie zu Monicas Vater.

Der war jedoch wieder an seine Arbeit gegangen und sagte gedankenverloren: „Ist das wahr, Lizzy?"

„Mama“, fragte Monica, „woran erkennt man, ob jemand verrückt wird?“

Bei diesen Worten horchte ihr Vater auf. „Fühlst du dich, als ob du nicht mehr ganz bei dir bist, Liebes?“

„Ich doch nicht, Papa“, widersprach sie lächelnd, „aber ... wie erkennt man, dass es jemanden erwischt hat?“

Ihr Vater legte den Federhalter hin und drehte sich auf seinem Stuhl um. „Das kommt auf die Art der Verrücktheit an, würde ich meinen. Wenn jemand zum Beispiel altersschwachsinnig wird, dann geht das in der Regel schleichend vor sich. Ein kleinerer Ausfall hier oder dort, ungewöhnliche Vergesslichkeit. Ich kannte mal jemanden, der hat seinen eigenen Sohn angezündet. Den hatte der Wahnsinn einfach von einem auf den anderen Tag überfallen. Warum fragst du denn?“

Monica wagte kaum auszusprechen, was sie dachte. Es kam ihr respektlos vor, im schlimmsten Fall konnte es einen Skandal geben. Aber es war die einzige Erklärung und ihre Eltern sahen sie erwartungsvoll an. „Ich glaube, Lady Beckington verliert langsam den Verstand.“

Ihre beiden Eltern starrten sie entsetzt an, dabei saßen sie da wie versteinert. Dann fragte ihr Vater: „Kannst du das genauer erklären, Liebes?“

„Es ist schwer zu erklären. Aber sie scheint mir doch ein bisschen *zu* vergesslich zu sein.“ Monica berichtete ihnen von ihrem letzten Besuch in Beckington House und wie Lady Beckington dem Gespräch anscheinend nicht hatte folgen können. Sie erzählte ihnen auch, was Violet berichtet hatte. Dann fügte sie noch hinzu, wie Lady Beckingtons Blick manchmal ins Leere zu gehen schien, als sei sie gar nicht anwesend.

Ihr Vater hörte ihr aufmerksam zu, und als sie ihren Bericht beendet hatte, nickte er und lehnte sich in seinem Stuhl zurück, dann legte er die Fingerspitzen an die Schläfen. „Ich glaube, es besteht kein Grund zur Aufregung, Liebes. Wenn die Leute älter werden, dann werden sie vergesslich.“

„Benjamin, sie ist nur ein Jahr älter als ich“, stellte Monicas Mutter fest.

„Wie ich gesagt habe“, gab er zurück und wandte sich wieder seinem Buch zu.

„Als wir noch jünger waren, sind Joan und ich oft gemeinsam zu den Blumenhändlern in Mayfair gegangen“, erinnerte sich ihre Mutter. „Die Blumen dort waren meistens so viel hübscher als die in den Gewächshäusern zu Hause.“ Sie blickte einen Moment lang wehmütig in die andere Richtung, als sähe sie die Vergangenheit vor sich. „Ich habe Joan immer gerngehabt.“

„Und du wirst sie bald öfter sehen, Lizzy“, sagte Monicas Vater. „Sie ist nur über die Jahre ein bisschen vergesslich geworden, das ist alles.“

Monica bemerkte, dass sich der Gesichtsausdruck ihrer Mutter bei diesen Worten fast unmerklich veränderte. Sie lächelte Monica zu. „Komm, Liebes, lass uns deine Haare machen, sollen wir?“ Sie erhob sich.

„Lizzy, rede unserer Tochter nichts ein“, mahnte ihr Vater, ohne seinen Blick von seinem Buch zu heben. „Teddy und du habt ihr doch bereits vorgeschlagen, dass sie die Cabot-Töchter in die Wildnis schaffen lassen soll.“

„Das habe ich keineswegs, Mr Hargrove“, widersprach ihre Mutter, nahm Monica bei der Hand und zog sie hinter sich her.

Das war streng genommen nicht ganz richtig – ihre Mutter und Teddy hatten mehrfach angedeutet, dass Longmeadow wohl der geeignete Ort für eine Witwe und die Cabot-Schwestern war … oder etwas noch Abgelegeneres.

Als sie in den kleinen Flur traten, legte ihre Mutter Monica den Arm um die Schultern. „Ich nehme an, dein Vater hat recht, alles, was du gesehen hast, ist ein wenig Vergesslichkeit bei Lady Beckington. Das passiert uns allen früher oder später. Andererseits …“

„Andererseits was?“

Ihre Mutter sah sie aus dem Augenwinkel an. „Andererseits wäre es nur angebracht, einen guten Platz für sie und ihre Töchter zu finden, wenn du richtigliegst. Wo sie den Blicken der Öffentlichkeit nicht so ausgesetzt sind.“

Monica sah ihre Mutter fragend an.

„Ist dir bewusst, dass Wahnsinn in manchen Fällen auch zu Gewalttätigkeit führen kann?“

Monica hielt vor Schreck den Atem an. „Du glaubst doch nicht, dass Lady Beckington …“

„Nein, nein", versicherte ihre Mutter hastig. „Aber *wenn* sie verrückt wäre, dann gäbe es keine Möglichkeit, vorauszusehen, ob oder wann sie gewalttätige Ausbrüche bekommt. Und solchen Gefahren sollte man die Erben des zukünftigen Earls doch auf gar keinen Fall aussetzen."

Monicas Herz klopfte bis in den Hals. In ihrem Kopf sah sie, wie eine Wahnsinnige ihre Babys aus ihrer Wiege nahm. War das nicht vor einem Jahr erst geschehen? Eine Wahnsinnige hatte das Kind ihrer Lohnherrin entführt und man hatte es wenig später tot aufgefunden?

„Oje, Liebes, jetzt machst du dir schon wieder Sorgen!", sagte ihre Mutter. „Ich wollte damit auf keinen Fall andeuten, dass es so weit kommen könnte, aber ... Nun ja, du bist nun einmal meine Tochter und ich mache mir so meine Gedanken."

„Aber ... aber sollten Augustus und ich nicht für sie sorgen, wenn sie wirklich verrückt wäre?"

„Allerdings", sagte ihre Mutter mit fester Stimme. „Aber das heißt noch lange nicht, dass ihr mit ihr unter einem Dach wohnen müsst. Ich nehme doch an, dass es einen Platz für sie und ihre Töchter gibt, wo sie ein ruhiges Leben führen kann und wo es nicht nötig ist, ein Vermögen für Ballkleider auszugeben."

Monica konnte sich nicht vorstellen, wie Honor ohne ihre modischen Kleider auskommen sollte. Aber ihre Mutter lächelte und drückte sie zärtlich an sich. „Du brauchst dir keine Sorgen zu machen. Ich glaube, es gibt nichts, was dir Angst machen müsste."

16. Kapitel

Die Fahrt nach Longmeadow hatte dem Earl sehr zugesetzt; er brauchte volle zwei Tage Bettruhe, ehe er wieder kräftig genug war, um den Sonnenschein zu genießen, der der Familie aus London gefolgt war.

Deshalb hatte das jährliche Bankett in Longmeadow zum ersten Mal ohne ihn stattgefunden. Wenn kein Wunder geschah, war dies wahrscheinlich das letzte Mal, dass der Earl im Frühling mit nach Longmeadow fuhr. Ein Schatten hing folglich über der ganzen Familie.

Prudence und Mercy gewöhnten sich an, vor der düsteren Stimmung in die Ställe zu fliehen. Grace war der Ansicht, dass es kein plötzliches Interesse an der Pferdezucht war, das sie dorthin trieb, sondern vielmehr die jungen Männer, deren Aufgabe es war, sich um die Pferde und die Ställe zu kümmern.

Als die ersten Gäste eintrafen, hatte Grace stets ein wachsames Auge auf ihre Mutter und machte lange Spaziergänge im Park mit ihr. Es war allen klar, dass ihre Mutter ihnen immer weiter entglitt, mit jedem Tag wurden ihre Gedächtnislücken größer.

Honor hätte alles gegeben, um ihre liebevolle, selbstbewusste und kultivierte Mutter zurückzubekommen. Sie musste immer wieder an den Unfall mit der Kutsche denken, bei dem ihre Mutter verletzt worden war. Damit hatten die Sorgen angefangen und Honor war sich sicher, dass sie nicht die Einzige war, die alles aufgegeben hätte, was sie besaßen, alle materiellen Güter, die vornehme Gesellschaft, die Abendveranstaltungen – alles, was ihre Mutter davon abgehalten hätte, in diese Kutsche zu steigen. Hätte ihre Mutter nicht Beckington geheiratet, dann hätten sie alle zusammen in ihrem bescheidenen Haus bleiben können, allein mit Hannah, die für sie sorgte. Wären sie dann nicht ebenso glücklich gewesen … und gesund?

Honor war entschlossen, alles zu tun, was sie konnte, um ihre Mutter in dieser Woche von den Hargroves fernzuhalten, aber das gestaltete sich äußerst schwierig, denn Monica sah es als ihre Aufgabe an, Augustus gute Ratschläge für die Vorbereitung der nächsten drei Tage zu erteilen.

Im grünen Salon traf Honor die beiden Turteltauben in Gesellschaft eines weiteren Gentleman. Ausgerechnet in ihrem Lieblingszimmer des weitläufigen Anwesens mussten die sich einnisten. Das georgianische Haus war eines der größten in ganz England. Es war mit seinen vier Stockwerken so groß und unübersichtlich, dass die vier jungen Mädchen nie Schwierigkeiten gehabt hatten, einen Platz zu finden, an dem sie niemand vermutete. Es hatte einen quadratischen Grundriss und einen großen Innenhof, beides wurde liebevoll gepflegt und erhalten; der Haupteingang war von Efeu umrankt und der Garten stand voller alter Rosenstöcke.

Von den großen französischen Fenstern im grünen Salon aus hatte man einen Blick über den Rosengarten, dessen betörender Duft durch die großen Fensterflügel hineindrang, wenn sie im Frühling und Sommer geöffnet wurden. Die Wände des Salons waren in einem sanften Grün gestrichen, die Vorhänge aus leicht durchsichtiger, rein weißer Seide. Er war gemütlich und ruhig, hell und luftig. Keines der anderen über zwanzig Gästezimmer und Salons gefiel Honor besser.

„Honor!“, sagte Augustus mit offensichtlicher Freude über ihr Erscheinen. „Was für ein Glück, dass du kommst.“ Die Erleichterung stand ihm ins Gesicht geschrieben. „Du musst unbedingt ein ernstes Wort mit Mercy reden. Sie jagt Mrs Hargrove schreckliche Angst ein mit ihren Geistergeschichten.“

„Longmeadow ist der ideale Schauplatz für schreckliche Geschichten, Augustus.“

„Das kann schon sein. Aber die liebe Mrs Hargrove hat sich bei mir beklagt, dass sie die ganze Nacht kein Auge zutun konnte.“

Sie hatte Mercys Geschichten jetzt schon seit Jahren zugehört und kannte außerdem Mrs Hargrove besser, als ihr lieb war. Honor konnte sich einfach nicht vorstellen, dass sie sich ernsthaft von Mercys kopflosen Gespenstern mit blutigen Hälsen ins Bockshorn jagen ließ.

„Du redest doch mit Mercy? Bitte? Ich habe deiner Mutter schon Bescheid gesagt, aber sie hat nur gelacht und schien mir nicht helfen zu wollen.“

Honor stockte der Atem, als sie sich vorstellte, dass Augustus und ihre Mutter eine längere Unterhaltung gehabt hatten. „Meine Mutter ist mit dem Earl sehr beschäftigt. Natürlich werde ich ein ernstes Wort mit Mercy reden."

„Augustus?", sagte Monica leise.

Er sah seine Verlobte an und sagte dann: „Ach ja! Entschuldige bitte, Honor, darf ich dir Mr Richard Cleburne vorstellen? Er ist der neue Vikar von Longmeadow."

Der junge Mann richtete sich auf, verschränkte die Hände hinter dem Rücken und verbeugte sich ehrfürchtig.

„Wie geht es Ihnen, Mr Cleburne?", sagte Honor. „Willkommen in Longmeadow."

„Vielen Dank", erwiderte er mit einem Lächeln.

Honor sah nun Monica an. „Ich hoffe, das schöne Wetter hier in Longmeadow gefällt dir."

„Ich möchte fast sagen, alles an Longmeadow gefällt mir."

Das hatte Honor nicht eine Sekunde bezweifelt.

„Und Longmeadow passt auch zu Monica!", rief Augustus mit offensichtlichem Stolz. „Sie hat ein paar wunderbare Ideen, wie man mehr aus diesem Salon machen könnte."

Honor war schon drauf und dran gewesen, den Raum wieder zu verlassen, aber bei dieser Bemerkung blieb sie stehen. „Mehr daraus machen?" Sie sah sich um und betrachtete die mit geblümtem Chintz bezogenen Möbel und die Gemälde von friedlichen Landschaften. „Aber was sollte man denn hier verbessern? Der Salon ist perfekt, so, wie er ist."

„Ich dachte, dass er sich vielleicht besser als Frühstücksraum eignet", sagte Monica.

„Und damit hat sie recht", stimmte Augustus ihr eifrig zu. „Ich kann gar nicht glauben, dass wir noch nicht selbst darauf gekommen sind."

Vor Honors innerem Auge erschien das Bild von Besuchern, die hier ein und aus gingen, auf der Suche nach Würstchen. „Das hier! Ein Frühstücksraum!"

„Ja, genau das hier", sagte Monica herablassend. „Der Garten ist genau der Ausblick, den man morgens als Erstes sehen möchte, und die Küche ist nah genug."

„Das gilt genauso für den jetzigen Frühstücksraum und der hat einen schönen Blick über den ganzen Park", stellte Honor fest.

„Aber er ist zu klein für die ganze Familie“, entgegnete Monica.

„Außerdem zieht es dort“, sagte Augustus und rümpfte dabei die Nase.

„Das lässt sich ja ändern“, bestand Honor auf ihrer Meinung. „Vielleicht solltet Monica und du euch lieber um das Abendessen für heute kümmern, als euch ausgerechnet um diesen Salon Gedanken zu machen.“

„Das haben wir bereits erledigt“, verkündete Augustus nicht ohne Stolz. „Monica und Mrs Hargrove haben heute Morgen schon die Sitzordnung festgelegt.“ Er lächelte, als wäre das eine außerordentliche Leistung.

Doch Honor war entsetzt. „Und wo war meine Mutter?“

„Unpässlich?“, sagte Augustus unsicher. „Mein Vater, du weißt doch.“

„Jetzt sei nicht beleidigt, Honor“, beschwichtigte Monica. „Ich habe persönlich dafür gesorgt, dass du neben Mr Cleburne sitzt.“ Sie lächelte ein diabolisches Lächeln. Mr Cleburne hingegen sah verunsichert aus.

„Wie schön“, sagte Honor mit zuckersüßer Stimme und nickte dem Vikar freundlich zu. „Und wo wirst du sitzen, Monica? Auf dem Platz meiner Mutter?“

„Honor!“, rief Augustus erschrocken und sah sogleich seine Verlobte an, um festzustellen, ob sie beleidigt wirkte.

Doch Monica lachte nur.

Ein Lakai betrat den Raum. „Mylord, Mr Hardy bittet darum, dass Sie in die Eingangshalle kommen.“

„Oje. Es geht doch wohl nicht schon wieder um die Pferde? Meine Damen, ich bitte vielmals um Entschuldigung. Cleburne, kennen Sie sich mit Pferden aus?“, fragte Augustus.

„Ich bin leider ganz unbewandert, Mylord.“

„Das macht nichts, mehr als ich wissen Sie in jedem Fall. Kommen Sie“, sagte er und verließ mit schnellen Schritten den Salon. Mr Cleburne sah sich gezwungen, ihm nachzueilen, sodass Monica und Honor allein zurückblieben.

Als die Männer weg waren, runzelte Honor wütend die Stirn. „Meine Mutter ist noch nicht verwitwet, Monica. Bist du nicht ein wenig voreilig, wenn du dich hier als Gastgeberin aufspielst?“

„Was soll das denn heißen?“, fragte Monica gleichmütig. „Lady

Beckington hat mein Angebot gern angenommen, als ich sie heute Morgen gefragt habe. Mir schien es so, als hätte sie nicht das geringste Interesse an der Sitzordnung. Sie war offensichtlich damit beschäftigt, einen Ausflug nach Schottland zu planen." Sie schwieg für einen Moment. „Zumindest glaube ich, dass sie so etwas sagen wollte."

Honor gelang es nur mit eiserner Willenskraft, bei diesen Worten nicht vor Schreck laut aufzustöhnen. „Augustus hätte sie dennoch fragen müssen."

„Das hat er getan, Honor. Wir alle haben sie gefragt, und wie ich gesagt habe, schien sie mit dieser Aufgabenverteilung sehr zufrieden zu sein. Vielleicht sieht *sie* ja ein, dass ich eines Tages die Herrin dieses Hauses sein werde und dass es keinen Zweck hat, sich dagegen zu wehren. Vielleicht solltest du dir an ihr ein Beispiel nehmen."

Es waren die scheinbar nebensächlichen Dinge, die Honor hilflos machten … beinahe. „Wenn ich an deiner Stelle wäre, würde ich mich nicht damit brüsten, ehe ich vor einem Altar gestanden habe."

„Jetzt sei doch nicht böse, meine Liebe", sagte Monica mit zuckersüßer Stimme. „Ich bin davon überzeugt, dass dich weder dieser Salon noch das Abendessen oder sonst irgendetwas in Longmeadow noch sehr kümmern wird, wenn du erst einen Heiratsantrag bekommen hast und dein eigenes Eheglück planst."

Honor fühlte, wie die Wut in ihr aufstieg, was zweifelsohne genau das war, was Monica erreichen wollte. Sie rang sich ein Lächeln ab. „Entschuldige bitte – besteht die unmittelbare Gefahr, dass man mir einen Antrag macht?"

„Das kann man nie wissen", sagte Monica fröhlich. „Manchmal passieren die Dinge so, wie man sie sich nie vorgestellt hatte, oder nicht? Menschen tauchen plötzlich in deinem Leben auf und werfen alle Pläne über den Haufen."

„Wovon redest du da bloß?", fragte Honor, in der eine üble Vorahnung aufkeimte.

„Ach, nicht so wichtig! Ich stelle mir nur vor, dass jemand auftauchen wird, der dich dazu bringt, die Sache mit Rowley endlich für immer zu vergessen."

Honor spürte genau, dass an der Sache etwas faul war, und verschränkte abwehrend die Arme vor der Brust. „Es gibt überhaupt gar keine *Sache* mit Rowley. Ich habe seine Lordschaft seit über einem Jahr nicht mehr gesehen. Soweit ich weiß, hat er sich auf seinen Landsitz zurückgezogen, mit seiner schönen Frau und ihrem neugeborenen Sohn."

„Ich wusste doch, dass das an dir nagt, Honor", sagte Monica herablassend. „Aber du darfst deshalb nicht alle Männer über einen Kamm scheren."

„Jetzt hör aber auf!", empörte sich Honor. „Du weißt doch überhaupt nicht, wovon du redest."

„Ich versuche lediglich, dir begreiflich zu machen, dass die Dinge sich verändert haben. Der Earl ist ernsthaft krank. Augustus wird sich verheiraten; auch wenn er nicht mich nehmen sollte, wird er doch irgendeine andere finden. Du kannst dich dem Lauf der Dinge nicht länger entgegenstellen. Du solltest einfach einen guten Mann heiraten."

„Einen guten Mann wie Mr Cleburn, das meinst du doch?", sagte Honor sarkastisch.

Monica lächelte breit. „Er scheint wirklich liebenswürdig zu sein, findest du nicht?"

Wenn Monica jetzt neben einem Fenster gestanden hätte, hätte Honor sie hinausgeschubst. „Ich bin dir ja so dankbar, dass du dir so viele Gedanken über meine Zukunft machst. Während du dem freudigen Ereignis meiner Hochzeit entgegenfieberst, überlasse ich dir schon einmal die Renovierung von Longmeadow und mache mich auf die Suche nach Mercy. Guten Tag, Monica."

„Guten Tag, Honor", antwortete Monica mit freudiger Erregung in der Stimme.

Honor verließ den Salon und versuchte, sich den Anschein zu geben, als mache ihr das alles überhaupt nichts aus. Sie würde auf die Suche nach Mercy gehen und ihr vorschlagen, ihre Geschichten ein wenig blutrünstiger zu gestalten.

Sie schritt an der Ahnengalerie, dem „zugigen" Frühstücksraum, der Bibliothek, dem Speisesaal und dem Ballsaal vorbei. Dann passierte sie die kleineren Salons und den gelben Salon auf der Westseite. Sie stellte sich vor, was Monica hier alles verändern würde, dabei zog sich ihr Magen vor Wut zusammen.

Dazu hatte sie kein Recht.

Es gefiel ihr ganz und gar nicht, das zuzugeben, doch Monica hatte recht – Longmeadow gehörte nicht ihr; es war auch nie für sie bestimmt gewesen. Natürlich würde Honor eines Tages heiraten und dann zweifellos in einem respektablen Haus mit einem respektablen Ehemann leben. Doch dieses Haus konnte niemals Longmeadow sein mit seinen versteckten Treppen und dem kühlen Fluss und den grünen Feldern, die sich meilenweit erstreckten, sodass die Mädchen viel Platz zum Herumtollen hatten. Es würde genauso wenig Beckington House in London sein mit seiner marmorverkleideten Eingangshalle und dem großen Salon, wo man Dutzende Gäste zum Tee gleichzeitig bewirten konnte. Sie würde ein vollkommen anderes Leben als das jetzige führen und Honor hatte keine andere Möglichkeit, es zumindest so lange zu bewahren, bis die Mädchen in die Gesellschaft eingeführt worden waren. Sie musste Monica davon abhalten, alles kaputt zu machen, koste es, was es wolle. Sonst würde sich alles auflösen, so wie manchmal die Ärmel an den Kleidern ihrer Mutter.

In den letzten zwei Jahren hatte Honor getan, was sie konnte, um das Unvermeidliche hinauszuzögern, sie konnte sich jetzt nicht mit einer Niederlage abfinden. Lord Rowley hatte ihr noch junges, unerfahrenes Herz gebrochen und Honor hatte vor dem Schmerz Zuflucht im Wohlstand der Familie Beckington gesucht und gefunden. Dank dieses Wohlstandes war es möglich gewesen, dass sie unabhängig blieb und von einem gesellschaftlichen Ereignis zum anderen flatterte, ohne ihr Herz zu verschenken. Sie wusste selbst nicht mehr, ob sie vor allem das bequeme Nest im Reichtum des Earls oder ihre Schwestern zu schützen versuchte.

Honor wusste nicht mehr, was sie denken sollte. Es erschien ihr jetzt alles so verwirrend und es wurde von Tag zu Tag schlimmer. Sie konnte nicht aufhören, an Easton zu denken. Nicht eine Sekunde.

Ihr Herz war ganz erfüllt von diesem Mann. Er verfolgte sie in ihren Träumen und seit dem Prescott-Ball lauerte er in jedem Winkel ihrer wachen Gedanken. In ihrer Erinnerung hatte er einen glühenden Feuerstreif hinterlassen wie ein Komet, der am Nachthimmel auftaucht und wieder in der Dunkelheit verschwindet. Aber er war nun einmal ein Bastard und das war nicht das Einzige, was an ihm auszusetzen war. Und doch fühlte es sich an, als wäre er genau der Richtige für sie.

Du lieber Gott, kam da jemand?

Sie ballte die Hände zu Fäusten und ging schnellen Schrittes weiter. Sie hatte nichts als Verachtung für Frauen übrig, die sich über

Männer die Augen ausweinten und ständig hofften, sie bei dieser oder jener Gelegenheit wiederzusehen. Easton hatte die Einladung abgelehnt und sie stand hier herum und hoffte, dass er dennoch erscheinen würde. Sie blickte erwartungsfroh jeder Kutsche hinterher, die sich den massiven steinernen Säulen des Haupteingangs von Longmeadow näherte, und hoffte, *ihn* zu sehen. Aber auch wenn eine Kutsche nach der anderen angekommen und wieder abgefahren war, von Easton war weit und breit keine Spur.

Er kommt nicht.

Konnte sie das jetzt nicht einfach zugeben? Konnte sie nicht einfach damit aufhören, sich jeden Augenblick, den sie in seinen Armen gelegen hatte, immer und immer wieder vorzustellen? Konnte sie nicht einmal vor sich selbst zugeben, dass George Easton ein gefährlich sinnlicher Mensch war, der ihr eine ganze Welt voll fleischlicher Begierden eröffnet hatte, aber für den ihr Zusammentreffen mit Sicherheit so gut wie bedeutungslos war? Er war ihr mehr entgegengekommen, als sie zu hoffen gewagt hatte, hatte ihren Puls zum Rasen gebracht und ihren Kopf mit lustvollen Bildern und Gedanken gefüllt … Aber sie durfte nicht vergessen, dass das für ihn alles nur ein Spiel war.

Sie hatte von Anfang an gewusst, dass er ihr Spiel nicht unendlich lange mitspielen würde, natürlich nicht. Welcher Mann würde das schon? Selbst sie hatte niemals geglaubt, dass ihr kleines Komplott zu irgendetwas führen würde, außer vielleicht, das Unvermeidliche eine Zeit lang aufzuhalten. Doch sie konnte jetzt nicht einmal an Monica denken. Alles schien sich plötzlich verändert zu haben.

Wenn sie sich selbst gegenüber ehrlich war, musste sie zugeben, dass ihre Enttäuschung darüber, dass er nicht kam, absurd war! Es war doch gut, dass sie nicht noch einmal mit ihm tanzen musste, ungeschickt, wie er sich dabei anstellte. Oder dass er ihr nicht hinterherschmachtete, wie die jungen Kerle von Mayfair es sonst zu tun pflegten. Sie genoss Tanzen und Schmachten! Sie musste endlich aufhören, daran zu denken, wie seine blauen Augen vor Vergnügen funkeln konnten.

Wenn sie ihrer Enttäuschung über sein Fernbleiben zu viel Platz in ihren Gedanken einräumte, dann würde der Schmerz vom Kopf in ihr Herz wandern und es nach und nach zerstören, bis es ganz zu Staub zerfallen war.

Während die Gentlemen am nächsten Nachmittag direkt nach dem Lunch damit beschäftigt waren, die weiten Ländereien abzureiten, die zu Longmeadow gehörten, hatte sich nur der junge Lord Washburn dazu bereit erklärt, zu bleiben, um die Damen zu unterhalten. Er hatte für sie eine Reihe von Gedichten vorbereitet, die er in der Kapelle vorzulesen gedachte. Die Damen machten gute Miene und fanden sich eine nach der anderen in der kleinen mittelalterlichen Kirche am Ende der Allee ein, die vor einiger Zeit instand gesetzt worden war, um dem Anspruch eines Earls zu genügen.

Honor kannte Lord Washburn gut. Nachdem sein Vater an einem plötzlichen Herzstillstand gestorben war, hatte er den Titel des Viscounts geerbt. Vorher war er schon unverfroren, laut und eine Landplage gewesen, aber mit dem Titel war er außerdem zu einem der begehrtesten Junggesellen von ganz Mayfair geworden. Er hatte sich mit außerordentlicher Begeisterung in seine neue Rolle gefunden. Mehr als ein Mal hatte er zunächst Honor und dann auch Grace gegenüber angedeutet, dass sie die Dame seines Herzens werden könnte.

Keine von beiden hatte auch nur die geringste Lust, auszuprobieren, was das wohl bedeuten mochte. Und heute suchte sich Washburn wie zufällig junge Damen aus, die er beim Vorlesen aus seinen braunen Augen ansah. Es gefiel Honor überhaupt nicht, wie oft er dabei Prudence ins Visier nahm. Sie war noch nicht einmal siebzehn und es wäre ein Kinderspiel, ihr den Kopf zu verdrehen.

Gelangweilt sah Honor zu den Dachbalken hinauf und fragte sich, wie lange sie wohl hier gefangen sein würde. Sie seufzte und ließ den Blick nach rechts schweifen. Dabei schnappte sie vor Überraschung so lautstark nach Luft, dass Miss Fitzwilliam, die in der Reihe vor ihr saß, sich erschrocken umdrehte.

Honor legte schnell einen Finger an die Lippen und lächelte entschuldigend. Als Miss Fitzwilliam sie nicht mehr beachtete, sah sie erneut zum Fenster hinüber.

Er ist doch gekommen.

Es war wirklich Easton! Er ritt in Begleitung eines anderen Gentleman gemächlich auf das Haus zu. Er hatte ihr den Rücken zugewandt, aber seine Haltung auf dem Pferderücken war unverkennbar, genau wie seine breiten Schultern und das braune Haar, das unter der Krempe seines Hutes bis an seinen Kragen reichte.

Ihr Herz schien vor Freude anzuschwellen. Sie war ganz atemlos, so heftig klopfte es. War er ihretwegen gekommen? Hatte er sie vermisst? Dachte er etwa genauso häufig an sie wie sie an ihn?

Honor überkam das dringende Bedürfnis, die Kapelle sofort zu verlassen.

Washburn war soeben am Wendepunkt des Sonetts angekommen, das er vortrug, und um seinen Worten mehr Ausdruck zu verleihen, fuchtelte er mit den Armen, sodass er von der Kanzel zurücktreten musste. Als er geendet hatte, legte er seine Hand auf sein Herz und verbeugte sich tief, um den höflichen Applaus der jungen Damen entgegenzunehmen. Noch ehe zwei junge Damen in der ersten Reihe ihn bitten konnten, fortzufahren, schlüpfte Honor aus der Tür.

Sie wäre beinahe um die Kirche herumgerannt, aber das grelle Sonnenlicht blendete sie, sodass sie einen Augenblick stehen blieb, damit ihre Augen sich daran gewöhnen konnten. Dann eilte sie auf das Haus zu. Erst als sie bei den Stallungen angelangt war, verlangsamte sie ihren Schritt, damit es nicht so aussah, als würde sie rennen. Hinter dem Brunnenhaus strich sie ihr Haar glatt, dann setzte sie ihren Weg fort, die Treppen von den Stallungen zur Zufahrt hinauf und dann um eine Ecke des Hauses herum, wo sie gerade in dem Augenblick ankam, als Easton eine Tasche vom Rücken seines Pferdes nahm und sie einem Lakaien übergab.

Honor blieb einen Moment stehen und holte tief Luft, dann ging sie langsam und gemächlich auf die Männer zu. Als sie beim Kopf seines Pferdes angekommen war, sagte sie: „Oh! Mr Easton! Sie sind ja doch gekommen." Allerdings war sie noch immer zu atemlos, um irgendjemanden glauben machen zu können, dass sein Anblick sie sehr überraschte.

Das warme Lächeln, mit dem er sie ansah, erfüllte ihr Herz. Er lüpfte den Hut. „Wie geht es Ihnen, Miss Cabot? Hecken Sie schon wieder neue Pläne aus? Wessen Leben wollen Sie heute durcheinander bringen?"

Sie lachte kurz laut auf, ehe sie noch einmal tief Luft holte, damit sie nicht ganz so eifrig wirkte, während sie ihn mit einem strahlenden Lächeln ansah. Sie konnte ihre Freude über ihr Wiedersehen kaum verbergen, am liebsten hätte sie die Arme um seinen Hals gelegt und ihn geküsst.

Easton sah sie tadelnd an. „Ich muss Sie höflichst bitten, mich nicht so anzusehen, Miss Cabot. Dass ich überhaupt hier bin, widerspricht meinem gesunden Menschenverstand, und wenn ich ganz ehrlich bin, kann ich kaum noch in den Spiegel sehen." Er verbeugte sich tief.

„Warum sind Sie dann hier?", fragte sie fröhlich.

„Weil ich befürchte, dass hier das Chaos regiert, wenn ich Sie einfach machen lasse. Es ist meine Pflicht als Gentleman, die hier Anwesenden vor Ihren verrückten Einfällen zu bewahren."

Diese Erklärung machte sie sehr glücklich. Beinahe gegen ihren Willen lächelte sie ihn an.

„Lassen Sie das", sagte er streng. „Ich werde mich von Ihrem bezaubernden Lächeln kein zweites Mal einwickeln lassen."

„Also finden Sie mein Lächeln bezaubernd?" Sie machte einen Schritt auf ihn zu.

„Ich halte es für gefährlich." Mit diesen Worten beugte er sich vor, um einen Koffer vom Boden aufzuheben. „So wie ich Sie überhaupt für gefährlich halte."

Ein Schauer des Begehrens lief ihre Wirbelsäule hinauf; Honor machte noch einen Schritt auf ihn zu. „Sie können froh sein, dass Sie hier sind, Sir. Sie werden Longmeadow sehr genießen, da bin ich sicher."

„Das werde ich nicht", sagte er mit fester Stimme. Aber seine Augen funkelten dabei.

Der Mann, der mit ihm zusammen angekommen war, kam auf sie zu, nahm ihm den Koffer ab und nickte Honor zu.

„Ach ja. Miss Cabot, darf ich Ihnen Finnegan vorstellen? Er gibt vor, mein Diener zu sein."

„Madam", sagte der Mann und ging weiter.

„Sie sind gerade zur rechten Zeit gekommen", sagte Honor zu George. „Auf dem Rasen vor dem Westflügel findet heute Nachmittag ein Krocketturnier statt."

„Das gibt mir wirklich den Rest – ich werde umkommen vor lauter Vergnügen."

Honor musste lachen. „Sie kommen keineswegs in Longmeadow um. Denken Sie doch nur, was für einen Skandal das geben würde! Kommen Sie, ich zeige Ihnen das Haus. Hardy hat ein Zimmer für Sie vorbereitet."

Sie ging los und Easton folgte ihr. Sie konnte seine Kraft an ihrer Seite fühlen, wenn sie so nebeneinanderher gingen. Sie war so sehr von ihren Gefühlen eingenommen, dass es sie erschreckte, als Augustus plötzlich mit Hardy zusammen aus der Haustür kam. Nervös musterte er die Damen, die jetzt die Einfahrt heraufkamen. „Wir müssen uns wirklich beeilen“, sagte er zu niemand Bestimmtem.

Honor vermutete, dass Monica nicht weit sein konnte, und auch wenn sie gern noch etwas Zeit mit Easton verbracht hätte, konnte sie nicht garantieren, dass sie noch lange der Versuchung widerstehen würde, ihn anzufassen, wenn sie sich jetzt nicht sofort auf den Weg machte. Ihre Gedanken rasten, als sie überlegte, wie sie es anstellen konnte, ihm allein zu begegnen, ohne Zeugen. Doch alles, was ihr zu sagen einfiel, konnte sie unmöglich laut aussprechen, deshalb rief sie ihrem Stiefbruder zu: „Augustus, sieh doch mal, wer gerade angekommen ist!“

Augustus drehte sich schnell um und blinzelte, als er sie sah. Dann lächelte er. „Easton, ja. Ja, natürlich! Herzlich willkommen!“, sagte er und befahl Hardy mit einer Handbewegung, ihm zu folgen, als er auf Easton zuging.

„Sie sind in ausgezeichneten Händen, Sir“, sagte Honor. „Hardy wird dafür sorgen, dass es Ihnen an nichts fehlt.“ Sie wandte sich ab, ehe er antworten konnte, und sagte: „Augustus, du musst ihm alles über das Krocket erzählen! Mr Easton freut sich schon darauf.“

„Krocket!“, hörte sie Augustus noch sagen. „Natürlich müssen Sie unbedingt mitspielen, Mr Easton! Wir haben einen sehr schönen Kurs!“ Mit großer Begeisterung fing er an, die Einzelheiten des Plans für das Krocketspiel vor dem Westflügel zu erläutern.

Honor konnte Eastons Blicke in ihrem Rücken fühlen, während sie quasi ins Haus zurückhüpfte. Ihr Schritt war plötzlich ganz leicht, aber ihr Herz raste noch immer.

17. Kapitel

Longmeadow war genauso imposant, wie George es sich nach den Erzählungen vorgestellt hatte, vielleicht sogar noch ein wenig größer. Der Butler der Beckingtons führte ihn und Finnegan breite, mit Teppich ausgelegte Korridore entlang, die in weitere breite, mit Teppich ausgelegte Korridore mündeten. Zu beiden Seiten hingen Gemälde und Porträts, die George gern näher betrachtet hätte, und auf jedem Sims standen chinesisches Porzellan und Vasen mit Treibhausblumen. Die ganze Pracht wurde vom Sonnenlicht beschienen, das durch die großen Fenster hereinfiel, deren Samtvorhänge man mit dicken goldenen Schnüren zusammengebunden hatte.

Man hatte George ein großes Gästezimmer zugedacht mit einem Himmelbett und einem Blick auf den Wald. Als er schließlich in der Mitte seines Zimmers stand und die Decke betrachtete, die mit Seilen und griechischen Vasen bemalt war, verstand er plötzlich, warum Honor dies alles hier nicht aufgeben wollte. Er wusste zwar wenig darüber, wie Ehen in den höchsten Kreisen arrangiert wurden, aber er vermutete, dass sie kaum in so luxuriöse Verhältnisse einheiraten würde. Es gab schließlich nur wenige Familien, die sich solcher Reichtümer erfreuten.

Langsam kam er sich ein wenig albern vor; er hatte lange mit sich gerungen, ob er überhaupt herkommen sollte. Er hatte sich selber eingeredet, dass er nur Honor helfen wollte. Doch sein Körper sagte ihm noch etwas anderes. Sein Körper und auch sein Herz wollten sie unbedingt wiedersehen. Aber was sollte das eigentlich bringen? Das war ihm selber nicht ganz klar.

Finnegan wirkte vollkommen gelassen, während er Georges Sachen auspackte. George stand neben ihm und sah ihm dabei zu, dabei kam er sich vollkommen nutzlos vor. Er hätte Finnegan von sich aus nicht mitgebracht, aber Finnegan selber hatte ihm klargemacht, dass es keinen guten Eindruck machen würde, wenn er ohne einen eigenen Kammerdiener anreiste.

„Ich bin ohnehin fehl am Platze“, hatte George entgegnet.

„Nur, wenn Sie selber das glauben“, hatte Finnegan kurz angebunden erwidert und mit dem Packen angefangen. Dabei hatte er ein so entschlossenes Gesicht gemacht, dass George es nicht wagte, ihm zu widersprechen. Wenn Finnegan eine solche Laune hatte, war mit ihm nicht gut Kirschen essen, und jetzt war er hier und bürstete Georges Abendanzug aus. „Darf ich vorschlagen, dass Sie sich ein wenig die Beine vertreten?“, sagte der Diener, ohne von seiner Arbeit aufzusehen. „Sie könnten sich schon ein wenig auf das Krocket einstimmen. Außerdem wird es Ihnen guttun und Sie können sich gedanklich auf die Leute einstellen, mit denen Sie es hier zu tun haben werden.“ Er sah zu George hinauf. „Wenn ich mir die Bemerkung erlauben darf, Sir: Sie unterscheiden sich doch sehr von der Gesellschaft, mit der Sie sich üblicherweise umgeben.“

George konnte nicht anders, er musste grinsen. „Wissen Sie was, Finnegan? Manchmal juckt es mir in den Fingern, Ihnen einen ordentlichen Faustschlag zu verpassen.“

„Aber so verhält sich doch kein Gentleman“, gab Finnegan zurück und fuhr mit seiner Arbeit fort.

George konnte ihm nicht länger beim Arbeiten zusehen; er kämmte sich mit den Fingern durchs Haar, rückte die Krawatte zurecht und verließ das Zimmer. Er ging in den Garten hinaus und blieb im Rosengarten stehen, um sich die schönen Blüten anzusehen. Ähnliches hatte er bislang nur in den königlichen Parks von St. James gesehen.

Er hörte das Lachen einer Frau und machte sich in die Richtung auf, aus der es gekommen war. Er ging durch ein Gewirr von Rosenbeeten auf das Tor zu, das auf den sorgfältig gepflegten Rasen hinausführte. Am anderen Ende des Rasens konnte er einen See im Sonnenlicht glitzern sehen, der auf beiden Seiten von einem dunklen Wald gesäumt wurde.

Er trat aus dem Tor und setzte seinen Weg einen Hügel hinab fort, dabei sah er den Lakaien zu, die die Tore für das Krocket aufbauten. Er ging auf drei Damen zu, die sich in der Nähe eines riesigen Brunnens niedergelassen hatten, der aus drei Engelsfiguren bestand, aus deren kindlichen Mündern das Wasser sprudelte.

Eine der Damen sah unter der breiten Krempe ihres Hutes zu ihm auf. „Mr Easton!“, rief sie und erhob sich.

George war so fasziniert von den Engelsfiguren gewesen, dass er Miss Hargrove zunächst gar nicht erkannt hatte. Er besann sich jedoch schnell und verneigte sich tief vor ihr. „Miss Hargrove“, sagte er. „Mein Tag hat sich soeben deutlich erhellt.“

Die beiden Damen, die neben ihr gesessen hatten, kicherten bei diesen Worten.

„Ich wusste gar nicht, dass Sie kommen wollten“, sagte Miss Hargrove.

„Ich bin auch eben erst eingetroffen.“

Sie nickte; dann sah sie ihn flüchtig von oben bis unten an. „Miss Ellis, darf ich Ihnen Mr George Easton vorstellen?“, sagte sie und zeigte dabei mit einer anmutigen Handbewegung auf die Hübschere der beiden jungen Frauen, die auf der Bank saßen. „Und dies ist Miss Eliza Rivers.“

„Wir kennen uns bereits“, erwiderte George. „Wie geht es Ihnen, meine Damen?“

„Haben Sie sich verlaufen, Mr Easton?“, fragte Miss Hargrove und sah ihn prüfend an. Er bemerkte, dass sie einen Krocketschläger in der Hand hatte, den sie an ihrer Seite baumeln ließ.

„Ich bin vollkommen verloren“, sagte er fröhlich, was Miss Ellis zu neuerlichem Kichern veranlasste. „Ich habe nach Ihrem ausgesprochen freundlichen Verlobten gesucht. Er hat mir vorhin von Ihrem Krocketturnier erzählt.“

„Es wird in Kürze beginnen. Sie brauchen einen Schläger.“

„Und einen Mitspieler.“ Er sah sie fragend an. „Wollen Sie mir die Ehre erweisen, Miss Hargrove?“

Miss Hargrove sah ihn nachdenklich an. Sie fragte sich sicher, was diese Einladung zu bedeuten hatte.

„Wir könnten zusammen spielen, wenn Sie möchten“, schlug Miss Rivers schüchtern vor. „Ich glaube, Miss Hargrove möchte bestimmt mit Lord Sommerfield zusammen spielen …“

„Vielen Dank, ich hatte allerdings bereits Mr Cleburne versprochen, dass ich mit ihm zusammen spielen würde“, warf Monica ein, „aber er hat sicherlich nichts gegen eine neue Partnerin einzuwenden, jetzt, da ein so unerwarteter neuer Gast aufgetaucht ist. Sollen wir Ihnen einen Schläger besorgen, Mr Easton?“ Sie zeigte mit der Hand auf den Weg, der über den Rasen zum Haus führte.

George lächelte. Es würde ihm ein Vergnügen sein, Honor Cabot zu erzählen, dass er recht gehabt hatte: Er hatte Miss Hargrove den Kopf verdreht, das musste doch jedem klar werden, der sah, wie schnell sie die Gelegenheit ergriffen hatte, seine Spielpartnerin zu werden. Er bot ihr seinen Arm an, wünschte ihren Begleiterinnen einen schönen Tag und machte sich mit ihr zusammen auf den Weg. „Der Rosengarten von Longmeadow ist wirklich eindrucksvoll", stellte er fest. „Schönheit umgibt sich mit Schönheit." Er lächelte.

Miss Hargrove seufzte. „Das ist ja alles sehr schmeichelhaft, Mr Easton, und ich bin sicher, dass Miss Rivers bei solchen Worten in Ohnmacht fallen würde. Aber ich lasse mich nicht so leicht bezirzen."

George erschrak ein klein wenig. „Soll das etwa heißen, dass Sie nichts übrig haben für ehrliche Bewunderung?"

„Für *ehrliche* Bewunderung habe ich sogar eine Menge übrig", konterte sie. „Aber ich glaube Ihnen einfach nicht, dass Sie mich bewundern, während Sie von hübschen Debütantinnen umgeben sind. Mein Verlobter hat gleich vier unverheiratete Schwestern, die Sie bewundern könnten."

Sie sah ihn prüfend an, gespannt auf seine Reaktion, aber George hatte einige Übung im Umgang mit Frauen. Er ließ sich nichts anmerken. „Aber es ist doch bekannt, dass das Herz will, was das Herz will."

Miss Hargrove fing bei dieser Bemerkung an zu lachen. „Sie sind ein Schuft, Mr Easton! Mir scheint, die Geschichten, die man sich über Sie erzählt, sind alle wahr."

Ihm war nicht ganz klar, worauf sie hinauswollte, aber er konnte sich auch nicht erinnern, dass es ihm schon jemals so schwergefallen war, eine Frau von sich zu überzeugen. „Ich bin sicher, ich bin schuldig im Sinne der Anklage, aber vor allem bin ich ein Mann. Wenn ich eine Frau bewundere, dann werde ich es nicht verleugnen."

Sie erreichten den kleinen Tisch, an dem ein Lakai Schläger und Bälle verteilte. Sie nahm einen Schläger und übergab ihn an ihn. „Es wäre besser, wenn Sie jemand anderen bewundern würden."

Was war denn jetzt passiert? Die Frau war beim Prescott-Ball in seinen Armen fast dahingeschmolzen. Hatte sie vielleicht die Gerüchte über sein verloren gegangenes Schiff gehört? War das der Grund für ihre plötzliche Zurückhaltung?

Er entschloss sich, zum Angriff überzugehen. „Sie mögen verlobt sein, Miss Hargrove, aber mit einem Mann, der niemals in der Lage sein wird, Ihre Bedürfnisse zu erfüllen, nicht so wie ich." Schweigend und mit vielsagendem Blick sah er an ihr hinab, dann blickte er ihr direkt in die Augen. „In jeder Hinsicht, die Sie sich vorstellen können."

Er hatte erwartet, dass sie diese Anspielung nun endlich gefügig machen würde, aber er hatte sich schon wieder geirrt. Sie nahm dem Lakaien die Krocketbälle ab und übergab sie George, dann zeigte sie auf einen Punkt auf dem Rasen. „Dort drüben werden wir anfangen, wenn alle so weit sind." Sie schritt auf den Startpunkt des Kurses zu.

George folgte ihr und ließ am Start achtlos die Bälle fallen, dabei ließ er sie nicht aus den Augen.

Miss Hargrove warf ihm einen Seitenblick zu. „Vielleicht sollten Sie dieses Wochenende nutzen, um sich anderweitig umzusehen, nach jemandem, der Ihre Aufmerksamkeit zu schätzen weiß." Sie blickte sich nach allen Seiten um und deutete dann mit dem Kinn auf jemanden, die hinter ihm stand. „Miss Peeples ist noch nicht vergeben."

George gab sich nicht einmal die Mühe, sich diese Miss Peeples genauer anzusehen. „Ich glaube nicht, dass ihre Mutter einverstanden wäre." Da war er sich sogar ganz sicher, denn er hatte mit Mrs Peeples vor etwa einem Jahr eine kurze, aber leidenschaftliche Affäre gehabt. Da die Dame Angst vor einer ungewollten Schwangerschaft gehabt hatte, hatte sie es vorgezogen, ihn anderweitig zu befriedigen. Ein- oder zweimal hatte George sich das gern gefallen lassen, aber dann war ihm klar geworden, dass er lieber derjenige war, der befriedigte.

Plötzlich und ungefragt tauchte Honor Cabot vor seinem inneren Auge auf. Er musste daran denken, wie lustvoll sie bei ihrem Zusammentreffen auf dem Prescott-Ball gewesen war. Er hatte all seine Willenskraft aufbringen müssen, um nicht weiter zu gehen.

„Nun, es gibt ja auch noch genügend andere", sagte Miss Hargrove achselzuckend. „Ah, hier ist mein zukünftiger Ehemann!"

Sie warf George ein keckes Lächeln zu, während Sommerfield zu winken anfing, um die Aufmerksamkeit der Mitspieler auf sich zu lenken.

Verteufelt noch eins, Monica Hargrove war eine harte Nuss, dachte George, während Sommerfield die Regeln des Turniers bekannt gab. Er hatte Dinge zu ihr gesagt, die er sonst nur wesentlich erfahreneren Frauen sagte, und das Ergebnis war dabei wesentlich befriedigender gewesen als das, was diese hier ihm zu geben bereit war.

Um Himmels willen, hatte Honor etwa recht?

Je länger er darüber nachdachte, desto wütender wurde George. Er war ein erwachsener Mann, zum Teufel, ein erfahrener Mann. Und wenn ein Mann wie er einer Frau sagte, dass er sie befriedigen würde, sollte sie ihm entweder eine Ohrfeige verpassen oder ihm verdammt noch mal aus der Hand fressen. Aber sie konnte ihm doch nicht einfach eine unschuldige Antwort geben und davontanzen.

Wie also, fragte George sich verärgert, konnte er Miss Hargrove den störrischen kleinen Kopf verdrehen? Er würde es schon noch herausfinden.

18. Kapitel

Der strahlende Sonnenschein, den sie am Nachmittag gehabt hatten, war verschwunden. Stattdessen regnete es, sodass die Gäste sich in der Eingangshalle, auf den Korridoren und im Ballsaal versammelt hatten. Im Saal war alles für einen Glücksspielabend vorbereitet: Karten und Casinotische sowie ein Roulette. Auch im Speisesaal waren Tische aufgestellt worden, aber die waren für das Abendessen gedeckt. Um halb elf würde es ein Buffet geben.

Honor schob sich durch die Menschenmenge. Dabei blieb sie hin und wieder stehen, um Gäste zu begrüßen und die Komplimente der Gentlemen anzunehmen. Sie hatte sich für den Abend umgezogen in der Erwartung, Easton wiederzusehen. Ihr Kleid war aus purpurrotem Satin, der mit schwarzer Spitze besetzt war. Saum und Schleppe waren zusätzlich mit Perlenstickereien verziert, genauso wie das Vorderteil ihres Unterkleides. Der Ausschnitt war spektakulär tief und von noch mehr schwarzer Spitze gesäumt. Um den Hals trug sie ein Halsband mit schwarzem Obsidian, das ihr der Earl zu ihrem zwanzigsten Geburtstag geschenkt hatte. Es war kaum zu glauben, dass das schon zwei Jahre her sein sollte. Die meisten ihrer Freundinnen waren inzwischen verheiratet. Lucinda Stone erwartete sogar schon ihr erstes Kind.

Honor fühlte einen seltsamen kleinen Stich, wenn sie an Lucinda dachte, fast so etwas wie Bedauern.

Aber das war ganz unmöglich. Honor bereute überhaupt nichts. Sie hatte ihr Leben genauso gelebt, wie sie wollte, und hatte die Freiheiten in vollen Zügen ausgekostet, die sich ihr geboten hatten. Wieso also sollte sich diese Freiheit plötzlich ein wenig wie ein Gefängnis anfühlen? Nein, nein, so dachte sie nicht.

Sie glaubte an ihre Freiheit, wenn sie nicht gerade an George Easton dachte.

Und was Easton anging: Wo steckte der eigentlich? Sie versuchte, sich nicht vorzustellen, wie er einer anderen Dame schöne Augen machte – dabei wurde ihr ein wenig flau im Magen.

Sie konnte ihn in der Menge nicht entdecken.

Eine Welle der Belustigung schien durchs ganze Haus zu rauschen; es war lautes Gelächter zu hören, das von Champagner und Wein befeuert wurde, den acht Lakaien großzügig ausschenkten.

Sogar der Earl war heruntergekommen. Honor freute sich darüber sehr. Er hatte seinen Abendanzug angezogen, seine Krawatte war makellos weiß und konnte dennoch nicht von der Blässe seines Gesichts ablenken. Er sah in dem großen Ohrensessel, in dem er saß, sehr klein aus. Er hatte eine Wolldecke über den Knie und die Füße auf einen Schemel gelegt. Jericho, der Butler, stand direkt hinter ihm.

Honors Mutter saß neben ihm in einer majestätisch wirkenden silbernen Abendrobe. Sie lachte über eine Bemerkung von Mr Cleburne. Dieser Mr Cleburne war plötzlich überall, oder nicht? Sie nahm an, dass Monica schon dafür gesorgt hatte.

Honor ging zum Earl hinüber, kniete sich neben ihn und legte ihre Hand auf die seine. „Wie geht es Ihnen heute Abend, Mylord?"

Er lächelte, als er sie sah, und berührte ihre Wange mit dem Handrücken. „Ich bin etwas erschöpft, Liebes, aber sonst geht es mir recht gut, denke ich. Du bist wunderschön." Er legte den Kopf zur Seite, um das Halsband genauer zu betrachten, das sie trug. Dann lächelte er. „Sieh dir nur deine Tochter an, Joan", sagte er und legte bei diesen Worten die Hand auf die seiner Frau. „Ist sie nicht eine Schönheit?"

Honors Mutter lächelte strahlend, während sie das Gespräch mit Mr Cleburne, Augustus und Monica unterbrach, um sich zu Honor umzudrehen.

Honor lächelte ebenfalls und tastete mit den Fingern nach dem schwarzen Halsband. „Erinnerst du dich noch, Mama? Der Earl hat mir diese Kette zum Geburtstag geschenkt."

Ihre Mutter senkte den Blick und sah die Kette an, dann sah sie wieder zu Honor hinauf. „Natürlich erkenne ich es wieder. Du hast es aus meinem Schmuckkasten genommen."

Augustus lachte verhalten und sagte zu Mr Cleburne: „Bei so vielen Frauen im Haus kommt man einfach nicht zur Ruhe, Sir. Aber Sie werden sich schon daran gewöhnen."

Honor war so sehr darauf bedacht, den Verdacht zu zerstreuen, sie könne die Kette ihrer Mutter genommen haben, dass sie sich nur flüchtig wunderte, warum Mr Cleburne sich wohl an ihre Schwestern würde gewöhnen müssen. „Aber nein, Mama! Der Earl hat sie mir geschenkt. Weißt du denn nicht mehr?“

„Du hast sie *gestohlen*“, bekräftigte ihre Mutter, dabei wurde ihr Blick plötzlich düster und abwesend. Monica, die neben ihr auf der anderen Seite stand, riss vor Verwunderung die Augen auf.

„Sie hat sie nicht gestohlen, Joan“, sagte der Earl. „Ich habe sie ihr geschenkt.“

Ihre Mutter entzog ihre Hand seinem Griff. „Warum erzählst du solche Lügen? Wovor willst du sie beschützen?“

Erschrocken wanderte Mr Cleburnes Blick zwischen Honor und Lady Beckington hin und her. „Kann ich Ihnen irgendwie helfen?“

Auch Augustus sah seine Stiefmutter erschrocken an, aber Monica ... Monica ließ Honor nicht aus den Augen. In ihrem Blick lag weder Überraschung noch Triumph. Sie wirkte lediglich neugierig, was Honor wohl als Nächstes sagen würde.

Um Himmels willen, sie wusste Bescheid. Sie wusste, dass Honors Mutter nicht mehr sie selbst war.

Honors Herz begann, wie verrückt zu klopfen. Schnell nahm sie die Kette ab. „Hier, Mama. Du hast natürlich vollkommen recht, ich habe sie ohne deine Erlaubnis genommen.“ Sie hielt ihrer Mutter die Kette hin.

Lady Beckington wich ihr aus, als ob es ihr Schmerzen zufügen würde, sie auch nur anzusehen. „Jetzt will ich sie nicht mehr haben“, sagte sie in einem Tonfall, als wäre die Kette für immer ruiniert. „Oh, das ist sie ja! Das ist meine Tochter Grace!“, sagte sie und hätte beinahe den armen Mr Cleburne umgeworfen, während sie die Hand nach Grace ausstreckte.

Grace sah sie alle aufmerksam an, doch als ihr Blick auf Honor fiel, schien alle Farbe aus ihrem Gesicht zu entweichen. „Guten Abend Mama“„ sagte sie und gab ihrer Mutter einen Kuss auf die Wange.

Ihre Mutter drückte Grace an sich. „So ein Glück, dass du hier bist“, sagte sie. „Sie hat meine Kette gestohlen!“, rief sie und sah Honor anklagend an.

Der Earl griff mit zitternder Hand nach dem Arm seiner Frau. „Setz dich, Joan, bitte setz dich doch. Ich möchte gern, dass du hier bei mir bist.“

Honors Mutter sah zunächst so als, als würde sie sich ihrem Mann widersetzen, doch Mr Cleburne nahm sie am Arm und führte sie zu einem Sessel. Mit einem letzten wütenden Blick zu Honor folgte sie Mr Cleburn und lächelte ihm dann zu, als wäre alles in bester Ordnung, als hätte sie Honor nicht soeben vorgeworfen, sie bestohlen zu haben.

Doch Augustus, Monica und Grace sahen alle verwirrt zu Honor hinüber. Sie wussten nicht, was sie sagen sollten. Was sollte Honor jetzt nur tun?

Der Earl rettete sie. Er nahm sie sanft bei der Hand. „Diese Frauen", sagte er mit heiserer Stimme, „immer müssen sie über diesen Schmuck oder jenes Paar Schuhe streiten, oder etwa nicht, Cleburne?", sagte er mit einer abwehrenden Handbewegung.

Mr Cleburne lachte nervös und doch erleichtert. „In der Tat, Mylord."

„Wenn Sie mich bitte entschuldigen, Mylord, ich will sehen, ob in der Küche alles nach Plan läuft", sagte Honor, woraufhin Grace vor lauter Erstaunen die Augenbrauen hob, denn Honor setzte normalerweise keinen Fuß in die Küche. Dennoch setzte Honor ihren Weg fort, dabei hielt sie das Halsband fest umklammert.

Während sie sich entfernte, versuchte sie sich zu beruhigen, doch ihr Herz raste noch immer vor lauter Angst.

Sie wusste einfach nicht, was sie tun sollte. Oh Gott, warum nur war sie nicht beizeiten eine vorteilhafte Ehe eingegangen? Wenn sie verheiratet wäre, dann hätte sie sich um ihre Mutter kümmern können und bräuchte sich keine Sorgen zu machen, was wohl aus ihr werden würde.

Honor musste an die frische Luft, sie brauchte einen Augenblick Ruhe, um einen klaren Kopf zu bekommen. Sie verließ den Ballsaal und trat in die überfüllte Eingangshalle hinaus.

Jemand berührte sie am Arm, sodass sie erschrocken zusammenzuckte; sie sah sich um und erblickte George Easton.

Er zwinkerte ihr fast unmerklich zu, während er sich vor ihr verneigte. „Da sind Sie ja, Miss Cabot. Ich dachte, Sie wären vielleicht schon nach London zurückgekehrt, weil ich keine Spur mehr von Ihnen gesehen habe, obwohl ich alles stehen und liegen gelassen habe, um Ihnen zu Hilfe zu eilen." Er hob spöttisch eine Augenbraue, um seinen Mund spielte ein Lächeln.

Ihr albernes Herz setzte einen Schlag aus, als sie ihn sah. Plötzlich fühlte sie sich nicht mehr ganz so einsam wie vorher. „Vielleicht bin ich Ihnen nur nicht aufgefallen, weil Sie anderweitig beschäftigt waren?“ Sie zog nun ihrerseits die Augenbrauen hoch.

„Das stimmt“, sagte er versöhnlich. „Ich habe den Nachmittag beim Krocket mit Ihrer zukünftigen Schwägerin verbracht und versucht, sie durch Charme gefügig zu machen. Vielleicht erinnern Sie sich noch an unsere Abmachung?“

Sie wollte jetzt nicht daran denken, dass er wegen Monica hier war. Sie wollte, dass er für sie da war.

„Ehe Sie fragen: Es hat ganz ausgezeichnet funktioniert“, sagte er, „ein Kinderspiel.“

„Ein Kinder... oh!“, rief Honor. „Es ist ja sehr beruhigend, zu wissen, dass Ihr Selbstvertrauen so unerschütterlich ist.“ Sie machte einen Schritt zur Seite, sie wollte fort von hier, ehe sie noch etwas sagte, das sie später bereuen würde, aber Easton ließ sie nicht so einfach gehen. Er hielt sie mit der Hand an der Hüfte fest, als sie sich abwenden wollte.

„Wagen Sie es ja nicht, mich einfach so stehen zu lassen, Madam.“

„Sie haben kein Recht, mich aufzuhalten, Sir“, sagte sie und schob seine Hand fort.

„Allerdings. Sie sind wütend, weil Ihre kleine Intrige nicht funktioniert hat, und das lassen Sie jetzt an mir aus.“

Das war ganz und gar nicht das, was er hatte sagen wollen. Ihre Frustration war ihm ein Rätsel, sie schien auf alle und alles wütend zu sein. „Sie haben ganz recht, Mr Easton“, sagte sie in würdevollem Ton, „ich lasse meinen Ärger an Ihnen aus. Ich dachte, Sie wären genau der Mann für diese Aufgabe, dass Sie in der Lage wären, jeder Frau den Kopf zu verdrehen ...“

„Ich muss schon sehr bitten. Das haben *Sie* behauptet. Ich habe nichts dergleichen gesagt.“

„Ich will gar nicht mehr, dass Sie es tun!“, entfuhr es ihr.

Easton blinzelte verwirrt. „Wie bitte?“

Was sollte das denn jetzt? Honor legte eine Hand an die Stirn und schloss die Augen. Sie versuchte, sich über ihre Gefühle klar zu werden. „Sie hatten von Anfang an recht. Es war ein lächerlicher Plan und er ist gründlich misslungen.“

„Nicht so schnell, meine Liebe“, murmelte Easton und lächelte beruhigend. „Ich habe keineswegs aufgegeben und ich habe keine Sekunde lang geglaubt, dass Sie es tun würden. Ich habe noch nie eine Frau getroffen, die so furchtlos und dickköpfig …"

Honor hob den Kopf und sah ihn mit zornig zusammengezogenen Augenbrauen an.

„Verzeihung", sagte er mit einem gelassenen Lächeln. „Ich wollte natürlich sagen, dass ich noch nie eine so entschlossene Person getroffen habe."

„Das war ich. Das bin ich", lenkte sie schnell ein. „Aber das Ganze hier … das ist einfach nur dumm. Kindisch und dumm. Ich will nicht mehr, dass Sie es tun. Bitte."

„Nun gut, dann nicht, aber … Du lieber Gott, Sie geben sich geschlagen", sagte er mit gespieltem Entsetzen. „Wo ist denn der Haudegen geblieben?"

Der Haudegen hatte sie im Stich gelassen. Sie fühlte gar nichts mehr, sie hatte nur noch Angst und war verunsichert und sie fühlte sich zu dem Mann hingezogen, der jetzt vor ihr stand. Sie zuckte ratlos die Schultern. Sie fühlte sich zerrissen und überfordert von all den Erwartungen, die einander widersprachen, alles stand kopf und im Zentrum des Aufruhrs wuchsen ihre Gefühle für Easton.

„Du lieber Gott", flüsterte Easton und sah sie durchdringend an. „Bleiben Sie genau dort stehen, Miss Cabot." Er ging ein paar Schritte auf einen Lakaien zu, der ein Tablett mit Champagnergläsern vor sich her trug. Als er zurückkam, drückte er ihr ein Glas in die Hand. „Lächeln Sie. Das ist ein Befehl", sagte er. „Ich werde nicht zulassen, dass der hellste Stern in dieser ganzen verfluchten vornehmen Gesellschaft sein Feuer verliert. Wenn es sein muss, werde ich sogar tanzen."

Sie hob den Kopf, als eine Welle von Zuneigung sie überrollte. „Wirklich?", fragte sie hoffnungsvoll.

Er musste über ihr ernstes Gesicht schmunzeln. *„Wirklich."*

Dieses Eingeständnis machte Honor wieder Mut, auch wenn sie sich die Gründe dafür nicht eingestehen konnte oder wollte. Sie nahm einen Schluck von ihrem Champagner und ihr wurde plötzlich wieder leichter ums Herz. Sie sah hinauf in seine hellen blauen Augen. Nie hätte sie gedacht, dass er sich so um sie sorgte. „Ich muss an die frische Luft", sagte sie nur.

In seinen Augen glomm ein Funke auf. „Ich dachte schon, dass Sie niemals fragen."

19. Kapitel

Sie schritt ihm voran den Korridor entlang, dabei glitt die Schleppe ihres Kleides ihr elegant hinterher. George hatte nicht die leiseste Ahnung, wo sie hinwollte, aber als sie an einer französischen Flügeltür vorbeikamen, die auf einen Balkon mit Aussicht hinausführte, nahm er ihre Hand. „Hier hindurch", sagte er.

„Aber es regnet", erwiderte sie, ohne dabei allerdings ihre Hand aus seiner wegzuziehen.

„Wenn ich mich nicht irre, gibt es einen Sims über dem Balkon, der den Regen abhält." George öffnete die Tür und sah sich noch einmal schnell um, ehe er zur Seite trat, um sie vor sich hinausschlüpfen zu lassen.

Honor trat in die kühle, feuchte Luft hinaus und atmete tief ein. Sie schloss die Augen und genoss den feinen Nebel, der über Longmeadow hing. Bei diesem Wetter lief niemand im Park herum, überhaupt war draußen niemand zu sehen. George schloss die Tür hinter sich, woraufhin auch das Stimmengewirr der vielen Gäste im Ballsaal verstummte. Es war ganz still, nur das leise Prasseln des Regens auf der Balustrade war zu hören.

„Es kommt mir so vor, als wäre das eben heute Abend mein allererster Atemzug gewesen", sagte Honor. Dabei neigte sie ihren dunklen Kopf nach vorn, um über das Geländer nach unten zu spähen. Sie stellte das Champagnerglas auf einem Vorsprung ab und verschränkte die nackten Arme.

George stellte sein Glas zur Seite, um seine Jacke ausziehen zu können. Er legte sie ihr um die Schultern; Honor lächelte. „Vielen Dank." Sie berührte mit der Nase die Schulter seiner Jacke und atmete tief ein.

„Also", sagte er, während er sein Glas wieder in die Hand nahm und einen Schluck trank, „was hat denn nun diese plötzliche Schwermut verursacht?"

Honor seufzte wie unter einer schweren Last. „Meine Mutter“, sagte sie schlicht. „Es wird immer schlimmer mit ihr. Ich glaube, wenn es so weitergeht, wissen bald alle Bescheid. Mir wird jetzt erst klar, wie dumm es von mir war, die Gentlemen alle fortzuschicken, die sich für mich interessiert haben, seitdem ich in die Gesellschaft eingeführt wurde. Wenn ich das nicht getan hätte, wäre ich in der Zwischenzeit verheiratet und hätte die Mittel, selbst für sie zu sorgen.“

George legte keinen Wert darauf, daran erinnert zu werden, dass sie eine Debütantin aus gutem Hause war oder dass sie eines Tages heiraten würde, wahrscheinlich jemanden, der sich dieses Wochenende in diesem Haus befand. Diese Überlegungen gaben ihm das Gefühl, er würde haltlos davontreiben, während sie hinter ihm am Ufer zurückblieb.

„Ich frage mich“, sagte er, während er ihr fast perfekt proportioniertes Gesicht betrachtete, „auf welches Pferd Sie wohl gesetzt hätten, wenn man Sie dazu gezwungen hätte, einen der Gentlemen auszuwählen. Vielleicht stolpert der ja gerade angetrunken draußen vor dieser Tür herum?“

Sie musste lächeln. „Nein. Es gibt niemanden.“

Das glaubte er nicht eine Sekunde lang. „Niemanden!“, wiederholte er mit deutlichem Zweifel in der Stimme und strich dann wie zufällig mit dem Daumen über ihr Ohrläppchen. Der kleine schwarze Edelstein, den sie dort trug, hüpfte ein wenig auf und ab. „Die begehrtesten Junggesellen des *ton* sind dieses Wochenende hier versammelt und Miss Honor Cabot kann darunter keinen annehmbaren Ehemann finden? Einen Vater für ihre Kinder? Einen Gefährten für die alten Tage?“

Sie hob ein wenig den Kopf. „Dort drinnen nicht.“

„Was ist denn mit Washburn?“, schlug George vor.

Honor brach in Gelächter aus. „Washburn! Glauben Sie, dass ich für den Rest meines Lebens jeden Abend schwülstige Gedichte vorgelesen bekommen möchte?“

„Ach so, er ist eine Dichterseele“, sagte George. „Das ist natürlich ganz und gar unmöglich für Sie. Wie gefällt Ihnen dann der junge Lord Desbrook? Ich weiß aus zuverlässiger Quelle, dass er einer der begehrtesten Junggesellen von ganz London ist.“

„Natürlich ist er das – eines Tages wird er ein Duke sein. Aber ganz unter uns: Als Mann ist Desbrook nun wirklich unglaublich langweilig. Ich habe einmal beim Abendessen neben ihm gesessen und er hat von nichts anderem geredet als von einem Hirsch, den er geschossen hatte."

„Ach, er ist Jäger? Der Lump", neckte er sie. „Dann ist da noch Lord Merryton, soweit ich weiß hat der es bislang vermeiden können, dass jemand sein Vermögen in die Finger bekommt."

„Lord Merryton ist gar nicht hier. Und selbst wenn: Ich kann Ihnen sagen, der ist ganz schön herrisch. Wenn Sie mich fragen, trägt er die Nase ein wenig zu hoch."

„Also gut, wir haben einen Dichter, einen Jäger und einen stolzen Kerl, die alle ausgesprochen ungeeignet für die schöne Honor Cabot sind."

„Ganz genau."

„Wen nehmen Sie dann aber?" George fuhr mit einem Finger ihren Hals hinab bis in die Kuhle an ihrer Kehle. *Ja, wer denn nun, Honor Cabot? Mit wem würdest du dein Bett teilen? Wem würdest du erlauben, Vater deiner Kinder zu werden? Wen könntest du für den Rest deines Lebens lieben?* „Sie sind eine schöne junge Frau mit guten Verbindungen. Es muss doch irgendjemanden geben, mit dem Sie sich vorstellen könnten, in den Hafen der Ehe einzulaufen? Oder ist es etwa wahr, was die Leute sagen? Hat Lord Rowley Sie für jeden anderen Mann verdorben?"

Überrascht blickte Honor zu ihm auf. „Ist es wirklich das, was die Leute sagen?"

„Nicht alle, aber einige schon, ja."

Sie seufzte. „Ich gebe zu, dass die unangenehme Erfahrung mit Lord Rowley mich nicht gerade zugänglicher für andere mögliche Verehrer gemacht hat ... aber es ist auch nicht die ganze Wahrheit, Easton."

Er konnte sich keinen größeren Idioten vorstellen als Rowley und dabei ließ er seine Finger über ihre weiche Haut in Richtung ihrer Brust gleiten. „Arme Honor, das muss sehr schmerzhaft für dich gewesen sein."

„Zuerst ja", gab sie zu und wandte sich von ihm ab. „Aber eigentlich hat es mich mehr überrascht. Ich wusste bis dahin nicht, wie grausam das Leben sein kann."

Es gefiel ihm überhaupt nicht, dass sie diese traurige Wahrheit hatte entdecken müssen. Er wünschte sich, weitere traurige Erkenntnisse von ihr fernhalten zu können, doch das lag natürlich außerhalb seiner Macht. Er konnte ihr lediglich mit einem guten Rat beistehen. „Nicht alle Männer sind gefühllos, meine Liebe."

Sie sah ihn an, in ihrem Blick lagen Gefühle, die er nicht benennen konnte, aber er fühlte, wie sie in seiner Brust widerhallten. „Ich weiß", sagte sie leise, „dass du nicht gefühllos bist. Ich vertraue dir."

In Georges Herzen gab es einen schmerzhaften Stich. Das ungewollte Kind in ihm klammerte sich an diese Worte. Sie bedeuteten Respekt und Akzeptanz. „Mir solltest du auch nicht trauen, Liebes", warnte er. Soviel es ihm bedeutete, sie das sagen zu hören, so sicher wusste er auch, dass er niemals das sein konnte, was sie von ihm erwartete. Er war und blieb ein Außenseiter. Ein Mann ohne Heimat.

Honor schien das zu verstehen, denn sie wandte ihren Blick ab und schluckte schwer.

George betrachtete bewundernd ihren schlanken Hals und die elegante Linie ihres Kinns. Einen Moment lang sahen sie beide zusammen hinaus in den Abend. Schließlich sagte Honor: „Ich wollte einfach noch nicht heiraten." Sie warf ihm einen kurzen Blick zu und lächelte beschämt. „Ich mag meine Freiheit und ich hatte geglaubt, dass ich die Privilegien, die ich durch glückliche Umstände genieße, noch ein wenig behalten könnte. Doch dann hat Augustus mich in die kalte Wirklichkeit hinausgestoßen, damit seine kleine Frau meinen Lieblingssalon in ein weiteres Frühstückszimmer verwandeln kann."

„Aber du könntest doch auch noch frei sein, wenn du verheiratet bist!"

Sie schnalzte ungeduldig mit der Zunge. „Natürlich nicht", erwiderte sie. „Wirklich, Easton, dir muss doch klar sein, dass eine verheiratete Frau niemals wirklich frei ist. Einige Ehemänner sind großzügig, aber andere sind es nicht, und wenn dein Ehemann zu den Letzteren gehört, dann kannst du nicht das Geringste dagegen tun."

George hatte mit vielen verheirateten Frauen Affären gehabt und keine von ihnen hatte sich über ihr Leben ernsthaft beschwert. Doch jetzt erinnerte er sich daran, wie Lady Dearing einmal vorgehabt hatte, ihre Schwester in Wales zu besuchen, die sehr krank war. Lord Dearing hatte diese Bitte mit der Begründung abgelehnt, dass er nicht so lange von seiner Frau getrennt sein könne, und er hatte ihr verboten zu fahren.

Er schüttelte die Erinnerung ab. „Und um was genau zu tun brauchst du denn nun eigentlich deine Freiheit?“, fragte er, während er ihren Hinterkopf mit einer Hand umfasste – er kam ihm so klein vor. „Um zum Tee und zu Abendgesellschaften zu gehen und im Hyde Park auszureiten?“

„Nein, ich will genauso frei sein wie du“, sagte sie. „Sodass ich mich nicht um den *ton* zu kümmern brauche, dass ich tun und lassen kann, was ich will, und gehen kann, wohin immer ich will.“

George schnaubte. „Du glaubst doch nicht wirklich, dass ich frei bin?“

Sie blinzelte. „Aber natürlich ... Soweit man es nur sein kann.“

Er lachte leise und streichelte ihre Wange. „Es ist mir ein absolutes Rätsel, wie eine Frau gleichzeitig so klug und furchtlos und so naiv sein kann.“

„Naiv?“

„Allerdings. Wie kommst du bloß auf die Idee, ich sei frei, wenn du selber mir Einladungen verschaffen musst? Jetzt gib es schon zu, Honor, auf die eine oder andere Art sind wir alle Gefangene der Gesellschaft. Du darfst Einsamkeit nicht mit Freiheit verwechseln.“

Sie wirkte verwirrt. „Bist du denn einsam, George?“

„Von Zeit zu Zeit, ja“, gab er zu. „Ich habe keine Familie, nicht wahr? Manchmal würde ich alle Schiffe auf dem ganzen weiten Ozean gegen eine Familie eintauschen.“ Er lachte, was in seinen eigenen Ohren ein klein wenig verbittert klang. „Und im Moment scheint es so aus, als hätte ich weder das eine noch das andere.“

„Oh, George ...“ Sie nahm seine Hand. „Ich ... ich glaube ...“

Er lächelte über ihren unbeholfenen Versuch, ihn zu trösten, hielt ihre Hand fest und hob sie an seine Lippen, um sie zu küssen. „Mach dir um mich keine Sorgen, Cabot, ich komme schon durch.“

Aber Honor lächelte nicht. In ihren Augen sah er deutlich, wie bewegt sie war, und dieser Anblick wärmte ihn wie ein guter Whiskey an einem kalten Winterabend. Er konnte fühlen, wie das Tier in ihm erwachte, sich aufrichtete und ihn zu beherrschen versuchte ...

Plötzlich senkte Honor den Blick, als könne sie das nicht ertragen. Sie öffnete ihre Hand und schaute auf die Halskette hinab, die sie umklammerte.

„Ist sie kaputt?“

„Nein. Sie ist Opfer eines Missverständnisses geworden.“

Er hatte keine Ahnung, wovon sie redete, aber er nahm ihr das Schmuckstück ab, drehte sie herum und legte es ihr um den Hals. Sie neigte leicht den Kopf, damit er die Kette schließen konnte. Danach umfasste er ihre Schultern und zog sie an seine Brust.

Er fühlte, wie sie sich an ihn lehnte und sich mit ihrem Gewicht auf ihn stützte. „Was willst du tun?“, flüsterte sie.

Oh Gott, wenn er das nur wüsste. Er befand sich im freien Fall. Von einem Berggipfel stürzte er in eine Schlucht hinab, deren Grund er nicht erkennen konnte. Es war dunkel und geheimnisvoll in dieser Schlucht – er konnte die Hand nicht vor Augen sehen. „Ich wünsche dir alle Freiheiten, die du gern hättest, Honor.“

Sie hielt zuerst ganz still, doch als sie sich ihm zuwandte, ihm über die Schulter hinweg einen Blick zuwarf, konnte er die Lust in ihren blauen Augen lesen.

Er ließ seine Hand in ihr Mieder gleiten, beugte den Kopf vor und küsste ihren Hals. „Die Freiheit, das Leben in allen seinen Facetten kennenzulernen.“

„Du bist ein merkwürdiger Mensch, Easton. Gefährlich und unberechenbar und unerwartet. Ich weiß nicht, was ich mit dir machen soll.“

Er lächelte und schmiegte seine Wange an die ihre. „Das hättest du dir wohl überlegen müsse, ehe du in der Rotten Row auf mich zugaloppiert bist.“

„Das habe ich mir allerdings vorher überlegt“, sagte sie und drehte sich um, um ihn direkt anzuschauen.

Er blickte sie an, jede Sommersprosse und jedes Fältchen. Er steckte seinen Arm unter die Jacke, legte ihn um ihre Taille und zog sie an sich.

Doch Honor legte eine Hand zwischen sie und schob ihn weg. „Wag es ja nicht, mich hier zu küssen“, sagte sie warnend. „Das könnte ich nicht ertragen.“

Das konnte er genauso wenig. Er zog sie enger an sich. „Liebes, du solltest niemals einen ausgehungerten Mann herausfordern“, warnte er und senkte den Kopf, um sie zu küssen.

Sofort wurde sie weich in seinen Armen und strich ihm mit der Hand über die Brust.

George stieß einen kehligen Laut aus. Er schlang beide Arme um ihre Taille und küsste ihren Hals, ihr Ohrläppchen, ihre Wangenknochen entlang, bis er wieder bei ihrem Mund angekommen war. Es war nicht genug; er bekam niemals genug von Honor. Jäh presste er sie gegen die Mauer, während er mit der Zunge hungrig in ihren Mund vorstieß. Er wollte in ihr sein, wollte, dass sie fühlte, was er in sich aufsteigen spürte.

Er hatte erwartet, dass sie protestieren und an sein Schamgefühl appellieren würde, aber Honor unternahm nicht den leisesten Versuch, ihn aufzuhalten – wenn überhaupt, dann presste sie sich noch enger an ihn und ihre Küsse wurden leidenschaftlicher.

Er unterbrach sich für einen Augenblick und stützte die Arme zu beiden Seiten ihres Kopfes an die Mauer.

Honor lächelte ihn an, als wäre sie eine erfahrene Frau, die das Liebesspiel kontrollierte; die Wirkung, die das auf ihn hatte, konnte er kaum ertragen. Eine bebende Lust überfiel ihn. Er ließ sich einen Augenblick Zeit, um sie in ihrer ganzen Schönheit zu betrachten, die Wölbung ihrer Brüste und ihr pechschwarzes Haar, das nach Rosenblüten duftete.

Mit dem Handrücken berührte er sanft ihr Schlüsselbein. „Wenn du mein wärest, würde ich dir jeden Faden vom Leib reißen, Cabot, und jeden Zentimeter deiner Haut küssen", sagte er mit vor Verlangen heiserer Stimme. Er ließ seine Finger wieder in ihren Ausschnitt wandern und von dort aus hinauf zu ihrem Hals. „Ich würde mir so lange neue Wege ausdenken, wie ich dich nehmen würde, bis ich verrückt werde."

Sie holte tief Luft und hielt den Atem an; ihre Lider flatterten.

„Ich würde meine Hände benutzen", sagte er, während er sie zwischen den Beinen berührte, „meinen Mund", murmelte er und ließ seine Lippen dabei sanft über ihre Schläfe gleiten, „und meinen Schwanz." Er drückte sich hart gegen ihren Unterleib und konnte fühlen, wie sie erbebte.

„Aber leider bist du nicht mein", murmelte er und strich mit dem Finger von ihrem Kinn ihren Hals und ihre Brust hinab bis zu ihren Schenkeln. „Also muss ich improvisieren." Er raffte ihre Röcke zusammen.

Ängstlich sah Honor zur Balkontür hinüber.

„Erregt es dich, wenn wir jeden Augenblick entdeckt werden könnten?“, fragte er. Dabei ließ er die Hand an ihrem Bein hinabwandern, unter ihren Unterrock und zwischen ihre Oberschenkel.

Ihre Antwort wurde von einem leisten Stöhnen unterbrochen, als sie spürte, wie er mit seinen Fingern tiefer zwischen ihre Beine glitt und sie vielsagend kreisen ließ.

Honor breitete die Hände an der Mauer hinter sich aus, als müsse sie sich abstützen. Den Kopf ließ sie auf seine Schulter sinken, während er in sie eindrang, dabei atmete sie stoßweise.

Doch George reichte das nicht. Er zog seine Hand plötzlich wieder zurück. Überrascht öffnete Honor die Augen. „Heute Abend lassen wir uns mal mehr Zeit“, neckte er sie und umfasste ihr Bein, um es auf das Geländer zu stützen.

„Easton!“, flüsterte sie heiser, während sie unruhig zur Tür hinübersah.

Er löste eine ihrer Hände von der Wand und schob ihr ihre voluminösen Röcke zwischen die Finger. „Hier, halt das fest“, befahl er ihr, dann küsste er sie mit der ganzen Leidenschaft, die in ihm brodelte, ging vor ihr auf die Knie und ließ währenddessen seine Hände an ihrem Körper hinabgleiten: über ihre Brüste, ihre Taille und schließlich bis auf ihre Hüften.

Er konnte ihre ungezähmte Lust riechen, fühlte die feuchte Wärme zwischen ihren Beinen. Über seinem Kopf schnappte Honor nach Luft. George konnte nicht länger warten; er sank tief in das Zentrum ihrer Weiblichkeit. Honor griff nach seinem Kopf und krallte die Finger in sein Haar.

George schickte seine Zunge auf Wanderschaft, umfasste ihre Hüften fester und erforschte ihre intimsten Stelle. Dabei drang er tief in sie ein, erkundete und reizte sie, dann wanderte er denselben Pfad noch einmal entlang, bis er fühlen konnte, wie sie an seiner Zunge pulsierte. Ihr Stöhnen erregte ihn – er hätte es sich gar nicht zugetraut, sich in so einer Lage beherrschen zu können, aber er spürte tief in sich das Bedürfnis, sie zu befriedigen, ihr das zu geben, was so brauchte. Er stieß mit der Zunge immer tiefer in sie hinein, bis er sie ganz mit dem Mund bedeckte. Sie presste sich an seine Zunge auf der Suche nach Befriedigung. Er schob seine Hand zwischen ihre Beine und half ihr mit Fingern und Zunge dabei, Erlösung zu finden.

Als sie kam, konnte sie sich nicht länger aufrecht halten und schlang ihm die Arme um den Nacken.

George musste genauso schwer atmen wie Honor. Schwerer sogar. Seine Atemzüge wurden von der aufgestauten Lust und der körperlichen Anstrengung behindert, die nötig gewesen war, um die Beherrschung nicht zu verlieren. Er küsste sie auf den Bauch, dann zog er ihre Röcke über ihre Beine und erhob sich, dabei zog er sie in seine Arme.

Honor war erschöpft, sie hatte weiche Knie und versuchte, wieder zu Atem zu kommen. Langsam richtete sie sich auf, strich sich mit der Hand übers Haar – am Hinterkopf hatte sich eine Strähne aus ihrer kunstvollen Frisur gelöst. Sie steckte sie wieder fest und hob den Blick, um George anzusehen. „Du hast mich vernichtet."

Er schüttelte den Kopf und zog ein Taschentuch hervor, mit dem er sich beiläufig die Hand abwischte, ehe er es in die Tasche zurücksteckte. „Ich habe dir lediglich die Tür zu einer anderen Art von Freiheit geöffnet." Er strich ihr mit dem Handrücken über das Gesicht. Er wollte noch etwas sagen, aber er hatte ihren Geschmack noch auf den Lippen, sodass ihm alles, was ihm eingefallen wäre, verkehrt vorkam. *Ich bete dich an. Ich brauche dich. Das darf nicht geschehen.*

Honor hob sich auf die Zehenspitzen und küsste ihn auf den Mundwinkel. Dann stellte sie sich wieder hin, nahm seine Jacke von den Schultern und sagte: „Ich weiß nicht, was ich mit dir machen soll, George Easton."

„Das beruht auf Gegenseitigkeit."

„Ich muss gehen", sagte sie, aber ihr Blick suchte in seinem Gesicht nach etwas; sie sah aus, als wäre sie sich nicht sicher, was sie tun sollte.

George brauchte keine Worte, um die Frage zu beantworten. Er konnte nicht länger auf diesem Balkon stehen, mit ihrem Geschmack im Mund und dem Echo ihrer Lust, das noch immer in seinem Unterleib widerhallte. „Geh", sagte er und strich mit dem Daumen über ihre Lippen. „Geh jetzt, Lämmchen, ehe ich dich auffresse." Er beugte sich vor und küsste sie sanft auf den Mund. *„Geh schon"*, wiederholte er eindringlich. Sein üblicher unbeirrter Schritt war zu einem Stolpern geworden. Er war vollkommen vom Weg abgekommen. Er brauchte einen Augenblick, eigentlich mehrere, um den Kurs zu wiederaufzunehmen.

„George …“

„Nein. Geh jetzt sofort“, sagte er mit großem Ernst.

Auf ihrem Gesicht lag die Andeutung eines Lächelns, als Honor um ihn herum auf die französischen Flügeltüren zuging. Mit einer letzten ordnenden Handbewegung an ihrer Frisur öffnete sie die Tür und schlüpfte ins Haus.

George zog seine Jacke wieder an, schritt zum Geländer hinüber und starrte in die schwarze Nacht hinaus. Dabei bot er all seine Willenskraft auf, um seinen Körper wieder unter Kontrolle zu bringen.

Sein Herz wieder zum Schweigen zu bringen, war jedoch weniger einfach.

20. Kapitel

Um drei Uhr nachts ließ sich Honor schließlich in ihr Bett fallen. Sie hatte Kopfschmerzen vor lauter Erschöpfung. Nach diesem Abend war sie emotional vollkommen aufgewühlt.

Aber in erster Linie verspürte sie eine merkwürdige Euphorie, sie war noch ganz erfüllt von der seltsamen Begegnung mit George auf dem Balkon.

George.

Was geschah nur mit ihr? Wann war sie so lüstern geworden? Ihre Gedanken überschlugen sich, wenn sie an seine Arme, seine Lippen auf ihrer Haut und den Duft seiner Jacke dachte. Er hatte ihr eine ganz neue Welt der sinnlichen Freuden eröffnet, die sie nachhaltig beeindruckt hatte. Honor hatte immer geglaubt, sie sei auf die erotischen Avancen von Gentlemen vorbereitet … doch nichts hätte sie auf das vorbereiten können, was auf dem Balkon geschehen war. Sie war auf den Geschmack der geheimen Welt des Begehrens zwischen Mann und Frau gekommen, hatte verstanden, was sie miteinander verband, und jetzt wollte sie mehr davon. Sie wollte ihn tief in sich spüren, wollte seine Hände überall auf ihrer Haut fühlen. Sie wollte so lange es ging in diese hellblauen Augen sehen, wollte sehen, wie sich sein Blick erhellte, wenn er sie ansah.

Aber solche Gefühle würden ihr nur das Herz brechen. Sie war keineswegs naiv – George Easton war einer von der Sorte Männer, den keine Frau für immer halten konnte, so viel war ihr klar. Er war ein Mann ohne gesellschaftliche Verbindungen, ein Mann, dem kein Vater und kein Bruder jemals seine Tochter oder Schwester zur Frau geben würde. Er war ein Mann, der alles riskieren konnte, zu seinem reinen Vergnügen. Im Leben eines solchen Mannes war kein Platz für eine Ehefrau. Man konnte ihn als Liebhaber nehmen, das ganz sicher, aber niemals mit ihm verheiratet sein.

Er war aber auch genau die Sorte von Mann, die ihr Herz vor lauter Aufregung wie wild klopfen ließ.

Aber hätte sie denn überhaupt seine Frau werden wollen? War es das, wonach sie sich sehnte? War es das, was sie tief in ihrem Innersten begehrte? Wollte sie ihm deshalb nahe sein, ihn in den Armen halten und ihn lächeln sehen? Langsam dämmerte in ihr die Erkenntnis herauf, was sie wirklich wollte. Es war schon komisch, dass Honor stets angenommen hatte, ihre eigenen Bedürfnisse wären die gleichen wie die von George – keine Verpflichtungen, nur Lust und Genuss. Es entbehrte nicht einer gewissen Ironie, dass jemand, der in diesen Dingen genau wie sie dachte, ihr jetzt gezeigt hatte, was sie wirklich wollte: Sie wollte geliebt werden. Sie wollte sich neu verlieben und wollte jeden Tag mit diesem Menschen zusammen sein, das Leben mit ihm teilen, eine Familie gründen mit allen Höhen und Tiefen, die das mit sich brachte.

Sie wollte George. Oh Gott, wie sehr sie ihn begehrte. Er erregte sie, weil er so anders war als die Gentlemen der vornehmen Gesellschaft. Er scheute kein Risiko, er schien sich überhaupt vor nichts zu fürchten. Er war der perfekte Mann für sie.

Abgesehen davon natürlich, dass er ein Bastard war, der Handel trieb und es sich mit der Hälfte des *ton* bereits verdorben hatte.

Honor versuchte zu schlafen, dabei klammerte sie sich an der Bettdecke fest, als sei diese ein Rettungsseil, das sie auf der Erde hielt. Sie hielt sich daran fest, um den Boden unter den Füßen nicht zu verlieren, um nicht zu vergessen, wer sie war, was ihr Schicksal war – der sichere Hafen der Ehe mit einem angesehenen Mitglied der Gesellschaft. Eine gehorsame Ehefrau, eine perfekte Gastgeberin, Hüterin der Familie. Sicher in den Armen der Kreise, unter deren Schutz sie aufgewachsen war.

Aber was bedeutete das alles, wenn sie niemanden hatte, den sie liebte und mit dem sie alles teilen konnte? Ein leeres Leben.

Honor musste wohl eingeschlafen sein – sie wurde plötzlich wach, weil jemand an ihrem Fuß zog. Honor setzte sich auf und sah Prudence schlaftrunken an, die sich am Fußende ihres Betts aufgebaut hatte.

„Um Himmels willen!“, brummte sie mürrisch und ließ sich in ihre Kissen zurückfallen.

„Warum schläfst du noch?", wollte Prudence wissen. „Du hast das Frühstück verpasst."

„Weil ich um zwei Uhr morgens erst zu Abend gegessen habe." Sie gähnte und streckte die Arme hoch über den Kopf. „Warum fragst du? Ist irgendetwas passiert?"

„Nein. Aber heute findet das Kricketturnier statt. Augustus ist schon ganz aufgeregt deswegen." Sie setzte sich zu Honors Füßen aufs Bett. „Lord Washburn will auch mitspielen."

„Das ist ja ganz wunderbar für Lord Washburn", gab Honor zurück. Sie setzte sich auf und stopfte sich ihr Kopfkissen in den Rücken. Wie schön es doch wäre, noch einmal sechzehn zu sein, dachte sie wehmütig.

„Er ist ganz schön sportlich", fügte Prudence hinzu und erhob sich. Sie konnte nie lange still sitzen. „Grace sucht schon überall nach dir. Sie hat gesagt, ich soll dich zu ihr schicken, wenn ich dich sehe."

„Aber ich will *schlafen*", beschwerte sich Honor. In Wirklichkeit wollte sie noch ein wenig über George nachdenken. „Sag Grace Bescheid, dass ich komme, sobald ich kann. Würdest du das für mich tun?"

Eine Stunde später traf Honor im Garten auf ihre Schwester, die einen Sonnenschirm in der Hand hielt. Genau wie Honor trug auch Grace ein Kleid aus weißem Musselin, so wie es die traditionellen Regeln des Kricket verlangten. Sie wirkte so erschöpft, wie Honor sich fühlte.

„Bist du auch so spät ins Bett gekommen?", fragte Honor. „Du siehst aus, als ob du quasi gar nicht geschlafen hättest."

„Das habe ich auch kaum", gestand Grace. „Ich freue mich jetzt schon auf die Zeit, wenn alle Gäste wieder aus Longmeadow verschwunden sind."

Das sah ihrer Schwester überhaupt nicht ähnlich – gerade Grace mochte dieses jährliche Zusammentreffen in Longmeadow eigentlich besonders gern. „Macht dir schon wieder unser guter Mr Pritchard zu schaffen?", fragte sie. Pritchard war einer von Graces aufdringlichsten Verehrern.

„Wie bitte? Nein, um den geht es nicht" Grace schüttelte geistesabwesend den Kopf. „Ich mache mir Sorgen um Mama. Heute Morgen beim Tee hat sie mir in aller Ausführlichkeit erklärt, dass wir wachsam sein müssen, weil ein Paar Männer vorhaben, den

Earl zu entführen, was wir auf keinen Fall zulassen dürfen. Als ich sie gefragt habe, was das für Männer sind, hat sie gesagt, es sind Schotten."

„Was für Schotten?"

„Es wird wirklich immer schlimmer mit ihr, Honor, es ist zum Verzweifeln. Es grenzt an ein Wunder, dass es noch nicht alle gemerkt haben. Oder vielleicht wissen es schon alle und sind nur zu höflich, um etwas zu sagen."

Honor schnaubte verächtlich. „Ich kann dich beruhigen: Wenn sie es bemerkt hätten, würden sie es einander gegenüber mit größtem Eifer erwähnen."

Grace wandte den Blick ab und sah auf die Wiese hinaus, wo Diener damit beschäftigt waren, das Feld für das Spiel am Nachmittag vorzubereiten. „Ich habe etwas Fürchterliches getan."

Honor war überrascht und sah ihre Schwester neugierig an.

Graces Augen füllten sich mit Tränen. „Dafür komme ich ganz sicher in die Hölle."

Eine Unzahl von Gedanken schoss Honor gleichzeitig durch den Kopf, ohne dass sie einen davon festhalten konnte. Sie legte einen Arm um die Taille ihrer Schwester. „Das kann ich mir nicht vorstellen."

„Ich habe Mama Laudanum verabreicht", gestand Grace.

Honor schnappte nach Luft. „Oh, lieber Gott, ist das dein Ernst?"

„Siehst du? Es ist fürchterlich!", schluchzte Grace, während eine Träne aus ihrem Augenwinkel kullerte. „Du kannst mir glauben, Honor, ich hatte keine andere Wahl. Sie hat dagesessen und diese abstruse Geschichte von den Männern aus Schottland erzählt, die vorhaben, den Earl zu entführen, und ich konnte an nichts anderes denken als daran, was alles passieren kann, wenn sie das irgendjemand anderem gegenüber auch nur erwähnt. Stell dir nur einmal vor, sie sagt irgendetwas zu den Hargroves ..."

„Und wo ist sie jetzt?", wollte Honor wissen.

„Sie schläft. Hannah ist bei ihr und passt auf sie auf. Die arme Hannah! Sie war gar nicht einverstanden damit, was ich getan habe, das stand ihr ins Gesicht geschrieben. Aber sie wusste auch keine andere Lösung." Sie warf Honor einen flehenden Blick zu. „Was hätte ich denn sonst tun sollen?"

Bei sich dachte Honor, dass Grace wirklich zu dem schlimmsten Mittel gegriffen hatte, das denkbar war, aber die Schwester wirkte so hoffnungslos, dass Honor es nicht übers Herz brachte, etwas dergleichen zu sagen. Sie drückte Grace an sich. „Wir dürfen es eben nicht noch einmal tun, würde ich sagen."

„Nein", stimmte Grace ihr mit leiser Stimme zu.

„Jetzt sei nicht so verzweifelt, Grace. Wenn alle weg sind, denken wir noch einmal in Ruhe nach und machen einen Plan."

„Wenn du meinst." Grace und tupfte sich mit einem Taschentuch die Nase ab. „Wie war dein gestriger Abend?"

Glorreich und verworfen. Honor konnte ihrer Schwester nicht in die Augen sehen – Grace kannte sie zu gut. „Ganz in Ordnung, denke ich, wenn man davon absieht, dass ich des Diebstahls bezichtigt worden bin. Außerdem glaube ich, dass die liebe Monica beschlossen hat, dass Mr Cleburn der perfekte Ehemann für mich wäre."

„Wer ist das denn?", fragte Grace und schnappte dann plötzlich nach Luft. „Doch nicht etwas der neue Vikar?" Sie lachte. „Sie hat das Diadem der Countess schon vor Augen und jetzt kann sie es nicht mehr abwarten. Schau mal, die Gentlemen kommen zum Spiel. Wollen wir zuschauen?"

„Ich weiß aus zuverlässiger Quelle, dass Lord Washburn mitspielen und höchstwahrscheinlich auch gewinnen wird."

Grace musste lachen.

Sie gingen zu den Pavillons hinüber, die man zum Schutz vor der Sonne für die zuschauenden Damen aufgestellt hatte, und setzten sich an einen der weiß gedeckten Tische, während die Herren sich in zwei Mannschaften aufteilten.

„Da sind ja die entzückenden Cabot-Schwestern!", flötete eine bekannte Stimme hinter ihnen.

„Guten Morgen, Mrs Hargrove." Honor erhob sich, um ihr ihren Stuhl anzubieten. Fast im gleichen Augenblick war schon einer der Lakaien zur Stelle, um einen weiteren Stuhl an den Tisch zu stellen.

„Vielen Dank, meine Liebe", erwiderte Mrs Hargrove, während sie sich setzte. „Wo ist denn Ihre Mutter?"

„Sie ruht sich aus", antwortete Honor.

„Das ist gut. Gestern Abend wirkte sie auf mich ein wenig erschöpft. Das Fest und die Gesundheit des Earls müssen ihr sehr zugesetzt haben."

„Zweifellos." Honor sah mit strengem Blick zu Grace hinüber, damit diese sich zusammennahm und nicht in Tränen ausbrach. Sie schien kurz davorzustehen.

Augustus und Monica gesellten sich zu ihnen, beide im traditionellen Weiß des Kricket. Augustus' weiße Weste, die er jedes Jahr einmal zu dieser Gelegenheit trug, schien etwas enger zu sitzen als im letzten Jahr. „Ich muss meinen Pflichten nachkommen", sagte er eifrig und ließ Monica am Tisch zurück, ehe er zu den Spielern eilte, um ihnen ein letztes Mal die Regeln zu erläutern.

Monica bemerkte: „Es ist ein schöner Tag für Kricket."

„Allerdings!", stimmte Mrs Hargrove ihr zu. „Und der Park ist so wunderschön. Ich würde nichts ändern, außer vielleicht einen Brunnen mit Bänken zum Sitzen dort drüben bei dem kleinen Häuschen."

„Was für eine wunderbare Idee", bestätigte Monica.

Honor und Grace wechselten heimlich einen entgeisterten Blick.

„Oh, seht doch nur, Mr Cleburne ist am Schlag", rief Monica plötzlich und richtete sich dabei in ihrem Stuhl auf, wobei sie ihre Haube zurechtrückte.

Die vier Damen richteten ihre Aufmerksamkeit auf das Spiel. Mr Cleburne hatte keine Schwierigkeiten, den ersten Ball zu treffen, und lief schnell zum ersten Mal und wieder zurück. Sein Team feuerte ihn an, während die Damen höflich applaudierten.

„Mr Cleburne!", rief Monica und winkte ihm zu, während er zu einem Pavillon auf der anderen Seite hinüberging und sich ein Bier einschenken ließ. Er blickte auf, als Monica ihm zurief, und kam erfreut lächelnd auf sie zu.

„Mr Cleburne, darf ich Ihnen meine Mutter Elizabeth Hargrove vorstellen?", sagte Monica.

Er schüttelte Mrs Hargroves Hand. „Es ist mir ein großes Vergnügen." Dann drehte er sich zu Honor und Grace um, um sie ebenfalls zu begrüßen.

„Guten Tag, Mr Cleburne, Sie spielen ausgezeichnet."

„Wir nehmen es auf die Liste von Dingen auf, in denen Mr Cleburne versiert ist", sagte Monica eifrig. „Ich habe gehört, Sie sind auch ein hervorragender Klavierspieler."

„Ach was, ich habe überhaupt kein Talent, Miss Hargrove."
„Cleburne!", rief ihm einer der Männer zu.
„Ich bitte vielmals um Entschuldigung, ich werde gebraucht", sagte er fröhlich und trabte auf das Feld.
„Er scheint sehr freundlich zu sein, findet ihr nicht auch?", sagte Monica mit großer Bewunderung. „Ich meine, er gäbe einen hervorragenden Ehemann ab."
„Das glaube ich allerdings auch", stimmte ihr Mrs Hargrove begeistert zu.
Monica warf Honor einen Seitenblick zu. „Soweit ich weiß, ist er der dritte Sohn eines Viscounts. Er hat so gesehen sehr gute Verbindungen. Und ihm gehört dieses schöne Landhaus. Du kennst es doch, oder nicht, Honor?"
Natürlich kannte sie das Haus. „Augustus' Großmutter hat früher dort gewohnt. Es ist sehr gemütlich, oder?"
„Findest du es gemütlich? Mir kommt es für ein Paar alleine ziemlich riesig vor."
„Da kommt Lady Chatham", warf Mrs Hargrove ein und entschuldigte sich, ehe sie ging, um die aufdringlichste Person von ganz London zu begrüßen.
„Er ist unverheiratet, weißt du?", knüpfte Monica an ihr Gespräch wieder an.
„Da ist es ja sehr schade, Monica, dass du bereits vergeben bist", bemerkte Grace leichthin.
Monica kicherte bei diesen Worten, aber ihre Heiterkeit war nur gespielt. „Aber *du* bist noch nicht vergeben, Grace, genauso wenig wie deine Schwester."
„Und daran wird sich auch nichts ändern, du kannst also deine Heiratspläne für Mr Cleburne wieder begraben", versetzte Honor.
„Aber warum denn nicht?", fragte Monica voller Anteilnahme. „Für die Tochter eines Bischofs ist er doch die perfekte Wahl."
Honor musste sich zusammenreißen, damit ihre Stimme nicht schrill wurde. „Ich weiß deine Sorge um mein Wohlergehen sehr zu schätzen, Monica. Aber vielleicht wäre Mr Cleburne für Mercy die bessere Wahl."
„Mercy! Aber Mercy ist doch gerade erst dreizehn geworden."
Honor zuckte die Schultern. „Sie könnten zusammen erwachsen werden und dann heiraten."

Monicas Lächeln verschwand. „Du denkst wohl, mit einem Witz kannst du jedes Problem lösen, oder?“

„Ich gebe mir die größte Mühe“, erwiderte Honor in zuckersüßem Ton. Sie wandte ihre Aufmerksamkeit wieder dem Spiel zu, aber sie war sich vollkommen im Klaren darüber, dass Monica sie wütend anstarrte. Sie sahen den nächsten beiden Gentlemen beim Schlag zu, aber keiner von den beiden hatte viel Glück. Doch dann betrat George Easton das Spielfeld. Er machte sich zum Ausholen bereit, dabei zeichneten sich seine muskulösen Schultern deutlich unter dem dünnen Stoff seines Hemds ab. Er traf gleich den ersten Ball, der ihm zugeworfen wurde, und schlug ihn weit über den Kopf der Herren, die im Feld standen. Die versammelte Menge feuerte ihn an, als er loslief.

„Oh mein Gott“, keuchte Monica, „Mr Easton ist ein guter Spieler, findet ihr nicht?“ Plötzlich erhob sie sich und sah Honor direkt an. „Und nicht nur im Kricket, oder, Honor?“

„Wie bitte?“

„Einen schönen Tag noch, meine Damen“, sagte Monica brüsk und ging davon.

Honor richtete sich auf und sah ihr nach. „Oh nein, Gott steh uns bei“, flüsterte sie.

„Was ist denn los?“, fragte Grace.

„Ich hatte schon früher so eine Ahnung, aber jetzt ist mir alles klar. Sie weiß Bescheid, Grace. Monica weiß alles über Easton!“ Ihr war plötzlich speiübel und sie wünschte sich, sie hätte mit diesem Spiel niemals angefangen.

21. Kapitel

Lady Chatham machte sich nicht die Mühe, auf die Gefühle anderer Rücksicht zu nehmen. Am folgenden Nachmittag, als sie den Pferden zusah, äußerte sie die Vermutung, dass Ellen Rivers ganz verliebt in George Easton sei und das sei doch wirklich ein Jammer, denn nun wüsste alle Welt, dass das dumme Ding keinerlei Urteilsvermögen besaß.

Als Ellen Rivers erfuhr, was über sie gesagt wurde, beeilte sie sich, sich von einem Mann zu distanzieren, der, wenn man den immer lauter werdenden Stimmen glauben wollte, ohnehin nichts unter den ausgesuchten Gästen von Longmeadow verloren hatte.

Zum Glück hatte George von diesem Gerede noch nichts mitbekommen, denn er hatte sich vom Pferderennen entschuldigt und sich stattdessen ins Dorf begeben, wo er in einem Gasthaus direkt an der Dorfstraße nicht unerhebliche Mengen Bier konsumiert hatte.

Er war fasziniert vom Dekolleté der Schankmagd, auf das er einen langen und ungestörten Blick geworfen hatte, als sie sich weit über seinen Tisch beugte, um ihm einen frischen Bierkrug hinzustellen. Es waren jedoch nicht die makellosen Rundungen, die aus dem Mieder hervorlugten, an sich, die ihn beeindruckten, sondern die Tatsache, dass er im Grunde genommen nicht sonderlich an ihnen interessiert war. Sein Kopf war voll von Bildern einer schwarzhaarigen Verführerin, und als er die Brüste dieses Mädchens sah, musste er an einen ganz anderen Ausschnitt denken.

Er wandte sich von der Magd ab. Sie war hübsch. Er reagierte halbherzig körperlich, aber in ihm war etwas anderes am Werk, das sich seltsam und unbequem wie ein Stein in seinem Inneren anfühlte. Hatte er etwa auf einmal ein Gewissen?

Er sah auf seinen Bierkrug hinab, um ihre Brüste nicht länger betrachten zu müssen. Das Mädchen blieb noch einen Augenblick an seinem Tisch stehen, drehte sich dann um und ging.

George schob den Krug von sich. Er hatte plötzlich keinen

Durst mehr. Die Ereignisse der vergangenen zwei Tage ließen ihn einfach nicht los, vor allem musste er ständig an das seltsam intime Intermezzo auf dem Balkon denken. In jener Nacht hatte er den Verstand verloren, hatte sich Fantasien und seinen Gefühlen hingegeben, die plötzlich in ihm aufgetaucht waren und die ihm unter die Haut gingen.

Er wurde diese Gefühle einfach nicht mehr los. Sie hatten sich mit langen Greifarmen um sein Herz gelegt und hielten ihn nun gefangen. Er versuchte, sie einfach zu ignorieren, sie so weit zurückzudrängen, dass er sie einfach vergessen würde, und deshalb saß er jetzt hier. Er war so verstrickt in Gedanken und Gefühle wie noch nie zuvor in seinem Leben und er wusste nicht, was er tun sollte, um sich von ihnen zu befreien.

Aber befreien musste er sich, irgendwie. Er musste einen Weg finden. Das Techtelmechtel mit Honor Cabot konnte nicht von Dauer sein, sie kam aus einer Welt, die ihm fremd war. Und sie …

Sie musste sich Gedanken um ihre Zukunft machen.

Er legte ein paar Münzen auf den Tisch und hob seinen Umhang auf, um sich für den Ritt zurück nach Longmeadow fertig zu machen. Was wollte er noch hier? Warum war er überhaupt hergekommen? Weil er nicht aufhören konnte, an sie zu denken, von ihr zu träumen. Er musste sofort nach London zurück und sich den wichtigen Dingen in seinem Leben widmen – zum Beispiel, darüber nachzudenken, was zum Teufel er tun sollte, wenn er sein ganzes Vermögen auf See verloren hatte.

Die Sonne ging hinter den Bäumen unter, als George die lange Allee nach Longmeadow hinaufritt. Der Himmel war klar an diesem frühen Abend; der Haupteingang stand offen und die Gesellschaft kehrte gerade vom Pferderennen zurück, mit dem sie den Nachmittag verbracht hatte.

Er gab einem jungen Mann die Zügel seines Pferdes und wies ihn an, es für seine Abreise am nächsten Morgen vorzubereiten. Auf seinem Weg ins Haus fiel Georges Blick auf eine Dame, die ganz in einen Umhang gehüllt war, dessen Kapuze sie über den Kopf gezogen hatte. Sie hielt die Arme vor sich verschränkt auf eine Weise, die George bekannt vorkam. George schwenkte um und trat an Honor Seite. Er neigte den Kopf, um ihr Gesicht unter der Kapuze sehen zu können.

„Da sind Sie ja, Easton“, sagte sie mit einem seltsam abwesenden

Lächeln. „Ist Longmeadow Ihnen bereits langweilig geworden? Wir haben Sie und Ihren Geldbeutel beim Rennen vorhin vermisst."

Er wollte sie in die Arme nehmen und küssen, um ihr zu zeigen, dass er sie auch vermisst hatte. Stattdessen verschränkte er die Hände hinter dem Rücken. „Im Gegenteil, Cabot. Ich bin von Ihrem Longmeadow ganz eingenommen. Aber was machen Sie denn hier so ganz allein und in Ihrem dicken Umhang? Steht uns ein plötzlicher Wintereinbruch bevor?"

Honors Blick schweifte zum See hinüber. „Pru ist mit Mama spazieren gegangen, aber sie sind noch immer nicht zurück." Sie kniff die Augen zusammen und starrte angestrengt in die Ferne.

Jetzt sah George die Sorge in ihren Augen, die ihn sehr berührte. Er konnte es nicht ertragen, Honor Cabot so hilflos zu sehen, und er wäre bis ans Ende der Welt gelaufen, um sie davor zu bewahren. „Wo sind sie denn hingegangen?"

„Ich dachte, sie wollten zu dem kleinen Häuschen am See, aber ich war gerade eben dort und es war niemand zu sehen."

„Bist du sicher, dass sie nicht im Haus sind? Vielleicht hast du sie nicht gesehen, weil sie von der anderen Seite gekommen sind?", fragte er und spähte dabei in die Dämmerung hinaus.

Sie schüttelte den Kopf. „Ich habe überall nach ihnen gesucht." Sie ließ die Schultern hängen, aber ihre Hände ballte sie vor Anspannung zu Fäusten. „Ich sehe noch einmal nach", sagte sie und marschierte los.

„Honor, warte", sagte George und fasste sie beim Arm. „Es ist schon fast dunkel. Lass mich dir helfen." Gemeinsam gingen sie zum See hinunter, den der Sonnenuntergang in goldenes Licht tauchte. „Weit können sie ja nicht sein", versicherte George ihr, der merkte, dass Honor immer unruhiger wurde. Er wollte die Arme um sie legen, damit sie wieder Zuversicht schöpfte. „Deine Schwester hat deine Mutter doch sicher nicht aus den Augen gelassen."

„Du setzt voraus, dass meine Schwester eingreifen könnte", erwiderte Honor, in deren Stimme nun eine Spur von Panik lag. „Es wird immer schlimmer mit Mama, George, du kannst es dir nicht vorstellen. Es kommt mir so vor, als ob der Ausflug nach Longmeadow die Sache beschleunigt hat."

Er hielt es nicht länger aus! Zur Hölle mit Anstand und Gerede. George legte beide Hände um Honors Schultern und zog sie fest an sich. „Lass den Kopf nicht hängen, Liebes“, sagte er. „Ich werde sie finden. Geh zurück ins Haus, geh zu den anderen und lass dir nichts anmerken. Ich bringe dir deine Mutter zurück.“

„Das kann ich nicht von dir verlangen“, wandte Honor ängstlich ein. „Ich stehe doch sowieso schon in deiner Schuld.“

„Jetzt geh schon“, sagte er, ohne auf ihre Einwände einzugehen. „Geh, ehe eure Gäste eure ganze Familie als verschollen melden. Mercy und Grace brauchen deine Hilfe.“

Seine Worte schienen sie zum Nachdenken gebracht zu haben. Sie blieb zumindest so lange stehen, dass George sie umdrehen und ihr einen kleinen Schubs geben konnte. Er hatte zwar überhaupt keine Vorstellung, wo er nach den beiden Frauen suchen sollte, vor allem jetzt, wo es dunkel wurde, aber er machte sich auf den Weg zum Häuschen am See.

„George?“

Er hielt inne, um sich umzusehen. Honor befand sich bereits auf dem Weg, der zum Haus hinaufführte. Im immer schwächer werdenden Tageslicht war sie von geradezu überirdischer Schönheit. Ein kurzes, aber heftiges Begehren rann durch ihn hindurch. „Danke“, sagte sie. „Aus der Tiefe meines nutzlosen Herzens danke ich dir!“ Sie drehte sich um und ging weiter, ihr Umhang wehte hinter ihr her.

Er hatte keinen blassen Schimmer, was sie gemeint haben konnte. Honor Cabot hatte das patenteste Herz von allen Menschen, die er je gekannt hatte.

Als sie die Eingangshalle betrat, übergab Honor ihren Umhang einem Diener, dann strich sie ihr hastig aufgestecktes Haar und das Kleid glatt, das sie blitzschnell angezogen hatte, als sie vom Verschwinden ihrer Mutter erfuhr.

Sie hatte nicht die leiseste Ahnung, wie Lady Beckington auf die Idee gekommen war, dass man den Earl vergiftet hatte. Seine Lordschaft hatte aufrecht in seinem Bett gesessen und er war vollständig am Leben und doch glaubte ihre Mutter Honor kein Wort.

„Bring sie sofort nach London zurück!“, hatte der Earl zwischen zwei offensichtlich schmerzhaften, rasselnden Hustenanfällen befohlen. „Erfinde irgendeine Ausrede, egal wie absurd, Honor, aber schafft sie weg aus Longmeadow, ehe irgendjemand merkt, wie verrückt sie mittlerweile geworden ist.“

Es war so unfassbar schnell gegangen! Wie ein loser Faden am Ärmel eines Kleides war Lady Beckingtons Wahnsinn so lange ignoriert worden, bis es zu spät war. Aber wenn ein loser Faden sich einmal aufribbelte, dann war er nicht mehr aufzuhalten.

Honor fühlte sich, als ob ihr ganzes Leben sich mit einem Mal auflöste.

Sie schob sich durch die Menge, die sich für den letzten Abend ihres Fests versammelte. Es würde getanzt werden und das Abendessen wurde heute in zwei aufeinanderfolgenden Gruppen serviert, damit alle auf ihre Kosten kamen. Die erste Gruppe war um neun Uhr an der Reihe. Honor zwang sich zu einem Lächeln und blieb immer wieder stehen, um mit Bekannten zu sprechen. Sie plauderten über das Wetter und über das Pferderennen nächsten Monat in Newmarket. Sie war eine vollendete Schauspielerin. Als Lady Chatham wieder anfing, die möglichen Beziehungen zwischen den Debütantinnen und den verschiedenen jungen Gentlemen zu erörtern, dachte sie daran, wie oft sie genau dies hier schon getan hatte: eine Runde durch eine Menschenmenge gedreht, dabei geredet und geflirtet. Sie hatte sich als Rebellin gefühlt, weil sie so vielen Gentlemen ein Lächeln geschenkt hatte. Sie hatte sich immer für kühn gehalten.

Heute Abend jedoch kam sie sich eher wie ein kleines Kind vor, sie wünschte sich nichts sehnlicher, als auf Georges Schoß zu kriechen und sich dort vor der Welt zu verstecken.

Als sie Augustus traf, besprach der gerade zum letzten Mal mit Hardy das Menü für den Abend. Natürlich war Monica auch wieder an seiner Seite und zum ersten Mal erschien es ihr so, als freue diese sich tatsächlich darüber, sie zu sehen.

„Da bist du ja! Wir haben schon sehnsüchtig darauf gewartet, dass du herunterkommst. Aber, Honor, ich hatte eigentlich erwartet, dass du wieder einmal etwas Teures und Extravagantes trägst“, sagte sie lachend, während sie Honors eher schlichtes Abendkleid musterte. „Normalerweise strahlst du doch immer so.“

„Nun ja“, sagte Honor, „leider haben wir nur eine Zofe für uns alle zusammen und ich konnte es einfach nicht mehr erwarten, herunterzukommen.“

„Die letzten Tage waren eine echte Qual, findest du nicht?“, fragte Monica fröhlich, während Augustus seine Meinung zu Lauch- und Zwiebelsuppe zum Besten gab. „Mir war nie bewusst, welche harte Arbeit es ist, so eine große Gesellschaft für ein ganzes Wochenende zu organisieren."

„Es ist ermüdend", stimmte Honor ihr zu.

„Ich muss Lady Beckington loben. Sie hat es nie nach Arbeit aussehen lassen", fuhr Monica fort. „Wo wir gerade von ihr sprechen: Wo ist denn deine Frau Mutter eigentlich? Ich habe sie den ganzen Tag noch nicht gesehen. Langsam fange ich an, mir Sorgen zu machen."

Honor wartete gespannt darauf, ob Monica noch mehr sagen würde. *Ist deine Mutter verrückt geworden? Hast du auch gemerkt, dass sie nicht mehr alle Tassen im Schrank hat?* Doch Monica sah sie nur an, während sie höflich auf eine Antwort auf ihre Frage wartete.

„Sie ist sehr erschöpft", sagte Honor vorsichtig. „Ich glaube nicht, dass sie uns heute Gesellschaft leistet."

„Wie bitte? Was hast du gesagt?", wollte Augustus wissen. „Ach, gut, dass du hier bist, Honor. Ich muss wirklich darauf bestehen, dass du mit Mercy darüber sprichst, dass mumifizierte Leichen kein angemessenes Thema für die Konversation am Frühstückstisch sind. Es ist wirklich ziemlich ekelhaft. Lady Marquette war so verstört, dass sie sich entschuldigen und in ihr Zimmer zurückziehen musste. Was habt ihr gerade über Lady Beckington gesagt?"

„Sie ruht sich aus", antwortete Honor.

Augustus wirkte verwirrt. „Aber sie steht doch gleich dort drüben, und wenn du mich fragst, sieht sie sehr ausgeruht aus."

Honor wirbelte herum, um zu sehen, was er gemeint hatte. Es gelang ihr gerade noch, einen kleinen Aufschrei der Erleichterung zu unterdrücken. Dort drüben stand ihre Mutter, hielt Georges Arm umfasst und sie lachte, während sie offensichtlich Lord Hartington erklärte, wie es dazu gekommen war, dass der Saum ihres Kleides ganz schlammverschmutzt war. Zumindest hielt sie Hartington den Saum hin, sodass er ihn besser sehen konnte. Ihre Wangen waren gerötet, ihre Augen leuchteten vor Aufregung. Sie war wunderschön trotz des Zustands ihres Kleides.

Und sie war ganz und gar bei klarem Verstand. Vollständig und absolut klar.

Was hatte George nur getan? Wie hatte er das vollbracht?

„Honor, du bist eine wirklich gute Tochter, die sich rührend um ihre Mutter kümmert", sagte Augustus, „aber auf mich wirkt sie vollkommen gesund."

„Das tut sie, allerdings", bestätigte Monica und klang dabei ein wenig verwirrt.

George und Lady Beckington kamen gemeinsam auf sie zu. Dabei blieben sie einmal mitten im Raum kurz stehen, um ein paar Worte miteinander zu wechseln, die sie beide zum Lachen brachten.

„Guten Abend, Lady Beckington!", sagte Augustus.

Honors Mutter neigte den Kopf und schenkte Augustus und Monica ein strahlendes Lächeln. Dann griff sie nach Honors Hand und drückte sie fest. „Guten Abend allerseits! Ich bitte vielmals um Entschuldigung für meinen Aufzug und wahrscheinlich auch für meine Frisur." Sie lachte. „Es war so ein wunderschöner Tag, nicht wahr? Prudence und ich sind bis zur alten Mühle gegangen und dann haben wir wohl nicht so genau auf den Weg geachtet und haben uns ein wenig verlaufen, könnt ihr euch das vorstellen? Wenn Mr Easton nicht gewesen wäre, hätten wir vielleicht nicht mehr zurückgefunden."

„Aber wo ist denn Pru?", fragte Honor.

„Liebes, du kennst doch deine Schwester. Sie würde sich um alles in der Welt nicht mit einem schmutzigen Kleid in der Nähe des Haupteingangs sehen lassen. Sie kommt sicher gleich."

„Geht es Ihnen gut, Madam?", fragte Augustus. „Fühlen Sie sich ganz wohl und bei sich?"

„Aber selbstverständlich. Warum denn nicht?" Sie musste rundheraus lachen.

„Das habe ich auch angenommen", sagte Augustus mit Zuversicht in der Stimme. „Ich sagte eben zu Honor, dass sie es wirklich übertreibt mit ihrer Sorge um Ihre Gesundheit, heute Nachmittag ging es Ihnen ja noch ausgezeichnet."

„Oh ja, und dabei gibt es so viel zu tun!", rief ihre Mutter völlig aus dem Zusammenhang gerissen.

„Sollen wir uns umziehen gehen, Mama?", fragte Honor und versuchte dabei zu verbergen, dass ihr Herz wie verrückt klopfte. Sie wagte es nicht, George anzusehen, wollte nicht in seinen Augen die Bestätigung dafür sehen, was sie die ganze Zeit geahnt hatte.

„Das sollten wir tun, nicht wahr? Es gehört sich ja nicht, in diesem Zustand noch länger hier herumzustehen."

„Dann übergebe ich Sie hiermit der Obhut Ihrer Tochter", sagte George galant. Er verneigte sich und warf Honor einen so unauffälligen Blick zu, dass selbst sie sich nicht sicher war, ob sie wirklich gemeint gewesen war. Da war es schon wieder, das schreckliche Verlangen, sich in seine Arme zu werfen, ihr Gesicht an seinem Kragen zu bergen, seinen Atem in ihrem Haar und auf ihrer Haut zu spüren, sich von seiner Kraft umfangen und beschützen zu lassen, sodass sie sicher vor schrecklichen Wahrheiten war.

Sie hakte sich bei ihrer Mutter ein. „Lass uns nach oben gehen!", sagte sie und zog Lady Beckington hinter sich her, ehe diese noch etwas sagen oder tun konnte, das jemanden brüskierte.

Finnegan hatte Georges besten Frack aufgebügelt und zum Anziehen bereitgelegt, aber der Mann selber war nirgendwo zu sehen. George wollte gar nicht wissen, in wessen Bett dieser Lustmolch nun wieder zu finden war.

Er ließ sich Zeit beim Umziehen und Frischmachen. Der Gedanke an einen weiteren Ball erfüllte ihn nicht gerade mit Vorfreude. Er hatte keine Lust auf noch eine Nacht unter lauter Menschen in engen Räumen, wo er den Duft einer Frau riechen konnte, er aber nichts tun durfte. Seine Gefühle für Honor ließen sich nicht einfach so wieder abschalten. Er konnte nicht aus Longmeadow abreisen, ohne sie noch einmal gesehen zu haben, ohne noch einmal in ihre Augen gesehen zu haben, ohne die Erinnerung an die Augenblicke auf dem Balkon und an das Aufwallen der Lust in ihm, den Drang, in ihr zu sein und sie ganz zu besitzen.

Wann hörte diese schreckliche Sehnsucht nur wieder auf?

Dann dachte er an Lady Beckington und an die Last, die durch ihren Wahnsinn nun auf Honors schmalen Schultern ruhte. Er war am anderen Ufer des Sees auf Prudence und Lady Beckington getroffen – Lady Beckington hatte wie irre über zwei Enten gelacht, die ihr aus der Hand fraßen … aus der vollkommen leeren Hand. Ihr Wahnsinn machte seine Sehnsucht nach Honor noch aberwitziger. Honor musste jemanden heiraten, der dafür sorgen konnte, dass ihrer Mutter nichts geschah. Wie hätte er das tun sollen? Im Augenblick war er nicht einmal sicher, dass er am Jahresende überhaupt noch ein Vermögen besitzen würde.

George schüttelte vor Ärger über sich selbst den Kopf. Er bewegte sich auf sehr dünnem Eis, wenn er sich solche Gedanken machte. Mit jedem weiteren Schritt vergrößerte sich die Gefahr, dass er einbrach und in den dunklen, kalten Fluten seiner Leidenschaft versank. *Unerwünschte, unerwiderte, unmögliche Leidenschaft.*

Er kam spät auf den Ball; man hatte schon mit dem Tanzen begonnen. Er hielt sich im Hintergrund und sah gedankenverloren den Tänzern zu.

„Mir scheint, wir sind schon wieder allein, Mr Easton."

Er erschrak ein wenig beim Klang von Miss Hargroves Stimme. Er hatte sie nicht kommen sehen und wusste nicht, wie lange sie schon neben ihm stand. „Wie vorteilhaft", sagte er mit einem Lächeln.

Sie legte den Kopf zur Seite und musterte ihn von oben bis unten. Ihre braunen Augen flackerten unruhig. „Ist alles in Ordnung? Sie kommen mir heute Abend ein wenig bedrückt vor."

„Ist das so?"

Sie lächelte ein wenig breiter. „Vielleicht versetzt der Verlust eines Vermögens der Leidenschaft einen Dämpfer?"

George blinzelte verwirrt.

„Ich wollte damit nur sagen, dass sie im Großen und Ganzen doch sehr darauf aus waren, mich zu verführen. Aber vielleicht haben Sie heute Abend andere Sorgen."

Er sah auf ihren Mund und dann ohne jegliche Scheu hinab auf ihr Dekolleté. Zu jedem anderen Zeitpunkt seines Lebens hätte ihn eine so hübsche und anständige junge Frau wie Monica Hargrove verrückt gemacht. Selbst jetzt noch keimte in ihm ein Funke von Jagdinstinkt auf, der Drang, sie das eine oder andere darüber zu lehren, wie man über das Vermögen eines Mannes sprach. Doch vor seinem geistigen Auge tauchte immer wieder ein Paar wunderschöner blauer Augen auf und er glaubte, dass er zumindest dies für Honor tun konnte. Er konnte diese junge Dame hier davon abhalten, sich in Honors Angelegenheiten einzumischen.

Er nahm Miss Hargroves Hand. „Sie geben doch wohl nichts auf Gerüchte, meine Liebe?"

Ohne den Blick von seinen Augen abzuwenden, verschränkte sie ihre Finger mit seinen. „Man hört ja so das eine oder andere. Sie etwa nicht?"

Er lächelte. „Ab und an."

Sie lachte leise und ließ ihre Hand sinken. „Kennen Sie schon Mr Cleburne, Sir?“, sagte sie und schaute über Georges Schulter hinweg. Er folgte ihrem Blick und sah einen schlanken Mann mit angenehmen Gesichtszügen, der ein wenig verloren am Rand des Geschehens stand.

„Mr Cleburne ist der neue Vikar von Longmeadow. Mr Cleburne, darf ich Ihnen Mr Easton vorstellen?“

George nickte dem Mann zu. „Wie geht es Ihnen?“

„Es ist mir ein Vergnügen, Sir“, sagte Cleburne.

„Sie dürfen sich von seinem charmanten Auftreten nicht täuschen lassen, Mr Cleburne“, sagte Miss Hargrove in vertraulichem Ton, „Mr Easton ist ein echter Schurke.“

Mr Cleburne lachte. „Mr Easton, Sie machen auf mich einen äußerst respektablen Eindruck. Bitte entschuldigen Sie mich“, fügte er hinzu und setzte seinen Weg fort, dabei schien er in der Menge nach jemandem zu suchen.

„Ich bin also ein Schurke?“, fragte George.

Miss Hargrove lachte wieder. „Mr Cleburne ist so ein netter Mann“, sagte sie, „und er ist noch nicht verheiratet. Ich glaube, er wäre perfekt für unsere liebe Honor.“

Bei diesen Worten sah sie ihn aufmerksam an. George war selbst überrascht, dass er in dieser Situation gelassen bleiben konnte, denn ihre Worte hätten auch eine scharfe Klinge sein können, die ihn von unten nach oben aufschlitzte. „Mag sein“, sagte er mit einem Achselzucken.

„Er wäre ein sehr guter Einfluss, würde ich meinen. Und natürlich ist sein Ruf absolut untadelig. Das kann man ja nicht von jedem Gentleman behaupten, habe ich recht?“ Sie schenkte ihm ein liebliches Lächeln und schwebte davon.

George starrte ihr fassungslos hinterher. Frauen waren schön und brachten einen zur Verzweiflung. Alle, wie sie da waren. Monica Hargrove spielte ein Spiel mit ihm, sie versuchte, ihn zu provozieren.

George schenkte ihr keinerlei Beachtung, denn plötzlich keimte ein düsterer Gedanke in ihm auf – vielleicht hatte sie recht. Sosehr es George missfiel, das zuzugeben, aber Cleburne wäre in der Tat ein guter Mann für Honor. Dieser hochgewachsene, lächelnde Mensch, der von körperlichen Freuden so viel verstand wie ein Felsen, war die bestmögliche Partie für die interessanteste Frau von ganz London. Er würde für Honor sorgen und außerdem war er ein Geistlicher – er würde aus Nächstenliebe sein Möglichstes geben, um auch für Honors Mutter da zu sein. Cleburnes Beruf verschaffte ihm Zugang zu den besten Behandlungsmöglichkeiten für Wahnsinnige, die es auf der ganzen Welt gab, falls das denn nötig sein sollte.

George hingegen, der Bastard und Spieler, der Frauenheld und Händler, war die denkbar schlechteste Wahl für Honor Cabot. Sie war so weit außerhalb seiner Reichweite, dass sie auch ein verfluchter Stern hätte sein können.

Diese Wahrheit nagte an ihm, fing an, sein Selbstvertrauen zu zerfressen. Egal, wie reich, wie gut aussehend, charmant oder auch verführerisch er sein mochte, es gab kein glückliches „Bis an ihr Lebensende" für ihn und eine Frau wie Honor ... oder auch nur Monica Hargrove.

Und dennoch, hier war George, mit gekämmtem Haar, makellos gebundener Krawatte und ordentlich zugeknöpfter Weste, einzig und allein, um die Frau noch einmal zu sehen, die er mehr begehrte als das Leben.

Wann kommt sie nur endlich herunter?

Wein und Whiskey flossen reichlich; die Musiker stimmten einen Reel an. Da tauchte Lady Vickers vor ihm auf, ihre Wangen waren gerötet und ihre Augen glänzten, nachdem sie wohl ein Glas „Punsch", wie die Damen es nannten, zu viel getrunken hatte.

„Wo bist du nur gewesen, du schlimmer Junge?", fragte sie und lehnte sich dabei an ihn, sodass ihre Brüste gegen seinen Arm gepresst wurden. „Tanzt du mit mir, Easton? Ich möchte so gern tanzen."

Er hatte einer hübschen Frau noch nie etwas abschlagen können.

Er tanzte also mit Lady Vickers und anschließend mit Mrs Reston, die ohne Pause von ihrer vor Kurzem verwitweten Schwester in Leeds redete. Wahrscheinlich lag Leeds weit genug entfernt von der respektablen Gesellschaft, dass er in diesem Fall als annehmbarer Heiratskandidat gelten konnte.

Der Ball ermüdete ihn, er hatte langsam genug von Longmeadow und dem *ton*. Also entschuldigte er sich bei Mrs Bristol und wollte gerade in sein Zimmer hinaufgehen, als er endlich entdeckte, wonach sein Herz sich in Wirklichkeit sehnte. Wie hatte er sie nur übersehen können? Sie war ein Sinnbild von Anmut in der cremefarbenen Seidenrobe, die ihre Augen noch blauer leuchten ließ als ohnehin schon. Sie war in ein Gespräch mit Mr Jett vertieft, aber als sie George sah, lächelte sie. Bei diesem Anblick wurde ihm warm ums Herz. Sie sagte noch etwas zu Mr Jett und kam dann auf ihn zu. Mr Jett schaute ihr nach und bedachte George hinter ihrem Rücken mit einem säuerlichen Blick.

„Mr Easton, was machen Sie denn im Ballsaal?“, fragte sie fröhlich. „Ich hatte Sie eher an den Spieltischen vermutet, immerhin haben Sie ein Vermögen zurückzugewinnen, zumindest wird hier heute Abend von nichts anderem geredet.“

„Und ich hatte angenommen, Sie hätten sich bereits für die Nacht zurückgezogen, weil ich Sie nicht beim Tanzen gesehen habe.“

„Ich bin ein- oder zweimal aufgefordert worden“, sagte sie lächelnd. „Und Sie?“

„Ach, ich hatte auch ganz gut zu tun mit Damen, die einen Tanzpartner brauchten.“

„Ein Akt der Ritterlichkeit, Sir. Ich hoffe, es ist Ihnen nicht allzu schwergefallen?“

Er grinste. „Es war wohl eher schmerzhaft für meine Partnerinnen, nicht für mich.“

Die Musiker hatten wieder zu spielen begonnen und George erkannte sogleich den Rhythmus des Walzers, den er mit Honor zum ersten Mal getanzt hatte. Es kam ihm seltsamerweise so vor, als sei das schon ewig her. Dieser Tanz gehörte zu einem anderen Leben. „Ich glaube, ich könnte vielleicht noch einen Tanz ertragen“, sagte er mit einem Nicken in Richtung der Tanzfläche.

Sie sah den Paaren zu, die sich über das Parkett drehten. „Das ist ein Walzer, soweit ich mich erinnern kann nicht gerade ihr bester Tanz“, neckte sie ihn.

„Dann habe ich ja gleich doppeltes Glück, dass Sie hier sind, um mich zu führen.“

Sie musste lachen und legte eine Hand auf seinen Arm, dann sah sie zu ihm auf. Wenn sie so lächelte, dann strahlte sie hell wie ein Stern, der einzige Stern zwischen lauter dunklen Planeten, die um sein Herz kreisten.

George führte sie auf die Tanzfläche und platzierte seine Hände so, wie sie es ihm gezeigt hatte. Dann fand er sich etwas schwerfällig in den Rhythmus der Musik.

„Oh!“, bemerkte sie und dabei leuchteten ihre Augen vor Freude. „Sie sind ja viel besser geworden!“ Natürlich verwechselte er daraufhin die Füße.

Honor quittierte das mit einem Lachen und machte einen kleinen Zwischenschritt, um seinen Fehltritt auszugleichen. Doch dann zog sie auf einmal ein ernstes Gesicht. „Vielen Dank, dass Sie meine Mutter zurückgebracht haben“, sagte sie, während sie sich in einer schnurgeraden Linie über das Parkett drehten.

„Nicht der Rede wert.“

„Sagen Sie das nicht, George. Für mich hat es sehr viel bedeutet.“

Sie blickte sehr ernst drein und versuchte, ihm in die Augen zu sehen. Gott, was hätte er darum gegeben, sie jetzt intimer berühren zu können und von ihr berührt zu werden. Er machte eine plötzliche Drehung mit ihr, damit er ihr nicht ständig in die Augen sehen musste. Sie durchschaute ihn und er fürchtete sich davor, was sie unter seiner Oberfläche entdecken konnte. Sein dummes Herz trug er ohnehin beinahe schon auf der Zunge.

„Ich habe vorhin unsere Freundin getroffen“, sagte er und schwenkte sie erneut herum.

„Ah. Und wie ist ihre Stimmung heute Abend?“, fragte Honor gleichmütig. *Zu* gleichmütig. Als ob es sie eigentlich nichts anginge.

„Lebhaft“, erwiderte er. „Sie schien sehr guter Laune zu sein.“

Honor blieb vor Überraschung die Luft weg, als sie sich noch einmal drehten, aber sie kam gleich wieder in den richtigen Tritt.

„Wahrscheinlich haben Sie sie mit Liebeserklärungen verzaubert und sie ist in Ohnmacht gefallen“, sagte sie mit einem verschmitzten Lächeln; dabei erschien ein Grübchen auf ihrer Wange. „Haben Sie ihr tief in die Augen gesehen und ihr Komplimente gemacht?“

Er schnaubte verächtlich. „In der Art, sie sei ganz einzigartig und dergleichen?“

„Das wäre doch nun wirklich ein wenig übertrieben, finden Sie nicht? Sie haben vermutlich etwas sehr Scharfsinniges gesagt? Etwas, das aber gleichzeitig eher allgemein gehalten war. So wie zum Beispiel …“

Bildete er sich das nur ein, oder war ihr Blick auf einmal ganz sanft geworden?

„So wie zum Beispiel: *Ich habe schon immer darauf gewartet, dass jemand wie Sie in mein Leben tritt und mein Herz erobert.* Aber das haben Sie natürlich auf Ihre ganz eigene Weise gesagt."

George fand sie hinreißend, wenn sie ihn so ansah wie jetzt. Er verstand sie, er verstand genau, was sie ausdrücken wollte. Er atmete kurz und heftig ein und versuchte, auf dieser verfluchten Tanzfläche nicht aus dem Takt zu kommen. „So etwas würde ich niemals sagen, Honor. So etwas würde ich nur zu einem Menschen auf der ganzen Welt sagen und das auch nur, wenn es wahr wäre."

Honor hielt seinem Blick stand. Vielleicht war es nur die Musik oder die überfüllte Tanzfläche, aber zwischen ihnen gab es eine Spannung, die er so noch nie erlebt hatte: rätselhaft warm und abolut überwältigend. Er konnte fühlen, was sie begehrte, wie ihr Herz schlug, wie ihr Blut durch ihre Adern strömte. Er konnte fühlen, dass sie nur darauf wartete, dass er diese Worte zu ihr sagte.

Aber er konnte sie nicht aussprechen. Wie könnte er? Wie könnte er so etwas zu ihr sagen, nur um sie aufzumuntern, wenn diese Worte die Macht besaßen, sie beide in unaussprechliches Leid zu stürzen?

Er schwieg also und sah, wie Enttäuschung ihren Blick verdunkelte. Sie wandte den Blick ab. „Nein, so etwas dürfen Sie nicht sagen", meinte sie gelassen. „Sagen Sie einfach gar nichts."

Verflucht – er war zu weit gegangen, er hatte zugelassen, dass seine Sehnsucht sein Handeln lenkte. Er hasste sich in diesem Augenblick selbst dafür.

Er vollführte noch eine schnelle Drehung in die eine, dann in die andere Richtung. Honors Lächeln kehrte zögerlich zurück. *Gutes Mädchen.* Sie verstand genauso gut wie er, dass die Sache zwischen ihnen niemals weitergehen durfte, dass sie für immer begraben werden musste.

„Sie sind ein fürchterlicher Tänzer, Easton. Und Sie halten mich viel zu fest. Das hat mittlerweile jeder in Longmeadow gemerkt, wir haben es hier möglicherweise mit den aufmerksamsten Beobachtern in ganz England zu tun."

George zog sie an sich und ließ sie eine Pirouette vollführen. „Das ist mir vollkommen gleichgültig, Cabot."

Sie lächelte ihn an. „Mir auch."

Schweigend tanzten sie noch eine Weile.

„Morgen fahren wir nach London zurück", sagte sie schließlich.

„Genau wie ich."

George sah eine abgrundtiefe Traurigkeit in ihren Augen, die auch ihr Bemühen und ein Lächeln nicht verbergen konnte. Er wollte sie küssen, damit die Traurigkeit aus ihren Augen verschwand und sie nicht mehr so gezwungen lächeln musste. Aber er konnte es nicht, und um seinem Bedauern die Krone aufzusetzen, war das Stück in diesem Moment zu Ende. George wollte sie nicht loslassen. Nie wieder.

Als er es dennoch tat, überkam ihn ein seltsames Gefühl der Leere.

„Also gut", sagte sie, „wir sollten uns heute Abend voneinander verabschieden."

Sie blieb stehen und wartete auf seine Antwort, darauf, ihn sagen zu hören, dass sie sich in London wiedersehen würden, was er selbst sich ebenfalls erhoffte, was ihn ganz verrückt machte …

Aber George bekam keinen Ton heraus. Er fühlte sich hilflos wie ein Neugeborenes, ihm fehlten einfach die Worte. Er konnte sich lediglich ein knappes Nicken abringen, dabei verschränkte er die Hände hinter dem Rücken, so fest er konnte. Auf diese Weise versuchte er zu verhindern, dass er Honor ergreifen und festhalten würde. „Gute Nacht, Miss Cabot."

Sie sah ihn wortlos von oben bis unten an, dann senkte sie den Kopf und warf ihm noch einen verstohlenen Blick zu, ehe sie sich entfernte.

George stand mit verschränkten Händen da, bis er sie in der Menge nicht mehr sehen konnte.

Als er sich schließlich umdrehte, stand Miss Hargrove vor ihm und grinste wie ein Honigkuchenpferd. „Sie sind ja ein sehr gefragter Tänzer geworden, Mr Easton. Wird man Sie in Zukunft häufiger in London auf Bällen antreffen?"

George wurde mit einem Schlag klar, dass Miss Hargrove ahnte, was er für Honor empfand. Sie brauchte aber nicht zu glauben, dass sie ihn damit in der Hand hatte! Oh nein – plötzlich entwickelte George ein ganz eigenes Interesse daran, sie von Sommerfield wegzulocken. „Man hat mir gesagt, dass ich mich sehr verbessert habe. Möchten Sie das nicht selbst überprüfen?", fragte er und hielt ihr seinen Arm entgegen.

Miss Hargrove lachte und legte ihre Hand auf seinen Arm. „Mit dem größten Vergnügen", antwortete sie.

22. Kapitel

Es war schon weit nach Mitternacht, als die Musiker des Orchesters anfingen, mit kleinen Glöckchen zu klingeln, um anzukündigen, dass noch etwas Besonderes passieren würde. Dies schien George der perfekte Zeitpunkt für ein unauffälliges Verschwinden zu sein.

Er war froh darüber, dass Finnegan nirgendwo zu sehen war, und schloss erleichtert die Tür hinter sich ab. Er schälte sich aus seiner Jacke und löste seine Krawatte. Als er gerade seine Weste ausgezogen hatte und die Schöße seines Hemds aus der Hose zog, klopfte es an der Tür. George schickte ein Seufzen gen Himmel. „Jetzt nicht, Finnegan!“, blaffte er.

Einen Augenblick lang geschah gar nichts; dann klopfte es noch einmal. „Was zum Teufel …“, murmelte er und stapfte zur Tür hinüber, die er aufschloss und weit öffnete. Er hatte fest vor, Finnegan eine angemessene Standpauke zu halten.

Aber es war nicht Finnegan, der an ihm vorbei ins Zimmer gehuscht kam, sondern Honor. Sprachlos schloss George so schnell er konnte die Tür und drehte sich um, um sie anzustarren. „Was zum Teufel willst du hier?“, fragte er. „Du solltest nicht hier sein, Honor …“

„Es ist alles in Ordnung“, fiel sie ihm ins Wort, „die anderen sind alle noch im Ballsaal. Augustus und Monica verkünden den Termin ihrer Hochzeit.“

Er blinzelte, während er kurz überlegte. Es war also kein Wunder, dass Miss Hargrove den ganzen Abend lang so gelassen gewirkt hatte. „Solltest du da nicht dabei sein?“

„Natürlich“, erwiderte sie und lächelte schüchtern. „Aber ich musste mich um etwas Wichtigeres kümmern.“

Er verstand kein Wort und fragte sich gerade, was wohl mit ihrer Mutter oder ihren Schwestern jetzt wieder passiert sein konnte, als Honor einen Schritt auf ihn zu machte.

„Ich konnte es nicht einfach so lassen."

„Es lassen", wiederholte er ratlos.

„Oh, George", sagte sie und lächelte ihn an. „Da gibt es einiges, was ich ... was ich möchte. Was ich brauche. Ich weiß nicht so genau, wie ich mich richtig ausdrücken soll." Mit zögernden Schritten kam sie weiter auf ihn zu, sie sah aus, als wisse sie nicht genau, wo in diesem Zimmer sie eigentlich hinwollte.

Doch in ihrem Gesicht lag etwas, in ihren Augen glomm eine Hoffnung auf, die in George einen Anflug von Panik aufsteigen ließ.

„Ich brauche dich, George. Ich brauche deine ... deine Hilfe", sagte sie mit großem Ernst in der Stimme.

„Was du brauchst, ist jemanden zum Heiraten", entgegnete er mürrisch und machte einen Schritt rückwärts, „und dabei kann ich dir nicht helfen."

Sie schwieg und zwinkerte verwirrt. „Vielleicht hast du recht", meinte sie schließlich. Gott, wenn sie ihn doch nur nicht so ansehen würde! „Vielleicht", wiederholte sie und machte dann einen schnellen Schritt auf ihn zu. Dabei hob sie die Hand, um sein Kinn zu umfassen. „Aber darüber will ich jetzt nicht nachdenken. Ich kann an nichts anderes mehr denken als an dich, George, und an alles, was wir noch nicht zu Ende gebracht haben. Geht es dir nicht auch so?"

„Redest du von Miss Hargrove?", fragte er verwirrt.

„Nein!", rief sie. „Nein und nochmals nein – ich hoffe, dass du nie wieder auch nur ein Wort mit ihr reden musst. Was ich sagen will, ist, dass ich *dich* brauche."

Er benötigte noch einen weiteren Augenblick, um endlich zu verstehen, worauf sie hinauswollte, und in diesem Moment überkam ihn die nackte Panik. Er kannte sich selber gut genug – er war einfach nicht stark genug für so etwas, im Gegenteil: Er war schwach wie ein kleines Hündchen. Eilig entfernte er ihre Hände von seinem Gesicht. „Bitte mich nicht um so etwas", sagte er. „Alles andere, Honor, aber nicht das. Alles."

Vor Überraschung blieb ihr der Mund offen stehen. Sie stürmte auf ihn zu und stellte sich auf die Zehenspitzen, um ihn zu küssen. Trotzdem rührte George keinen Finger. Er versuchte, Abstand zwischen sie zu bringen, aber es gelang ihm nicht.

Dann hielt Honor genauso plötzlich inne und sah ihm tief in die Augen. Sie konnte seine Zurückhaltung nicht länger ignorieren; sie ließ die Hände sinken und machte einen Schritt zurück, weg von ihm.

„Du verstehst das einfach nicht“, sagte er schlicht.

„Du auch nicht“, erwiderte sie heiser und legte beide Hände hinter ihren Rücken.

George sah sie einen Augenblick verständnislos an, dann wurde ihm klar, dass sie dabei war, ihr Kleid aufzuknöpfen. „*Nein*“, sagte er und versuchte, nach ihrer Hand zu greifen, „mach das nicht.“

Sie entzog sich seinem Griff, hielt jedoch den Blick direkt auf seine Augen gerichtet und schlüpfte mit einem Arm aus ihrem Ärmel.

Georges Herz klopfte wie verrückt, sein ganzer Körper war angespannt. „Verdammt noch mal, Honor, lass das sein! Ich meine es ernst – du hast ja keinen blassen Schimmer, wozu ich in der Lage bin.“

Sie streifte den anderen Ärmel von ihrem Arm ab und ließ das Kleid über ihre Hüften hinab zu Boden gleiten. Jetzt stand sie in ihrem Unterkleid vor ihm.

Georges Herz klopfte jetzt so schnell, dass er meinte, es würde gleich in seiner Brust zerspringen. Er betrachtete sie von oben bis unten, ihre Brüste, die aus ihrem Unterkleid und dem Korsett hervorlugten, den Schwung ihrer schmalen Taille, wo sie in die Hüfte überging. Er fühlte sich, als sei er sein Leben lang kurz vor dem Verhungern gewesen und stünde jetzt vor einer Tafel mit einem Festmahl.

Und dennoch bewegte er sich kein einziges Stück. Wenn er sie berühren würde, und sei es auch nur mit der Spitze eines einzelnen Fingers, würde er sofort alle Kontrolle über sich verlieren.

Als sie begriff, dass er nicht vorhatte, auf sie zuzugehen, hob Honor trotzig das Kinn. Mit einer Hand zog sie eine der Haarnadeln aus ihrer Frisur, sodass die Hälfte ihrer langen Locken über ihren Rücken fiel. „Weißt du, wie man ein Korsett schnürt?“, fragte sie, während sie die zweite Nadel aus ihren Haaren zog. Und noch eine.

George sagte kein Wort – er konnte nicht mehr sprechen. Ihr dunkles Haar verhüllte mittlerweile ihre Schultern und sie machte sich mit großer Entschlossenheit daran, ihr Korsett zu lösen, zog die Schnüre heraus und lockerte sie, bis sie sich herausschälen konnte. Sie ließ auch dieses Kleidungsstück fallen. Schließlich stand nichts mehr zwischen ihr und Georges brennender Lust als ein Unterkleid, das so dünn war, dass sich ihr ganzer Körper darunter abzeichnete. Mit den Augen verschlang George gierig jede Kurve und jede Wölbung, sein Brustkorb hob und senkte sich schwer von der Anstrengung, die es bedeutete, nicht die Hand nach ihr auszustrecken.

Honor schob einen Finger unter den Träger ihres Unterkleides.

Wie versteinert von seiner überwältigenden Lust konnte George ihr nur hilflos zusehen.

Sie schob den Träger über ihre Schulter hinab. Dann den anderen. Und langsam, wie in einem Traum, schwebte das Unterkleid auf den Boden hinab. Honor machte einen Schritt zur Seite und stand nun nackt mit vor dem Bauch verschränkten Armen vor ihm. Ihre vollkommenen Brüste wurden über ihre Arme gepresst und er konnte die zarten Locken zwischen ihren Beinen sehen.

Was für ein unerschrockenes Mädchen. Vollkommen ohne Reue. *Mutig*. Eine Frau, die ebenso nach Genuss suchte wie nach ihrem Platz in der Welt. Sie war ein Vollblutpferd, genau wie er, das weder nach links noch nach rechts schaute und sich nicht darum scherte, was die Gesellschaft von ihm dachte. Es war, als hätte eine höhere Macht sie extra für ihn erschaffen.

Er merkte, dass sie fröstelte und die Arme hob, um ihre Brüste zu bedecken.

In diesem Augenblick war es mit Georges mühsam aufrecht erhaltenem Gleichmut vorbei. „*Nein*", murmelte er und zog erst einen Arm von ihrer Brust weg, dann den anderen. „Ich möchte dich ansehen." Er sah an ihr hinunter und ging dann um sie herum, um sie von hinten anzuschauen. Mit beiden Händen griff er in ihre dunklen Locken und wickelte sich eine Strähne als Fessel um ein Handgelenk. „Was machst du nur mit mir?", fragte er hilflos.

Sie wandte den Kopf, um ihn über die Schulter hinweg anzusehen. „Ich will nicht nach Hause zurück mit dieser ganzen Sehnsucht in mir", erklärte sie und ließ ihre Hände ihren Unterleib hinabgleiten. „Ich habe solche Sehnsucht, George, nach Dingen, die ich früher nie gekannt habe. Und ich will nicht, dass mein Herz vertrocknet."

Ihm war nicht ganz klar, wie ihr Herz vertrocknen konnte, aber das war auch vollkommen gleichgültig; in George brachen alle Dämme, hinter denen er seit Jahren seine Gefühle aufgestaut hatte. Die Woge, die ihn jetzt überkam, war von einer solchen Gewalt, dass er sich orientierungslos fühlte. Er stand noch immer hinter ihr und legte nun die Arme um ihren Bauch und zog sie an sich an sich. Während er die Lippen in ihrem Haar versenkte, schloss er die Augen. „Du wirst doch deine Jungfräulichkeit nicht einfach so wegwerfen“, flüsterte er heiser, obwohl jede Faser seines Körpers ihn zum Schweigen bringen wollte.

„Wegwerfen? Aber ich will sie dir schenken, George, und mir ist vollkommen gleichgültig, was danach passiert.“

Das Blut rauschte ihm in den Ohren. Er atmete tief ein, um sich ein wenig zu beruhigen. Er küsste ihren Hals. „Bist du dir sicher?“, fragte er. „Du solltest dir sehr sicher sein und, um Himmels willen, sag es mir jetzt, ob du sicher bist, ehe es für uns beide zu spät ist.“

Sie drehte sich um, ohne sich aus seinen Armen zu lösen. „Ich bin ganz sicher“, sagte sie und küsste ihn.

Alle Bollwerke in Georges Innerem brachen augenblicklich zusammen. Er stand in Flammen an den Stellen, wo sie ihn berührte, der warme Duft ihrer Haut brannte in ihm. Er fuhr mit einer Hand ihren Rippenbogen hinauf bis zu einer Brust, wog sie in seiner Hand, die kleine feste Spitze nahm er dabei zwischen seine Finger. Er nagte an ihrem Ohrläppchen und drückte seine Lippen gegen ihre Schläfe, während er sich mit den Knöpfen seines Hemds abmühte. Als er den Mund an ihren Hals presste, durchfuhr ihn ein schmerzhaft schöner Schauer.

George nahm Honor in die Arme und drehte sie zum Bett hinüber, wobei er ein Tischchen umstieß, das in seinem Weg stand. Sie stieß einen kleinen Schreckensschrei aus, den er mit seinem Mund und seiner Zunge erstickte. Mit der freien Hand zerrte er an seinem Hemd, bis sein Oberkörper endlich nackt war.

Honor schnappte vor Überraschung oder Erschrecken nach Luft. Das wusste er nicht genau, es war ihm aber auch gleichgültig – mit jeder Faser seines Körpers wollte er sie. Er blickte auf sie hinab und wartete darauf, dass sie ihn darum bitten würde aufzuhören. Doch Honor ließ ihren Blick über seine Brust schweifen, ihre Finger folgten ihren Blicken und er ertrug es kaum noch, dass sie ihn berührte. Schließlich erreichten ihre Hände seinen Hosenbund. Sie sah fragend zu ihm auf, als sie anfing, seine Hose aufzuknöpfen.

Er hielt ihre Hand fest und presste sie an sein wie wild klopfendes Herz. Er wollte, dass sie fühlte, wie stark die Gefühle waren, die er verspürte. Er hatte sich in seinem ganzen Leben noch nie so gefühlt wie in diesem Augenblick. Das hier war kein Vergnügen für einen Nachmittag, an das er sich bestenfalls am selben Abend noch erinnern würde. Sie hatte ihn am Haken und sein Herz schlug wilde Kapriolen.

Sie sah ihre Hand an, die auf seiner Brust lag, und richtete sich dann auf, um ihn sanft zu küssen, dabei strich sie ihm mit zarten Fingern durchs Haar.

Er nahm sie wieder in die Arme und setzte sie auf das Bett. Süße, schmerzliche Lust baute sich in ihm auf, erfüllte seinen Unterleib und pulsierte in ihm, als er sich ihr näherte. Sie schob eine Hand in seine Hose und schloss die Finger um ihn, drückte sanft zu, um die volle Leidenschaft eines Mannes in ihrer Hand spüren zu können. Die Lust war kaum mehr zu ertragen und George musste sich zurückhalten, um sie nicht sofort zu nehmen, sich nicht rücksichtslos in ihre weiche, warme Weiblichkeit zu versenken.

Als er ihre sanften Berührungen nicht mehr länger aushalten konnte, schob er seine Finger tief in ihre heiße, feuchte Tiefe. Ein Schauer überlief ihn, als er versuchte, die Lust zu kontrollieren, die ihn zu überwältigen drohte. Er schob seine Zunge in ihren Mund und ließ seine Finger ihr Innerstes erforschen. Er glitt hinein und wieder heraus, während sie mit der Hand seine Härte hinauf und hinab strich. „Mein Gott, wie schön du bist“, murmelte er mit dem Mund auf ihrer Haut.

Sie schien ihn nicht einmal zu hören; sie hatte die Augen geschlossen und erkundete mit Händen und Mund seinen Körper.

Ruckartig setzte George sich auf und drehte sie auf den Bauch, er küsste sie in einer geraden Linie das Rückgrat hinunter bis zu ihren Hüften und biss sie zärtlich, während er seine Hand zwischen ihre Beine gleiten ließ. Aber Honor reichte es offenbar nicht, auf dem Bauch vor ihm zu liegen, denn sie drehte sich wieder um, kniete sich vor ihn und sah ihn intensiv an. Kleine dunkle Locken rahmten ihr Gesicht ein und lange Strähnen hingen ihr über den Rücken und die Schultern.

Sie atmete schwer, ihre Lippen waren vom Küssen geschwollen. „Zieh sie aus“, befahl sie ihm und streckte die Hand nach seiner Hose aus, um sie ihm über die Hüften zu streifen.

Er tat, was sie verlangte, und erhob sich, um das Kleidungsstück loszuwerden.

Sie ließ ihn nicht aus den Augen – kein Wunder, sie hatte ja noch nie einen nackten Mann gesehen, wahrscheinlich erst recht keinen, der vor Lust fast platzte. George kniete sich mit einem Bein aufs Bett und umfasste sich selbst mit der Hand. Er fragte sich, ob dieser Anblick sie wohl einschüchterte.

Aber Honor Cabot war nicht so leicht zu beeindrucken; sie war eine furchtlose, risikofreudige Frau, die sich nun vorbeugte und ihn mit den Lippen umschloss. George atmete durch die Zähne ein; er wollte sich ihr entziehen, aber sie hielt ihn am Bein fest und erkundete seine Männlichkeit mit der Zunge, ließ sie kreisen und kostete den Tropfen, der sich gebildet hatte.

Er musste dem Drang widerstehen, tiefer hineinzustoßen, so gut fühlte sich diese Berührung an. Als Honor dazu ansetzte, ihn tiefer in sich aufzunehmen, zog George sie hoch, drückte sie auf den Rücken und legte sich zwischen ihre Schenkel.

Mit seinem Mund suchte er ihre Lippen, während er nur mit der Spitze seiner Männlichkeit in sie eintauchte. Seine Lust war jetzt fast unerträglich. Mit den letzten Fetzen seiner zerrissenen Selbstbeherrschung hielt er sich davon ab, sich jetzt schon vollkommen in ihr zu verlieren. Jede Berührung, jeder Kuss war quälender als der letzte und seine Willenskraft schwand zusehends.

Er senkte den Kopf zwischen ihre Brüste und nahm eine der rosigen Spitzen in den Mund. Er neckte sie mit Zähnen und Zunge, während er sich langsam tiefer in sie senkte. Er gab ihrem Körper Zeit, sich ihm zu öffnen, und spreizte ihre Beine ein bisschen weiter.

Sie kämmte ihm mit den Fingern durchs Haar und sah ihm in die Augen. George hielt still, denn er hatte sein Herz an diese Augen verloren. Ihr Blick war pure Verführung, sie hatte ihn derart in ihren Bann geschlagen, dass George alles für diese Frau getan hätte. *Alles*. Berge bezwingen, Drachen töten, sogar tanzen … Wonach auch immer ihr der Sinn stand. Noch nie hatte er ein so dringendes Bedürfnis verspürt, einer Frau zu gefallen, noch nie hatte er sich mit einer solchen Intensität nach einer Frau gesehnt. Er wollte nichts mehr als sie so vollkommen zu befriedigen und zu erfüllen, dass kein anderer Mann es je wieder mit ihm aufnehmen konnte.

Honor richtete den Blick auf seinen Mund und sie schob ihm einen Finger zwischen die Lippen.

George konnte sich nicht länger zurückhalten. Er küsste ihre Finger, ihre Handfläche und drang endlich in ihre geheimsten Tiefen vor. Er fühlte, wie er noch größer und härter wurde, bis er sie schließlich vollkommen ausfüllte. Langsam und rhythmisch begann er sich zu bewegen und genoss, wie ihr Körper sich um seinen spannte und ihn weiter in die Tiefe zu locken schien.

„George", flüsterte sie und schob eine Hand zwischen ihre Körper, um ihn verlangend zu umfassen.

Ein animalischer Laut entfuhr ihm, als er ein letztes Mal tief in sie eindrang.

Sie stieß einen kleinen Schrei aus und presste die Stirn an seine Schulter.

Ihr erstickter Schrei erschreckte ihn. Oh Gott, was hatte er nur getan? Er war ein Lüstling, ein Schurke, der seine körperliche Begierde nicht kontrollieren konnte. Er hatte soeben eine Frau ins Verderben gestürzt, die er bewunderte und sogar …

Honor rückte ein Stück zur Seite und sie strich mit dem Fuß seinen Rücken hinauf und wieder herunter, drängte sich eng an ihn. Dann schlang sie ein Bein um seine Hüfte und biss ihn sanft in die Schulter.

… sogar liebte. *Liebte!* Oh Gott, er liebte sie, hilflos, rückhaltlos. Sie robbte noch ein Stück weiter und presste sich enger an ihn, als wolle sie ihn zwingen, diese außergewöhnliche Reise fortzusetzen. George schob ihr eine Hand unter das Kinn, er wollte ihr in die Augen sehen, während er erneut in sie hineinstieß. Er fühlte, wie sie ihn willkommen hieß, fühlte den verführerischen uralten Rhythmus der Natur. Er atmete schwer und unregelmäßig, als er anfing, sich wieder in ihr zu bewegen.

Sie kam ihm entgegen, klammerte sich an ihn, kratzte mit den Fingern über seinen Rücken, krallte sich in die Haut seiner Hüften. Er ließ eine Hand zu der zarten Knospe ihrer Lust gleiten und reizte sie sanft und verlockend.

Atemlos bog sie sich seiner Hand und seinem Schaft entgegen. Als er innehielt, grub sie die Finger drängend in seinen Hintern und umklammerte ihn mit den Beinen.

Georges Lust erreichte neue Höhen; er stieß tief in sie hinein, wollte, dass sie die Gewalt der Gefühle spürte, die sich in ihm aufgestaut hatten. Plötzlich schrie Honor auf und warf den Kopf zurück. Ihr zerzaustes Haar bedeckte ihr Gesicht, während ihr Körper vor Lust bebte. Hilflos wand sie sich unter ihm und versuchte gleichzeitig, sich so eng wie möglich an ihn zu pressen.

Mit einem tiefen, kehligen Schrei stieß er noch einmal tief in sie, warf den Kopf zurück und seine Ekstase brach sich Bahn.

Vollkommen erschöpft sank er neben ihr aufs Bett, hielt sie weiter umschlungen und versuchte, aus den Tiefen der Euphorie wieder an die Oberfläche zu gelangen. Erst als sie mit einem Finger sanft seinen Rücken entlangstrich, hob er den Kopf und sah auf sie hinab.

Honor war erhitzt und sie war in diesem Moment schöner als jedes Kunstwerk, das George je erblickt hatte. Sie öffnete die Augen und schenkte ihm eines dieser strahlenden Lächeln, das sie so unwiderstehlich machte. Sanft strich sie ihm über das Kinn und durch die Haare, dann hob sie den Oberkörper an, um ihn zu küssen. Mit der Zunge und ihren feuchten Lippen neckte sie ihn.

„Geht es dir gut?“, fragte er.

Sie lächelte und nickte. „Jetzt bin ich endlich ganz“, sagte sie schlicht.

Er nahm sie in die Arme, erstaunt über die Tiefe seiner Zuneigung. Das musste Liebe sein, fürchtete er. Wahre und echte, reine Liebe.

Gott, musste das sein?

Das war wirklich das Letzte, was er jetzt gebrauchen konnte.

23. Kapitel

Honor war mit sich im Reinen und kam sich unbesiegbar vor, so als sei sie gerade über einen tiefen Abgrund gesprungen. Sie fühlte sich körperlich stark und frisch. Zwar war sie ein wenig wund, aber das kümmerte sie nicht wirklich – das Gefühl war eher belebend. Und ihr Herz … Du lieber Gott, ihr Herz war voller Bewunderung.

Sie lag auf der Seite und hatte den Kopf auf die Hand gestützt, mit einem Finger der anderen Hand zeichnete sie eine Linie an Georges Brustkorb entlang, während er schlief. *Sie liebte diesen Mann*, sie liebte ihn von ganzem Herzen. Sie liebte, wie er aussah, während er schlief, sein Gesicht ganz entspannt. Sie liebte, dass er die Hand selbst im Schlaf nach ihr ausstreckte und sie jedes Mal fand. Sie liebte sein Lächeln und wie er sie angesehen hatte, als er in sie eingedrungen war …

Die kleine Uhr auf dem Kaminsims schlug. Honor kniff die Augen zusammen und versuchte im Halbdunkel das Zifferblatt zu erkennen. Es war bereits vier Uhr morgens. In nicht einmal einer Stunde würde Hannah in ihr Zimmer kommen, um sie zu wecken und mit den Vorbereitungen für ihre Abreise zu beginnen. Sie musste den Ort dieses Wunders jetzt verlassen, das Bett, in dem sie den wahren Weg ihres Herzens gefunden hatte.

Sie beugte sich vor und berührte mit den Lippen Georges Brust. Als er sich regte, glitt Honor aus dem Bett, um nach ihren Kleidern zu suchen.

„Wo bist du?“, fragte er mit belegter Stimme.

„Hier drüben“, antwortete sie leise und zog sich dann das Unterkleid über den Kopf.

Er stützte sich auf einen Ellenbogen und blinzelte schlaftrunken. Schweigend sah er ihr beim Anziehen zu, schließlich drehte Honor ihm den Rücken zu, damit er ihr beim Anlegen ihres Korsetts helfen konnte.

George setzte sich auf und schnürte geschickt das Korsett wieder zu. Honor kam nicht umhin, sich zu fragen, wie oft er das wohl schon getan hatte, ehe er eine Frau fortschickte, nachdem er mit ihr im Bett gewesen war. Dieser Gedanke riss sie aus ihrer Trance; sie zog sich zu Ende an und drehte sich zu ihm um, während sie ohne große Sorgfalt ihr Haar flocht.

George saß auf der Bettkante, noch immer splitternackt, und ließ sie nicht aus den Augen. „George? Ich …"

„Nein", sagte er rasch und hob abwehrend eine Hand. „Sag jetzt nichts, Honor. Erspare uns beiden Worte oder Versprechungen, die keiner von uns einhalten oder auch nur jemals wieder vergessen kann."

Honor blinzelte. „Aber ich …"

Er stand auf, nahm sie in die Arme und küsste sie. „Sag einfach gar nichts, Liebes. Es gibt nichts, das einer von uns sagen könnte, um irgendetwas an den Tatsachen zu ändern, oder nicht? Bewahre diese Nacht in deinem Herzen, aber bei allem, was mir heilig ist, bitte rede jetzt nicht darüber."

Sie verstand ihn gut … Zumindest glaubte sie das. Worte der Liebe, wenn man diese Liebe nicht leben durfte, waren einfach zu schwer zu ertragen. Aber es gab noch so vieles, was sie ihm sagen musste, so viel, was er unbedingt wissen sollte! Sie wollte, dass er wusste, dass er der beste Mann war, den sie je getroffen hatte. Sie wollte ihm sagen, dass ihm seine bescheidene Herkunft vollkommen egal war.

Aber George drehte sie um und schloss die letzten Knöpfe ihres Kleides, ehe sie etwas sagen konnte. Er beugte sich vor und küsste sie auf den Hals. „Ich werde diesen Abend mein ganzes Leben lang nicht vergessen und werde die Erinnerung immer in Ehren halten", murmelte er. „Jetzt geh, ehe uns noch jemand entdeckt."

Honor stolperte vorwärts. Sie wusste nicht, was sie dagegen hätte sagen können, oder auch nur, ob sie es wollte. Sie wusste nur, dass ihr Herz ganz und gar von ihm erfüllt war.

Sie musste in Ruhe nachdenken. Genau, das musste sie – sie würde nach London zurückfahren, ihre Mutter in Sicherheit bringen und über die Möglichkeiten nachdenken, die sie hatte. *Es muss doch einen Weg zu ihm geben.*

Honor drehte sich nicht um, als sie aus seinem Zimmer schlüpfte, denn sie fürchtete sich zu sehr davor, seinen Gesichtsausdruck zu sehen. Fürchtete, dass ihre Lust dann wieder aufkeimen würde und dass sie dann alles das aussprechen würde, was er auf keinen Fall hören wollte.

Später stellte sich heraus, dass sie genau im richtigen Augenblick gegangen war. Es war noch einiges vorzubereiten und nur wenige Stunden darauf gelang es Grace und Honor nur mit großer Mühe, ihre Mutter dazu zu bewegen, in die Kutsche einzusteigen. Lady Beckington hielt überhaupt nichts davon, Longmeadow zu verlassen, das sie in ihrem verwirrten Geisteszustand in Halston Hall umbenannt hatte. Dort hatte sie als Kind den Sommer verbracht, war aber seit über zwanzig Jahren nicht mehr dort gewesen. Sie widersetzte sich so gut sie konnte ihren beiden älteren Töchtern, während die beiden jüngeren entsetzt zusahen.

Diese Auseinandersetzung hatte sie alle erschöpft und sie freuten sich ganz und gar nicht auf die lange, strapaziöse Fahrt nach London.

Während der Reise verwirrten sich Honors Gedanken über George. Die helle Freude über ihre Verliebtheit und die Entdeckung der Freuden zwischen Mann und Frau war unter einer dunklen Wolke vor Sorge um ihre Mutter erstickt worden. Grace und sie schlugen eine Schlacht, die immer aussichtsloser wurde, das war ihr durchaus bewusst.

Ihr Herz war so schwer, dass es schmerzte.

Es gab so vieles, was sie George gestern Abend hätte sagen wollen, so viele Worte der Bewunderung und Wertschätzung. Doch jetzt, ohne ihn, war sie froh, dass sie nichts davon ausgesprochen hatte. Sie musste wieder daran denken, was er gesagt hatte und in welchem Ton. *Sag kein Wort. Geh jetzt.* Sagte er das zu allen Frauen, mit denen er im Bett war? Oder gab es zwischen ihnen wirklich etwas Tieferes, dem er nicht in die Augen sehen wollte?

Und spielte das überhaupt eine Rolle? George hatte recht – sie konnten nicht zusammen sein, egal, ob sie ihn liebte oder nicht. Honor hatte immer gedacht, es wäre ihr egal, was die Gesellschaft von ihr hielt, aber sie musste feststellen, dass das nicht stimmte. Der Zauber der letzten Nacht war abgeklungen und sie fing an, sich vor dem zu fürchten, was sie für George empfand.

Sie wusste genau, welches Opfer es bedeutet hätte, mit ihm zusammen zu sein, und doch war das, was sie gerade fühlte, vielleicht das Greifbarste, was sie je in ihrem Leben empfunden hatte. Es war Wirklichkeit und es drohte sie zu überwältigen. Es war absolut unwiderstehlich.

Honor liebte George Easton. Sie betete ihn geradezu an, auch wenn es verrückt war. Aber wäre sie wirklich bereit, alles für ihn aufzugeben? Wollte er überhaupt genauso verzweifelt mit ihr zusammen sein wie sie mit ihm? Und hatte sie nicht dringendere Probleme zu lösen, als sich nach einem Gentleman zu verzehren?

Zum Glück verliefen die ersten beiden Tage in London überraschend friedlich. Honors Mutter hatte sich sichtlich beruhigt und in der vertrauten Umgebung erschien sie ihr auch wesentlich klarer im Kopf zu sein. Allerdings fürchtete Honor sich davor, was passieren würde, wenn Augustus mit dem Earl zusammen nach London zurückkehrte. Bis dahin gab es jedoch nur einen einzigen Zwischenfall, bei dem Honor aber nicht dabei war. Jericho hatte ihr berichtet, dass Lady Beckington ihn für einen Schotten gehalten und ihm damit gedroht habe, dass man ihn hängen würde, weil er den Earl bestohlen hätte.

Am dritten Tag nach ihrer Rückkehr kamen zu Honors großer Erleichterung auch Augustus und der Earl nach Hause. Drei Lakaien trugen den geschwächten Earl hinauf in seine Gemächer und sein durchdringender Husten nahm wieder seinen Platz im häuslichen Alltag ein. Lady Beckington, die gerade die Spitze vom Ärmel eines weiteren Kleides abgezupft hatte, ging zu ihm.

An diesem wolkenreichen Nachmittag fand Honor Grace an einem Fenster stehend, wie sie grüblerisch ins Leere starrte.

„Ist alles in Ordnung?“, fragte Honor.

Grace wickelte eine Haarsträhne um ihren Zeigefinger, so wie sie es getan hatte, als sie beide noch kleine Mädchen gewesen waren. „Ich bin wütend auf dich, wenn du mich so direkt fragst. Ich habe Jericho gesagt, dass er Mama Laudanum geben soll, aber du hast ihm gesagt, er solle es nicht tun.“

„Natürlich nicht“, entgegnete Honor geradeheraus. „Ich kann gar nicht glauben, dass du das ernst meinst. Wir hatten uns doch in Longmeadow darauf geeinigt, dass es keine gute Idee ist.“

„Wir haben uns überhaupt nicht geeinigt, Honor. Du hast das für dich entschieden. Findest du es etwa gut, wenn Mama weiterhin herumläuft und vor sich hin brabbelt und ein Kleid nach dem anderen in seine Einzelteile zerlegt?"

„Wenn es sein muss", entgegnete Honor gepresst.

Grace ließ ihre Haarsträhne fallen und drehte sich mit einem Ruck um. „Du bist einfach unmöglich! Wir wären alle nicht in dieser Situation, wenn du irgendwann einmal jemandem erlaubt hättest, dir den Hof zu machen, und einen Heiratsantrag angenommen hättest! Aber nein, du hast es vorgezogen, Rowley hinterherzuweinen."

„Ich höre wohl nicht richtig? Jetzt ist es meine Schuld, dass unsere Mutter verrückt geworden ist?", rief Honor empört.

„Das habe ich nicht gesagt!", erwiderte Grace wütend. „Aber wenn du zur Abwechslung mal an jemand anderen als an dich selbst denken würdest, wäre uns unsere missliche Lage vielleicht erspart geblieben."

Honor starrte ihre Schwester sprachlos an, jedes einzelne ihrer Worte fügte ihrem Herzen einen schmerzhaften Stich zu. Es war schon schlimm genug, dass Honor selber so dachte, aber zu hören, wie ausgerechnet Grace es ihr vorwarf ... „Und was ist eigentlich mit dir?", konterte sie scharf.

„Du weißt genauso gut wie ich, dass Mama mir nie erlauben würde, vor dir zu heiraten", entgegnete Grace voller Zorn. „Und jetzt ist es zu spät! Wir haben die Zeit verschwendet, anstatt eine gute Partie zu machen, und jetzt stehen wir vor einer ungewissen Zukunft mit einer Mutter, für die keine von uns richtig sorgen kann und die niemand – *niemand* haben will!"

Honor kam sich ohnehin sehr dumm vor, weil sie hatte annehmen können, dass ihr alberner Plan aufgehen würde. Das Einzige, was dabei herausgekommen war, war, dass sie jetzt in einen Mann verliebt war, mit dem sie sich keinesfalls verloben konnte. „Und was hätte ich deiner Meinung nach tun sollen, Grace?", fragte sie. „Du warst wirklich keine große Hilfe."

Plötzlich ließ Grace die Schultern sinken. „Ich weiß", sagte sie. „Ich habe überhaupt nichts getan. Aber Honor, es bleibt dabei: Eine von uns muss heiraten, und zwar so schnell wie irgend möglich!"

Wie sollte sie an eine Hochzeit denken, wenn sie George Easton liebte? Allein das Wort reichte aus, damit sich ihr Magen schmerzhaft zusammenzog. „Also gut. Und was schlägst du vor, wen ich heiraten soll?“, fragte sie resigniert.

„Du doch nicht. Ich.“ Ehe Honor auch nur mit den Augen rollen konnte, fuhr Grace fort: „Wenn du eine bessere Idee hast, dann sag es jetzt, denn ich bin auf dem Weg nach Bath ...“

„Nach Bath!“

„Ja, Bath! Amherst wohnt in Bath.“

„*Amherst!*“, rief Honor. „Es gibt in ganz England keinen schlimmeren Schwerenöter. Das weiß doch jeder! Du lieber Gott, Grace, sei doch nicht genauso dumm wie ich! Das klappt niemals!“

„Zumindest ist er kein Bastard und er hat einen Titel“, erwiderte Grace wütend.

Honor schwieg. Diese Bemerkung kränkte sie sehr und sie presste eine Faust fest in ihren Magen, der in Aufruhr war. „Das ist albern“, sagte sie und wollte gerade zu einer Gegenrede ansetzen, als die Tür aufschwang und Mercy in den Salon gestürmt kam. Schluchzend warf sie sich mit dem Gesicht nach unten auf das Sofa.

„Mercy!“, rief Grace und hockte sich neben sie, um die Hand auf den schmalen Rücken ihrer Schwester zu legen, der von Schluchzern geschüttelt wurde. „Gütiger Gott, was ist denn los, was ist passiert?“

„Augustus!“, japste Mercy und schnappte zwischen zwei Schluchzern nach Luft. „Er hat mich angebrüllt! Er hat gesagt, ich soll nie wieder von Grabräubern anfangen, und dann hat er mich aus dem Zimmer geschickt!“ Sie setzte sich auf und nahm die Brille ab, um sich die Tränen abzuwischen. „Die Geschichte war nicht einmal sehr gruselig, ich schwöre es euch!“

Honors Stimmung schlug angesichts von Mercys Tränen von Hilflosigkeit in Wut um. „Ich werde mit ihm reden“, sagte sie nur und streckte die Hand aus, um ihrer Schwester über das Haar zu streichen, ehe sie aus dem Zimmer stürmte. Die Hände hatte sie dabei zu Fäusten geballt.

Ihre Hausschuhe machten so gut wie kein Geräusch auf der Treppe, als sie hinunterlief. In der Eingangshalle angekommen, hörte sie, dass aus einem der Flure Stimmen drangen, und machte sich entschlossen in diese Richtung auf. Als sie sich dem großen Salon näherte, hörte sie Augustus und Monica lachen. Aber es waren auch noch weitere Stimmen zu hören.

Als sie zur Tür kam, sah sie, dass Monica und ihre Mutter nebeneinander auf dem Sofa saßen, während Augustus und Mr Cleburne neben ihnen standen. Mr Cleburn richtete sich sofort auf, als er sie hereinkommen sah. Sein Lächeln wirkte ein wenig nervös.

„Honor!“, sagte Augustus, als er sie bemerkte. „Ich wollte gerade Hardy nach dir schicken.“

„Ich bitte vielmals um Verzeihung, ich wollte nicht stören. Guten Tag“, sagte sie an alle im Raum gerichtet. „Mylord, könnte ich vielleicht kurz unter vier Augen mit Ihnen sprechen?“

Es entging Honor nicht, dass Augustus einen Blick mit Monica wechselte, ehe er sagte: „Ja, natürlich, meine Liebe. Ich möchte auch gern mit dir sprechen. Wenn Sie uns entschuldigen wollen?“, wandte er sich an seine Gäste.

„Aber natürlich!“, flötete Monica. „Lass dir Zeit.“

Augustus kam auf sie zu, nahm Honor am Arm und drehte sie um ihre eigene Achse, dann führte er sie zur Tür hinaus und den Korridor hinab ins Arbeitszimmer des Butlers. Er schob Honor schnell hinein und schloss die Tür hinter sich.

„Was sollen wir denn in Mr Hardys Zimmer?“, fragte Honor, dabei war ihr mehr als mulmig zumute. „Du hast Besuch und ich will deine Zeit wirklich nicht lange beanspruchen …“

„Aber darum geht es ja gerade, meine Liebe“, unterbrach Augustus sie. „Meine Gäste – oder zumindest einer davon – sind deinetwegen hier.“

Das vage Unbehagen, das sie zuvor verspürt hatte, wurde größer: Es schien in ihrer Brust Flügel zu bekommen und sie auszubreiten.

„Mrs Hargrove und Monica waren so gut, Mr Cleburne den ganzen Weg von Longmeadow nach Beckington House mitzunehmen. Er wird für zwei Wochen bleiben.“ Augustus lächelte erwartungsvoll, doch er trommelte mit den Fingern unruhig auf Mr Hardys Schreibtisch herum.

„Und was hat das mit mir zu tun?“

Augustus hob eine Hand, um seine Krawatte zurechtzurücken, und räusperte sich. „Mr Cleburne ist der dritte Sohn von Lord

Sandersgate. Du kennst doch Sandersgate, oder nicht? Großer Mann, kurze rote Haare? Er hat sechs Söhne großgezogen. Kannst du dir das vorstellen? Sechs! Es muss sehr schwierig sein, dafür zu sorgen, dass sie alle ein angemessenes Auskommen haben!" Der Ton, in dem er es sagte, ließ es wie ein unmögliches Unterfangen erscheinen.

„Das ist nicht wenig", stimmte Honor zu. „Aber ich weiß trotzdem nicht ..."

„Wie dem auch sei, Mr Richard Cleburne, sein dritter Sohn, ist in London, um mit dem Erzbischof theologische Fragen zu studieren. Stell dir das doch einmal vor, Honor, ein Vikar in unseren Diensten mit persönlichen Verbindungen zum Erzbischof."

Sie warf einen Seitenblick zur Tür. Ihr Unbehagen schlug jetzt mit den Flügeln wie ein Vogel im Käfig und kreischte laut, damit man es befreite. Wenn sie sich nur an Augustus vorbeischieben könnte, ehe er die schrecklichen Worte aussprach, die jetzt kommen mussten.

„Was ich damit sagen will, ist, dass Mr Cleburne ein guter Mann ist, ein gebildeter Mensch mit einem untadeligen Ruf und einem respektablen Beruf."

Die Worte klangen, als hätte er sie auswendig gelernt. Honor schnürte es die Kehle zu.

„Du sagst ja gar nichts", bemerkte Augustus.

Honor schüttelte den Kopf, sie wagte nicht zu sprechen.

Augustus runzelte sorgenvoll die Stirn und fing an, im Kreis zu gehen, in einem sehr kleinen Kreis, weil das Arbeitszimmer so eng war. „Ich glaube, es hat keinen Sinn, die Augen vor der Wahrheit zu verschließen, Liebes, meinst du nicht auch? Mein Vater wird nicht mehr lange auf dieser Welt sein. Wenn Gott will, ist er vielleicht noch dabei, wenn ich heirate und eine Familie gründe, aber so, wie sein Zustand sich in den letzten Tagen verschlechtert hat, habe ich nicht viel Hoffnung."

„Oh, Augustus, du ..."

„Das bedeutet", beeilte er sich fortzufahren, „dass es in meiner Hand liegt, dich und deine Schwestern gut zu verheiraten." Er lächelte. Ganz offensichtlich war er stolz auf sich, weil er sich richtig ausgedrückt hatte. „Oh, und natürlich auch, für deine Frau Mutter zu sorgen."

„Augustus, was soll das alles heißen?“, fragte Honor und änderte ihren Tonfall dabei. „Willst du uns etwa aus dem Haus werfen?“

„Was?“ Augustus wirkte entsetzt. *„Nein!* Nein, nein, nein, natürlich nicht.“ Erschrocken griff er nach ihrer Hand, die er fest umklammerte. „Wie könnte ich euch aus dem Haus werfen? Du bist meine Schwester, Honor, in meinem Herzen genauso wie dem Namen nach. Aber verstehst du denn nicht? Ich werde meinen eigenen Haushalt mit meiner Ehefrau gründen und man kann einfach nicht mit sechs Erwachsenen unter einem Dach leben. Denk doch nur an die unterschiedlichen Auffassungen und ... und Verpflichtungen.“

Honors Herz saß nicht länger in ihrem Hals fest, es fiel ins Bodenlose. „Sag es nicht, ich flehe dich an“, antwortete sie. „Sage nicht, dass du uns loswerden willst.“

„Das würde ich nie tun!“, gab er zurück und bemühte sich dabei um einen beruhigenden Tonfall. „Aber du musst doch verstehen, in welcher Lage ich mich befinde.“

„Und du musst doch verstehen, dass wir nirgendwo hinkönnen, Augustus. Wir sind vollkommen vom Earl abhängig, wie schon seit vielen, vielen Jahren. Das weißt du doch genau.“

„Ja, das weiß ich“, sagte er und verzog mitleidig das Gesicht, dabei drückte er ihre Hand. „Deswegen möchten wir – das heißt ich – ja auch, dass Grace und du euch so bald wie möglich gut verheiratet. Das ist für alle die beste Lösung, glaube ich. Du musst schon zugeben, dass du genügend Zeit hattest, die Sache in deinem Sinne zu regeln, und jetzt ist es so weit. Es würde wirklich all unsere Probleme lösen, oder nicht? Und wenn ich ganz ehrlich sein soll, dann ist Mr Cleburne wahrscheinlich die beste Partie, die du machen kannst.“

Sie entriss ihm ihre Hand. „Nein!“

Augustus' mitleidiges Lächeln verschwand. Sein Gesicht wurde so hart und ernst, wie sie es noch nie gesehen hatte. „Du bekommst mit Cleburne genau den Mann, den du brauchst, und er wird dir in Longmeadow ein bequemes Leben ermöglichen. Wenn du in Longmeadow wohnst, können wir uns auch oft sehen.“

Das konnte doch unmöglich sein Ernst sein. „Ein *Vikar*, Augustus? Das ist deiner Ansicht nach das Beste, was ich zu erwarten habe? Kannst du nicht wenigstens das Ende der Saison abwarten?", fragte sie, nur um irgendetwas in der Hand zu haben, um sich Zeit zum Nachdenken zu verschaffen.

„Aber … aber dein Vater war doch Bischof", wandte Augustus ein, den ihre Ablehnung sichtlich erstaunte. „Und auch wenn Mr Cleburne nur ein Vikar ist, ist er doch ein wohlhabender Mann."

„Sein Geld ist mir vollkommen egal", sagte Honor. „Nicht egal ist mir, dass ich ihn kaum kenne und dass er noch dazu ein Vikar in Longmeadow ist, dessen soziale Beziehungen aus Witwen und Waisen bestehen. Was soll ich wohl den lieben langen Tag machen? Handarbeiten und lange Spaziergänge?"

„Hast du plötzlich irgendetwas gegen Longmeadow? Es hat dir in all den Jahren doch immer gut dort gefallen."

„Ich habe Longmeadow sehr gerne. Aber ich will nicht mein ganzes Leben auf dem Land verbringen, genauso wenig wie du."

„Ich an deiner Stelle wäre dankbar, wenn ich mein Leben in Longmeadow verbringen dürfte und nicht in einem bescheideneren Haus in einer bescheideneren Gegend von England", sagte Augustus in scharfem Ton. „Und auf dem Land wäre auch Lady Beckington sehr gut aufgehoben, meinst du nicht? Weg von der Gesellschaft, die du so sehr schätzt? Hast du darüber schon einmal nachgedacht?"

Honor war schockiert.

„Und um mich ganz klar auszudrücken, Honor: Früher oder später bin ich der Earl of Beckington und du bist dann mein Mündel. Ich möchte … nein, ich verlange, ja, ich verlange, dass du endlich heiratest. Wenn du selber keinen Kandidaten benennen kannst, dann rate ich dir sehr, eine gemeinsame Basis mit Mr Cleburne zu finden, damit diese Ehe geschlossen werden kann. Habe ich mich deutlich genug ausgedrückt?"

„Ich kann einfach nicht glauben, dass das dein Ernst ist!", protestierte sie.

„Nun ja …" Er presste die Lippen kurz aufeinander. „Gewöhne dich daran."

Vor Honors Augen drehte sich alles. Das Bild des ängstlichen, hoffnungsvollen Vikars im Salon wechselte in verwirrender Folge mit dem von George Easton. „Du könntest wenigstens warten, bis der Gentleman einen Antrag gemacht hat, ehe du solche Forderungen stellst."

„Er hat allerdings einen sehr guten Eindruck von dir. Das hat er zu Miss Hargrove gesagt."

„Ich bezweifle keinesfalls, dass die beiden über mich gesprochen haben, aber ich versichere dir, dass dabei die Initiative von Monica ausgegangen ist", entgegnete Honor wütend. „Dein Vater hat mir nie einen Heiratskandidaten aufgezwungen. Noch bist du nicht der Earl und dennoch stehst du hier vor mir und willst mich zum Heiraten zwingen. Das sieht dir überhaupt nicht ähnlich, Augustus! Ich muss doch annehmen, dass Monica dich zu dieser Sache gedrängt hat. Ist das deine Vorstellung von einer guten Ehe? Eine, in der deine Frau deine Entscheidungen für dich trifft?"

Augustus' Miene verfinsterte sich. „Monica und ich stehen auf dem gleichen Standpunkt. Sie hat mich zu überhaupt nichts gedrängt. Sie hat mir lediglich von Cleburnes Interesse an dir erzählt und wir waren uns einig, dass dies eine großartige Gelegenheit für dich ist, Honor! Ich würde dir raten, mich nicht weiter zu verärgern", fügte er abrupt hinzu und öffnete mit einem Ruck die Tür. „Jetzt weißt du, wie ich über die Sache denke. Ich erwarte von dir, dass du meinen Vorstellungen folgst. Ich habe bereits einen Ausritt im Hyde Park für uns vier arrangiert, am Donnerstag. Also komm jetzt, sei ein braves Mädchen und trink Tee mit uns."

Honor starrte ihn wütend an und dachte fieberhaft darüber nach, was sie tun sollte. Sie war zu klug, um einen Mann, egal welchen, in die Ecke zu treiben. Sie musste die Sache strategisch angehen. Mit Gebrüll und Beschwerden würde sie ihre Zukunft nicht retten. Ihr Leben nicht retten. Und außerdem konnte sie überhaupt gar nicht nachdenken mit so vielen verwirrenden Gedanken, die ihr gleichzeitig durch den Kopf schossen. Also ballte sie in hilfloser Wut die Fäuste und verließ das Arbeitszimmer. Sie ging Augustus voran in den Salon zurück, ein falsches strahlendes Lächeln auf dem Gesicht.

24. Kapitel

Seit einigen Tagen schon war George voller Verzweiflung, doch sein Besuch bei Mr Sweeney verschlimmerte diese noch. So verloren hatte er sich seit einer Ewigkeit nicht mehr gefühlt.

Sweeney hatte dem Hafen einen weiteren Besuch abgestattet, um herauszufinden, ob es Nachricht von der „Maypearl" gab. „Niemand hat sie gesehen", sagte er entschuldigend.

„Und was hat das zu bedeuten?", wollte George wissen. Eigentlich stellte er nicht Sweeney diese Frage, sondern dem Schicksal. Seinem Schicksal. Was hatte das alles nur zu bedeuten?

Sweeneys Stuhl knarrte und quietschte unter ihm, als er auf seinem Sitz herumrutschte. „Das ist schwer zu sagen. Wahrscheinlich wäre es klug, sich darauf einzustellen, dass sie verloren ist."

George war nicht bereit, das zu akzeptieren – er weigerte sich, selbst die Möglichkeit in Betracht zu ziehen. In diesem Augenblick war er nicht in der Lage, der Angelegenheit auch nur die mindeste Wahrscheinlichkeit zuzugestehen. „Wenn das Ihre Ansicht ist, Sweeney, sollte ich mich wohl auf die Suche nach einem anderen Agenten machen", bemerkte er schnippisch.

Mr Sweeney erbleichte. „Das wird ... das wird nicht nötig sein, Mr Easton. Es ist meine Pflicht, Ihnen die Wahrheit zu sagen, soweit es in meiner Macht steht ..."

„Spekulationen haben mit der Wahrheit nichts zu tun, Sir, und von Ihnen habe ich nichts anderes gehört als Spekulationen. Und was mich betrifft, so weigere ich mich, Ihre Spekulationen als Fakten zu betrachten. Guten Tag", sagte er und verließ eilig Mr Sweeneys Büro, ohne auf dessen Rufe zu achten, er möge warten und ihn zu Ende anhören.

Er schuldete dem Mann jetzt eine Entschuldigung, andererseits war es auch nicht fair, ein Schiff verloren zu geben, nur weil es seit etwa vier Wochen überfällig war. Vielleicht hatte Mr Sweeney hier den besonneneren Blick, aber George hatte sein Vermögen nicht durch Besonnenheit verdient.

Während er nach Hause zurückgaloppierte, erging er sich in Gedanken darüber, wie er sein Vermögen zurückgewinnen würde, wenn das Schiff wirklich verloren war. In der Audley Street trabte sein Pferd ein Stück über das Kopfsteinpflaster, ehe es vor seinem prächtigen Anwesen zum Stehen kam, ohne dass George ihm ein Zeichen geben musste. Dieses Haus, Symbol für alles, was er sich erarbeitet hatte, war das einzig Wertvolle, das George jetzt noch besaß.

Er schwang sich aus dem Sattel, schob die Zügel durch den Eisenring, an dem er es gewöhnlich anband, und schlang sie zu einem lockeren Knoten. Wie immer würde er sogleich einen der Stalljungen anweisen, das Tier hereinzuholen. Während er einen Schritt auf das Haus zumachte, blickte er die Straße hinab.

Ein Stück entfernt stand eine Kutsche, deren Seite mit einem großen B verziert war, umrahmt von einem Kreis aus Füchsen. Die schlanke schwarze Form des Gefährts war ihm vertraut, seit er vor einigen Wochen zum ersten Mal einen Fuß hineingesetzt hatte. Er blieb stehen und kniff die Augen zusammen. Sie würde doch wohl nicht herkommen? Mitten am hellen Tag, sodass jeder sie sehen konnte? Scherte sie sich denn überhaupt nicht um ihren Ruf?

Plötzlich öffnete sich die Tür der Kutsche. Ein kleiner Stiefel an einem wohlgeformten Bein kam zum Vorschein. Und dann ein zweites Bein. Honor stieg alleine aus, ließ ihre Röcke sinken und strich sie glatt. Sie trug eine flotte kleine Haube mit drei Federn, die kunstvoll an einer Seite drapiert waren, und als sie den Kopf zur Seite legte, um ihm ein warmes Lächeln zu schenken, wippten sie fröhlich wie kleine Vögel, die um ihren Kopf tanzten.

Er ging schnurstracks auf sie zu, während sie anmutig die Straße heraufkam. Ein paar Schritte vor ihr blieb er stehen und stemmte die Hände in die Hüften. Er fragte sich, ob er sie küssen oder direkt wieder in ihre Kutsche setzen sollte. „Hast du den Verstand verloren? Bist du von allen guten Geistern verlassen? Hast du dein Denkvermögen an der London Bridge ins Wasser geworfen?“

Sie strahlte. „Guten Tag, Easton!“

„Was um alles in der Welt machst du hier?“, wollte er wissen. „Ich muss schon sagen, ich bin ja wirklich nicht pingelig, wenn es um die Meinung anderer Leute geht, aber in diesem Fall mache selbst ich mir Sorgen, dass du hier eine Grenze überschritten hast, hinter die du nie wieder zurückkannst.“

„Dann solltest du mich wohl hereinbitten, damit wir vor neugierigen Blicken geschützt sind“, schlug sie unumwunden vor.

Warum konnte er Frauen bloß nichts abschlagen? War die Natur so grausam, dass sie ihn mit einem derartig gefährlichen Charakterfehler ausgestattet hatte? Er sah sie von oben bis unten an, dann sagte er: „Ich möchte mir gar nicht vorstellen, was Finnegan dazu sagt.“ Mit einer Handbewegung forderte er sie dazu auf, ihm rasch zu folgen.

Honor sah sich nach ihrem Fahrer um und winkte. Sofort setzte sich die Kutsche in Bewegung.

„Warten Sie!“, rief George. „Wo will er denn hin? Sag ihm, er soll sofort zurückkommen.“

„Ich habe ihm gesagt, dass ich eine kranke Freundin besuchen will und dass ich alleine nach Hause komme. Es ist ein schöner Spaziergang von hier aus. Du solltest das auch einmal probieren. Aber wenn du darauf bestehst, kannst du mir auch deine Kutsche leihen und mich nach Hause fahren.“

George sah sie mit offenem Mund an. „Du verfügst ganz schön frei über meine Transportmittel, findest du nicht?“

„Ich nehme lediglich deine Sorge um meinen Ruf ernst. Es wäre wirklich ziemlich auffällig, wenn die Kutsche der Familie Beckington vor deinem Haus warten würde. Wo wir gerade dabei sind: Um welches handelt es sich denn? Dieses dort?“, fragte sie und zeigte auf sein Heim aus hellen Ziegeln.

Er seufzte.

„Es ist wunderschön, Easton!“ Munter machte sie sich daran, die Treppe hinaufzugehen.

„Um Himmels willen, Miss Cabot, lassen Sie mich Sie wenigstens in mein Haus führen“, sagte er mürrisch und nahm sie am Arm, um sie die Stufen hinaufzugeleiten. Dabei sah er sich nach Zeugen um.

„Das wäre ganz und gar nicht gut“, erwiderte Honor. „Weißt du denn nicht, dass die Damen überall den lieben langen Tag nichts Besseres zu tun haben, als an ihren Fenstern zu sitzen und Häuser von Männern wie dir zu beobachten?“

George unterdrückte einen Fluch, drehte den Messingtürknauf und öffnete die Tür.

Finnegan wartete bereits und machte einen kaum merklichen Schritt rückwärts, als er Honor sah.

Honor ließ sich nichts anmerken und schwebte in die Eingangshalle. „Oh, Mr Easton, Ihr Haus ist ja wunderschön!“, rief sie und sah zu der gewölbten Decke über ihrem Kopf hinauf. Sie nahm ihre Haube ab und gab sie Finnegan, ohne ihn eines Blickes zu würdigen.

Der Butler warf George einen Blick zu, bei dem er ihm verschwörerisch zuzwinkerte. Es geschah George ganz recht: Wer stellte schon den ehemaligen Liebhaber seiner ehemaligen Liebhaberin als Diener ein? „Vielen Dank, Finnegan, das wäre alles“, sagte George.

„Darf ich den Tee servieren?“

„Servieren Sie, was immer Sie wollen“, sagte George brüsk und überrumpelte Honor damit, dass er sie am Arm fasste und in den kleinen Salon führte.

Dort entzog sie ihm ihren Arm und ging zur Mitte des Raums. Sie schaute nach allen Seiten, um die Seidentapeten, das mit Blattgold verzierte französische Mobiliar und das Porträt einer Dame, die über und über mit Perlen behängt war, über dem Kamin in Augenschein zu nehmen. „Wer ist das?“, fragte sie und legte dabei den Kopf in den Nacken, um das Gemälde besser betrachten zu können. Die Dame hatte ausdrucksstarke blaue Augen und eine makellos weiße Haut. „Eine von deinen *Bekannten*?“

„Ich habe nicht den leisesten Schimmer, wer sie ist“, antwortete George und lehnte sich mit dem Rücken an die geschlossene Tür. Dabei verschränkte er die Arme über der Brust. „Honor, sieh mich an.“

Sie blickte über ihre Schulter hinweg zu ihm hinüber.

„Was willst du hier? Ich kann es gar nicht glauben. Selbst dir, der unverfrorensten Frau, die ich je getroffen habe, hätte ich nicht zugetraut, an die Tür eines Bastards mit zweifelhaftem Ruf zu klopfen. Willst du deinen Ruf um jeden Preis ruinieren?“

„Meine Güte, Easton, wie du es ausdrückst, klingt es so unangenehm. Um ganz ehrlich zu sein, kümmert mich mein Ruf nicht mehr besonders.“

„Aber natürlich tut er das“, sagte er spöttisch. „Wenn du einfach nur mit mir reden wolltest, hättest du mich nach Beckington House bestellen können.“

Sie schnalzte mit der Zunge und knöpfte das Jäckchen auf, das sie trug. „Ich würde mir niemals anmaßen, dich irgendwohin zu bestellen, George." Sie zog die Jacke aus, um sie auf einen Sessel fallen zu lassen. „Zumindest nicht einfach so."

Zweifelnd sah George sie an und versuchte, dabei nicht auf ihr Dekolleté zu starren. Die körperliche Anziehung zwischen ihnen meldete sich schon wieder, obwohl er Honor nicht einmal berührt hatte. Warum war sie nur gekommen und warum war er von ihr nur so hingerissen?

„Und davon abgesehen hätte ich dich überhaupt nicht zu uns einladen können, auch wenn ich gewollt hätte, denn wir haben einen Hausgast. Es war schon schwierig genug, ihn von Mama fernzuhalten."

„Einen Hausgast", wiederholte er, erstaunt, dass es sich dabei offensichtlich um einen Mann handelte. „Und wer ist dieser Hausgast?"

Sie machte eine abwehrende Handbewegung. „Darum geht es überhaupt nicht." Sie strich mit der Hand über ein Paar Porzellanpferde, mit denen das Buffet dekoriert war.

George sah sie aufmerksam an. Irgendetwas an Honor war heute Nachmittag anders als sonst. Sie war wie immer fordernd und furchtlos, das ja, aber wenn er sie genauer betrachtete, glaubte er zu sehen, dass es ihr nicht gut ging. Sie erschien ihm besorgt. „Honor ... Ist etwas passiert?", fragte er.

„Passiert?" Sie lächelte und legte eine Hand an ihre Kehle. „Es ist nichts passiert, außer dass Lord Sommerfield noch immer mit Miss Monica Hargrove verlobt ist." Sie ließ die Hand sinken. „Sie stehen fast schon vor dem Altar. Sie freuen sich schon darauf, den Termin auf einem Empfang zu Ehren von Lord Stapleton bekannt zu geben."

George hatte von diesem Empfang gehört; alle sprachen darüber. Es würden wahrscheinlich Hunderte von Gästen dabei sein, denn Stapleton wurde für seine außerordentlichen Verdienste in der Schlacht geehrt. „Hoffentlich bist du nicht hier, um mich zu bitten, auf diesem Empfang Gesellschaftsspiele mit Miss Hargrove zu spielen."

„Um was?" Sie wirkte überrascht, so als hätte sie noch gar nicht daran gedacht. „Natürlich nicht!", sagte sie, als sie verstanden hatte, worauf er hinauswollte, und warf ihm einen vernichtenden Blick zu. „Ich habe doch gesagt, dass es mir am liebsten wäre, wenn ihr kein einziges Wort mehr miteinander wechseln würdet." Sie seufzte und stemmte die Hände in die Seiten. „Das war eine alberne Idee. Und indem ich versucht habe, sie ... sie *abzulenken*, hat sich die Situation für mich nur verschlimmert."

Der Blick, mit dem sie ihn ansah, gefiel ihm ganz und gar nicht. „Was ist denn nur passiert? Ich sehe dir doch an, dass etwas ist."

Honor schüttelte den Kopf. „Ach, George", sagte sie, der Klang ihrer Stimme schien ihre Niederlage zu bestätigen, „ich weiß einfach nicht, wo ich hinsoll ..."

Es klopfte an der Tür, sodass sie beide aufschreckten; Honor drehte sich um und ging zum Fenster hinüber, wo sie vorgab, interessiert hinauszusehen.

Finnegan kam mit dem Teeservice herein. Er durchquerte zügig den Raum und stellte das schwere Silbertablett auf einem kleinen Tischchen ab. Er lächelte; seine Aufmerksamkeit galt Honor und George sah deutlich, dass er ihre Figur mit Wohlgefallen betrachtete. „Darf ich einschenken?"

„Nein, vielen Dank, das übernehme ich", antwortete George und warf ihm dabei einen finsteren Blick zu.

Finnegan sah noch einmal zu Honor hinüber und George nahm sich einmal mehr vor, dass er ihm eines Tages entweder einen Faustschlag direkt ins Gesicht verpassen oder ihn entlassen würde. Aber für den Moment schob er ihn lediglich umstandslos zur Tür hinaus. „Das ist alles. Danke, Finnegan."

Finnegan grinste und ging hinaus.

„Wir brauchen Sie heute nicht mehr", fügte George hastig hinzu, damit Finnegan sich nicht noch einen Vorwand überlegte, unter dem er später wiederkommen konnte.

Als Finnegan gegangen war, schloss George sicherheitshalber die Tür ab. Er drehte sich um und zeigte auf das Tablett. „Möchtest du eine Tasse?"

„Ich habe jetzt keine Lust auf Tee, danke", sagte Honor und war dabei sichtlich mit den Gedanken anderswo.

„Nun gut. Wirst du mir dann endlich erzählen, was passiert ist?"

„Was passiert ist, ist, dass Longmeadow einen neuen Vikar hat, der ziemlich unverheiratet ist."

Sofort ballte sich eine dunkle Wolke von Zorn in Georges Brust zusammen.

„Augustus hat mir – außergewöhnlich entschlossen – mitgeteilt, dass ich dem Vikar erlauben werde, mir in aller Form den Hof zu machen, sofern ich selber keinen Heiratsantrag vorweisen kann. Und am Ende werde ich ihn heiraten müssen."

George war sprachlos. Er konnte sich nicht einmal vorstellen, dass Sommerfield irgendetwas verlangte, geschweige denn so etwas. Dass er es dennoch getan hatte, machte George unsagbar wütend.

„Tatsächlich werde ich deshalb um fünf Uhr zu Hause erwartet", sagte sie mit einem Blick zur Uhr auf dem Kaminsims. „Denn Mr Cleburne hat mich und meine Schwestern gebeten, mit ihm den Gottesdienst zu besuchen."

George fuhr sich mit einer Hand durch die Haare. Er wurde von einer Welle bitterer Enttäuschung durchspült. Genau das hatte er befürchtet. Warum setzte es ihm dann so zu, wenn man es laut aussprach? Er nahm an, dass er einfach im Stillen gehofft hatte, dass nichts dergleichen geschehen würde, bis es ihm gelungen war, sich ganz aus Honors sozialem Umfeld herauszulösen. „Und wenn du nicht tust, worum er dich bittet?"

Sie zuckte mit den Schultern. „Dann findet er wahrscheinlich einen anderen Weg, um uns aus Beckington House herauszubekommen. Und ich würde wetten, dass dieser Weg wesentlich weniger angenehm wäre als eine Heirat."

„Ich verstehe", sagte er mit gepresster Stimme.

„Nein", widersprach Honor. „Nein, George, ich glaube nicht, dass du verstehst, was das bedeutet. Du kannst dir aussuchen, wen du heiratest oder nicht. Aber ich habe keine Wahl. Ich konnte es ein oder zwei Jahre herauszögern, aber wahrscheinlich habe ich immer gewusst, dass der Tag einmal kommen würde, an dem ich gezwungen bin zu heiraten."

George fehlten die Worte, um seiner herben Enttäuschung Ausdruck zu verleihen, nicht einmal im Stillen gelang es ihm. In ihm tobte ein Sturm unterschiedlichster Gefühle, die er nicht einordnen konnte und die einem Mann wie ihm, der Gefühlsduselei immer verabscheut hatte, den Boden unter den Füßen zu entziehen drohte.

Hilflos starrte er das Teeservice an, bevor er sich abrupt abwandte, zum Buffet hinüberging und zwei Gläser Whisky einschenkte. Er ging zu Honor und drückte ihr eins der Gläser in die Hand, die es zögernd entgegennahm und auf die bernsteinfarbene Flüssigkeit hinabschaute.

„Er scheint mir ein guter Mann zu sein", gab George widerstrebend zu. „Vielleicht wirst du ihn mögen."

Honor nahm einen Schluck. Sie verzog das Gesicht, presste eine Hand auf ihre Brust und nippte dann noch einmal.

Es war beunruhigend, was für eine Welle von Zuneigung für sie in ihm aufstieg. Er fühlte sich vollkommen verloren, er trieb auf einem Meer von Gefühlen, die er sein Leben lang nach Kräften vermieden hatte. Plötzlich verabscheute er Monica Hargrove. Ein Schwall grundlosen Zorns überspülte ihn – die Sache war ganz sicher nicht allein ihre Schuld –, aber sie hatte überall ihre Hände in dieser erzwungenen Verlobung. Es war ihre Vergeltung für das, was er getan hatte.

Er stellte das Whiskeyglas ab. „Ich kann das in Ordnung bringen, Honor. Ich kann das wieder rückgängig machen."

„Das kannst du nicht", sagte sie. „Niemand kann das. Es musste eines Tages passieren und dafür ist niemand verantwortlich außer ich selbst."

„Aber es muss doch nicht jetzt sofort sein, nicht so", sagte George. „Ich hätte auf dich hören sollen, stattdessen habe ich nur mit ihr gespielt. Jetzt wird sie die ganze Kraft meiner Entschlossenheit zu spüren bekommen ..."

„George!", rief Honor erschrocken. „Du musst gar nichts tun! Wir haben es versucht und es hat nicht funktioniert, du hast es von Anfang an gesagt ..."

„Ich werde sie küssen", sagte er. Wie konnte er auch nur daran denken, Monica Hargrove zu küssen? Bei dem Gedanken überlief ihn ein kalter Schauer. Er wollte niemand anderen küssen als Honor. „Ich werde sie verführen."

„Nein!", rief Honor. „Nein, das darfst du nicht tun!" Plötzlich nahm sie sein Gesicht zwischen die Hände. „Du darfst sie nicht küssen", flehte sie ihn an. „Du darfst sie nicht küssen, denn dann werde ich vor Eifersucht sterben."

George hob die Arme und streckte die Handflächen gegen Honor aus, so sehr fürchtete er sich davor, zu was er in der Lage wäre, wenn er sie noch einmal berührte. „Dann sag mir, was ich tun soll, Honor. Sag mir, was ich machen kann, um dir zu helfen."

„Ich habe dich so vermisst", flüsterte sie und brachte ihn damit vollkommen aus dem Konzept.

„Wie bitte? Haben wir nicht eben noch von Miss Hargrove gesprochen?"

Sie schüttelte den Kopf. „Warum hast du gesagt, dass ich nichts sagen soll?"

Er blinzelte verwirrt und brauchte einen Augenblick, um sich daran zu erinnern, was er wann gesagt hatte. „Honor, Liebes … Ich habe dich gebeten zu schweigen, weil ich deine Worte nicht hätte ertragen können."

Tränen traten ihr in die Augen und sie ließ die Hände sinken. „Weil du meine Gefühle nicht erwiderst", stellte sie fest.

Er wollte nicht lachen, aber er konnte nicht anders. Honor blinzelte; sie wandte sich von ihm ab, aber er ergriff ihre Hand. „Weil ich sie zehnfach erwidere", versicherte er. „Ich konnte es nicht ertragen, es zu hören, weil ich dich nicht haben kann."

Ihre Augenlider zuckten; sie sah ihn an, als würde sie darauf warten, dass er erklärte, alles sei nur ein Scherz gewesen. Als das nicht geschah, sah sie ihn direkt an und sagte: „Willst du wissen, wie du mir wirklich helfen kannst? Du kannst mir noch einmal deine tiefsten Gefühle zeigen, ehe man mich zwingt, den Vikar zu heiraten. Ehe der Schmerz, weil ich dich so vermisse, mein Herz vertrocknen lässt."

Ihre Worte waren Balsam auf sehr alten Wunden und er wusste kaum, was er entgegnen sollte, was er tun sollte. „Das geht nicht, Honor. Du weißt so gut wie ich, dass das unmöglich für uns ist."

„Unmöglich?" Sie lachte. „Ich weiß nicht einmal mehr, wo oben und unten ist. Ich weiß nur, was ich jetzt, in diesem Augenblick fühle, Easton, und ich habe dich wahnsinnig vermisst."

„Bitte, Honor", sagte er flehentlich, „du weißt genau, dass ich dir nicht widerstehen kann."

Sie verschränkte ihre Finger mit seinen und drückte fest seine Hand. „Dann eben nicht."

Im selben Augenblick streckten beide die Arme aus, um einander festzuhalten. Sie fühlte sich in seinen Armen an, als sei sie dort zu Hause, als hätte sie schon ihr ganzes Leben mit ihm verbracht. Georges Herz schlug einen Salto nach dem anderen. Ihre

Lippen fühlten sich samtweich an und das Tier in ihm erwachte. Er drückte sie an sich und fühlte ihre Brüste an seinem Oberkörper, spürte, wie die Wärme ihrer Körper miteinander verschmolz. Sein Begehren wuchs.

Er hob den Kopf und sah auf die Frau hinab, die so große Macht über ihn hatte. Sie öffnete die Augen und schenkte ihm ein so verführerisches Lächeln, dass George beinahe vor ihr auf die Knie gefallen wäre. Er stand in Flammen, er war ganz eingenommen von einer Frau, deren Lächeln ihn zu Asche reduzieren konnte. Mit einem Finger berührte sie seine Lippen und flüsterte: „Hast du mich auch vermisst?"

„Mehr als die Luft zum Atmen." Verlangen durchflutete seinen Körper, er war bereits so hart, dass es beinahe wehtat. Sie strich mit den Händen über seinen Rücken und er umfasste ihren Po, hielt sie fest und presste sie an seinen Unterleib, um ihr zu zeigen, wie sehr er sie begehrte. Sie ließ die Hüften kreisen, drängte sich an ihn, zupfte an seinen Lippen und ließ ihre Zunge zwischen seine Zähne gleiten. Sie war unmöglich, so fordernd in ihrer Lust, dass er einfach dahinschmolz.

Er setzte sie auf das Sofa und kniete sich über sie, hielt sie mit seinem Körper gefangen. Er wollte den Geschmack ihrer Haut auf seiner Zunge, bewegte seine Lippen an ihrem Hals, zog eine Spur aus Küssen hinab zu ihrem Dekolleté und zupfte durch den Stoff ihres Kleides hindurch an ihren Brustspitzen. Honor stöhnte leise und vergrub ihre Finger in seinem Haar, während sie sich seinem Mund entgegenreckte. Er zog ihr Kleid herunter und legte ihre Brüste frei. Nun war ihm alles andere gleichgültig – er musste sie jetzt nehmen, sie berühren, in ihr sein.

Mit einem Ruck richtete er sich auf und riss sich die Kleider vom Leib, dabei ließ er Honor nicht aus den Augen. Als er seine Jacke, seine Weste, seine Krawatte und sein Hemd losgeworden war, ließ er eine Hand hinter ihren Rücken gleiten und hob sie hoch. In seinem Kuss lag die ganze Macht der Gefühle, die ihn übermannt hatten, und als er den Saum ihres Kleides in der Hand hielt, ließ er sie wieder auf das Sofa hinab. Das Bedürfnis, zu spüren, wie sie ihn umschloss, war überwältigend stark. Als sie seine Brust küsste, hielt er ihre Hände fest und hielt sie über ihrem Kopf gefangen. „Lieg ganz still."

Honor lachte atemlos. „Warum?“

„Weil du mich verrückt machst.“

Ihre Augen funkelten, als sie ihn ansah, ihre Lippen waren feucht und voll und schienen ihn aufzufordern, sie zu küssen. „Berühr mich, George“, flüsterte sie. „*Berühr* mich.“

George knöpfte seine Hose auf und befreite sich von ihr, dann führte er ihre Hand zu seinem Unterleib. Sie schlang die Finger um ihn, drückte sanft zu und hielt ihn fest, während er mit der Hand zwischen ihre Schenkel glitt, in ihre feuchten Tiefen hinein. Ihre Augenlider wurden schwer, als sie sich ganz ihrem Gefühl hingab. Sie biss sich auf die Unterlippe, während er sie streichelte – sie war so bezaubernd, so verführerisch. George bewegte sich an ihrem Körper hinab, dabei küsste er in gerader Linie erst den Stoff ihres Kleides und dann die nackte Haut ihrer Oberschenkel. Er leckte und küsste sich langsam nach oben, drückte ihre Beine weiter auseinander und ließ schließlich seine Zunge in sie hineingleiten. Sie bog den Rücken durch, als sie seine Zunge in sich spürte, woraufhin Georges Herz heftiger schlug und sein Blut rasant durch seinen Körper pulsieren ließ. Er hielt sie fest, während er sorgfältig jedes Geheimnis ihres Körpers erforschte, seine Zunge beiläufig über die zarte Perle ihrer Lust huschen ließ und dann wieder tief in sie eindrang.

Honor schnappte nach Luft, während sie sich an ihn klammerte, sie hatte ihn in ihrem Bann, ihre Lust schlug Funken in ihm, als sie vor Verlangen stöhnte. George strich über ihren Körper und zupfte an ihr, als sei sie zerbrechlich. Er brachte sie immer wieder kurz vor den Gipfel, um sich dann zurückzuziehen und einen anderen Weg zu finden, um sie zappeln zu lassen. Doch Honor konnte es nicht mehr aushalten. Sie ergriff seinen Kopf fest zwischen beiden Händen, zog ihn zu sich hinauf und küsste ihn leidenschaftlich, um dann mit einer Hand nach seiner Härte zu greifen und mit der anderen seine Hose herunterzuziehen.

Er half ihr dabei und streifte seine Beinkleider ab. Honor atmete flach, als sie ihn mit einer Hand festhielt und ihn mit der anderen streichelte. Ihr Feuer hatte ihn entflammt, drohte ihn ganz zu verbrennen. George brachte sich zwischen ihren Beinen in Position und drang ein kleines Stück in sie ein. Honor stützte sich auf die Ellenbogen und sah ihm in die Augen, während er langsam tiefer in sie hineinglitt. Er hielt ihrem Blick stand, während er sich langsam in ihr enges, feuchtes Glück versenkte. Er fühlte, wie sie sich für ihn öffnete, sich um ihn schlang, ihn gefangen nahm.

Gott, er war verrückt nach ihr, vollkommen verrückt. „Ich habe keine Ahnung, was du mit mir gemacht hast“, gestand er mit rauer Stimme.

Honor lächelte, als ob sie das befriedigte. Sie schloss die Augen und ließ den Kopf zurücksinken, als er anfing, sich in ihr zu bewegen. Sie schloss sich seinem Rhythmus an, nahm seine Stöße auf, fand sich in den Takt ihres Liebesspiels hinein. Er fühlte Hitze in sich aufsteigen und seine Bewegungen wurden schneller und härter, er ließ die Hüften kreisen und streichelte sie überall. Es kostete ihn fast übermenschliche Anstrengung, den gewaltigen Höhepunkt, der sich in ihm zusammenbraute, hinauszuzögern. Er fühlte, wie sich ihr Inneres eng um ihn schloss, ihn in sich hineinzog. Als er dachte, er könnte es keinen Moment länger aushalten, zogen ihre Muskeln sich fester um ihn zusammen und sie erschauerte heftig, während sie vor Lust laut aufschrie.

Das war zu viel für George. Er kam in ihr in kurzen, heftigen Stößen, bis er beinahe das Bewusstsein verlor. Er ließ sich langsam auf sie hinabsinken und presste sein heftig pochendes Herz an ihre Brust.

Er war noch nie in seinem Leben so vollständig und wunschlos befriedigt gewesen.

Noch nie hatte er eine Frau so sehr geliebt.

Sie griff nach seiner Hand und umklammerte sie fest, während sie versuchte, ihren Atem zu beruhigen. Als sie wieder sprechen konnte, öffnete sie die Augen, lächelte ihn an und stellte fest: „Also hast du mich doch vermisst.“

Mehr als die Luft zum Atmen.

25. Kapitel

Auf dem Heimweg hob Honor zufrieden den Blick und sah dem Qualm aus den Schornsteinen nach, der in den wolkenlosen Himmel stieg.

Sie hatte Georges Angebot abgelehnt, seine Kutsche zu nehmen und sie sicher nach Hause zu bringen. Sie wollte noch ein wenig alleine sein, jeden Moment noch einmal durchleben, alles noch einmal vor ihrem geistigen Auge sehen. Sie wollte nach Hause schweben, Herz und Kopf voll von George Easton, von der außerordentlichen Macht, die er über ihren Körper hatte, wie er sie angesehen hatte und wie schön und begehrenswert sie sich dabei gefühlt hatte.

Schließlich hatte sie sich darauf eingelassen, sich von einem der Dienstjungen begleiten zu lassen, der dafür sorgen sollte, dass ihr nichts passierte. Sonst hätte George sie gar nicht gehen lassen. Es war schon schwierig genug gewesen, sich überhaupt von ihm loszueisen, nach all den Küssen und angesichts seines offensichtlichen Bedürfnisses, sie so lange wie möglich in den Armen zu halten, und wenn man es genau betrachtete, war der Junge noch ein Kind. Wenn sie wirklich auf Räuber treffen sollten, würde er keine große Hilfe sein. Dennoch hatte Honor zugestimmt und George hatte sie endlich verabschiedet.

Sie sah auf ihr Kleid hinunter. George konnte nicht nur ein Korsett schnüren, es hatte sich auch herausgestellt, dass er gut darin war, Haare aufzustecken, zumindest so gut, dass sie ihre Haube wieder hatte aufsetzen können. Honor hatte eine Hand unter sein Kinn gelegt und sich mit einem sanften Kuss dafür bedankt.

George schien vollkommen aus der Fassung zu sein. Er hatte ihre Hand genommen und sie festgehalten. Dabei hatte er sie voller Sorge und Zuneigung angesehen. Honor hatte ihn noch nie so unsicher erlebt. „Wirst du zurechtkommen?“, hatte sie ihn zum Abschied gefragt.

„*Ich?*“ Das hatte geklungen, als habe sie soeben einen schweren Fehler begangen, dass sie diejenige hätte sein sollen, die außer Fassung war. „Natürlich!“, hatte er versichert. „Aber ich …“ Er seufzte, schloss die Augen und öffnete sie dann plötzlich wieder, um sie ernst anzusehen. „Honor, hör mir zu. Das darf nicht noch einmal passieren. Ich will damit sagen, wir dürfen …“

Sie lächelte und küsste ihn, ehe er noch einmal sagen konnte, dass es unmöglich sei. „Beruhige dich, Easton.“

Er presste die Lippen zusammen und nickte. Dann nahm er sie ein letztes Mal in die Arme und hielt sie fest, küsste sie auf den Scheitel, den Hals, die Wange, ehe er sie ziehen ließ. „Du bist wirklich erstaunlich“, sagte er. „In mehr als einer Hinsicht erstaunlich.“

Sie wusste nicht genau, worauf er hinauswollte.

„Ich werde die Sache regeln, Honor“, hatte er schließlich zu ihr gesagt und ihre Hände festgehalten. „Ich werde nicht zulassen, dass sie dich in eine Ehe hineindrängen, die du nicht willst.“

Sie wusste sein Mitefühl zu schätzen, aber es lag nicht in seiner Macht, eine Ehe zu verhindern. Außer wenn er …

Sie schluckte diese unmögliche, unaussprechliche Idee herunter und setzte ihren Weg fort.

Bei Beckington House angekommen, gelang es Honor, unbemerkt – außer von Hardy – die Treppe hinauf und in ihr Zimmer zu schlüpfen. Selbst Hardy schien sie nicht wirklich wahrzunehmen. Später, als Grace an ihre Tür klopfte, erfuhr Honor, warum er so geistesabwesend gewirkt hatte.

„Wo bist du gewesen?“, wollte Grace wissen und sah sich noch einmal auf dem Korridor um, ehe sie die Tür zu Honors Zimmer hinter sich schloss.

„Ich habe einen Spaziergang gemacht“, erklärte Honor mit einem gleichmütigen Achselzucken, um sich nicht verdächtig zu machen. Sie nahm ihre Haube ab und legte sie auf den Frisiertisch.

Grace schüttelte den Kopf und betrachtete interessiert die Innenseite ihrer Handfläche.

„Was ist denn los?“, fragte Honor.

„Ich habe Post von Cousine Beatrice bekommen. Sie ist gerade in Bath und schreibt, dass ich dort jederzeit willkommen bin.“

Honor tätschelte Grace beruhigend den Handrücken. „Wir werden kaum Zeit für eine Reise nach Bath haben, bei all den

Hochzeiten, die uns in der nächsten Zeit bevorstehen", sagte sie und zeigte dabei mit einer Hand auf sich selbst.

„Ich wollte damit nicht sagen, dass du mitkommen sollst, Honor. Ich habe vor, alleine zu reisen."

Graces Stimme klang wie immer, aber Honor kam es so vor, als sähe sie irgendwie verändert aus. So als habe sie einen Entschluss gefasst. Als sie begriff, was passiert war, fuhr Panik durch sie hindurch wie ein Blitz. „*Nein*", rief sie sofort. „Grace, du kannst mich jetzt nicht im Stich lassen."

„Ich lasse dich doch nicht im Stich", antwortete Grace und ergriff Honors Hand. „Komm schon, wir wissen doch beide, dass etwas getan werden muss. Zuerst muss ich mich bei dir entschuldigen, weil ich dich allein für unsere ganze Misere verantwortlich gemacht habe. Ich war neulich Nachmittag so frustriert, aber Gott weiß, dass ich gesehen habe, wie sehr du es versucht hast, Honor. Ich fahre nach Bath zu Lord Amherst. Er hat gesagt, dass er viel für mich übrighat. Das weißt du doch. Ich habe vor, mit einem Heiratsantrag zurückzukommen ..."

„Bist du verrückt geworden?", fragte Honor mit Nachdruck und entwand Grace ihre Hand. „Du kennst ihn doch kaum! Du empfindest keinerlei *Zuneigung* für ihn."

„Offen gesagt bin ich absolut bei Trost und mir scheint, ich bin die Einzige in diesem Raum, die überhaupt darüber nachdenkt, was zu tun ist! Du hast recht, ich empfinde keine tiefe Zuneigung für ihn, aber ich bin gern mit ihm zusammen. Was braucht man denn mehr? Er ist kein Vikar, er ist ein Mann mit einem Adelstitel und einem großen Vermögen. Zumindest wäre ich nicht gezwungen in irgendeinem Haus auf dem Land zu wohnen."

Honor konnte es nicht fassen. „Aber es ist nicht das, was du willst!"

Grace lachte säuerlich. „Dann sag mir doch bitte, was ich will, Honor. Bitte sage es mir, denn Gott weiß, dass ich keine Ahnung habe, was ich will. Ich habe noch nie darüber nachgedacht, was ich wollen könnte." Sie schüttelte den Kopf, als wäre allein der Gedanke schon zu viel verlangt.

Honor stöhnte vor Verzweiflung und lehnte den Kopf an Graces Schulter. „Wann fährst du ab?"

„Dieses Wochenende."

„So schnell!“

„Lady Chatham ist nach Bath gefahren, um eine Trinkkur zu machen, und ich ... ich habe mich selber eingeladen, sie zu begleiten. Ich habe wirklich lange genug gewartet“, verkündete Grace entschlossen. „Also, was hast du mit deinen Haaren angestellt?“

Honor richtete sich erschrocken auf und tastete mit der Hand nach ihrer Frisur. „Beim Spaziergang habe ich eine Haarnadel verloren“, behauptete sie und stand auf, um zu ihrem Schminkspiegel hinüberzugehen, ehe Grace sich ihre Frisur genauer ansehen konnte. Schnell löste sie alle Haarnadeln und griff nach ihrer Bürste.

Grace stand auf und ging zur Tür. „Ich schicke Hannah zu dir, damit sie dir hilft, das zu reparieren. Du hast nicht viel Zeit, wir sollen doch in einer Stunden, den charmanten Mr Cleburne treffen.“

Als sie allein war, verschränkte Honor die Arme auf der Frisierkommode und legte die Stirn darauf. Sie schloss die Augen und dachte an den Moment, den sie am Nachmittag mit Easton hatte verbringen dürfen. Sie fühlte sich ganz schwach, wenn sie sich vorstellte, das Gleiche mit Mr Cleburne zu tun. Wenn sie dann noch daran dachte, das alles ohne Grace durchstehen zu müssen, wurde ihr übel.

Etwa eine Stunde später hatte Honor das schlichteste, langweiligste Kleid angezogen, das sie besaß, und ging in die Eingangshalle hinab. Es war ein wortloses Zeichen ihres Protests gegen diese arrangierte Ehe und gegen das Leben, das sie in diese Lage gebracht hatte. Das Kleid war einfach und nüchtern, so wie sie sich auch die Ehe mit Mr Cleburne vorstellte. Das hatte Augustus ihr angetan, dachte sie geistesabwesend, als sie an der Seite von Mr Cleburne mit einigem Abstand hinter Augustus und ihren Schwestern auf die Kirche zuschritt – er hatte ihr die Liebe zu schönen Kleidern genommen. Es war ihr egal, ob sie jemals wieder eines tragen würde.

Irgendwie überstand Honor den Gottesdienst und den Rückweg nach Beckington House. Sie dachte, sie hätte diesen scheinbar endlosen Abend in Gesellschaft des Vikars endlich hinter sich gebracht und könnte sich nun etwas anderem zuwenden, aber Augustus besaß doch tatsächlich die Frechheit, ihr noch einen weiteren Stoß zu versetzen.

„Sie haben sicher nicht vergessen, dass wir morgen zum Ausritt und zum Picknick im Park verabredet sind, Mr Cleburne?"

Mr Cleburne lächelte Honor zaghaft an. „Das weiß ich natürlich noch. Ich habe gehört, dass Miss Cabot eine ausgezeichnete Reiterin ist."

Honor erwiderte nur: „Das stimmt." Vielleicht konnte sie ihm einfach davonreiten. Sie konnte nach Norden reiten, immer weiter, so lange, bis das Pferd unter ihr zusammenbrach.

„Sie sollten sie einmal sehen", sagte Augustus fröhlich. „Das heißt, wenn es Ihnen nichts ausmacht, von einer Dame geschlagen zu werden." Er lachte, als wäre das in Wirklichkeit vollkommen unmöglich.

„Ich fühle mich auf dem Pferderücken ganz wohl", sagte Mr Cleburne mit einem bescheidenen Achselzucken.

Honor schwieg. Augustus starrte sie vorwurfsvoll an, sodass sie sich beeilte zu sagen: „Dann müssen Sie uns unbedingt begleiten."

„Ausgezeichnet!", rief Augustus. „Dann werden wir vier zusammen ein Picknick veranstalten."

„Aber ich will auch mit!", sagte Mercy und rückte ihre Brille zurecht. „Ich bin auch eine gute Reiterin."

„Ach, du wirst doch hier im Hause gebraucht", sagte Augustus.

„Wofür werde *ich* denn gebraucht?", beklagte sich Mercy.

„Dafür, dass jemand die Geister im Auge behält", sagte Mr Cleburne freundlich.

Darüber schien Mercy zuerst nachdenken zu müssen und Mr Cleburne nutzte ihr Schweigen, um Honor anzulächeln. Er war sichtlich zufrieden mit sich, weil er ihrer jüngsten Schwester so viel Aufmerksamkeit schenkte.

Honor war sich ganz sicher, dass ihr Lächeln nicht als solches zu erkennen war. „Mercy, erzähl uns eine Spukgeschichte", bat sie und blickte in die Ferne, damit Mr Cleburne ihre Enttäuschung nicht an ihrem Gesicht ablesen konnte.

26. Kapitel

Monicas Mutter hielt Mr Cleburne in jeder Hinsicht für den perfekten Ehemann für Honor, besonders gut gefiel ihr jedoch, dass sie dann in Longmeadow wohnen würde.

Das hieß nämlich, dass sie nicht länger London unsicher machte, wo Monica sich in ihre neue Rolle als Lady Beckington hineinfinden müsste. Wenn sie in Longmeadow lebte, musste Monica sie nur noch in den Sommermonaten sehen, wenn London unerträglich heiß und stickig war.

Monica konnte nicht so gut reiten wie Honor – niemand von ihnen konnte mit ihr mithalten – und sie war davon ausgegangen, dass Honor weit vorpreschen und nur anhalten würde, um mit Bekannten zu plaudern, ehe sie zurücktrotten und sich der kleinen Gesellschaft wieder anschließen würde. Aber sie hätte sich nicht mehr irren können. Honor ritt in gemäßigtem Tempo neben dem Vikar und hinter Monica und Augustus. Sie war nur mehr ein Schatten ihrer selbst.

Wegen Augustus' mäßiger Reitkünste kamen sie nur langsam voran, sodass Monica Zeugin von Mr Cleburnes Gespräch mit Honor wurde. Der Vikar fragte, womit sie ihre freie Zeit verbrachte. Honor antwortete, dass sie das Glücksspiel mochte. Der Vikar lachte ihr zuliebe und machte eine Bemerkung über die Spiele des Teufels. Honor fragte ihn, ob er je beim Pferderennen gewettet habe, weil doch jeder in Longmeadow eine kleine Summe dafür übrig hatte.

Mr Cleburne verneinte.

Monica hätte einiges dafür gegeben, Honors Gesichtsausdruck zu sehen, aber leider musste sie sich auf ihr Pferd konzentrieren, damit sie nicht abgeworfen wurde.

Als sie am Picknickplatz anhielten, sah Monica gleich, dass Honor verstört war. Augustus war damit beschäftigt, den Dienern Anweisungen zu geben, wo sie die Decke ausbreiten sollten und wo sie den Korb mit dem Mittagessen aufstellen sollten, den die

Köchin vorbereitet hatte. Honor stand am Rande des Geschehens und tippte mit der Gerte gegen den Rock ihres Kleides, während sie auf den See hinausblickte.

Monica fragte leichthin: „Mr Cleburne, ich wollte Sie schon die ganze Zeit fragen, wie gefällt es Ihnen denn in Longmeadow, haben Sie sich schon eingelebt?"

„Oh, es gefällt mir sehr gut", antwortete er, aber in Hörweite von Augustus hätte er auch nichts anderes sagen können.

„Und haben Sie schon Bekanntschaft mit den Familien vor Ort gemacht?"

„Aber natürlich. Sie sind ja meine Gemeinde."

„Gehören nicht viele unverheiratete junge Frauen zu Ihrer Gemeinde?", wollte Honor wissen.

Mr Cleburne wurde rot. Monica wurde jetzt erst klar, wie unerfahren der Mann eigentlich war. „Es gibt vielleicht eine oder zwei", sagte er bescheiden. „Aber keine, die mir besonders aufgefallen wäre", fügte er schnell hinzu.

„Was soll das heißen? Gab es *niemanden*, der Ihre Aufmerksamkeit auf sich gezogen hätte?", fragte Honor.

Mr Cleburne lächelte nervös. „Nein, ich ... Ich halte mich selbst für einen Mann mit gutem Urteilsvermögen."

Der Mann war ein Dummkopf, stellte Monica fest. Er hatte nicht die leiseste Ahnung davon, wie man eine Frau wie Honor Cabot gewinnen konnte. Er war eben kein George Easton. Bei diesem absurden Gedanken entfuhr ihr ein leises Glucksen.

Honor und Mr Cleburne sahen sie an. Monica erklärte fröhlich: „Was für ein wunderschöner Tag!"

Honors Miene verdüsterte sich.

„Das Picknick ist bereit!", sagte Augustus.

Alle vier ließen sich auf der Decke nieder und nahmen sich vom Käse und Obst, während der Diener ihre Weingläser füllte. Augustus hatte sich auf die Seite gelegt und Monica sah zu ihrem großen Missfallen, dass sein Bauch dabei unter seiner Weste hervorquoll und auf den Boden stieß. Das Gespräch drehte sich um Belanglosigkeiten, und selbst als Augustus auf den Empfang für Lord Stapleton zu sprechen kam, musste Monica ein Gähnen unterdrücken. Doch dann bestand Augustus darauf, dass Honor Mr Cleburne dazu einlud, sie zu diesem Empfang zu begleiten.

Honor hob den Kopf. Sie sah Monica an, dann Augustus, offensichtlich hatte er sie kalt erwischt.

Mr Cleburne schien ihr Unbehagen zu bemerken, denn er wandte ein: „Das kann ich doch nicht verlangen."

„Es ist doch keine Unannehmlichkeit", sagte Augustus sorglos und stopfte sich zwei Weintrauben auf einmal in den Mund.

„Aber ich kann es doch von *Ihnen* nicht verlangen, Mr Cleburne", sagte Honor, die sich teilweise erholt zu haben schien. „Es wird sehr voll auf dem Empfang sein ... und laut."

„Ach, das macht mir nichts aus", sagte Cleburne freundschaftlich. „Ich bin sicher, dass ich bei den Tanzveranstaltungen auf dem Land schon Schlimmeres erlebt habe." Er lachte.

Honor wandte den Blick ab und reckte das Kinn trotzig vor. „Unglücklicherweise", fuhr sie fort und schüttelte den Kopf, als der Diener ihr Weinglas nachfüllen wollte, „ist das Gebäude nicht besonders gut belüftet."

„Dann werde ich vielleicht meine Jacke ausziehen müssen", antwortete Mr Cleburne und lächelte Augustus und Monica zu, als spielten sie alle ein Spiel.

„Dann ist das also beschlossene Sache", verkündete Augustus triumphierend. „Mr Cleburne ist dein Gast."

„Natürlich", sagte Honor. „Vielen Dank, dass du mich darauf gebracht hast, Augustus." Sie erhob sich. „Entschuldigen Sie mich bitte einen Moment."

Hastig sprang Mr Cleburne auf.

„Oh nein, Mr Cleburne, bitte behalten Sie doch Platz. Ich möchte mir nur ein wenig die Beine vertreten." Honor drehte sich auf dem Absatz um und ging fort. Sie marschierte eher, ihr Reitkostüm wehte in einer Wolke hinter ihr her.

Cleburne sah Monica und Augustus hilflos an. „Habe ich etwas Falsches gesagt?"

„Ganz und gar nicht, Mr Cleburne", sagte Monica und streckte die Hand aus, um sich von ihm aufhelfen zu lassen. „Honor ist manchmal ..."

„Stürmisch?", schlug Augustus arglos vor.

„Das ist nicht das Wort, nach dem ich gesucht habe", sagte Monica sanft. *Störrisch* traf es schon eher. „Sie ist etwas rastlos. Ich sehe mal nach ihr – trinken Sie doch noch einen Schluck Wein." Sie rückte ihre Haube zurecht, ehe sie Honor zum Ufer des Sees folgte.

Als ihre Erzfeindin sie erreichte, war Honor gerade dabei, einen Zweig in Stücke zu reißen, ein Blatt nach dem anderen. Als sie noch kleine Mädchen gewesen waren, hatte ihre Mutter sie beide immer zum Entenfüttern mit an diesen See genommen. Monica sah noch genau vor sich, wie Honor mit flatternden dunklen Haaren die Enten am Ufer aufgescheucht und versucht hatte, sie zu fangen, bis Monicas Mutter ihr zugerufen hatte, sie solle stehen bleiben. Monica hingegen hatte Angst vor den Enten gehabt und plötzlich fiel ihr wieder ein, wie Honor ihre Hand gehalten hatte, während Monica den schnatternden Biestern ihre Brotkrumen hinwarf. Was war nur aus den beiden kleinen Mädchen geworden? Monica konnte sich nicht mehr erinnern, wann sie sich so auseinandergelebt hatten.

Sie sah Honor aus dem Augenwinkel an. „Du siehst wütend aus."

In dem Blick, den Honor Monica zuwarf, lag nichts als Verachtung. „Wütend ist noch freundlich ausgedrückt. Das weißt du sehr gut."

„Wahrscheinlich hast du recht", gab Monica zu und zuckte mit den Schultern, während sie auf den See hinausblickte. „Ich verstehe dich einfach nicht. Mr Cleburne ist nun wirklich eine sehr gute Partie für dich ..."

„Eine sehr gute Partie?", gab Honor bissig zurück und sah sich nach dem lästigen Gentleman um. „Warum? Weil du sie eingefädelt hast? Denk nicht einmal daran, es abzustreiten", fügte sie hinzu, als Monica gerade den Mund öffnen wollte, um genau das zu tun. „Ich weiß, dass du Augustus erst auf die Idee gebracht hast. Alleine wäre er nie darauf gekommen."

„Selbst wenn es meine Idee war und selbst wenn du Mr Easton dazu angestiftet hast, mir den Hof zu machen, darum geht es doch hier überhaupt nicht", sagte Monica geradeheraus und stellte mit Genugtuung fest, dass Honor schuldbewusst wirkte. „Mr Cleburne ist eine gute Partie für dich, so ist es nun einmal. Er ist hingebungsvoll, er ist freundlich und sein Ruf ist über jeden Zweifel erhaben. Was willst du denn mehr?"

„Ich glaube ja auch nicht, dass Mr Cleburne unter meiner Würde ist, wenn du das meinst. Aber um Himmels willen, wir könnten nicht verschiedener sein, was unsere Haltung und unser Temperament betrifft. Außerdem frage ich mich, warum du eigentlich immer zufrieden mit dem bist, was du hast, Monica. Fragst du dich denn nie, ob es auch noch andere Möglichkeiten gäbe? Nimmst du immer gleich das erste Angebot an, das man dir macht?"

Monica schnappte entrüstet nach Luft. „Wage es ja nicht, vor mir so über Augustus zu reden!"

„Ich wollte nicht ..."

„Doch, das wolltest du!", schimpfte Monica. Jetzt sah sie über die Schulter hinweg zu ihrem Verlobten hinüber. Nach seinen ausladenden Gesten zu urteilen, erzählte er Mr Cleburne gerade mit großer Begeisterung eine Geschichte. „Zufällig empfinde ich sehr viel für Augustus. Deshalb habe ich das getan, was jede vernünftige Frau tun würde, Honor. Ich habe eine gute Partie gemacht. Ich sehe nicht, was daran verwerflich sein sollte. Ich bin glücklich. Verstehst du das nicht? Kannst du dich nicht einfach mit mir freuen? Darüber, dass ich ihn heiraten werde, dass das Aufgebot bestellt wurde?"

Honor riss die Augen auf. „Jetzt schon?"

„Allerdings!", sagte Monica wütend. „Warum wundert dich das so sehr? Augustus hat dir doch gesagt, dass wir heiraten wollen, bevor sein Vater ... Also, du weißt schon, was ich meine. Ich habe mich für dieses Leben entschieden und seinen Antrag angenommen und ich bin sehr glücklich darüber."

„Hörst du dir eigentlich manchmal selber zu?", fragte Honor und drehte sich plötzlich um, um sie direkt anzusehen. „Wäre es dir nicht auch lieber, die wahre, alles umfassende Liebe zu finden, als lediglich einen Antrag anzunehmen?"

Manchmal war Honor geradezu lächerlich kindisch. Monica konnte nicht anders, sie musste lachen.

Verwirrt runzelte Honor die Stirn. „Warum lachst du denn jetzt? *Liebst* du Augustus etwa?"

„Jetzt hör schon auf", rief Monica, die noch immer lachen musste. „Ich habe dir doch gesagt, dass ich ihn sehr schätze!"

„Aber *liebst* du ihn?"

„Um Himmels willen, Honor! Das wird sich schon ergeben. Liebe entwickelt sich mit der Zeit, wenn man sich kennengelernt hat, wenn zwei Menschen gemeinsam als Einheit durchs Leben gehen. Du tust so, als gäbe es eine Alternative! Was sollen wir denn sonst tun? Ewig warten? Worauf? Auf einen Ritter, der vorbeikommt und mich im Sturm erobert?"

„Allerdings!“, rief Honor verbittert.

„Du lieber Gott, du kannst einen ja wirklich zum Wahnsinn treiben“, sagte Monica schnippisch und sah in die andere Richtung. Sie war wütend auf sich selbst, weil sie zugelassen hatte, dass Honor sie aus der Fassung brachte. Wieder einmal.

„Es wird nie einen anderen Weg geben, wenn wir nicht anfangen, danach zu suchen“, sagte Honor und verschränkte die Arme eng vor ihrem Körper.

Monica verdrehte die Augen. „Und was für ein Weg schwebt dir da vor? Sag mir das! Überhaupt nicht zu heiraten? Immer weiter von einem Tanz zum nächsten zu leben?“

„Ich will damit sagen, wenn wir nicht verlangen, dem Ruf unseres Herzens folgen zu dürfen, dann wird man es uns auch nie erlauben. Die Gesellschaft wird weiterhin von uns erwarten, uns vorteilhaft zu verheiraten. Das ist alles.“

„Ach, und der Ruf deines Herzens zieht dich nicht zu Mr Cleburne?“

„Kein bisschen.“

„Hast du dir schon einmal überlegt, dass dein Herz vielleicht gar nicht so genau weiß, was gut für dich ist? Denn wenn es das wüsste, dann würdest du jetzt endlich etwas tun.“

Honor riss die Augen auf. Sie wirkte für einen Augenblick fast gekränkt, doch dann machte dieser Ausdruck einem anderen Platz. Sie schien über das nachzudenken, was Monica gesagt hatte. „Meine Güte, du hast vielleicht recht, Monica.“

„Was habe ich?“, fragte Monica überrascht.

„Ja“, entgegnete Honor. „Wenn ich nichts unternehme, wird es auch niemand anderes tun.“

Plötzlich hatte Monica das ungute Gefühl, etwas heraufbeschworen zu haben, das sie nicht wieder rückgängig machen konnte. „Honor Cabot, was hast du vor?“, fragte sie energisch. „Richte bloß kein weiteres Unheil an …“

„Unheil? Nein“, erwiderte Honor zuckersüß. „Du hast mir gerade geholfen, die Dinge klarer zu sehen. Sollten wir nicht zu den Gentlemen zurückgehen? Was meinst du?“ Sie schenkte Monica ein herzliches Lächeln, dann machte sie sich auf den Weg zu den Männern, dabei lief sie über die Wiese, als habe sie keinerlei Sorgen mehr.

27. Kapitel

An dem Nachmittag, an dem Lord Stapletons Empfang stattfinden sollte, hing eine bleierne Wolkendecke über London. Auch der starke Wind und der Geruch von Regen in der Luft trugen nicht gerade dazu bei, Georges ungewöhnlich düstere Stimmung zu erhellen. Er hätte überhaupt nichts dagegen gehabt, den Tag im Bett zu verbringen, den Kopf unter ein Kissen zu stecken und die Augen vor der Welt zu verschließen.

Doch es schien, als hätte Finnegan andere Pläne, denn er hatte Georges Schuhe auf Hochglanz poliert und für den Empfang seine goldene Weste und seine beste marineblaue Jacke herausgelegt. Wenn man nicht genau hinsah, dachte George, hätte man ihn auch für einen Marineoffizier halten können.

Normalerweise ärgerte es ihn, wenn Finnegan ihm seine Kleidung heraussuchte, so als könne er sich nicht selbst anziehen, aber heute Nachmittag war er sogar froh darüber, denn er bezweifelte sehr, dass er die nötige Sorgfalt für sein Erscheinungsbild aufgebracht hätte. Seit zwei Tagen war er melancholisch wie im Nebel herumgelaufen, er konnte an nichts anderes denken als an Honor und rief sich den Nachmittag in seinem Salon in allen köstlichen, quälenden Einzelheiten immer wieder ins Gedächtnis.

Ihm war einfach nicht mehr zu helfen. Er war ein Idiot, ein verdammter Idiot. Er hätte sich niemals auf ihren Handel einlassen sollen. Und er war ein noch größerer Idiot, weil er verrückt nach ihr war. Er hatte eine der Grundregeln seines Lebens gebrochen: *Glaube niemals, einer von ihnen zu sein.* Nachdem er sein halbes Leben versucht hatte, sich einen Namen zu machen, sich Gehör zu verschaffen, hatte er gelernt, sich in sicherer Entfernung von der vornehmen Gesellschaft zu bewegen. Das war vor allem nötig, um sich selbst zu schützen.

Aber in diesem Fall war er aus dem Tritt geraten, er hatte den für ihn vorgesehenen Pfad verlassen, hatte links und rechts des

Weges geschaut und dabei ganz nebenbei sein Leben ruiniert. Es war alles so schnell gegangen und so einfach – es musste nur eine mutige junge Frau auftauchen und ihn herausfordern, schon hatte seine goldene Regel sich in Rauch aufgelöst.

Was seiner Wut am meisten Nahrung gab, war die Tatsache, dass George nicht wollte, dass Honor diesen verdammten Vikar heiratete. Er wollte überhaupt nicht, dass sie heiratete. Er wollte, dass alles genauso blieb, wie es war, damit er Gelegenheiten bekam, in ihrer Nähe zu sein, dabei sein konnte, wenn sie verrückte Pläne ausbrütete, um in der vornehmen Gesellschaft Unruhe zu stiften, sodass er nicht mehr darüber nachdenken musste, dass er keinen Titel besaß oder sein Vermögen verloren hatte. Sodass er nicht darüber nachdenken musste, wer er war.

Das war natürlich ein ganz und gar unerfüllbarer Wunsch. Und doch war er erstaunlich dringend.

Zusätzlich verwirrte ihn, dass er sich nicht sicher war, ob er Honor wirklich trauen konnte. Das gab er nur widerwillig vor sich selber zu. Ja, er liebte sie. Und ein Teil von ihm wollte auch glauben, dass sie ihn ebenfalls liebte, aber sie gehörte zur vornehmen Gesellschaft und war zu ihm gekommen, weil sie ihr Vermögen und ihre gesellschaftliche Stellung in Gefahr sah. Trotz ihrer Gemeinsamkeiten, trotz seiner starken Gefühle – oder ihrer, soweit er wusste – konnte er nicht wirklich glauben, dass sie alles aufgeben würde, um mit ihm zu leben. Oder dass Beckington ihrer Verbindung jemals zustimmen würde. Und auch wenn es zwischen ihnen viel Leidenschaft gab, kam er nicht umhin, sich zu fragen, ob diese … diese Sache zwischen ihnen, diese unbeschreibliche, intensive Sache, für sie nicht nur ein Zeitvertreib war.

Wie konnte es denn etwas anderes sein?

Ja, George war in der Tat verzweifelt.

Aber trotz all dieser Verzweiflung war er seltsamerweise noch immer entschlossen, Monica Hargrove zu verführen. Er redete sich selber ein, dass es ihm darum ging, zu verhindern, dass Honors familiäre Probleme durch potenzielle Heiratskandidaten noch verschlimmert wurden. Eine leise Stimme in seinem Inneren flüsterte ihm zu, dass er persönlichere Gründe hatte – es hatte schon an seinem Stolz genagt, dass er sich so schwer damit tat, eine Debütantin zu verführen. *Nur ein Kuss*. Das war schon alles. Ein schneller Kuss auf den Mund und alle Zurückhaltung würde von Miss Monica Hargrove abfallen. Sie würde ihm aus der Hand fressen oder er würde eine andere Möglichkeit finden, sie zu fesseln.

Als Seemann verkleidet stapfte George die Treppe hinunter, um einen Kriegshelden zu ehren. Dabei machte er ein so finsteres Gesicht, dass das kleine Dienstmädchen, das Finnegan engagiert hatte – zum Saubermachen oder um sein Bett zu wärmen, das wusste George nicht genau –, vor ihm weglief wie ein scheues Reh.

Finnegan wartete mit Georges Hut und Handschuhen in der Eingangshalle. „Was für eine angenehme Überraschung", sagte er und verneigte sich ein wenig, „Sie haben daran gedacht, ihr Haar zu kämmen."

George schnappte sich den Hut und die Handschuhe und erwiderte: „Heute ist es so weit, Finnegan, heute werde ich Sie erwürgen."

„Sehr wohl, Sir", sagte Finnegan und öffnete die Tür für ihn.

An einem so trüben Tag war es nicht weiter verwunderlich, dass Burlington House voller Menschen war. Die erlauchten Gäste hatten sich auf der Galerie versammelt und standen dort Schulter an Schulter, ihr Stimmengewirr hallte von der hohen, gewölbten Decke wider. George wusste nicht, wie er hier jemanden finden sollte, aber er schob sich dennoch durch die Menge, dabei entschuldigte er sich, wenn er hier jemandem auf die Zehen trat und dort jemanden den Ellenbogen in die Rippen stieß. Dafür erntete er böse Blicke.

Er sah Sommerfield zuerst. Seine ausladenden Proportionen verschafften ihm etwas mehr Platz, als die meisten anderen Gäste für sich in Anspruch nahmen. Neben ihm stand Monica Hargrove und blickte gelangweilt drein. George hatte sich noch nicht überlegt, was er sagen wollte, aber er ging dennoch direkt auf sie zu.

Miss Hargrove drehte den Kopf und richtete sich ein wenig auf, als sie ihn auf sich zukommen sah. Sie wirkte erstaunt und senkte die Augenbrauen, sodass man fast von einem Stirnrunzeln sprechen konnte. Sie war wohl schlecht gelaunt. Er würde dafür sorgen, dass sich das änderte. Auf seinem Weg zu Miss Hargrove umrundete George ein Paar und war gänzlich unvorbereitet, als Honor plötzlich vor ihm stand. „Mr Easton", sagte sie und legte ihm dabei die Hand auf den Arm.

George sah auf diese Hand hinab. Unter ihrer Berührung schien sein Ärmel in Flammen zu stehen und ihn bis auf die Haut zu verbrennen. „Könnte ich wohl kurz mit Ihnen sprechen?"

„Nicht jetzt, meine Liebe. Hier ist noch eine andere Dame, die ich gern begrüßen würde."

„George … bitte. *Bitte.*" Sie lächelte, als sie den Blick nach rechts wandte. George folgte ihrem Blick und sah, dass Mr Cleburne neben ihnen stand.

„Mr Cleburne, würden Sie uns wohl einen Augenblick entschuldigen?", fragte sie.

„Ja, aber selbstverständlich. Guten Tag, Mr Easton", sagte er und verbeugte sich höflich, ehe er ein paar Schritte in die andere Richtung machte. George bemerkte sehr wohl, dass er sich nur so weit entfernte, dass er Honor immer im Blick behielt.

George schwieg; Honor zog ihn hinter sich her an die Seite.

„Geh zurück zu deinem Verehrer, Cabot. Du hast absolut nichts zu befürchten. Ich habe nicht vor …"

„Ich bitte dich, rede nicht mit ihr!", warf Honor ängstlich ein. „Sieh sie nicht einmal an. Es ist vorbei, es ist erledigt – ich hätte gar nicht mit diesem ganzen Wahnsinn anfangen dürfen!"

„Es ist nicht länger nur dein Spiel, meine Liebe. Es ist meins. Ich habe dir doch gesagt, ich bringe die Sache für dich in Ordnung."

„Du brauchst für mich gar nichts in Ordnung zu bringen. Ich will nicht, dass du irgendetwas in Ordnung bringst."

George sah sie an. „*Warum denn?* Hast du plötzlich dein Herz für Cleburne entdeckt?"

„Nein!", rief sie und sah nervös zu dem jungen Vikar hinüber. „Das ist es ganz und gar nicht, was mich antreibt. Es ist nur so, dass ich …" Sie stellte sich auf die Zehenspitzen, damit sie ihm über die Schulter schauen konnte.

„Dass du was?", fragte er.

Honor stellte sich wieder auf die Füße und biss sich auf die Lippen.

George runzelte die Stirn in Erwartung des Wahnsinns, der jetzt kommen würde. „Was soll denn diese plötzliche Zurückhaltung? Was ist los?"

„Ich bin nicht zurückhaltend", sagte sie, als wäre allein der Gedanke eine Beleidigung für sie. „Aber ich fürchte mich."

„Und vor was?"

„Vor dir“, gab sie zu.

Eine ungute Ahnung stieg in George auf. Wahrscheinlich war das er Augenblick, da sie ihm sagen würde, dass ihre Beziehung keine Zukunft hatte, weil sie dringend jemanden finden musste, der ihr einen Heiratsantrag machte. Er trat einen Schritt zurück. „Los, spuck es schon aus. Lass deine jungfräulichen Ängste nicht in deinem Weg stehen.“

„Ich liebe dich“, sagte sie.

George war wie vom Donner gerührt. Er starrte sie schweigend an.

„Bist du jetzt schockiert?“, fragte sie und lächelte jemandem zu, der hinter ihm vorbeiging. „Also, es ist wahr, Easton, ich liebe dich, von ganzem Herzen“, wiederholte sie, legte die Hände ineinander und presste sie an ihre Brust. „Was soll ich denn machen? Ich darf dich nicht lieben, aber ich liebe dich. Ich will nicht, dass du irgendeine andere außer mir verführst. Ich will dich ganz für mich alleine haben. Ich will dich.“

Noch nie hatte er sich so danach gesehnt, genau diese Worte aus dem Mund einer Frau zu hören, und gleichzeitig hatte er auch noch nie so sehr gehofft, sie nicht hören zu müssen. „Was du zu wollen glaubst, ist unmöglich“, erwiderte er deshalb brüsk. „Wie oft muss ich dir das noch sagen?“

Sie riss vor Überraschung die Augen auf und kniff sie sogleich vor Wut zusammen. „Warum ist bei dir immer alles erst einmal unmöglich?“

„Weil es so ist“, gab er zurück und empfand dabei eine unerklärliche, unverzeihliche Wut ihr gegenüber. So fühlte er sich schon seit Tagen, mit diesem ungewohnten, verrosteten Zahn aus Liebe in seiner Brust, und es machte ihn fuchsteufelswild. Sosehr er sie liebte, er würde nicht zulassen, dass ihr Ruf unter den Gerüchten litt, die über ihn in Umlauf waren. Dazu kam noch, dass er nun gänzlich mittellos war. Er hatte weniger als nichts, denn sein Schiff war immer noch nicht aufgetaucht. Er konnte diesem hellsten Stern seines Sonnensystems nichts bieten.

„Aber ich dachte … Du hast doch gesagt, dass du mich gernhast, dass du mich vermisst hast.“

Er konnte sehen, wie sich ihre Augen mit Tränen füllten. Es kam selten vor, dass ihre mangelnde Erfahrung sich so deutlich an der

Oberfläche zeigte, und aus irgendeinem Grunde machte es George noch wütender. Sie war auf eine Art und Weise naiv, die er gar nicht in vollem Umfang verstehen wollte, und er hatte sie gewähren lassen, hatte sie ermutigt, hatte ihr ihre Unschuld geraubt. „Es wird Zeit, dass du das Leben nimmst, wie es ist, Honor. Du kannst die Welt nicht einfach nach deinen Wünschen zurechtbiegen."

Sie sah aus, als hätten seine Worte sie wirklich verletzt. „Meine Wünsche? Glaubst du etwa, ich habe mir ausgesucht, dich zu lieben?", fragte sie, ohne sich noch um die Umstehenden zu kümmern. „Glaubst du, das macht mir das Leben irgendwie angenehmer?"

Georges Herz zog sich zusammen unter der Last der Emotionen. Er wollte all das nicht fühlen. Er sah in ihr wunderschönes Gesicht, diese Tochter aus gutem Hause, der man von Kindesbeinen an beigebracht hatte, wie man sich in Salons benahm und eine gute Partie machte, so wie er von Anfang an gelernt hatte, das nicht zu begehren. Sie hatte von klein auf gelernt, nach Vermögen und Stellung Ausschau zu halten.

Sie konnte einfach keinen Mann wie ihn lieben. Es war unmöglich.

Ihre kindlichen Vorstellungen von Liebe und edlen Opfern würden mit der Zeit schon verblassen.

Doch dann überraschte Honor ihn wieder einmal. Es war fast als ob sie seine Zweifel fühlen konnte. Sie legte ihm eine Hand auf den Arm und sagte: „Ich liebe dich wirklich, George. Ich weiß nicht, ob du mir glaubst, aber ich liebe dich so sehr, wie ich es niemals für möglich gehalten hätte. Ich bitte dich, sag mir die Wahrheit. Bitte sag mir, ob du genauso für mich empfindest. *Bitte.*"

Eine plötzliche Panik und ein uralter Schmerz durchzuckten ihn. Er löste ihre Finger von seinem Arm und trat einen Schritt zurück. „Ich bitte vielmals um Entschuldigung, Miss Cabot, aber ich kann Ihnen nicht bestätigen, was nicht wahr ist." George tat, was er tun musste – er drehte sich um und ging fort. Er floh vielmehr. Fieberhaft sah er sich in der Menge um, die in der großen Halle versammelt war, und fühlte sich, als würden die Wände auf ihn herabstürzen, als würde alle Luft aus dem Gebäude gesaugt. Er verließ den Empfang und trat in den kalten grauen Tag hinaus.

Er sah nicht zurück. Das war nicht nötig. Das Bild vom Schmerz in ihren Augen war für immer in sein Gedächtnis eingebrannt.

Und weil George auf diese Weise die Veranstaltung verlassen hatte, als Gefangener seiner Geburt und seiner Erfahrung, weil er fest daran glaubte, dass der Vikar wirklich eine gute Partie für sie war und er im Gegensatz dazu die schlechtestmögliche Partie, weil er sich nach Southwark begab und dort den Rest des Tages bei Glücksspiel und Schnaps verbrachte, wobei er verzweifelt versuchte, ihre Worte aus seinem Gedächtnis zu verbannen und ihr Bild von seinem inneren Auge, erfuhr er erst am nächsten Tag, dass der Earl of Beckington verstorben war.

28. Kapitel

Der Tod hatte sich in Beckington House eingeschlichen, als niemand ihn erwartet hatte. An jenem Morgen hatte der Earl mit der Familie zusammen beim Frühstück gesessen, er hatte gelächelt und die Mädchen nach ihren Plänen für den Tag gefragt. Als Augustus wieder einmal die Geduld mit Mercy verlor, erinnerte sein Vater ihn daran, dass sie noch ein Kind war.

Augustus war in nachsichtiger Stimmung und hatte ihm zugestimmt. Dann hatte er das Gespräch auf den Empfang zu Ehren von Lord Stapleton gebracht, der am Nachmittag stattfinden sollte. Er hatte laut überlegt, wer wohl alles daran teilnehmen würde. Honor hatte gefragt, ob Grace nach ihrem Abend bei den Chathams noch im Bett sei. Der Earl nahm an, dass sie erschöpft war, wenn sie den ganzen Abend lang dem Redestrom von Lady Chatham ausgesetzt war.

Prudence hatte eine lustige Geschichte über Mrs Philpots Hühner zum Besten gegeben, die den Grosvenor Square unsicher gemacht hatten, nachdem sie aus ihrem Käfig entkommen waren. Sie hatte sich vor Gekicher kaum halten können, während sie berichtete, wie die arme Frau den Vögeln hinterhergerannt war, die Röcke bis zu den Knien gerafft. Auch der Earl hatte gelacht, bis er kaum noch atmen konnte.

Nach dem Frühstück hatte Mercy ihren Stiefvater gefragt, ob sie ihm vorlesen solle – eigentlich war er ja der einzige Vater, den sie je gekannt hatte –, aber er hatte nur freundlich gelächelt und ihr versichert, dass sein Bedarf an Geschichten über menschenfressende Wölfe fürs Erste gedeckt sei.

Wenn Honor sich die Ereignisse dieses Morgens ins Gedächtnis rief, musste sie jedoch vor allem an ihre Mutter denken und nicht an den Earl. Ihre Mutter saß an der Seite ihres Mannes und starrte dabei ungewöhnlich ruhig auf ihren Teller. Ob sie wohl schon ahnte, dass der Tod ihnen so nahe war? Oder war sie wieder einmal in ihre eigene Welt abgetaucht, so wie sie es jetzt immer öfter tat?

Es gab noch etwas anderes, an das Honor immer wieder denken musste, wenn sie sich an das letzte Mal erinnerte, da sie den Earl lebend gesehen hatte. Als sie vom Tisch aufstand, beugte sie sich zu ihm hinunter, um ihm einen Abschiedskuss zu geben. Er hatte daraufhin ihre Hand festgehalten und gesagt: „Du bist ein gutes Mädchen, Liebes. Lass dir von niemandem etwas anderes einreden.“ Dazu hatte er gelächelt.

Honor hatte gelacht. Er hatte ihr immer wieder gesagt, dass sie ein gutes Mädchen sei, seitdem Monica und sie sich einmal heimlich aus dem Gottesdienst geschlichen hatten, um sich mit ein paar Jungs zu treffen. Sie wusste es noch genau: Es waren nicht irgendwelche Jungs gewesen, sondern zwei Stalljungen, die sich um die Pferde der Gemeindemitglieder zu kümmern hatten.

„Ich glaube, Sie sind der Einzige, der so denkt, Mylord. Aber ich werde versuchen, es nicht zu vergessen.“

Der Earl hatte ihre Hand gestreichelt und sie dann losgelassen.

Honor wünschte sich nichts mehr, als wirklich das gute Mädchen zu sein, das der Earl immer in ihr gesehen hatte. Sie wünschte sich, ihm eine bessere Tochter gewesen zu sein, mehr Zeit mit ihm verbracht zu haben.

Seiner Beerdigung waren hektische Aktivitäten vorausgegangen. Es waren so viele Leute da gewesen, so viele Umarmungen und Beileidsbekundungen. So viele Rituale und so viele schwarze Kleider.

Am Tag nach der Beerdigung war Grace nach Bath gefahren.

„Bitte bleib hier“, hatte Honor gebettelt.

„Ich kann nicht“, hatte Grace voller Entschlossenheit geantwortet. „Wir dürfen keine Zeit verlieren.“

Honor hatte sich an jenem Morgen von Grace verabschiedet und ihre Schwester fest gedrückt. Sie war sicher, dass Graces Plan mindestens so viele Quellen für ein Scheitern barg wie ihrer und dass sie wahrscheinlich in ein paar Wochen wieder zu Hause wäre. Doch Graces Abreise hatte sich wie ein Todesstoß angefühlt, so als wäre die letzte Tür zu ihrem bisherigen Leben zugeschlagen worden.

Honor stand auf der Straße und sah der Kutsche nach, wie sie um die nächste Straßenecke verschwand. Sie blieb noch eine ganze Weile so stehen und schaute die Straße hinab. Sie wartete und beobachtete.

Worauf sie wartete, hätte sie jedoch nicht sagen können.

Sie war an diesem Morgen voller Verzweiflung. Innerhalb weniger Tage hatte sie die wichtigsten Menschen in ihrem Leben verloren: den Earl, ihre geliebte Schwester Grace und Easton.

Der Schmerz war niederschmetternd.

Seit dem Tod des Earls waren nun zwei Wochen vergangen, zwei Wochen so voller Trauer, dass Honor den Appetit verloren hatte. Sie aß nur noch, wenn Hardy sie dazu drängte. Es ergab überhaupt gar keinen Sinn – Honor hatte gewusst, dass der Earl nicht mehr lange zu leben hatte, und sie hatte stets angenommen, auf sein Ableben vorbereitet zu sein. Aber in Wirklichkeit gab es nichts, das sie darauf hätte vorbereiten können.

Sein Fehlen machte sich im ganzen Haus bemerkbar. Augustus hatte sich noch nicht richtig in seine neue Rolle gefunden und das ganze Personal erschien ebenfalls niedergeschlagen. Prudence und Mercy flüsterten ständig miteinander, selbst sie sahen müde aus in ihren schwarzen Kleidern.

Aber Honor trauerte nicht allein um den Tod ihres Stiefvaters. Sie trauerte mindestens ebenso sehr um George.

Gott, wie sie ihn vermisste. Und gleichzeitig verabscheute sie ihn. Zumindest versuchte sie, sich selbst einzureden, dass sie ihn verabscheute. Als er sie zurückwies, hatte er alte, tief sitzende Wunden wieder aufgerissen. Sie durchlebte den ganzen Alptraum mit Lord Rowley zum zweiten Mal. Nach Eastons Ablehnung war Honor am Boden zerstört, und wäre Mr Cleburne nicht so fürsorglich gewesen, sie nach Hause zu bringen, wäre sie vielleicht auf dem Empfang zusammengebrochen.

Seit diesem schrecklichen Nachmittag hatte sie George weder gesehen noch von ihm gehört. Er war nicht gekommen, um ihr sein Beileid auszusprechen. Selbst auf der Beerdigung hatte sie die Menge der Dutzenden von Trauergästen vergeblich nach ihm abgesucht. Er war nicht aufgetaucht.

Beim Leichenschmaus hörte sie zufällig ein Gespräch zwischen zwei Gentlemen mit an, in dem es um den Krieg ging. Einer von ihnen erwähnte, dass Georges Schiff noch immer verschwunden war, wahrscheinlich war es gekapert worden oder gesunken. Mit einem boshaften Lachen hatte er hinzugefügt, dass sein Vermögen wohl mit untergegangen sei. Honor fragte sich, ob George wirklich sein ganzes Vermögen verloren hatte und jetzt ein ärmliches Leben führen musste. Sie hasste ihn ... aber sie wünschte sich auch, ihm helfen zu können.

Ihr Herz verkümmerte bei all dem Schmerz, mittlerweile musste es schon zu Staub zerfallen sein. Sie konnte es fühlen – ein pulvriges, körperloses Ding in ihrer Brust.

An einem düsteren, feuchten Nachmittag gingen Honor und Prudence auf dem Platz spazieren – sie mussten einfach einmal an die frische Luft. Bei dieser Gelegenheit berichtete Prudence, dass sie zufällig gehört hatte, wie Monica sagte, dass sie in wenigen Wochen heiraten würde, aber ihre Mutter hatte ihr widersprochen und gemeint, sie müsse ein Jahr warten, bis die Trauerzeit vorüber sei.

„Vielleicht theoretisch", sagte Honor hoffnungsvoll.

„Was meinst du damit?"

„Ich glaube nicht, dass Augustus es noch ein Jahr lang ohne sie aushält", antwortete Honor. „Er wird sich schon etwas ausdenken. Und selbst wenn es noch ein ganzes Jahr dauert, wie lange wird Mama noch schweigen? Wenn sie wieder zu reden anfängt, merken alle, dass sie jetzt komplett verrückt geworden ist. Ihr Wahnsinn geht uns alle an, Pru. Das Einzige, was sich jetzt geändert hat, ist, dass unser Leben wegen der Trauerzeit noch komplizierter geworden ist."

„Ich traue mich ja gar nicht, es zu sagen, aber ..."

„Aber was?"

Prudence schüttelte den Kopf. „Ich mache mir große Sorgen um Mama. Ich habe zufällig gehört, wie Augustus und Mrs Hargrove über sie gesprochen haben."

Furcht lief Honor als kalter Schauer über den Rücken. „Die alte Mrs Hargrove? Oder Monica?"

„Die alte Mrs Hargrove." Prudence sah über den Platz hinweg zu Beckington House hinüber. „Sie hat gesagt, dass sie sich Sorgen um Mamas Gesundheit macht, und Augustus hat ihr natürlich zugestimmt. Aber dann hat Mrs Hargrove gesagt, dass es eine Einrichtung in Sankt Asaph gibt, wo man sich um Leute wie Mama kümmert."

„Sankt Asaph?", fragte Honor. „Davon habe ich ja noch nie gehört."

„Mercy und ich auch nicht. Wir haben auf einer Landkarte danach gesucht. Ach, Honor – es liegt in Wales! Weißt du, wie weit weg das von London ist? Es ist weit weg von allem!"

Honors Herz setzte für ein paar Schläge aus.

„Miss Cabot!“

Prudence und Honor blieben beide verwundert stehen und sahen sich um. Mr Cleburne kam auf sie zu.

„Mein Gott, was will der denn schon wieder?“, murmelte Honor.

„Ich bitte vielmals um Verzeihung“, sagte Mr Cleburne, als er sie erreicht hatte, „ich hoffe, ich bin nicht allzu aufdringlich. Ich habe Sie beide hier zufällig gesehen und mir gedacht, Sie hätten vielleicht gern etwas Gesellschaft.“

„Ich habe gerade eben zu Honor gesagt, dass wir wohl wieder ins Haus gehen sollten. Mama braucht uns wahrscheinlich“, erwiderte Prudence.

„Aber frische Luft schadet doch nie“, sagte er hoffnungsvoll und schien dabei zu vergessen, dass die Londoner Luft alles andere als frisch war.

„Geh ruhig schon vor und sieh nach, ob bei Mama alles in Ordnung ist“, schlug Honor vor. Prudence sah sie verunsichert an, aber Honor blinzelte ihr zu. „Mr Cleburne und ich kommen gleich nach.“

Als Prudence gegangen war, lächelte Cleburne Honor zu und wies mit der Hand auf den Fußweg. „Vielen Dank, Miss Cabot.“ Er passte sich ihrem Schritt an, die Hände auf dem Rücken verschränkt. „Um die Wahrheit zu sagen, bin ich sehr froh, dass ich die Gelegenheit bekomme, ein wenig mit Ihnen alleine zu sein. Ihre Familientragödie hat mich hier in London festgehalten, aber es wird wirklich höchste Zeit, dass ich nach Longmeadow und zu meiner dortigen Gemeinde zurückkehre. Ich werde Samstag in einer Woche abreisen.“

„Ihre Gemeinde hat Sie sicher sehr vermisst“, bemerkte Honor.

Er lächelte sein schüchternes Lächeln. „Darf ich Ihnen ein Kompliment machen, Miss Cabot? Ich habe Ihre Stärke bewundert, mit der Sie diese schwere Zeit gemeistert haben. Sie waren Ihrer Familie eine große Stütze.“

Sie war ganz und gar keine Stütze für irgendjemanden gewesen. Sie war umhergestolpert, ganz benommen vor Trauer.

„Miss Cabot, ich ...“ Er blieb unvermittelt stehen. „Miss Cabot, ich habe Sie in der letzten Zeit sehr schätzen gelernt“, sprudelte es aus ihm hervor.

Honor schluckte ihre plötzliche Furcht herunter. „Ich danke Ihnen sehr dafür, Mr Cleburne, aber ich muss Sie wirklich bitten, nicht mehr zu sagen, ich bin noch in Trauer …"

„Aber das ist genau der Grund, weshalb ich nicht schweigen kann", sagte er mit großem Ernst und griff nach ihrer Hand. Honor sah auf seine Hand hinab. „Ich bitte um Verzeihung. Bin ich zu forsch?", fragte er.

Sie blinzelte. Wäre er irgendein anderer Gentleman, dann hätte sie jetzt gelacht, denn dann wäre diese Bemerkung als Witz gemeint gewesen. Aber Cleburne hielt ihr Zögern für Schüchternheit und lächelte ihr aufmunternd zu. „Sie brauchen sich nicht vor mir zu fürchten, Miss Cabot. Ich würde Ihre Unschuld verteidigen wie mich selbst. Ich möchte Ihnen nur ein wenig beistehen."

Honor musste an ihre Nacht mit George denken. Im Vergleich mit ihm war Cleburne ein Baby, das noch in den Windeln lag und das man im Wald ausgesetzt hatte.

Sie stellte fest, dass ihr Schweigen ihn nervös machte. „Glauben Sie, dass wir vielleicht – natürlich erst nach einer angemessenen Trauerzeit – zu einer Übereinkunft gelangen könnten? Ich will ganz offen sein: Sommerfield ist sehr zufrieden mit diesem Vorschlag. Ich weiß, dass ich kein echter Londoner bin oder … oder überhaupt ein Mann, den Sie früher in Erwägung gezogen hätten, aber ich bin ein guter Mensch, ich bin aufrichtig und ich würde bis ans Ende Ihrer Tage für Sie sorgen."

Honor wusste nicht, was sie darauf antworten sollte. Sie wagte nicht zu sagen, was sie wirklich fühlte, denn sie wollte weder Mr Cleburne verletzen noch Augustus gegen sich aufbringen. Aber sie wollte ihm auch keine falschen Hoffnungen machen. Sie dachte fieberhaft nach, während sie ihm ihre Hand entzog. „Ich werde nicht so tun, als würde mich diese Erklärung überraschen", sagte sie, woraufhin der arme Mann tatsächlich rot im Gesicht wurde. „Aber es sind so viele Umstände zu bedenken, Mr Cleburne. Vor allem gilt meine Sorge meiner Mutter und meinen Schwestern."

„Sie sind selbstverständlich willkommen in Longmeadow."

„Sie haben sicher schon gemerkt, dass es meiner Mutter nicht gut geht", sagte sie geradeheraus.

Er lächelte. „Ich betrachte es als meine christliche Pflicht, zu helfen, wo immer ich kann."

Natürlich tat er das. Sie nickte, die Gedanken wirbelten in ihrem Kopf wild durcheinander. Plötzlich musste sie an George denken, der ihr einfach ins Gesicht gesagt hatte, dass ihre Liebe zu ihm „unmöglich“ war. Sie sollte Cleburnes Antrag annehmen, sollte endlich die Realitäten ihres Lebens akzeptieren, so wie George gesagt hatte, und doch ... doch konnte sie sich nicht von ihrer Sehnsucht nach George lösen. „Geben Sie mir einen Tag Zeit ... oder zwei, ehe wir uns weiter unterhalten?“

Cleburne war seine Enttäuschung deutlich anzumerken, aber er machte gute Miene zum bösen Spiel und sagte: „Aber natürlich. Über diese Dinge sollte man in Ruhe nachdenken.“

Cleburne brachte sie noch bis zur Haustür, aber er wollte nicht mit hineinkommen. Er behauptete, er habe noch Besuche zu machen.

Sie ging nach oben, ihre Glieder waren schwer, ebenso wie ihr Herz, als sie den Korridor zum Zimmer ihrer Mutter hinunterging. Sie klopfte leise; sofort wurde die Tür von Hannah geöffnet. Dicht hinter dem Hausmädchen stand Mercy und übte mit ausgestreckten Armen ein paar Tanzschritte, während sie eine Melodie vor sich hin summte.

„Wie geht es meiner Mutter?“, flüsterte Honor.

„Keinerlei Veränderung, Miss. Sie sagt nichts und hat keinen Appetit.“

Honor nickte und betrat den Raum. Ihre Mutter hatte Trauerkleidung angezogen, stand am Fenster und sah auf die Straße vor dem Haus. „Mama?“, fragte Honor.

„Sie hört heute niemandem zu“, sagte Mercy und machte einen tiefen Knicks.

Honor ging zu ihrer Mutter hinüber und berührte sie am Arm. Sie fuhr zusammen, aber dann sah sie Honor an und lächelte. „Liebes“, sagte sie.

„Wie geht es dir? Brauchst du irgendetwas?“

Ihre Mutter antwortete nicht, sondern sah wieder zum Fenster hinaus.

„Mercy, kannst du bei Mama bleiben?“, fragte Honor ihre Schwester, die schon wieder eine Pirouette drehte, sodass die schwarzen Bänder ihres Trauerkleides hinter ihr herflatterten.

„Wann darf ich endlich wieder mit den Tanzstunden anfangen?“, fragte sie, beugte die Knie und lehnte sich zu einer Seite.

„Wenn wir, wie es sich gehört, um unseren Stiefvater getrauert haben", entgegnete Honor. „Wo ist Pru?"

„Sie foltert schon wieder das Klavier."

Tatsächlich fand Honor Prudence am Klavier, wo sie eine traurige Melodie spielte.

„Willst du die Nächste sein?", fragte Prudence. „Mercy hat auch schon auf mich eingeredet, dass ich aufhören soll."

„Das fiele mir nicht einmal im Traum ein", schwindelte Honor. „Aber ich brauche deine Hilfe. Kannst du heute Abend auf Mama aufpassen?"

Prudence unterbrach ihr Spiel. „Warum? Wo willst du denn hin?"

„Ich muss etwas erledigen."

„Und was?", fragte Prudence weiter.

Honor wusste nicht, was sie darauf antworten sollte. Sie wusste nur, dass sie Eastons Zurückweisung nicht akzeptieren konnte. Anders als bei Rowley war sich Honor dieses Mal sicher, dass er ihre Gefühle erwiderte, und sie würde nicht einfach weggehen und die Sache auf sich beruhen lassen. „Vertrau mir, Liebes, ich bin vor Einbruch der Dunkelheit zurück."

„Also gut", sagte Prudence leichthin und fing wieder an zu spielen. „Du weißt doch noch, was der Earl immer zu dir gesagt hat? Du bist ein gutes Mädchen, Honor."

Honor sah ihre Schwester überrascht an.

Prudence lächelte verlegen. „Du denkst immer, ich bin noch ein Kind, aber das stimmt nicht", sagte sie und spielte einen mächtigen Akkord.

Honor lächelte sie liebevoll an. „Nein, Pru, das bist du nicht. Du bist viel zu schnell erwachsen geworden."

„Grace hat mich gewarnt. Sie hat gesagt, dass dich jemand daran erinnern muss, dass du ein gutes Mädchen bist, damit du es nicht vergisst."

Honor musste lachen. Wie sie Grace vermisste! „Ich werde daran denken. Aber heute Abend musst du mir wirklich vertrauen."

„Das tue ich", versicherte Prudence. „Wie immer." Sie schenkte ihrer Schwester ein kindliches Lächeln und fing wieder an zu spielen. „Pass auf dich auf, Honor."

Als sie hinausging, dachte Honor darüber nach, dass ihr jetzt schon die Kinder sagten, sie solle auf sich aufpassen.

29. Kapitel

Honor hatte sich in einen dicken Umhang gehüllt und die Kapuze tief ins Gesicht gezogen, als sie über die Nebenstraßen und Stege zur Audley Street ging. Ein dichter Nebel hing in den Straßen. Sie eilte die Stufen hinauf und klopfte an Georges Tür. Es dauerte mehrere, quälend lange Minuten, ehe sie endlich geöffnet wurde. Vor ihr stand Mr Finnegan und sah sie neugierig an. Er beugte sich vor, um unter der Kapuze ihr Gesicht erkennen zu können. „Miss Cabot?“, fragte er überrascht.

„Ja, ich …“

Er nahm sie hastig am Arm, zog sie ins Haus und blickte dann nach beiden Seiten die Straße hinab, ehe er die Tür hinter ihr schloss.

„Ich bitte um Verzeihung“, sagte Honor atemlos, als sie die Furcht überkam. „Mir ist klar, dass dieser Besuch Ihnen merkwürdig vorkommen muss, aber ich muss unbedingt mit Mr Easton sprechen. Ist er zu Hause?“

„Das ist er“, erwiderte Finnegan vorsichtig.

„Dann … Könnten Sie ihm dann bitte sagen, dass ich nach ihm gefragt habe?“

Finnegan seufzte und schüttelte den Kopf.

Honor verließ der Mut. Sie war hierhergekommen, nur um sich eine weitere Abfuhr abzuholen.

„Ich werde ihm nicht sagen, dass Sie nach ihm gefragt haben – es ist wohl besser, wenn er es direkt aus Ihrem Munde hört, Madam“, fuhr Finnegan fort und legte eine Hand in ihr Kreuz, um sie durch die Eingangshalle zu schieben. Er zeigte auf einen langen Korridor. „Gehen Sie weiter, bis Sie zu einer grünen Tür auf Ihrer rechten Seite kommen. Dort befindet sich sein Arbeitszimmer, dort ist er.“

Sie sah Finnegan verunsichert an und blickte dann zum spärlich erleuchteten Korridor hinüber. „Sollten Sie ihn nicht lieber vorwarnen?“

„Wenn ich ihm sage, dass Sie hier sind, schießt er vielleicht auf mich.“ Er lächelte, als fände er das sehr amüsant. „Sie werden verstehen, was ich meine, wenn Sie ihn sehen. Die grüne Tür“, sagte er noch einmal und drehte sich um. „Sie brauchen nicht anzuklopfen, das hat ohnehin keinen Zweck. Gehen Sie einfach hinein.“

Honor musste ihre Hand zur Faust ballen, um ihre Nerven zu beruhigen. Sie ging den Korridor entlang und fand die grüne Tür sofort. Als sie sich noch einmal umsah, war Finnegan verschwunden.

Honor sah die Tür an. Sie nahm die Kapuze ab, strich ihr Haar glatt und sah sich den Türknauf genauer an. Bei allem, was sie bisher getan hatte, bei allen Risiken, die sie eingegangen war, hatte sie gelacht und nie wirklich Angst gehabt. Nicht einmal in der Nacht, als sie nach Southwark gefahren war. Doch heute Abend erstickte sie fast an ihrer Furcht. Sie wusste nicht, wie sie es verkraften sollte, wenn er sie wieder fortschickte. Aber sie würde auch nicht Cleburne heiraten, ohne dass sie aus seinem Munde die Wahrheit gehört hatte. Entweder liebte er sie oder er hatte sie nur benutzt. Jetzt musste er ihr die Wahrheit sagen.

Sie streckte die Hand nach dem Türknauf aus und drehte ihn vorsichtig herum, sodass sie die Tür einen Spalt öffnen konnte. Sie steckte den Kopf hindurch und sah hinein.

Das einzige Licht im Raum kam vom Kamin. Sie konnte die Rückenlehne eines Sessels und darüber Georges Kopf erkennen. Seine Füße lagen einer über dem anderen auf einer Ottomane. Einen Arm hatte er über die Lehne des Sessels gelegt, zwischen zwei Fingern hielt er einen Cognacschwenker, die bernsteinfarbene Flüssigkeit schimmerte in dem matten Licht.

Sie betrat den Raum und schloss leise die Tür hinter sich.

„Fahren Sie zur Hölle, Finnegan!“, knurrte er. „Ich habe Ihnen gesagt, dass Sie mich in Ruhe lassen sollen. Wollen Sie vielleicht, dass ich Sie erschieße? Kommen Sie her, Mann, dann tue ich Ihnen den Gefallen!“

Honor öffnete die Spange, mit der ihr Umhang zusammengehalten wurde, und ließ ihn auf den Boden fallen.

„Schleichen Sie nicht da hinten herum“, sagte George wütend. „Ist Ihnen eigentlich klar, dass Sie wahrscheinlich der schlechteste Diener in ganz England sind? Weiß Gott, warum ich Sie überhaupt jemals engagiert habe.“

Das Monster in ihm war offensichtlich erwacht. Honor strich ihr Kleid glatt und trat vor.

„Wenn ich nur ein bisschen Verstand hätte, dann hätte ich Sie hinausgeworfen, so wie Lord Dearing es getan hat. Ich hätte einen Ziegenbock ins Haus lassen können und hätte weniger Ärger gehabt als mit Ihnen."

Als sie das hörte, zog Honor erstaunt die Augenbrauen hoch. Ihr kam es so vor, als sei Finnegan ein sehr netter Mensch. Sie ging weiter, bis sie direkt hinter George stand, und überlegte, was sie wohl sagen sollte. Alle Worte, die sie sich zurechtgelegt hatte, waren einfach so aus ihrem Kopf verschwunden.

„Verschwinden Sie!", rief George. „Ich will nichts von Ihnen hören. Ich will Sie überhaupt nicht in meiner Nähe haben. Ich will weder Ihr Essen noch Ihren Wein oder was Sie mir sonst bringen. Ich habe Whiskey und Brandy, das reicht mir vollkommen. Sehen Sie sich ruhig um, dann wissen Sie, was ich meine. Hier sind meine Freunde."

„Das sind aber nicht deine einzigen Freunde", sagte Honor.

Beim Klang ihrer Stimme stand George so ruckartig auf, dass er die Ottomane umwarf. Er drehte sich um und riss bei ihrem Anblick vor Schreck die Augen weit auf. Er ließ seinen Blick über ihr Gesicht schweifen. Dann ließ er das Glas fallen, das er in der Hand gehabt hatte, riss Honor in seine Arme und vergrub sein Gesicht an ihrem Hals, in ihrem Haar. „Du lieber Gott, wo bist du nur gewesen?", murmelte er in ihr Haar hinein.

Eine Träne lief Honors Wange hinab. Wenn er sie nicht so fest gehalten hätte, hätte sie ihm eine Ohrfeige gegeben. „Dasselbe könnte ich dich auch fragen!"

Er küsste sie, strich mit den Händen über ihren Körper und dann über ihr Haar. Er drückte sie an sich und küsste sie hart, dabei hielt er sie so fest, als fürchtete er, er könne sie sonst verlieren. „Mein Gott, ich habe dich so vermisst."

Honors Furcht wurde von ihrer Lust verdrängt. So, wie er sie hielt, sie ansah und sie küsste – sie hatte sich noch nie so begehrenswert gefühlt und sie würde nicht davor zurückscheuen. Sie würde nehmen, was sie bekommen konnte, solange es ging.

Es gab so viel zu sagen, aber das ging im Überschwang ihrer Leidenschaft unter. George ließ sich wieder auf den Sessel fallen und zog Honor mit sich. Sein Mund fühlte sich warm und feucht an. Er quälte sie und erfüllte sie mit Verlangen. Jede Berührung seines Mundes, jedes Streicheln seiner Hand fuhr ihr bis ins Mark. Sie klammerte sich an ihn, an seine starken Arme und seinen muskulösen Körper, an die Wärme, die von ihm auszugehen schien.

Er tastete nach dem Saum ihres Kleides und schob seine Hände darunter bis hoch zu ihrer Taille, dann hob er sie hoch und setzte sie auf die Wölbung seiner Lust. Ein Schauer der Leidenschaft rann durch sie hindurch und sie drückte sich an ihn. Dabei hielt sie den Atem an, als sie spürte, wie hart er sich am weichsten Teil ihres Körpers anfühlte. Er ließ seine Zunge um ihre kreisen und strich mit den Händen über ihre Seiten, ihren Oberkörper und dann ihre Brüste.

Honor vergaß auf der Stelle alles um sich herum – sie konnte nur noch George sehen und fühlen. Funken des Begehrens durchzuckten sie, als sie sich an ihn schmiegte, wobei sie sich von einer Woge aus Zuneigung und Liebe tragen ließ, sie spürte das überwältigende Bedürfnis, ihn glücklich zu machen, ihn zu befriedigen. Alle ihre Sinne richteten sich aufeinander, zwischen ihnen und dem Rest der Welt bildete sich ein Schleier.

George erkundete mit Händen und Mund ihren ganzen Körper, ließ seine Lippen über ihre warme Haut gleiten, streichelte und lockte sie und verschaffte ihr höchste Freuden. Er vergrub seine Finger in ihrem Haar, löste eine Strähne und strich sich damit über das Gesicht. Er berührte die Kuhle an ihrem Hals mit dem Mund und stöhnte, als er spürte, wie wild ihr Puls schlug. Honors Herz raste und kümmerte sich weder um Richtung noch um Geschwindigkeit.

George zerrte an seiner Hose, erhob sich und zog sie über seine Hüften und Oberschenkel herunter, er war erregt und zu allem bereit. Er hob sie noch einmal hoch und half ihr dann dabei, sich auf ihn zu setzen.

Weiß glühende Lust schoss durch ihre Rippen und ihren Unterleib. Honor schloss die Augen und beugte sich vor, während George sich in ihr bewegte, sie hochhob und wieder hinabgleiten ließ, bis sie atemlos auf ihren Höhepunkt wartete.

Er nahm ihr Gesicht in beide Hände und legte seine Stirn an ihre. „Ich glaube, du weißt nicht einmal, welche Macht du über mich hast.“

Sie strich ihm eine Haarsträhne aus der Stirn und küsste ihn auf die Schläfe. „Ich liebe dich“, sagte sie.

„Nein“, sagte er, während er in sie eindrang und sie ganz ausfüllte, ehe er sie nach hinten schob, damit er noch tiefer in sie hineinstoßen konnte.

„Ich *liebe* dich“, wiederholte sie starrköpfig. Er knurrte etwas Unverständliches, schob eine Hand zwischen sie beide und streichelte sie, bis sie fast verrückt wurde. Honor folgte dem Rhythmus seines Körpers, jeder einzelnen seiner Bewegungen. Sie legte die Arme um seinen Hals und leckte ihm spielerisch über die Lippen und die Zunge. Ihr Heißhunger nach ihm wurde immer stärker, füllte sie ganz aus und ließ sie schließlich alle Vernunft und alle guten Manieren vergessen. Sie ritt ihn und wollte ihn tief in sich spüren, wollte aus so großer Höhe fallen, wie es nur ging.

Mit den Fingern umkreiste er die Perle ihrer Lust, glitt tief in sie hinein und bewegte sich dann schneller. „Mach die Augen auf.“ Sie tat, was er gesagt hatte, und sah ihm in die Augen, während er hart zustieß, sodass sie vom Gipfel des Berges katapultiert wurde und kopfüber in die Tiefe stürzte.

Sie wurde ganz schwach, aber er hielt sie mit beiden Armen fest und stieß noch härter zu, ließ sie all seine Sehnsucht spüren, bis seine Lust sich in einem explosiven Höhepunkt entlud. Keuchend sank er in den Sessel, dabei hielt er sie noch immer fest und versuchte, mit der Wange an ihrer, wieder zu Atem zu kommen. Sein Herz raste so heftig, dass sie es in ihrem Herzen spüren konnte.

„Du hast mich für jede andere Frau verdorben“, sagte er. „Es gibt nur noch dich, Honor.“

Diese Worte bedeuteten Honor mehr als die körperlichen Freuden, die er ihr eben bereitet hatte. Sie setzte sich auf, nahm sein Gesicht in beide Hände und küsste ihn zärtlich auf den Mund.

Er küsste sie auf die Wange, die Stirn und rückte dann ein wenig zur Seite, sodass sich ihre Körper voneinander trennten. Honor setzte sich auf seinen Schoß und legte den Kopf auf seine Schulter. Keiner sagte ein Wort; gemeinsam starrten sie in die Flammen im Kamin und sahen ihnen dabei zu, wie sie mit jedem Luftzug tanzten.

Aber das Blut strömte immer noch so heiß durch Honors Adern, dass George es fühlen musste; er legte eine Handfläche an ihre Wange und küsste sie auf die Schläfe.

„Wie kommt es nur, dass ich dich so liebe?“, fragte sie voller Verwunderung.

„Du darfst mich nicht lieben“, antwortete er.

Sie richtete sich auf und drehte sich um, damit sie ihm ins Gesicht sehen konnte. „Willst du mir etwa schon wieder sagen, dass es unmöglich ist? Wenn das der Fall ist, dann musst du mir auch sagen, dass du mich nicht so sehr liebst wie ich dich.“

Er wandte den Kopf ab, aber sie hielt ihn fest und sah ihm ins Gesicht. „Sag es“, befahl sie. „Sag, dass du mich nicht liebst, dann werde ich gehen und dich nie wieder belästigen. Aber wenn du mich liebst, dann hör verdammt noch mal damit auf, mir immer wieder zu sagen, dass es unmöglich ist.“

George sah sie erstaunt an. Dann erschienen kleine Fältchen in seinen Augenwinkeln, als er lächelte. „Zum Teufel“, sagte er und zog sie an sich. „Du bist wirklich unverschämter, als gut für dich ist. Du sollst deinen Willen haben, denn Gott weiß, ich liebe dich. Ich liebe dich mehr, als ich es meinem Herzen jemals zugetraut hätte.“

Honor schnappte vor Freude nach Luft. Sie bedeckte sein Gesicht mit Küssen. Sie konnte an der Art und Weise, wie er sie ansah, erkennen, dass er sie liebte, und sie fühlte es in jeder Berührung seiner Hände.

„Aber du darfst wirklich nicht hierherkommen. Wenn dich nun jemand gesehen hat …“

„Das ist mir vollkommen egal“, erwiderte sie.

„Aber mir nicht.“

„Warum? Wenn du dir solche Sorgen machst, dann halt doch endlich um meine Hand an …“

„Hüte deine Zunge!“, sagte er grimmig. Er schob sie von seinem Schoß, stand auf und beugte sich vor, um das Glas aufzuheben, das er fallen gelassen hatte. „Der neue Earl of Beckington würde unserer Heirat niemals zustimmen und davon abgesehen hast du doch schon einen Antrag vom Vikar.“ Er ging zum Buffet hinüber.

Honor sah ihm nach und erhob sich. „Der Vikar!“, rief sie wütend. „Warum glauben eigentlich alle, dass Cleburne der Beste für mich ist? Das ist eine Ungeheuerlichkeit, besonders, wenn die Annahme von dir kommt.“

Er sah bei ihren Worten ziemlich schuldbewusst aus und streckte eine Hand aus. „Du hast natürlich recht. Aber Honor … Liebste …

Beckington wird niemals zustimmen. Deine Zuneigung oder meine Zuneigung können nichts daran ändern, wer ich bin. Und es ändert schon gar nichts daran, dass mein Vermögen jetzt auf dem Grund des Meeres liegt."

Das hörte sie ganz und gar nicht gerne. Sie wollte, dass er sich ihrer Rebellion anschloss, dass er daran glaubte, genau wie sie, dass sie füreinander bestimmt waren, komme, was wolle. „Aber zählt Liebe denn überhaupt nicht?"

„Doch, natürlich tut sie das", erklärte er sanft und ging auf sie zu, um ihr Gesicht in beide Hände zu nehmen. „Aber sie reicht einfach nicht aus, Honor. Nicht in der Welt, in der wir leben."

„Was soll das heißen, sie reicht nicht aus?", wollte sie wissen und schob seine Hände von ihrem Gesicht fort. „Was könnte es denn mehr geben?"

„Das weißt du ganz genau. Einfluss. Geld. Du bist mit gewissen Privilegien aufgewachsen. Du bist in allen Häusern in London willkommen. Deine Kleider sind nur von bester Qualität und du hast die schönsten Schuhe …"

„Aber das sind doch alles nur materielle Dinge", rief sie wütend. „Hältst du wirklich so wenig von mir? Glaubst du wirklich, dass ich Kleider und Schuhe über die Liebe stellen würde?"

„Honor … du verstehst es einfach nicht und wie könntest du auch? Das sind Dinge, die du dein Leben lang gehabt hast, und es sind Dinge, die ich dir, so wie es jetzt aussieht, nicht geben kann."

„Ich bitte dich nicht …"

„Du bittest mich um nichts, ich weiß", sagte er und streichelte ihre Wange mit dem Handrücken. „Aber ich stehe vor dem Nichts. Ich habe alles außer dieses Haus hier in ein Schiff investiert, das verschollen ist. Du verdienst etwas Besseres als jemanden wie mich. Die Liebe zwischen uns darf einfach nicht sein, Liebes. Das musst du akzeptieren."

Er hörte ihr überhaupt nicht zu und sie steigerte sich immer mehr in ihre Wut hinein. „Wie oft soll ich dir das noch sagen? Ich will mit dir zusammen sein, für immer, dein Bett teilen, mit dir essen, dir sagen, dass du nicht tanzen kannst …"

George schüttelte den Kopf.

Honor konnte fühlen, dass ihr Herz kurz vor dem Zerbersten stand. Sie griff nach den Revers seiner Jacke. „Ich war mir in

meinem ganzen Leben noch niemals so sicher bei irgendetwas."
„Du lieber Gott", entgegnete er und nahm sie in die Arme, um sie zum Schweigen zu bringen. Zärtlich küsste er sie auf den Scheitel. „Ich auch nicht. Aber es steht mehr auf dem Spiel, als du dir selber eingestehen willst. Tief in deinem Inneren weißt du, dass es stimmt, was ich sage. Tief in deinem Inneren ist dir klar, dass Honor Cabot keinen Bastard heiraten kann, der sein Geld mit Handel verdient. Eines Tages wirst du mir noch dafür danken, dass ich dir zu dieser Einsicht verholfen habe."

Sie schubste ihn. „Ich werde dir danken?", rief sie wütend. „Es ist mir gleich, ob ich jemals wieder einen Fuß in einen Ballsaal setze! Ich weiß nur, dass ich dich liebe, George. Vielleicht liebst du mich einfach nicht. Vielleicht hast du mich nur glauben lassen, dass du mich liebst, damit du mich benutzen kannst ..."

„Jetzt sei nicht albern", sagte er in scharfem Ton.

„Warum hast du dann solche Angst?", rief sie.

„Angst!" Sein Lächeln erstarb. Er sah sie aufmerksam an, er suchte ... nach was eigentlich? Was brauchte dieser Mann denn noch, damit er sie so liebte, wie sie ihn liebte? Plötzlich ergriff George ihre Arme und riss sie an sich. Er küsste sie, hart und besitzergreifend. Und dann hielt er sie fest mit dem Kopf an seiner Schulter.

Honor schloss die Augen und hielt den Atem an.

„Ich verdiene dich überhaupt nicht", murmelte er.

„Das ist nicht wahr – du verdienst das Beste von allem. Du bist der Sohn eines Dukes und der Neffe eines Königs und du verdienst alles, was man dir bislang vorenthalten hat."

„Das glaubt dir aber niemand", sagte er.

„Ich glaube es." Sie sah zu ihm auf. „Ich glaube es ganz bestimmt."

Er sah sie zärtlich an. „Wirklich?"

„Von ganzem Herzen."

„Gott, wie ich dich liebe", sagte er mit einem tiefen Seufzer.

Honor konnte nicht verhindern, dass sich ein Lächeln auf ihrem Gesicht breitmachte, das die Finsternis um sie erhellte.

„Sieh mich nicht so an, Cabot", sagte er warnend, „wenn du so lächelst, kann ich dir nichts abschlagen."

Ihr Lächeln vertiefte sich. *Er liebte sie wirklich*. Sie lehnte sich an ihn. „Ich weiß", sagte sie glücklich.

30. Kapitel

Es war einfach so: George konnte dieser Frau eben nichts abschlagen. Zumindest konnte er sie schließlich davon überzeugen, dass es besser wäre, nach Hause zu gehen, ehe man ihr einen Suchtrupp hinterherschickte, und er aß das Abendessen, das Finnegan ihm mit befriedigtem Gesichtsausdruck servierte. Mit vollem Magen und noch vollerem Herzen fragte er sich, ob es wirklich keine Möglichkeit gab, die Fesseln seiner Herkunft zu sprengen und seine Ängste hinsichtlich seines Platzes in der Gesellschaft zu besiegen, um endlich mit der Frau zusammen sein zu können, die er liebte.

Er sah schon deutlich die Bestürzung auf dem freundlichen Gesicht von Sommerfield – jetzt der Earl of Beckington – vor sich, wenn er wirklich um Honors Hand anhalten sollte.

George dachte, er hätte höchstens eine Chance, wenn er etwas vorzuweisen hatte, was den *ton* beeindruckte – ein großes Landgut oder wertvolle Juwelen.

Es musste einen Weg geben, aber er hatte verdammt noch mal keine Vorstellung davon, wo er ihn finden würde.

Durch einen reinen Zufall fand er schließlich die Antwort. Eines Abends langweilte er sich in Mayfair und machte sich auf den Weg nach Southwark in seine Lieblingsspielhölle. Er hatte sich eingeredet, dass er vielleicht bessere Aussichten hatte, seinen Haushalt zu versorgen und seine Schulden zu bezahlen, ohne seine Einrichtung verkaufen zu müssen, wenn er ein oder zwei Runden beim Kartenspiel gewann. Es war eigentlich eher ein Scherz, denn so verzweifelt war er noch lange nicht. Noch nicht. Wenn er bis zum Jahresende ohne Einkommen dastand, würde er in die Armut abgleiten.

Im ersten Spiel des Abends gewann er prompt fünfzig Pfund, die, so dachte er in seinem ersten fröhlichen Moment seit zwei Wochen, zumindest den Lohn dieses gottverfluchten Finnegan für ein weiteres Jahr decken würden. George trank zwei Whiskys und gewann noch zwei weitere Spiele. Sein Lebensmut erwachte neu. Er fühlte seinen Mut zurückkehren und sein Vertrauen in seine Fähigkeit, schwierige Situationen zu meistern, egal, was geschah.

Einer der Gentlemen an seinem Tisch erhob sich und gab auf, nachdem er weitere zehn Pfund verloren hatte. In diesem Augenblick schien sich der Himmel zu öffnen und ein gnädiges Schicksal auf George herabzuscheinen, denn niemand anderes als der sehr zurückgezogen lebende Duke of Westport nahm seinen Platz ein.

Westport stand in dem Ruf, sich nicht viel aus gesellschaftlichen Anlässen zu machen.

Der Duke war nicht eben redselig, als das Spiel begann, aber das ununterbrochene Gerede von Sir Randall Basingstoke, dem dritten Mitspieler, schien ihm auch nicht viel auszumachen. George hatte ihm die ganze Zeit schon nicht wirklich zugehört, aber während einer Runde, in der George gerade dabei war, dem Duke seinen Einsatz abzunehmen, erwähnte Basingstoke beiläufig dessen Herrenhaus in Bedfordshire. „Ich bin zufällig dort vorbeigeritten", sagte Basingstoke, „es sah aus, als ob es leer steht."

Westport sah Basingstoke über seine Karten hinweg an. „Es steht in der Tat leer, denn es muss dringend renoviert werden."

„Ach so", erwiderte Basingstoke, als ob er gerade ein Rätsel gelöst hätte. „Ist denn viel zu tun?"

„Einiges", erwiderte der Duke und entspannte sich ein wenig. „Und wenn ich ganz offen sein soll, habe ich im Augenblick eigentlich keine Verwendung dafür."

George nahm an, dass es ihm eher an Geld mangelte. Viele der alten Herrenhäuser standen in Besitzverhältnissen, denen das nötige Bargeld fehlte. In George keimte ein Gedanke auf. Ein traditionsreiches Herrenhaus war genau das, was er jetzt brauchte. Einen herrschaftlichen Wohnsitz, der Honor Cabots würdig war. Das Spiel lief gut für ihn, das Glück war heute Abend auf seiner Seite, den Duke schien das Glück jedoch verlassen zu haben. *Was wäre, wenn …*

Wenn er einfach den Einsatz erhöhte?

Was wäre, wenn sie um das Herrenhaus spielten und er es gewann?

George spielte eine Karte, mit der er den Duke ausstach. „Dieses Haus klingt mehr nach einer Belastung als nach einem Schatz", sagte er beiläufig und sah Basingstoke dabei zu, wie er seine Karten auf den Tisch legte.

Der Duke blickte George nachdenklich an. „Vielleicht", meinte er und zuckte mit den Schultern. Anschließend legte er mehrere Geldscheine auf den Tisch, um den Einsatz zu erhöhen.

George ging mit und legte seine Karten auf den Tisch. Er hatte drei Könige.

„Was halten Sie davon, das Spiel ein wenig interessanter zu machen, Mylord?", fragte er, während er die Karten mischte.

„Interessanter!", rief Basingstoke und lachte. „Ich weiß nicht, was daran interessanter sein soll, noch mehr Geld zu verlieren."

George achtete nicht auf ihn, genauso wenig wie der Duke. „Was schwebt Ihnen vor?", fragte er.

„Ich könnte ein Herrenhaus gebrauchen", sagte George freundschaftlich.

Der Duke lachte. „Und was haben Sie, das das Spiel im Gegenzug für mich interessant machen könnte?"

„Geld, Mylord. Genug, um das Haus zu restaurieren." Er ging ein kalkuliertes Risiko ein. Wenn er jetzt verlor, war auch noch der Rest seines Vermögens dahin.

Der Duke forderte George mit einer Handbewegung auf, die Karten zu verteilen.

Basingstoke sah von einem zum anderen. Er hob die Hände. „Ich bitte um Entschuldigung – ich überlasse das Ihnen", sagte er und erhob sich schnell. George und der Duke blieben allein zurück.

George gab die Karten aus. „Viel Glück, Mylord", sagte er freundschaftlich.

Im ganzen Saal verbreitete sich mit Basingstokes tatkräftiger Hilfe die Nachricht, dass die beiden um ein Herrenhaus spielten, wie ein Lauffeuer. Die ersten zwei Runden über war George zuversichtlich. Er hatte heute Abend bereits ein kleines Vermögen gewonnen und es kam ihm so vor, als würde das Herrenhaus bereits ihm gehören. Er würde es Easton Hall nennen. Es würde ein Denkmal für die Männer werden, die als Söhne von Dukes und Königen geboren wurden und dann ganz auf sich allein gestellt waren. Und wie er gekämpft hatte und was aus ihm geworden war, das konnte sich doch durchaus sehen lassen.

Doch während die anderen Männer sich um ihren Tisch versammelten, um dem Spiel zuzusehen, geschah etwas Furchtbares: George verlor. Haushoch.

Es fing in einer Runde an, in der die Einsätze schon so hoch waren, dass George sich nicht mehr wohl dabei fühlte, sie zu verlieren. Eine plötzliche Panik versetzte ihm einen Stich in die Magengegend. Er versuchte vergeblich, das nervöse Zucken, das diesen begleitete, abzustellen, aber vergeblich. Dieses Gefühl war George keineswegs neu – er hatte es früher schon erlebt und hatte es ignoriert, um einfach weiterzumachen. Wenn man große Siege erringen wollte, musste man mit dem Unbehagen zurechtkommen. Das hatte schon funktioniert, aber heute Abend war der Einsatz vielleicht einfach zu hoch.

Je mehr George verlor, desto verzweifelter versuchte er zu gewinnen. Der Duke lächelte, zusehends siegesgewiss. Er machte bereits Scherze darüber, welchen Teil des Herrenhauses er zuerst instand setzen lassen würde.

Das Gefühl der Panik wurde stärker und schnürte George die Kehle zu, er musste immer wieder schwer schlucken, nur um überhaupt atmen zu können. Währenddessen lächelte Westport und plauderte mit den Umstehenden. George erhöhte den Einsatz.

In der nächsten Runde standen noch mehr Männer um ihren Tisch herum und quittierten jede Karte, die gespielt wurde, mit lauten oder sogar angetrunkenen Rufen. George wusste plötzlich nicht mehr, welche Karten er schon gespielt hatte. Er verrechnete sich bei seinen Chancen. Die glückliche Zukunft, die schon zum Greifen nah gewesen war, zerbröselte zu Staub. Gelächter – über ihn und über sein Missgeschick – hallte in seinem Ohr. Er sah sich nicht mehr, wusste kaum mehr, wer er war.

Am Ende verlor er, im ganz wörtlichen Sinne, alles.

31. Kapitel

Honor hatte an einem strahlend schönen Morgen eine ausgiebige Einkaufstour geplant. Wenn sie schon mittellos sein würde, dann wollte sie dabei wenigstens so gut aussehen wie nur irgend möglich.

Sie zog gerade ihre Handschuhe an, als Hardy die Eingangstür öffnete und Mrs Hargrove und Monica hereinkamen. „Oh, guten Morgen, Honor!“, sagte Mrs Hargrove, während sie ihre Haube abnahm und sie Hardy übergab, als sei sie die Dame des Hauses. „Und was hast du vor?“

Honor setzte ihre schwarze Haube auf. „Ich will in die Bond Street.“

Während sie ging, bemerkte sie deutlich das Missfallen auf Mrs Hargroves Gesicht. Zu Honors Erstaunen fasste Monica sie am Arm und zog sie von der Tür weg. „Ich muss dir etwas sagen“, flüsterte sie mit einem Seitenblick auf Hardy.

„Was ist denn los?“, fragte Honor gleichmütig.

„Ich will dir helfen“, raunte Monica.

Honor blieb stehen. „Mir helfen?“

„Hör mir zu, Honor. Ich weiß, dass dir Mr Cleburnes Aufmerksamkeit nicht unbedingt gut gefällt, aber er ist einfach die perfekte Partie für dich. Und wenn du den Gerüchten nicht bald ein Ende setzt, ruinierst du dir noch deine ganze Zukunft.“

Honors Herz machte einen Sprung. *Mama!* Sie beschloss sofort, an Monicas Sinn für Diskretion zu appellieren, an die jahrelange Freundschaft, die ihre Mütter verband. „Bitte, Monica“, sagte sie leise, denn die Wände in diesem Haus hatten Ohren. „Du musst doch verstehen, wie schwierig das für mich ist. Versetz dich doch mal in meine Lage.“

Monica blinzelte verwirrt. „Du hast doch selber versucht, mich in deine Lage zu versetzen, aber ohne Erfolg. Ich *werde* Augustus heiraten, Honor, und du musst dich auch endlich verheiraten!“

Sie sah ängstlich zu Hardy hinüber und zog Honor hinter sich her in die Eingangshalle. „Du weißt doch ganz genau, dass du es tun musst, ich kann mir gar nicht vorstellen, warum du dich dagegen wehrst. Und ich warne dich in aller Freundschaft: Du solltest lieber vorsichtig sein, mit wem du gesehen wirst, ehe alles zu spät ist."

Honor wollte schon aufbegehren, aber Monicas Begründung kam ihr irgendwie lückenhaft vor. „Was willst du mir eigentlich sagen?"

Monica rollte entnervt mit den Augen. „Kannst nicht ein Mal aufhören, die Unschuldige zu spielen? Zumindest mir gegenüber? Wir wissen doch beide, dass du nicht unschuldig bist und dass du genau weißt, wovon ich rede."

„Und ich würde niemals vorspielen, dass ich es bin, dir gegenüber zumindest nicht. Aber ich war in der letzten Zeit sehr mit der Abreise meiner Schwester und dem Tod meines Stiefvaters beschäftigt. Vielleicht hättest du die Güte, mich aufzuklären, wovon du redest und wessen Gesellschaft ich lieber meiden sollte?"

„Um Himmels willen. Ich rede selbstverständlich von Easton."

Jetzt klopfte Honors Herz wie wild. Sie fühlte, wie es in ihrer Brust flatterte, wenn sie sich vorstellte, dass Monica auf der Straße dabei zugesehen hatte, wie sie Easton zu Hause besucht hatte. „Was ist mit ihm?", fragte sie so gleichgültig, wie sie konnte.

Monica blinzelte und sah Honor aus aufgerissenen Augen an. „Hast du die Gerüchte wirklich noch nicht gehört?"

„Was für Gerüchte denn nur? Jetzt rede schon!"

„Dass er versucht hat, ein Landhaus zu gewinnen, und dabei alles verloren hat."

„Ein was?"

„Ein Landhaus. Montclair Abbey, um genau zu sein. Er hat versucht, es bei irgendeinem Glücksspiel mit dem Duke of Westport zu gewinnen. Aber er hat nicht gewonnen und dazu kommt noch, dass er bei dem Versuch alles verloren hat. Alles!"

Honor wurde ganz schwindlig, als sie diese Neuigkeiten hörte. Was war denn nur geschehen? Warum war er so leichtsinnig gewesen? Sie schüttelte den Kopf. „Das kann ich nicht glauben."

„Du solltest es besser glauben, meine Liebe. Es gab viele Zeugen. Ich würde lieber aufpassen, dass mein Ruf nicht darunter leidet, dass ich mit so einem Menschen befreundet bin. Und

Mr Cleburne ... Nun ja, er ist über jeden Zweifel erhaben. Denk besser daran. Er hat die Gerüchte auch schon gehört, du solltest ihm lieber bald ein Zeichen geben.“ Sie lächelte mitleidig und ließ Honor endlich los. „Ich versuche wirklich nur, dir zu helfen.“ Mit diesen Worten ließ sie Honor stehen.

Honor sah ihr verwirrt nach.

Sie verwarf ihre Pläne für einen Einkaufsbummel und schickte stattdessen Foster mit einer Nachricht zu Easton in die Audley Street. Als der Lakai zurückkam, erwartete sie ihn bereits voller Aufregung in der Eingangshalle. „Haben Sie eine Antwort bekommen?“

Foster schüttelte den Kopf und hielt ihr die Nachricht hin, die sie selber geschrieben hatte. „Mr Easton hat sie ungelesen zurückgehen lassen.“

Honor wurde rot; sie riss ihm den Umschlag aus der Hand. „Hat er das, ja?“, fragte sie hochmütig und drehte sich auf dem Absatz um, um mit großen Sprüngen die Treppe hinaufzulaufen.

Am nächsten Nachmittag verließ Honor das Haus, überquerte den Platz und wandte sich der Audley Street zu. Dieses Mal würde sie sich nicht durch Seitenstraßen und Ställe stehlen. Sie würde im hellen Tageslicht direkt zu seiner Tür gehen und verlangen, dass man sie einließ. Er würde sie nicht noch einmal abweisen.

George wies sie auch nicht ab, das überließ er Finnegan. Der hatte zumindest so viel Schamgefühl, dass es ihm unangenehm zu sein schien, als er ihr sagen musste, dass sie nicht willkommen war.

„Mr Finnegan“, sagte Honor und versuchte, sich einen unschuldigen, aber traurigen Ausdruck zu geben. „Sie wollen mich doch wohl nicht hier auf der Treppe stehen lassen, wo mich jeder sehen kann, oder doch?“

„Das würde ich niemals tun, Madam“, erwiderte er mit sichtlichem Unbehagen. „Aber Mr Easton wünscht Sie so nachdrücklich nicht zu sehen, wie sie nachdrücklich verlangen, ihn zu sehen.“

„Und warum?“, wollte sie wissen, ohne sich noch länger die Mühe zu geben, die Unschuldige zu spielen. „Was habe ich denn getan?“

„Das hat er mir nicht anvertraut, Miss Cabot. Aber ich möchte annehmen, dass Sie ihn angelächelt haben und er daraufhin verrückt geworden ist.“

„Ich habe ihn angelächelt ...“

„Guten Tag, Miss Cabot. Bitte gehen Sie schnell zurück nach Hause, ehe noch in ganz London über sie geredet wird.“

Sie funkelte ihn wütend an. „Ich werde London schon noch etwas geben, worüber es reden kann, Mr Finnegan“, sagte sie und machte auf dem Absatz kehrt, sprang die Stufen zur Straße hinunter und rempelte zwei Gentlemen an, die sie überrascht anstarrten.

Wie konnte er es wagen. Wie *konnte* er es wagen!

Honor war so wütend, dass sie beim Tee keinen Bissen herunterbekam. Sie ging in ihrem Zimmer auf und ab, während Prudence auf einem Kanapee saß und sie beobachtete, derweil Mercy in ihrer Schmuckschatulle kramte und erst diese Halskette anprobierte und dann jenes Armband.

„Warum bist du denn so nervös?“, fragte Prudence schließlich. „Ist irgendetwas passiert?“

„Das ist schwer zu erklären“, sagte Honor und wünschte sich, dass ihre Schwestern ausnahmsweise mal eine andere Beschäftigung finden und sie in Ruhe lassen würden. Wie sie sich nach Grace sehnte!

„Du könntest zumindest versuchen, es uns zu erklären!“, versuchte Prudence, sie zu überreden.

Honor drehte sich um und sah die beiden an. „Du möchtest gerne wissen, was mich aus der Ruhe bringt, Pru? Ich werde es dir sagen. Ich bin hoffnungslos, bis über beide Ohren in einen Mann verliebt, den die vornehme Gesellschaft verabscheut und den Augustus mich niemals heiraten lässt, und ich kann nichts dagegen tun. Beantwortet das deine Frage?“

Prudence blickte erschrocken drein. Aber sie ließ sich nicht so leicht zum Schweigen bringen. „Muss Augustus denn unbedingt zustimmen?“

Honor stöhnte. „*Natürlich* muss er das. Er bestimmt jetzt über unsere Mitgift.“

Prudence und Mercy sahen einander an. „Und wenn du ihn doch heiratest, was passiert dann? Also außer dass du deine Mitgift verlierst?“, fragte Prudence weiter.

Grace konnte ihren Schwestern diese Dinge so viel besser erklären als sie. Sie versuchte es noch einmal. „Wenn ich jemanden ohne gesellschaftliche Stellung heirate, verliere ich meine Mitgift.

Außerdem kann ich ohne angemessenes Vermögen weder Mercy noch dich in die Gesellschaft einführen und wen wollt *ihr* denn dann heiraten? Und dann ist da auch noch Mama. Ihr versteht doch sicher, dass Mamas ... Probleme es nicht gerade leichter machen, eine gute Partie für uns zu finden."

„Das ist mir egal", verkündete Mercy mit einem Achselzucken. „Ich heirate ohnehin nie. Ich werde Seemann und gehe auf Geisterjagd."

Honor rollte entnervt mit den Augen.

Aber Prudence stand vom Kanapee auf und verschränkte die Arme vor der Brust. Dabei sah sie Grace auf geradezu unheimliche Weise ähnlich. „Wenn du wissen willst, was ich denke ..."

„Jetzt nicht ..."

„Ich denke, du solltest den Mann heiraten, den du liebst, und alle anderen sollen sich zum Teufel scheren."

Honor warf ihrer Schwester einen zweifelnden Blick zu. „Selbst wenn das bedeutet, dass du nie in die Gesellschaft eingeführt wirst? Wenn es bedeutet, dass kein Gentleman mit Vermögen und Stellung um deine Hand anhalten wird?"

„Wenn alles stimmt, was du sagst, dann muss ich nicht die *richtige* Partie machen, oder doch? Dann kann ich doch einfach einen Mann heiraten, der mir gefällt."

Was Prudence sagte, klang gar nicht so dumm, dachte Honor. Aber sie schüttelte dennoch den Kopf. „Das kann ich Mama nicht antun."

„Jetzt sei nicht albern, Honor. Mr Easton könnte doch für sie sorgen, oder etwa nicht?"

„Ich mag ihn ganz gerne", fügte Mercy hinzu. „Er mag Geistergeschichten. Er findet sie amüsant."

„Wie ... wie seid ihr denn darauf gekommen?", rief Honor.

„Also wirklich, Honor." Prudence seufzte. Sie streckte der jüngeren Schwester die Hand entgegen. „Komm jetzt, Mercy. Honor will alleine sein und sich nicht um ungezogene Kinder kümmern."

„Pru!", rief Honor, als Mercy Prudence bereitwillig aus dem Zimmer folgte.

Aber es war zu spät – ihre Schwestern hatten sie allein gelassen, allein in ihrer Verzweiflung.

Eine halbe Stunde lang.

Je länger Honor darüber nachdachte, desto wütender wurde sie. Wie konnte Easton es nur wagen, sie einfach so wegzustoßen? Sie nahm ihren Umhang. Wenn er sie nicht ins Haus lassen wollte, würde sie eben auf dem Gehweg vor seinem Haus warten, bis er herauskam. Wenn es die ganze Nacht dauern würde, würde sie das eben tun. Grace hatte vollkommen recht – Honor konnte sehr starrköpfig sein, wenn sie sich einmal zu etwas entschlossen hatte, und bei allem, was ihr heilig war, sie war entschlossen.

32. Kapitel

Es nieselte, als George nach Hause geritten kam und vom Pferd rutschte. Das Wetter war genauso trübe wie die Aussichten für seine Zukunft. Er war gerade von Sweeneys Büro zurück und hatte es schließlich einsehen müssen – sein Schiff war wirklich verloren. Die Männer, die er mit seinem ganzen Vermögen und all seinen Hoffnungen in die Welt geschickt hatte, lagen jetzt in ihrem nassen Grab.

Alles war verloren, inklusive seines verfluchten Herzens.

Nachdem er abgesessen war, schlang er die Zügel seines Pferdes durch den Eisenring in der Mauer. Er ging die Treppe hinauf, öffnete die Tür und betrat sein Haus, seinen Umhang wollte er gerade Finnegan übergeben.

Aber Finnegan dachte gar nicht daran, den Umhang entgegenzunehmen.

George sah ihn ungeduldig an. „Was ist nun wieder?“, fragte er energisch.

„Wollen Sie sie wirklich draußen im Regen stehen lassen?“, erkundigte sich Finnegan mit nichts als Verachtung in der Stimme.

„Von wem reden Sie?“, fragte George mürrisch.

„Das wissen Sie doch genau“, gab Finnegan zurück, drehte sich auf dem Absatz um und verließ die Eingangshalle.

George wirbelte herum, riss die Tür auf und sah auf die Straße hinaus. Auf der anderen Straßenseite sah er Honor stehen, die einen Regenschirm hoch über den Kopf hielt.

Sie war schwerer loszuwerden als ein Fluch. George reichte es endgültig. Er stürmte durch die geöffnete Tür und den Fußweg entlang. „Geh endlich nach Hause, Honor“, sagte er in scharfem Ton.

„Nicht, ehe du mir nicht erklärt hast, wie es zu deinem plötzlichen Sinneswandel gekommen ist!“

„Was willst du von mir?“, brüllte er und erschreckte sie damit so sehr, dass sie einen Schritt rückwärts machte. „Reicht es nicht, dass ich alles verloren habe, weil ich versucht habe, einen Landsitz für dich zu gewinnen? Du hast richtig gehört, Cabot, das verfluchte Montclair Abbey. Ich wollte es dir schenken, als Entschädigung, wenn ich dir sage, dass ich deine Zuneigung leider nicht erwidere."

Vor Schreck blieb Honor der Mund offen stehen.

„Überrascht dich das? Glaubst du vielleicht, dass dir jeder Mann zu Füßen liegt? Glaubst du wirklich, ich hätte um deine Hand angehalten? Oh nein, Madam, das hatte ich nie vor. Ich habe keinerlei Verwendung mehr für dich, du kannst dich dem nächsten Junggesellen zuwenden. Aber pass gut auf. Such dir jemanden, der dir deinen ausgefallenen Lebensstil ermöglichen kann und den du nach Lust und Laune herumkommandieren kannst."

Sie war sprachlos. In ihren blauen Augen waren Entsetzen und Schmerz deutlich zu lesen. Er hätte sich selber nie zugetraut, dass er zu jemandem so grausam sein konnte, schon gar nicht zu Honor. Er hatte sie geliebt von dem Moment an, als sie sich am Spieltisch neben ihn gesetzt und ihm seine einhundert Pfund abgenommen hatte. Aber es ging eben nicht, sie konnten nicht zusammen sein und jetzt schon gar nicht mehr.

Er wollte nicht derjenige sein, der ihr Leben ruinierte.

Aber Honor war so verdammt starrköpfig, dass er nicht wusste, wie er ihr die Situation sonst verständlich machen sollte. „Vielleicht darf ich jetzt endlich einmal sagen, was ich will", setzte er wütend hinzu. „Ich will, dass du verschwindest, verstehst du das? Du hattest vollkommen recht – ich hatte meinen Spaß mit dir und jetzt will ich, dass du mich in Ruhe lässt. Hast du wirklich geglaubt, dass ich irgendwie ein respektables Mitglied der Gesellschaft werden würde, nur weil du dich dazu herabgelassen hast, dich mit mir abzugeben? Die Wahrheit ist, dass ich ein Bastard bin und dass ich gerne spiele, und es hat mir Spaß gemacht, das von dir zu gewinnen, was ich haben wollte. Aber mehr gibt es für mich nicht zu holen, also geh, heirate deinen Vikar und lass mich endlich in Ruhe." Damit drehte er sich um und strebte wieder der Haustür zu.

Er sprang die Treppen hinauf ins Haus und knallte die Tür hinter sich zu. Finnegan kam aus einem Korridor auf ihn zu und George zeigte drohend mit einem Finger auf ihn. „Ich werde Sie umbringen. Ich werden Sie mit bloßen Händen zerreißen, wenn Sie es wagen, auch nur ein Wort zu sagen." Er rannte, immer zwei

Stufen auf einmal nehmend, die Treppe hinauf in seine privaten Zimmer. Er stürmte in sein dunkles Zimmer, riss die Vorhänge auf und blickte hinaus.

Sie stand noch immer da, wo er sie verlassen hatte, stand im Regen und starrte auf seine Haustür. Selbst aus dieser Entfernung konnte er noch sehen, wie schwer sich ihre Brust hob und senkte, während sie versuchte, wieder zu Atem zu kommen. Noch während er am Fenster stand und hinaussah, drehte sie sich schließlich um und entfernte sich.

Er konnte förmlich fühlen, wie ihm das Herz in der Brust zersprang, konnte fühlen, wie die einzelnen Splitter sich in seinen Gliedmaßen verhakten. Er war wie betäubt, kam sich nutzlos vor und konnte seine eigene Grausamkeit kaum fassen. Er drehte sich um und hieb mit einer solchen Wucht mit der Faust gegen die Wand, dass dabei ein kleiner Knochen brach.

George Easton war nicht bloß ein fürchterlicher Tänzer, er war ein noch schlechterer Schauspieler. Und er war ein verdammter Dummkopf, wenn er wirklich glaubte, dass sie auch nur ein Wort von dem glaubte, was er eben gesagt hatte.

Also ... abgesehen von dem Teil über den Verlust seines Vermögens.

Und sie glaubte ihm auch, dass er versucht hatte, Montclair Abbey für sie zu gewinnen. Einen Landsitz! Ihr Herz füllte sich mit zärtlichen Gefühlen, wenn sie bloß daran dachte.

Trotz ihres anfänglichen Schreckens hatte sie auf dem Heimweg in Ruhe nachdenken können, und als sie Beckington House betrat, lächelte sie sogar ein wenig. Sie stellte sich vor, wie George in seinem Arbeitszimmer auf und ab ging, Brandy trank und sich einredete, dass er eine edle Tat vollbracht hatte, indem er sie freigab.

Sie war so in ihren eigenen Gedanken versunken, dass sie Mr Cleburne gar nicht bemerkte, der in der Eingangshalle stand.

„Miss Cabot!“, sagte er freudestrahlend.

„Oh! Mr Cleburne!“ Sie steckte ihren Schirm in den Ständer. „Ich habe Sie gar nicht gesehen.“

„Ich bin so froh, dass wir uns treffen. Ich fahre morgen früh nach Longmeadow.“

„Oh, ist es ... schon so weit?“ Honor versuchte fieberhaft, sich daran zu erinnern, was Mr Cleburne über seine Abreise gesagt hatte.

„Es ist so weit“, bestätigte er mit einem Lächeln. „Wenn ich es wagen darf ... Wenn Sie wohl die Güte hätten, ich würde gern unter vier Augen mit Ihnen sprechen.“

Honor erstarrte; sie wollte noch nicht hören, was er ihr zu sagen hatte, sie wusste noch immer nicht, was sie ihm antworten sollte.

„Wenn ich darf“, setzte er hinzu.

„Ach ... nun ja, ich bin ganz durchnässt“, sagte sie und deutete an sich hinunter.

„Vielleicht sollten Sie Ihren Umhang ablegen.“

Darauf konnte sie nichts entgegnen. Langsam nahm sie den Umhang ab. Darunter kam ein vollkommen trockenes Kleid zum Vorschein. Sie schenkte ihm ein kleines Lächeln, als er die Hand nach dem Umhang ausstreckte und ihn an einen Haken hängte. Dann wies er mit der Hand auf einen Korridor, der sie zum kleineren Besucherzimmer führen würde, wo Honor zum ersten Mal versucht hatte, George beizubringen, wie er Monica verführen konnte.

Im Besucherzimmer forderte Mr Cleburne sie mit einer Geste auf, sich zu setzen, während er stehen blieb, die Hände auf dem Rücken verschränkt und den Kopf gesenkt. Er sah beinahe aus, als wolle er beten. Doch dann hob er den Kopf und sagte: „Miss Cabot, ich möchte zunächst deutlich sagen, dass ich eine sehr hohe Meinung von Ihnen habe ...“

„Oh, Mr Cleburne“, sagte Honor und stand sofort auf, um zunächst zum Bücherregal und dann zum Kamin hinüberzugehen. Sie stolperte eher, als dass sie ging, und presste die Hände gegen ihren Unterleib.

„Bitte hören Sie mich an“, fuhr Mr Cleburne fort. „Es ist Ihnen nicht verborgen geblieben, dass Ihre Familie sich eine Verbindung zwischen uns beiden wünscht.“

Sie musste sich mit einer Hand am Kaminsims abstützen, sie konnte keinen klaren Gedanken fassen, um zu entscheiden, was sie ihm antworten sollte.

„Aber ich kann nicht guten Gewissens um Ihre Hand anhalten.“

„Mr Cleburne, ich fühle mich sehr geehrt ...“, fing Honor an, ehe zu ihr durchdrang, was er gerade gesagt hatte. Sie hob den Kopf und sah ihn an. „Wie bitte?“

„Bitte seien Sie nicht wütend“, schickte er schnell hinterher.

„Wütend!“

„Ich hatte einige Zeit zum Nachdenken“, fuhr er hastig fort, „und ich glaube, wir passen einfach nicht zusammen.“

Honor war überhaupt nicht auf den Gedanken gekommen, dass Mr Cleburne überhaupt nicht um ihre Hand anhalten wollte.

„Ich möchte … ich möchte Ihnen wirklich nicht wehtun“, sagte er, sichtlich bemüht, die richtigen Worte zu finden, „aber ich werde das Gefühl nicht los, dass es ein schwerer Fehler wäre.“

Honor war so überrascht, so erleichtert, dass sie laut auflachte. Sofort hielt sie sich mit der Hand den Mund zu.

Mr Cleburne lächelte. „Ich hatte insgeheim gehofft, dass Sie die Sache genauso sehen.“

„Ich bitte vielmals um Verzeihung, Mr Cleburne. Ich bin sicher, dass Sie ein wunderbarer Ehemann wären …“

„Und Sie eine wundervolle Ehefrau.“

„Aber Sie haben recht, wir passen einfach nicht zusammen.“

Er lachte nun ebenfalls vor lauter Erleichterung. „Ich war mir sicher, dass Sie nicht für diese Ehe sind, aber ich muss schon sagen, Sommerfield war äußerst hartnäckig.“

„Augustus? Nicht eher Miss Hargrove?“, fragte Honor mit der Andeutung eines Lächelns.

„Lord Sommerfield. Soweit ich es verstehe, liegt Miss Hargroves Familie sehr viel daran, dass Sie und Ihre Schwestern sich gut verheiraten, aber Ihr Stiefbruder hat Sie sehr gern. Er glaubt, dass Ihr Herz gebrochen ist nach der unglücklichen Sache mit Lord Rowley und dass Sie darüber Ihr Selbstvertrauen verloren haben.“

Honor blinzelte verwirrt. Das war ganz schön anmaßend von Augustus. „Er hat recht“, gab sie zu. „Ich habe sehr darunter gelitten, aber es war meine eigene Schuld. Und … mir scheint, mein Selbstvertrauen habe ich inzwischen wiedergefunden.“ Sie legte eine Hand über ihr Herz und musste vor Erleichterung laut lachen. „Sie können sich gar nicht vorstellen, wie ich mich vor diesem Augenblick gefürchtet habe …“

„Nicht mehr als ich“, sagte er. Er sah auf seine Hände. „In meiner Gemeinde gibt es eine junge Dame, die ich besonders schätze.“

„Oh“, sagte Honor mit einem Lächeln.

Er grinste und zuckte mit den Schultern. „Wie dem auch sei.

Wenn ein Förderer eine Ehe vorschlägt, kann man das nicht einfach so ignorieren."

„Das stimmt", sagte Honor und lächelte dabei noch immer. „Ich weiß genau, was Sie meinen."

Er erwiderte ihr Lächeln. „Aber was ist mit Ihnen, Miss Cabot? Gibt es für Sie jemand Besonderen?"

Sie dachte an Eastons Gesicht, die gequälte Miene und die dunklen Ringe unter den Augen, die sie heute an ihm gesehen hatte. „Es gibt jemanden", gab sie schüchtern zu. „Aber ich warte noch darauf, dass er es endlich einsieht." Ihre Gefühle für George hätten sich nicht gründlicher von ihren Gefühlen für Rowley unterscheiden können. Jetzt waren ihre Empfindungen so viel tiefer und so viel komplizierter. Sie glaubte fest daran, dass Easton genauso empfand, wenn er nur endlich den Mut finden würde, sich dem zu stellen!

Mr Cleburne lachte. „Ich glaube bestimmt, dass er es bald einsehen wird."

„Was meinen Sie, Mr Cleburne? Würden Sie all das hier", sagte sie mit einer Geste, die all den Luxus des Salons umfasste, in dem sie sich aufhielten, „für die Liebe opfern?"

„Das hier?", fragte er und sah sich um. „Was meinen Sie? Ich sehe nur Ziegel und Mörtel."

Ja, was meinte sie eigentlich? Honor lächelte. „So ungefähr."

„Sie sind eine schöne Frau mit einem guten Herzen, Miss Cabot. Ich wünsche Ihnen nur das Beste für eine glückliche Zukunft. Sollen wir zu Ihrem Bruder gehen und ihm alles erklären?"

„Ich glaube, das sollten wir wohl tun", sagte sie und nahm den Arm, den er ihr anbot.

Ganz entgegen Monicas Erwartungen war es nicht Augustus, dem Honors Enthüllungen am meisten zu schaffen machten, obwohl er sich so viel Mühe gegeben hatte, den Vikar davon zu überzeugen, dass Honor die perfekte Partnerin für ihn wäre. Es war ihre Mutter. Sie weinte laut, als sie es erfuhr, und ging dann im kleinen Salon auf und ab, während sie vor sich hin murmelte, was sie an Honor alles ablehnenswert fand.

Die Liste war länger, als Monica jemals für möglich gehalten hätte.

Was Monica selbst anging, so hatte sie keine Kraft mehr, um sich zu widersetzen. Sie war glücklich mit Augustus, fühlte sich geborgen in ihrer gegenseitigen Zuneigung. Ihr war aufgegangen, dass es sie nicht sonderlich interessierte, was die Cabot-Schwestern ausheckten. „Eigentlich ist es gar nicht so schlecht", sagte Monica, um ihre Mutter zu beruhigen. „Es wird schon jemand anderes um ihre Hand anhalten."

„Aber nicht, ehe sie das Erbe ihres Stiefbruders verprasst hat! Ehrlich, Monica, verstehst du denn nicht, wie schwierig es werden wird, Ehemänner für sie und ihre Schwestern zu finden, jetzt, wo ihre Mutter verrückt geworden ist?"

„Mama!", rief Monica und sah ängstlich zu ihren Brüdern hinüber, die nicht unbedingt gut darin waren, ein Geheimnis zu wahren.

„Was denn?", sagte ihre Mutter wütend. „Irgendetwas stimmt ganz und gar nicht mit ihr. Das ist doch offensichtlich. Niemand gründet eine Familie mit jemandem, der so einen Wahnsinn vererben könnte, oder doch? Du wirst die ganze Bagage dein Leben lang am Bein haben."

Als Monica daraufhin den Salon verließ, fühlte sie sich nicht gut. Dieses Gefühl verschwand auch in den beiden nächsten Tagen nicht wieder, als sie ihren Brüdern und ihrer Mutter dabei zuhörte, wie sie Pläne zur Rettung des Beckington'schen Vermögens schmiedeten. Wie hatte sie nur so blind ihnen gegenüber sein können? Warum hatte sie nur nicht eher eingesehen, dass ihre eifrige Befürwortung einer Ehe mit Augustus nichts mit ihrem eigenen Glück zu tun hatte, sondern ausschließlich mit dem Vermögen der Beckingtons?

Honor hatte mit ihrem Verdacht ganz richtiggelegen. Monica hatte immer geglaubt, dass ihre Mutter nur das Beste für sie wollte, aber in Wirklichkeit ging es ihr um Vermögen und Einfluss, ganz genau wie dem Rest der Londoner Gesellschaft. Honor wollte zumindest etwas anderes. Honor wollte Liebe. Warum sonst wohl sollte sie sich ausgerechnet mit Easton einlassen?

Deshalb zögerte Monica nicht, als sie am nächsten Tag von Augustus erfuhr, dass Easton jede Nacht voller Verzweiflung am Spieltisch verbrachte und versuchte, sein Vermögen zurückzugewinnen. Sie erzählte Honor davon. Nur dass sie es dieses Mal nicht tat, um Honor vor Easton zu warnen. Sie hoffte aufrichtig, dass Honor einen Weg fand, um ihm zu helfen.

Denn wenn sie ehrlich war, konnte Monica den charmanten George Easton durchaus gut leiden.

33. Kapitel

Honor vermutete sofort ein falsches Spiel, als Monica ihr auf Lady Barclays Teeparty von Georges verzweifeltem Glücksspiel berichtete. „Warum erzählst du mir das?“, fragte sie und sah sie misstrauisch an.

Monica zuckte mit den Schultern. „Ich dachte, dass du es wissen solltest.“ Es lag nichts in Monicas Gesichtsausdruck oder in ihrer Haltung, das irgendeinen Verdacht hätte bestätigen können. Honor verstand Monica einfach nicht mehr. Es kam ihr so vor, als habe sich ihre frühere Freundin über Nacht vollkommen verändert. Sie war plötzlich freundlich und zuvorkommend zu Honor und ihren Schwestern. Und ganz besonders zu ihrer Mutter.

„Und was soll ich jetzt tun?“, fragte Honor, die die Neuigkeiten frustrierend fand.

„Das weiß ich auch nicht“, sagte Monica. „Aber wenn es irgendjemand weiß, dann doch du.“ Sie lächelte und ging zu ihren Freundinnen hinüber.

Honor fragte sich, was Monica wohl im Schilde führte, doch später bei derselben Teegesellschaft bekam sie zufällig mit, wie Lady Vickers über Easton redete. Sie lachte ihn in Wirklichkeit eher aus. Offensichtlich hatte Lord Vickers denselben Spielsalon besucht und gesehen, wie man George von den Tischen verwiesen hatte, weil niemand mehr darauf vertrauen wollte, dass er seine Schulden bezahlte.

„Das kann doch nicht sein“, warf Lady Stillings ein. „Zumindest hat er meinem glücklosen Herrn Gemahl eine ganz erhebliche Summe abgenommen.“ Die Damen kicherten.

Noch Tage später musste Honor immer wieder daran denken. Nach einer langen, schlaflosen Nacht fiel ihr plötzlich ein, wie sie Easton dazu bringen konnte, ihr die Wahrheit zu sagen und aufzuhören, sein ganzes Geld zu verspielen. Er war ein Spieler; er würde niemals von sich aus etwas so Persönliches einsetzen, wie sie es getan hatte, als sie ihm ihre Liebe gestand. Sie kannte ihn außerdem gut genug, um zu wissen, dass er sich zuallererst selbst beweisen musste, dass er es verdient hatte, glücklich zu sein.

Als Honor das aufgegangen war, wusste sie genau, was sie zu tun hatte. Sie ging ein großes Risiko ein; wenn es schiefging, würde sie ihren Ruf für immer ruinieren. Doch Honor hatte sich noch nie davor gefürchtet, Risiken einzugehen, und wenn sie richtiglag, würde sie auf diese Weise endlich zu ihrem Glück finden. Wenn sie falschlag, ja dann ... Sie konnte sich ja immer noch mit ihrer Mutter zusammen in Sankt Asaph einsperren lassen, wenn sie der Gesellschaft oder sonst jemandem zu gar nichts mehr nütze erschien. Was dann mit ihr geschah, war ihr vollkommen gleichgültig.

An diesem Abend zog sie noch einmal das pfauenblaue Kleid an, das sie zusammen mit der Haube getragen hatte, die Monica eigentlich für sich bestellt hatte. Sie rief Prudence zu sich, um ihr beim Zuknöpfen zu helfen.

„Wo gehst du hin?“, wollte Prudence wissen. „Darfst du denn schon wieder solche Farben tragen? Wir sind doch noch in Trauer.“

„Ich glaube, der Earl hätte nichts dagegen“, antwortete Honor.

Prudence machte einen Schritt zurück, um sie ansehen zu können. „Aber ... wo willst du denn nur hin?“, fragte sie mit großem Ernst.

Honor lächelte ihre Schwester aufmunternd an. „Du hattest vollkommen recht, Pru.“

„Wie bitte? Wann denn?“

„Als du gesagt hast, ich solle nur aus Liebe heiraten.“

Prudence schnappte entsetzt nach Luft. „Du willst doch nicht etwa durchbrennen?“

„Natürlich nicht. Aber ich werde um Mr Eastons Hand anhalten.“

Prudence blieb vor Verblüffung der Mund offen stehen. Sie sah so entsetzt aus, dass Honor nicht anders konnte als loszuprusten. „Wünsch mir Glück, Liebes. Wenn er ablehnt, dann werde ich nie wieder einen Heiratsantrag bekommen. Aber ich will auch ganz bestimmt keinen anderen Mann.“

Prudence verschränkte die Arme vor der Brust und sah Honor lange schweigend an. „Wie könnte er denn ablehnen?“, sagte sie dann feierlich. „Und wenn er es doch tut, dann solltest du ihn ohnehin nicht heiraten, denn dann ist er ein verdammter Idiot."

Honor umarmte ihre kleine Schwester mit einem Lächeln voller Dankbarkeit. „Danke. Ich brauche jede Unterstützung, die ich bekommen kann, denn meine Knie zittern und mein Magen ist ein einziger großer Klumpen."

„Soll ich mitkommen?", fragte Prudence.

Honor schüttelte den Kopf. „Ich möchte nicht, dass du irgendetwas mit dem zu tun hast, was ich heute Abend vorhabe."

Auf ihrem Weg nach draußen sah Honor noch einmal nach ihrer Mutter. Lady Beckington lächelte vor Vergnügen über den Aufzug ihrer Tochter. „Oh ja", sagte sie und nickte wohlwollend, „du siehst wirklich wunderschön aus, Liebling."

„Danke, Mama!", erwiderte Honor. Sie war froh darüber, dass sie ihre Mutter in einem ihrer lichten Momente erwischt hatte. Sie ging zu ihr hinüber und hockte sich neben sie. „Mama, ich möchte dir sagen, dass ich vorhabe, aus Liebe zu heiraten."

„Wirklich?", fragte ihre Mutter und strich Honor über das Haar. „Das ist schön, alles andere wäre eine Verschwendung deiner besten Jahre."

Voller Überraschung blinzelte Honor, als sie ihre Mutter ansah.

Die Mutter lächelte. „Jetzt schau doch nicht so verwirrt. Ich habe auch einmal aus Liebe geheiratet." Sie sah zu Hannah hinüber und sagte: „Oder stimmt das etwa nicht, Mutter?"

Hannah lächelte. „Doch, das ist wirklich wahr."

„Danke, Mama." Soweit es Honor betraf, hatte sie den Segen ihrer Mutter, eben soweit diese in der Lage war, ihn ihr zu geben.

Jonas sah sie missbilligend an, als sie ihm sagte, dass sie nach Southwark wolle, doch Honor kümmerte sich nicht weiter um ihn. Sie lehnte sich in den Polstern der Kutsche zurück und hielt ihr Handtäschchen fest umklammert. In ihrem Magen rumorte es heftig vor lauter Aufregung. Sie versuchte immer wieder, tief einzuatmen, um ihr rasendes Herz zu beruhigen. Ihr ganzes Leben hatte sich auf diesen besonderen Abend zubewegt. Sie hoffte, dass sie sich an alles erinnern konnte, was sie gelernt hatte, dass sie den Mut aufbrachte, mit beiden Händen nach der einen Sache zu greifen, die sie wirklich wollte – von ganzem Herzen zu lieben und geliebt zu werden, komme, was wolle.

Komme, was wolle.

Als sie in Southwark ankamen, bat sie Jonas zu warten. „Es kann eine Weile dauern", sagte sie.

Er sah das Haus an, vor dem sie hielten, und dann zu ihr hinunter. „Sind Sie ganz sicher, Miss? Vielleicht sollte ich lieber mit hineinkommen?"

„Vielen Dank, aber ich gehe besser alleine." Sie war sich ganz und gar nicht sicher, dass es das Beste war, aber es schien ihr, als müsse sie es alleine durchstehen. Sie betrat den matt erleuchteten Club und wurde sich bewusst, dass die Männer, die hier versammelt waren, sie alle anstarrten. Sie sah Entsetzen, Missfallen, Erstaunen und Lust auf den Gesichtern, die vor ihren Augen zu tanzen begannen. Sie kam sich selbst mindestens so verdächtig vor, wie sie ihnen erscheinen musste – ein Fisch auf dem Trockenen, eine Frau, die eine Grenze überschritten hatte.

Bitte, lieber Gott, lass ihn jetzt hier sein. Honor hob den Kopf und ging durch den Raum, dabei inspizierte sie jeden der Spieltische.

„Miss Cabot!"

Es war Mr Jett und Honor wäre vor lauter Erleichterung darüber, ein freundliches Gesicht zu sehen, beinahe in Ohnmacht gefallen.

„Was tun Sie denn hier?", fragte er energisch und sah zur Tür hinüber. „Sind Sie ganz allein?"

Sie nickte.

„Oh nein, Miss Cabot. Das geht nun wirklich zu weit", rief er, als ob sie das nicht wüsste. Als ob sie irgendwie versehentlich in einen Spielclub gestolpert sei.

„Ist Mr Easton heute Abend hier?", erkundigte sie sich.

Über Mr Jetts Gesicht huschte ein seltsamer Ausdruck, der aber gleich wieder verschwunden war. „Ich glaube, dieses Mal sind Sie wirklich zu weit gegangen, Miss Cabot", sagte er leise.

„Mr Jett … ist er hier?", fragte sie noch einmal eindringlich.

Er seufzte und warf einen Blick hinter sich. „Am letzten Tisch", sagte er, „wie jeden Abend."

„Vielen Dank."

Mr Jett schüttelte den Kopf und ging wieder an seinen Tisch zurück, so als wolle er nichts mit ihr zu tun haben.

Sie konnte ihm deswegen kaum einen Vorwurf machen. Sie sah keinen der Männer an, die sie betrachteten wie eine potenzielle Jagdtrophäe, sondern hielt den Blick gesenkt, während sie einem oder zwei Männern auswich, die sich ihr mit Absicht in den Weg stellten, als sie in den hinteren Teil des Raumes lief.

George bemerkte sie zunächst nicht – er konzentrierte sich nur auf seine Karten, auf die Münzen, die in der Mitte des Tisches aufgestapelt waren. Er sah dünner aus als bei ihrer letzten Begegnung. Sein Haar war lange nicht geschnitten worden und an seiner rechten Hand trug er einen Verband.

Als Honor an seinen Tisch trat, warf sein Gegenspieler gerade seine Karten auf den Tisch. „Zum Teufel", rief er und sagte noch etwas, das Honor nicht verstehen konnte, das aber in ihren Ohren ziemlich übel klang. Der Herr hob sein Bierglas zum Mund, sah Honor und verschüttete dann einen Teil, weil er sich beeilte aufzustehen. „Madam."

Bei diesen Worten blickte George hoch. Er sprang auf und Honor sah dabei einen Funken Gefühl in seinen Augen aufblitzen. Er wurde sofort wieder von Überraschung und Wut verdrängt, aber sie hatte es gesehen und ihr war klar, dass er sie noch immer liebte.

Dieses Wissen gab ihr die nötige Sicherheit. Als er von ihr wissen wollte, was sie an diesem Ort zu suchen hatte, sagte sie: „Ich bin hier zum Spielen, Mr Easton. Sie können sich sicher vorstellen, dass mein Taschengeld nach dem Ableben meines Stiefvaters nicht gerade gewachsen ist."

„Auf keinen Fall", sagte er und zeigte auf die Tür. „Gehen Sie. Sofort. Dies hier ist kein Ort für ein Dame."

Honor zeigte ihm ihr Handtäschchen und bemerkte dabei, dass einige der Gentlemen an ihren Tisch herangetreten waren, um zu sehen, was vor sich ging. „Ich habe zweiundneunzig Pfund und ich möchte spielen."

„Du lässt dir doch von einem Mädchen keine Angst einjagen, Easton, oder doch?", rief jemand und die Herren fingen an zu lachen.

George sah sie aus zusammengekniffenen Augen an und Honor war froh, dass Blicke nicht töten konnten und dass sie nicht alleine waren.

„Hier gibt es keine Spiele für Debütantinnen“, sagte er abweisend. „Der Mindesteinsatz beträgt zehn Pfund.“

Honor schluckte einen Kloß hinunter, der ihr im Hals festsaß. „Ich habe zehn Pfund.“

Die Gentlemen um sie herum johlten. Honor fühlte, wie sich immer mehr Menschen hinter ihrem Rücken versammelten, ohne sich dafür umzusehen. Es war furchteinflößend. Sie hatte nicht bedacht, wie unheimlich es sein würde, die einzige Frau in einem Raum mit lauter Männern zu sein, die Geld hatten und reichlich dem Alkohol zusprachen. George wurde sich dessen anscheinend auch gerade bewusst, denn er rückte einen Stuhl zurecht und machte eine ausladende Geste, mit der er sie zum Sitzen aufforderte.

Honor nahm Platz und legte ihr Handtäschchen auf den Schoß.

„Sind Sie verrückt geworden?“, fragte er leise, als er sich wieder hingesetzt hatte.

„Nein“, sagte sie. „Und Sie?“

Er starrte sie wütend an, während er nach einem der Lakaien winkte. „Wein, Madam?“

„Nein, vielen Dank, Mr Easton, ich möchte gerne einen klaren Kopf behalten.“

Verstohlen sah er sie von oben bis unten an, und wenn sich Honor nicht sehr täuschte, spielte ein winziges Lächeln um seine Mundwinkel.

„Darf ich annehmen, dass Sie nichts gegen eine Partie Commerce einzuwenden haben?“, fragte er und sammelte die Karten auf.

„Ganz und gar nicht.“ Sie nahm zehn Pfund aus ihrem Täschchen und legte sie auf den Tisch.

„Darf ich Ihnen Mr MacPherson vorstellen?“, sagte George und während Honor sich mit ihrem Mitspieler bekannt machte, verteilte er die Karten.

Der Aufruhr um sie herum wurde immer größer und Honor kam es so vor, als ob doppelt so viele Menschen um den Tisch herumstanden wie zu dem Zeitpunkt, als sie hereingekommen war. Sie fühlte sich ein wenig schwach, als sie ihre Karten in die Hand nahm und feststellte, dass sie ein Paar Asse bekommen hatte.

Die erste Runde spielten sie schweigend. Honors Vater hatte ihr beigebracht, wie man Karten spielte. Er fand nichts dabei, seinen Töchtern die Grundzüge des Glücksspiels näherzubringen, und hatte sein Vergnügen daran, ihnen dabei zuzusehen, wie sie kichernd seine Freunde aufs Kreuz legten. Sie konnte sich noch immer an den einen oder anderen Trick erinnern, den sie von ihm gelernt hatte.

Es wurde schnell deutlich, dass Mr MacPherson es weder mit ihr noch mit George aufnehmen konnte, er spielte schwerfällig und setzte blind auf irgendwelche Karten, selbst dann noch, als Honor ausgestiegen war.

Als George seinen Gewinn einstrich, sah er Honor an und fragte sich im Stillen, was sie wohl vorhaben mochte.

Sie spielten eine weitere Runde, und obwohl Honor ein gutes Blatt hatte, mit dem sie eigentlich hätte gewinnen müssen, gestattete sie George, die Runde für sich zu entscheiden. Doch als er seinen Gewinn einstrich, sah er sie mit misstrauisch zusammengezogenen Augenbrauen an. „Sie sind heute Abend leichtsinnig, Miss Cabot."

„Bin ich das?", fragte sie arglos.

„Wie viel ist denn noch übrig von Ihren sagenhaften zweiundneunzig Pfund?", wollte er wissen.

„Genug", erwiderte Honor kurz angebunden. „Wie viel Geld haben Sie denn eigentlich?"

Die Männer, die um sie herumstanden, johlten vor Begeisterung und selbst George gestattete sich ein Lächeln. „Genug", erwiderte er ebenfalls.

Als George auch die dritte Runde gewonnen hatte, obwohl sie eindeutig die besseren Karten hatte, bedachte er sie mit einem entrüsteten Blick. „Ich weiß zwar nicht, was Sie vorhaben, aber wenn Sie mir Ihr Geld schenken wollen, dann geben Sie es mir und verschwinden Sie. Lassen Sie die Männer hier in Ruhe ihr eigenes Spiel spielen."

Jetzt war der Moment gekommen. Sie war mit Geben an der Reihe. Honors Hand zitterte, als sie die Karten entgegennahm, die man ihr hinhielt. „Sollen wir den Einsatz ein wenig erhöhen, Mr Easton?", fragte sie scheinbar beiläufig. „Vielleicht beschleunigt das die Sache ein wenig."

Er lachte. „Und wie wollen Sie das tun? Ich habe schon den größten Teil Ihrer Barschaften gewonnen."

„Ich dachte an etwas anderes als an Geld."

Es war deutlich zu hören, wie einigen Anwesenden die Luft wegblieb. Honor war klar, dass die letzten Reste ihres guten Rufs sich soeben in Rauch aufgelöst hatten. Sie musste das nächste Spiel gewinnen. Ihr Herz raste, ihre Handflächen wurden feucht. Sie hatte soeben alles aufs Spiel gesetzt, was sie je gehabt hatte – alles. Ihr Herz, ihre Zukunft, ihre Aussichten.

George musterte sie, als sei er gerade dabei, ein schwieriges Rätsel zu lösen. „Fahren Sie fort."

„Wenn Sie gewinnen", sagte sie in einem Ton, als sei dies alles ein Kinderspiel, „werde ich diese Spielhölle hier verlassen und Sie werden mich niemals wiedersehen."

Die Männer um sie herum schrien laut vor Vergnügen und riefen George zu, dass er ein Idiot sei. Er jedoch beugte sich vor und fragte: „Und wenn Sie gewinnen?"

Honor musste schlucken und schaffte es dennoch, die Karten zu mischen, ohne dass ihre Hände zitterten. „Wenn ich gewinne ...", sie hob den Kopf und sah ihm direkt in die Augen, „... dann werden Sie um meine Hand anhalten."

Diese Bemerkung wurde mit eisigem Schweigen quittiert. Zumindest für einen Moment. Dann brach die Hölle los. Plötzlich schrien alle durcheinander, die Männer riefen sich gegenseitig zu, dass sie kommen und sich das ansehen sollten, andere drängten Honor, sie solle sofort den Club verlassen und den Namen Beckington nicht weiter in den Schmutz ziehen.

Aber George ... *George* ... Er sah sie gleichmütig an, sein Blick bohrte sich in ihre Augen. „Das ist unmöglich. Ich habe es doch gesagt, Cabot – es geht nicht."

„Nur weil Sie sich weigern, an die Möglichkeiten zu glauben."

„Ich spiele da nicht mit", sagte MacPherson und erhob sich. „Ich werde bei dieser Sache nicht mitmachen ... Was sie auch sein mag."

Weder Honor noch George bemerkten, dass er sich entfernte.

„Ihr Einsatz ist ungeheuerlich und idiotisch", sagte er zornig.

„Das finde ich überhaupt nicht."

„Dann lassen Sie mich Ihnen erklären, wie idiotisch er ist", fuhr er fort. „Wenn Sie gewinnen, werde ich allerdings um Ihre Hand anhalten. Und das wird Sie dazu zwingen, ein Leben zu führen, das Sie so noch nie kennengelernt haben. Damit meine ich, dass es kein Hauspersonal geben wird. Keine Abendroben.

Keine hübschen Kleinigkeiten. Vielleicht haben Sie nicht einmal ein Dach über dem Kopf."

Sie hoffte sehr, dass sie nicht zitterte.

„Ach was, Easton, ein hübsches Ding gibt es doch", sagte jemand und die Umstehenden lachten.

Alles stand auf Messers Schneide, aber sie war entschlossen, jetzt nicht klein beizugeben. Es gab keinen anderen Mann für sie, niemanden, der sie so gut verstand, der wusste, was für eine Frau sie war. Sie sehnte sich nicht gerade nach einem Leben voller Entbehrungen, aber sie fürchtete sich auch nicht davor. Ihr Herz klopfte immer schneller. Honor war bis zum Ende der Planke gegangen und sie würde jetzt bestimmt nicht umkehren. Sie verteilte die Karten.

„Niemand wird Sie in die vornehmen Salons von Mayfair einladen", fuhr er fort. „Vielleicht können Sie nicht einmal Fleisch auf den Tisch bringen."

Honor war mit dem Verteilen der Karten fertig und nahm ihr Blatt auf. „Wollen Sie spielen oder plaudern, Mr Easton?"

Er strich seine Karten ein und sagte: „Gentlemen aus gutem Hause werden sich nicht mehr so leicht für Ihre Schwestern interessieren."

Honors Herz hörte einen Augenblick zu schlagen auf. Doch sie nahm allen Mut zusammen und spielte die erste Karte, eine Zwei.

George sah sie an und seufzte. „Gott möge Ihnen helfen, Honor Cabot. Sie wissen ja gar nicht, was für einen Fehler Sie begehen."

Sie spielten. Mehr als einem Zuschauer fiel auf, dass Honors Hände zitterten. Das lag daran, dass George sie aufmerksam beobachtete, genau wie sie befürchtet hatte. Das machte sie sehr nervös. Gerade als es schien, dass sie verloren hatte, zögerte Honor einen Augenblick, ehe sie ihre letzten Karten ausspielte. „Wenn ich das sagen darf, Mr Easton, mir ist es vollkommen gleichgültig, wer Ihr Vater ist und ob Ihr Vermögen groß oder klein ist."

Die Menge schwieg, um zu hören, was sie zu sagen hatte.

„Mir ist es gleichgültig, ob ich schöne Kleider habe oder auf Bälle gehen kann, und auch wenn meinen Schwestern einige Schwierigkeiten bevorstehen, bin ich sicher, dass sie alle ihrem Herzen folgen und stark bleiben werden. Das ist es, was wir Cabots tun. Wir treffen Entscheidungen. Ich habe meine Entscheidung getroffen und festgestellt, dass das Einzige, das mir etwas bedeutet, du bist. Nur du." Sie legte ihre Karten auf den Tisch, einen Dreier mit Damen.

Die Menge brach in lauten Jubel aus. George sah auf die Karten hinab und seufzte, als habe er nichts anderes erwartet. „Ich weiß nicht, wer Ihnen die Kunst des Glücksspiels beigebracht hat, Madam“, sagte er und fing an, seine eigenen Karten auf den Tisch zu legen. Ein König, zwei. „Aber Ihr Lehrer hat offensichtlich vergessen, Ihnen beizubringen, dass man nicht versuchen sollte zu betrügen.“ Er legte einen dritten König ab und dann einen vierten. „Es sei denn, man weiß genau, wie es gemacht wird.“

Die Menge wurde plötzlich ganz still, alle beugten sich vor, um zu sehen, welche Karten er auf der Hand gehabt hatte. Honor war sprachlos. Sie fühlte, wie alles Gefühl und alle Spannung aus ihrem Körper wichen, sie wurde ganz schwach. Sie sah zu, wie George aufstand, sein Geld einstrich und es in die Tasche steckte. Er sah auf sie herab, sein Blick war finster und schwer zu deuten. Als er den Tisch verließ, schob er rücksichtslos einen Mann zur Seite.

Honor konnte nicht mehr atmen, geschweige denn sich bewegen. Sie fühlte sich, als sei sie einmal in der Mitte durchgebrochen. In ihr war nur noch Leere. Nichts anderes mehr. Wie hatte er das gemacht? Und wieso hatte er sie so öffentlich bloßgestellt, indem er sie zurückwies?

Sie merkte nicht einmal, dass Mr Jett an ihrer Schulter rüttelte, bis er sie mit lauter Stimme ansprach. Sie sah zu ihm auf. Er runzelte sorgenvoll die Stirn, in der Hand ihr Täschchen. „Kommen Sie“, sagte er und nahm sie am Arm, um sie aus dem Sessel zu ziehen, in dem sie saß.

Honor stolperte so gut wie blind hinter ihm her. Alles, was sie sah, war das Blatt, mit dem George sie besiegt hatte, und wie er aufgestanden war und den Tisch verlassen hatte, ohne sich noch einmal umzusehen. Er hatte sie zurückgelassen. Er hatte ihren öffentlichen Antrag abgewiesen, hatte sie verlassen. Er hatte ihr das Herz gebrochen und diesen Schmerz konnte sie einfach nicht ertragen.

Mr Jett begleitete Honor zu ihrer Kutsche. Sie weinte auf der gesamten Fahrt nach Mayfair und dann weinte sie an Augustus' Schulter weiter, nachdem Jonas sie in seine Obhut übergeben hatte. Sie weinte in ihr Kopfkissen, während Prudence und Mercy ihr den Kopf tätschelten und versuchten, sie zu beruhigen.

Niemand konnte ihr jetzt mehr helfen. Es gab keine Hoffnung mehr. Jetzt hatte Honor wirklich alles verloren.

34. Kapitel

George ging ins Haus und direkt in den Salon, wo er sich einen Whiskey einschenkte, den er in einem Zug austrank, dann schlug er mit der Faust noch einmal gegen die Wand. Der Schmerz ging ihm durch Mark und Bein, zwang ihn auf die Knie.

Das war allerdings noch gar nichts gegen den Schmerz, den er empfunden hatte, als er Honor vor der Hälfte der vornehmen Gesellschaft gedemütigt hatte. Aber was hätte er denn tun sollen? Zur Hölle mit allem, warum war sie nur aufgetaucht? Sie hatte wohl gedacht, sie könne ihn in aller Öffentlichkeit herausfordern. Hatte sie geglaubt, dass sie ihm damit ihren Willen aufzwingen konnte? Dachte sie, sie könnte sich den Weg zu seinem Herzen erschleichen? Dachte sie, sie könnte so einen unmöglichen, unvernünftigen Handel vorschlagen und gewinnen?

Auf allen vieren und ganz betäubt vom Schmerz, musste George doch ein wenig lächeln. Diese Kaltblütigkeit, dieser geradezu absurde Sinn für Gerechtigkeit, deshalb liebte er sie so sehr. Keine andere Frau konnte ihr in Sachen Wagemut das Wasser reichen, er fand das erschreckend anregend.

Aber das änderte alles nichts daran, dass er nicht dazu in der Lage war, um ihre Hand anzuhalten. Er trieb sich in den Spielclubs herum, damit etwas zu essen auf den Tisch kam – das war wohl kaum genug, um eine Ehefrau zu versorgen. Er konnte ihr kein Personal, keine Kleider, keine Hüte bieten ... „Sie wird niemals einwilligen“, flüsterte er.

„Wer wird niemals in was einwilligen?“

Finnegan war hereingekommen, ohne dass George ihn bemerkt hatte. George stöhnte laut auf vor Schmerzen, kippte dann seitwärts und blieb auf dem Rücken liegen. „Sie wird niemals einen Mann heiraten, der nichts besitzt, und damit basta.“

Finnegan stieg über ihn hinweg, hob das Glas auf, das George hatte fallen lassen, und füllte es neu, während George seine Finger untersuchte. „Sind Sie sicher?", fragte er, während er sich neben George hockte. „Mir kommt es so vor, als ob Sie das Einzige sind, was die Dame will."

George setzte sich auf, nahm den Whisky und leerte das Glas in einem Zug. „Weil sie jung und verliebt ist, Finnegan. Wenn erst etwas Zeit ins Land gegangen ist, will sie doch Kleider und Schuhe, und im Augenblick kann ich nicht einmal Ihr verdammtes Gehalt bezahlen, geschweige denn für sie sorgen und die ganzen anderen Cabots, die noch dazugehören."

„Aber sie hat doch eine Mitgift oder nicht?", fragte Finnegan pragmatisch.

George schnaubte und machte eine abwehrende Handbewegung.

„Darf ich vorschlagen, Sir, dass Sie sich eine Beschäftigung suchen, mit der Sie sich ein Einkommen verschaffen können, mit dem Sie für die junge Dame und all die anderen Cabots, wie Sie sie nennen, sorgen können? Wenn man danach geht, wie oft Sie jetzt mit der Faust gegen diese Wand geschlagen haben, scheint es Ihnen ja ein dringendes Bedürfnis zu sein."

„Wie bitte?"

„Beschäftigung, Sir, eine Arbeit. Damit verdienen weniger gut situierte Menschen üblicherweise ihr Geld."

George schnaubte wieder. „Was soll das heißen? Soll ich etwa Kammerdiener werden?"

„Durchaus nicht. Sie wären in dieser Position absolut nutzlos. Mir scheint, dass Sie ein Talent für Kauf und Verkauf von Waren haben. Baumwolle, zum Beispiel. Wenn ich Sie wäre, würde ich damit anfangen." Finnegan erhob sich und stieg wieder über George hinweg. „Soll ich den Arzt rufen, damit er sich noch einmal um Ihre Hand kümmert?", fragte er im Gehen.

„Tun Sie das." George seufzte und ließ sich auf den Rücken fallen, seine verletzte Hand legte er auf seine Brust und er schaute zum Deckengemälde hinauf.

Beschäftigung. Ein Einkommen. Es war lange her, seit er das letzte Mal für jemand anderen gearbeitet hatte. Aber wenn er zumindest einen bescheidenen Verdienst hatte, dann konnte er dieses Haus verkaufen – das für alles stand, was aus ihm geworden war, rückblickend erschien es ihm wie ein brutaler Scherz – und konnte für sich selbst, eine Ehefrau und seinetwegen auch für diesen Gockel von Kammerdiener ein respektables kleines Haus erwerben.

Honor würde das überhaupt nicht gefallen, und wenn es ihr wider Erwarten nichts ausmachte, dann war sie ein größerer Dummkopf, als er gedacht hatte. Aber was sollte er sonst tun? Ohne Schiff, ohne Geld auf der Bank waren ihm die Hände gebunden und gebrochen, im wörtlichen Sinne.

George richtete sich auf, stand auf und fuhr sich mit der gesunden Hand durch die Haare. Er hatte schon schlimmere Krisen durchgestanden, das war eine Tatsache. Und er hatte sich noch nie vor ehrlicher Arbeit gefürchtet. Wenn es etwas gab, das für ihn sprach, dann, dass er immer wieder von vorne anfangen konnte.

Beschäftigung. Er würde gleich morgen zu Sweeney gehen. Vielleicht konnte er sein Partner werden. George verfügte über die Verbindungen, die man brauchte, um mit Baumwolle zu handeln, er konnte Sweeney nützlich sein.

George ging auf die Suche nach einem Kamm, um sich gesellschaftsfähig zu machen, ehe der Arzt zum zweiten Mal kam.

Es waren drei Tage vergangen, als Honor endlich aufhören konnte zu weinen und herumzuliegen, um Löcher in die Luft zu starren. Aber Mercy gelang es schließlich, sie davon zu überzeugen, dass sie lange genug Trübsal geblasen hatte. „Ich finde, du solltest dringend ein Bad nehmen“, empfahl sie und verzog das Gesicht.

„Ist ja schon gut“, sagte Honor gekränkt. Sie band sich die Haare zusammen, zog einen Morgenmantel an und ging mit unsicheren Schritten ins Frühstückszimmer hinunter, während das Bad für sie eingelassen wurde.

Augustus und ihre Schwestern waren schon dort. Augustus sprang sofort auf, seine Gabel fiel dabei mit lautem Klappern auf den Boden. „Honor, Liebes“, sagte er und sah sie aus weit aufgerissenen Augen an. „Geht es dir gut? Es wird doch wieder oder nicht? Du bist doch bald wieder die Alte?“

„Sie ist nicht verrückt geworden, wenn es das ist, worauf du hinauswillst“, sagte Prudence.

Natürlich wussten alle, was an jenem Abend in Southwark geschehen war. Ganz London wusste Bescheid. Mr Jett, der sie zunächst gerettet war, hatte es dann dennoch nicht lassen können, die Geschichte weiterzuerzählen – immerhin hatte er so als Held dagestanden.

„Mir geht es gut“, sagte Honor und ließ sich auf einen Stuhl neben Augustus fallen. Ihr Stiefbruder schob ihr seinen Teller hin und bot ihr seinen gebratenen Speck an. Honor schüttelte den Kopf und wendete sich ab. Der Anblick des Essens verursachte ihr Übelkeit.

„Ich glaube, du musst langsam wieder zu Kräften kommen“, sagte Augustus. „An die frische Luft gehen und das alles. Monica und ich dachten, dass es vielleicht gut wäre, wenn du dich in Longmeadow ein wenig ausruhst.“

Honor sah ihn misstrauisch an.

„Das scheint mir doch das Beste zu sein, zumindest, bis die Saison vorbei ist, meinst du nicht?“, fragte er und rutschte, als er diesen Vorschlag machte, unruhig auf seinem Stuhl hin und her, als erwarte er, dass sie ihm jeden Augenblick einen Schlag verpasste.

„Ich bin absolut deiner Meinung, Augustus“, sagte sie zur Verblüffung ihres Stiefbruders. „Ich würde London gern verlassen und hoffentlich George Easton niemals wiedersehen.“ Sie schüttelte den Kopf, als Hardy ihr einen Teller mit Essen anbot, aber sie gestattete ihm, ihr eine Tasse Tee einzuschenken.

Augustus kaute auf seinem gebratenen Speck herum und sah sie aufmerksam an. „Soll ich jemanden kommen lassen? Grace vielleicht?“

„Nein!“, rief Honor schnell und richtete sich auf. „Bitte nicht, Augustus. Sie wird ohnehin schon wütend auf mich sein und außerdem soll sie ihre Tage unbeschwert genießen, ehe sie vom zweifellos größten Skandal der Saison erfährt.“

„Vielleicht hast du recht“, sagte er. „Ach, Honor, ich muss dich das einfach fragen – warum hast du das nur getan? Und ausgerechnet in Southwark! Ganz allein! Mrs Hargrove war vollkommen außer sich, aber ich habe ihr versichert, dass du gute Gründe gehabt hast. Es gab doch einen guten Grund, oder nicht?“

„Ich hatte tatsächlich einen für meine Begriffe sehr guten Grund“, sagte sie nur. „Ich kann dir meine Gefühle nicht wirklich erklären, dazu sind sie zu kompliziert, aber vielleicht verstehst du mich besser, wenn du auch einmal jemanden so sehr geliebt hast, dass du dachtest, du könntest ohne ihn nicht einmal mehr den nächsten Atemzug machen.“

Prudence und Mercy sahen einander neugierig an, aber Augustus nickte eifrig.

„Oder jemanden so sehr geliebt, mit jeder Faser deines Wesens, dass es für dich keinen Sinn mehr ergeben hätte, ohne ihn weiterzuleben?“

Wieder nickte Augustus bestätigend.

„Ist das wahr, Honor?“, fragte Mercy. „Du wolltest wirklich sterben?“

„Nicht wirklich sterben, nein“, sagte Honor. „Aber ich kann nicht so einfach erklären, was ich für Easton fühle, Liebes. Es schien mir einfach so ... unglaublich bedeutsam. Ich bin hingegangen, um ihm zu sagen, wie ich mich fühle. Es ihm zu beweisen. Aber alles, was ich erreicht habe, war, mich komplett zu ruinieren und zu demütigen.“

Augustus beugte sich vor. „Aber ... aber hättest du ihm das nicht irgendwo anders als gerade in Southwark sagen können? Vielleicht ohne dass es auch gleich um Glücksspiel geht? Irgendwo an einem privaten Ort?“

Zum ersten Mal seit Tagen lächelte Honor. „Nein“, sagte sie und schüttelte dabei leicht den Kopf. „Das ist ja das Komische. Southwark war für George und mich ein ganz normaler Ort. So sind wir eben – beide Haudegen.“

„Oje“, seufzte Augustus und sah dabei wirklich mitgenommen aus.

„Aber ...“, Mercy beugte sich vor und schob ihre Brille auf ihre Nase zurück, „... will er dich denn nicht heiraten?“

Honor strich ihrer Schwester mit einer Hand über den Kopf. „Nein“, sagte sie so leise, dass sie sich selbst kaum hören konnte. Bei diesem Eingeständnis kamen ihr die Tränen.

„Oh weh, oh weh“, sagte Augustus. „Es ist genau wie damals mit Rowley.“

„Das hat überhaupt nichts mit der Rowley-Sache zu tun“, widersprach Honor ihm. „Lord Rowley hat mich nie geliebt. Das Schlimmste an dieser ganzen Tragödie ist, dass Easton mich in Wirklichkeit liebt.“

„Das ergibt doch überhaupt gar keinen Sinn“, rief Mercy. „Wenn er dich liebt, warum will er dich dann nicht heiraten?“

„Mercy, lass sie in Ruhe“, sagte Prudence in sanftem Ton.

Sie stellten ihr keine weiteren Fragen, alle hingen schweigend ihren Gedanken nach.

Später nahm Honor ein Bad, wie Mercy vorgeschlagen hatte. Sie zog ihre Trauerkleidung wieder an; ihre Haare ließ sie offen, denn sie hatte weder die Kraft noch Lust dazu, sie aufzustecken. So irrte sie ziellos barfuß durchs Haus und starrte mit betrübter Miene die Porträts an. Sie fragte sich, ob die Menschen, die sie zeigten, wohl auch so unglückliche Liebesgeschichten vorzuweisen hatten. Manchmal nahm sie ein Buch in die Hand und legte es wieder hin, ohne hineinzusehen.

Sie wusste nicht mehr, was sie tun sollte, wo sie hingehen sollte nach dieser kolossalen Schande. Es gab einfach keinen Platz, kein Leben mehr für sie.

Schließlich ging Honor zu ihrer Mutter hinauf, um ihr vorzulesen. Lady Beckington stand am Fenster und sah hinaus, während Honor ihr ohne große Begeisterung aus einem Buch vorlas.

„Er ist da", sagte ihre Mutter, während Honor las.

Honor blickte auf. „Wer ist da, Mama?"

„Dieser Mann. Der Earl!", sagte sie mit einem strahlenden Lächeln. „Er ist hier. Oh ja, hast du denn keine Schuhe?"

„Ich ziehe mir nachher welche an", antwortete Honor und nahm die Lektüre wieder auf.

Doch ihre Mutter hörte ihr schon nicht mehr zu. Sie beugte sich mit den Händen auf dem Fensterbrett vor und presste die Nase an die Scheibe. „Er kommt, Juliette!", rief sie aufgeregt und verwechselte dabei Honors Namen mit dem ihrer verstorbenen Schwester. „Der Earl kommt wirklich hierher."

Honor seufzte und legte das Buch beiseite. „Komm her, Mama, ruh dich etwas aus."

Ihre Mutter lief zu ihrer Frisierkommode hinüber, öffnete eine Schublade und begann, darin herumzuwühlen. Schließlich drehte sie sich um mit einem strahlenden Lächeln im Gesicht und hielt Honor eine Halskette mit tropfenförmigen Smaragden hin. „Hier, nimm, die passt sicher gut zu deinem Kleid."

Honor sah auf ihr schwarzes Kleid hinab.

Schnell war ihre Mutter bei ihr, drehte sie um und strich ihr Haar zur Seite, damit sie ihr die Kette umlegen konnte. Dann drehte sie Honor wieder zu sich und trat einen Schritt zurück, um sie anzusehen, dabei nickte sie zufrieden. „Du willst doch hübsch aussehen, wenn der Earl kommt!“, rief sie. „Wer hat dir eigentlich deine Schuhe gestohlen?“

„Niemand hat meine Schuhe gestohlen …“

„Honor!“

Prudence rief von unten aus der Eingangshalle nach ihr. „Honor, wo bist du denn?“ Sie stürmte ins Zimmer ihrer Mutter, dabei hatte sie die Augen vor Verwunderung weit aufgerissen. „Er ist hier!“, rief sie in deutlich hörbarem Flüsterton. Für einen Moment glaubte Honor wirklich, der Earl sei gekommen und von den Toten auferstanden.

„Wer?“

„Na, Easton!“

Honor schnappte nach Luft vor Schreck. Kopflos stolperte sie ein paar Schritte zurück und stieß dabei mit ihrer Mutter zusammen. „Nein! Nein, das geht nicht, Prudence, du musst ihn wegschicken! Ich will ihn nicht sehen!“

„Aber du musst!“, sagte ihre Mutter und schob sie ein paar Schritte nach vorn. „Du kannst den Earl doch nicht einfach so wieder gehen lassen.“

Prudence schienen diese Worte zu verwirren, aber sie fuhr dennoch fort: „Augustus hat ihm gesagt, dass du ihn nicht empfangen wirst, aber dann hat Easton gesagt, dann bleibt er eben in der Halle stehen, bis man ihn mit Gewalt entfernt.“

„Was? Das hat er gesagt?“ Honors Herz begann wie verrückt zu klopfen, sie hatte Schmerzen in der Brust. Entsetzt sah sie ihr Kleid an. „Ich kann ihn jetzt nicht treffen!“, rief sie. „Das ertrage ich nicht.“

„Honor.“ Prudence nahm ihre Hand. „Ich sage dir, er war sehr energisch Augustus gegenüber. Er hat darauf bestanden, mit dir zu sprechen; er hat gesagt, das wäre er dir schuldig, dass du diesen Besuch von ihm erwarten könntest.“

In Honor fiel etwas an seinen richtigen Platz zurück. Sie war sich auch später nie ganz sicher, was es genau gewesen war, das Prudence gesagt hatte, das sie mit hoch erhobenem Kopf dastehen ließ, aber sie erlebte einen Moment außergewöhnlicher Klarheit. Alles, was sie über die Welt gelernt hatte, und alles, was sie über die Menschen wusste, stand ihr plötzlich glasklar vor Augen. Die

Mosaiksteine, die ihr Leben ausmachten und ihr Herz, ordneten sich plötzlich neu und vor ihr stand eine kristallklare Erkenntnis.

Honor sah ihre Mutter an. Lady Beckington lächelte selig. „Du darfst den Earl nicht warten lassen, Liebes. Das wird seinen Entschluss nur noch bestärken."

So wahre Worte hatte sie selten gehört und mit neu gewonnener Kraft stürzte Honor auf ihre Mutter zu, nahm sie in die Arme und drückte sie fest an sich. Als sie sie wieder losgelassen hatte, blickte sie Prudence an. „Wie sehe ich aus?"

„Zum Fürchten", sagte Prudence.

„Gut."

Sie lief aus dem Zimmer und marschierte den Korridor hinab. Oben an der Treppe blieb sie einen Moment stehen. Dort stand er, breitbeinig, die Arme vor der Brust verschränkt. Ein Bartschatten lag auf seinem energischen Kinn. Ihr Herz machte einen Sprung und schlug dann einen Salto in ihrer Brust. „Easton!", rief sie zu ihm hinab.

Er hob den Kopf. Augustus stand an der Seite und sah aus, als würde er gleich in Ohnmacht fallen. „Honor!", rief ihr Stiefbruder. „Ich habe versucht, ihn wegzuschicken, aber er wollte nicht gehen!"

„Er wird gleich gehen!", sagte sie selbstbewusst und lief die Treppe hinunter, ihre nackten Füße machten kein Geräusch auf dem Marmor, als sie auf ihn zumarschierte. Prudence folgte ihr auf dem Fuße.

„Was willst du hier?", fragte sie. „Hast du nicht schon genug Unheil angerichtet? Augustus hat es doch schon gesagt, ich will dich nicht sehen. Ich habe alles gesagt, was ich dir zu sagen hatte, also geh jetzt!"

„Du lieber Gott, jemand hätte dir vor langer Zeit schon einmal Manieren beibringen sollen", erwiderte er brüsk und sah sie dabei von oben bis unten an. „Was hast du denn gedacht, Cabot, dass du in Southwark herumtanzen und mir deinen Willen aufzwingen kannst? Dass du mit Lug und Betrug bekommst, was du willst?"

„Du hast betrogen?", rief Prudence.

Honor antwortete ihr nicht. „Was hätte ich denn deiner Meinung nach tun sollen? Du bist so fest überzeugt von deiner eigenen Minderwertigkeit, dass du taub und blind für jedes vernünftige Argument bist!"

Drohend ging er einen Schritt auf sie zu. „Erlauben Sie mir, dass ich ausnahmsweise Ihnen die Wahrheit sage, Madam. Es ist normalerweise der Gentleman, der den Heiratsantrag macht."

Sie verschränkte die Arme vor der Brust. „Außer wenn der Gentleman so stur ist wie ein alter Esel!"

In seinen Augen blitzte Belustigung auf. „Und der Gentleman, der um die Hand einer Dame anhält, hat dabei üblicherweise eine Vorstellung davon, wie er für die besagte Dame sorgen wird. Stimmen Sie mir zu, Sommerfield?", fragte er nachdrücklich, ohne Augustus dabei anzusehen.

„Wer, ich?", quietschte Augustus.

„Ja, genau Sie!", brüllte Easton, dabei ließ er Honor nicht aus den Augen.

„Ja, das stimmt, Sie haben natürlich recht", versicherte Augustus ihm eilig.

Honors Augen verengten sich vor Wut zu schmalen Schlitzen. „Hat Ihr Besuch eigentlich einen Zweck, Sir? Sie haben meine Liebeserklärung jetzt nicht nur ein Mal, sondern zwei Mal zurückgewiesen. Wollen Sie das jetzt noch ein drittes Mal tun? Wenn das Ihre Intention ist, dann ist es nicht erforderlich, denn ich habe Sie die beiden ersten Male sehr deutlich gehört."

„Bei den beiden ersten Malen hast du dir die Rolle des Gentleman angeeignet. Ich war gar nicht in der Position, um deine Hand anzuhalten, Honor! Aber hast du darüber auch nur eine Sekunde lang nachgedacht? Nein – du hast darauf bestanden, mich vor ganz London bloßzustellen."

Honor schnappte vor Empörung nach Luft. „Bloßstellen? Du redest mit mir von bloßstellen?" Sie ballte die Hände zu Fäusten, während sie sich auf die Zehenspitzen stellte.

„Niemand hat dich eingeladen, nach Southwark zu kommen. Wenn ich mich nicht sehr irre, haben dir mehrere Männer gesagt, dass du verschwinden sollst!"

„Eine Frau muss die Dinge eben machmal selbst in die Hand nehmen!"

„Oh", sagte er beinahe amüsiert, „wir haben ja alle gesehen, wie gut es funktioniert, wenn du die Dinge in die Hand nimmst, nicht wahr?"

„Zumindest habe ich keine Angst."

„Vor dir habe ich keine Angst!“, rief er und richtete dabei den Blick zur Decke. „Aber ich war auf dein Auftauchen nicht vorbereitet. Und ich weiß nicht, ob ich auf jemanden wie dich überhaupt jemals vorbereitet sein werde, Honor Cabot, aber dennoch habe ich mein Bestes getan, um eine Beschäftigung zu finden …“

„Siehst du? Immer machst du alles so kompliziert!“, rief Honor und stieß ihn heftig in die Brust.

„Beschäftigung!“, sagte Augustus sichtlich verwirrt.

„Und ich habe eine gefunden.“

Honor hatte keinen Schimmer, wovon er überhaupt redete. „Du hast *was* gefunden?“

„Eine Beschäftigung, glaube ich“, sagte Prudence und ihr Tonfall verriet dabei, dass sie genauso verwirrt war wie Augustus.

„Ganz genau“, sagte Easton und nickte. „Ich habe eine Beschäftigung gefunden. Ich bin jetzt Makler in Sweeneys Firma. Ich habe mein Vermögen verloren und ich konnte nicht für dich sorgen, Honor. Jetzt bin ich zumindest in der Lage, dir ein bescheidenes Heim zu bieten. Ich kann für Essen auf dem Tisch sorgen. Ich kann vielleicht sogar eine oder zwei deiner Schwestern aufnehmen“, sagte er und zeigte auf Prudence. „Ich kann dafür sorgen, dass du etwas zum Anziehen hast, wenn es keine Hauben für verfluchte acht Pfund sein müssen.“

„Was … bitte wie?“, sagte Honor, deren Herz zu flattern begonnen hatte.

„Und ich muss dich warnen: Ich könnte mein Vermögen wieder verlieren und wieder und wieder. Ich lebe, indem ich Risiken eingehe. Manchmal sind meine Taschen gut gefüllt. Manchmal eben nicht.“

Honors flatterhaftes Herz wechselte das Tempo. Es begann zu rasen, sie fühlte sich, als würde sie gleich vom Boden abheben.

„Verstehst du, was ich sage?“, wollte er wissen und nahm sie beim Arm.

„Ja, natürlich“, antwortete sie voller Verwunderung. „Ich verstehe, dass du ein sehr schlechtes Angebot für meine Hand machen willst.“

Easton lächelte. „Fühlst du denn noch immer dasselbe für mich?“, fragte er sanft. „Kannst du mit dem, was ich gesagt habe, leben?“

Sie nickte. Tränen traten ihr in die Augen, nur waren es jetzt Tränen reiner Freude. „Ja“, sagte sie. „Ich kann damit leben, solange du bei mir bist.“

George trat einen Schritt zurück und ließ sich auf ein Knie hinab. „Honor Cabot“, sagte er feierlich, „wirst du mir die Ehre erweisen, meine Frau zu werden?“

Honor wusste später nicht mehr, was danach passiert war. Sie glaubte, sich zu erinnern, dass sie *Ja* gerufen hatte. Sie wusste noch, dass George sie in die Arme genommen und hochgehoben hatte und dass es noch mehr Geschrei gegeben hatte, was wahrscheinlich hauptsächlich von Augustus gekommen war. Sie meinte zu hören, dass er das nicht zulassen konnte. Sie erinnerte sich noch daran, dass George sie geküsst hatte und wie erleichtert sie gewesen war, wie erfüllt von Liebe und von Lust.

Und sie war voller Glück, euphorisch geradezu. Und sie glaubte von ganzem Herzen daran, dass mit George zusammen einfach alles möglich war.

George küsste sie auf den Hals. „Du bist eine verdammte Närrin“, flüsterte er. „Ich bin beinahe mittellos.“

„Das ist mir ganz egal“, erklärte sie voller Hingabe.

„Was du für mich getan hast, war wahrscheinlich das Liebevollste, was jemals jemand für mich getan hat, ist dir das bewusst?“

„Wirklich?“

„Du hast betrogen, um mich zu gewinnen, Honor. Noch nie hat mir jemand so deutlich seine Wertschätzung gezeigt. Aber, lieber Gott, Mädchen, du musst lernen, wie man betrügt“, sagte er und bedeckte sie mit seinen Küssen.

35. Kapitel

Augustus war von dem, was in der Eingangshalle von Beckington House geschehen war, vollkommen überwältigt. „Es war wie eine Theateraufführung!", rief er, als er seiner Verlobten davon erzählte.

„Vielleicht ist er nicht die Sorte Mann, die du dir für sie gewünscht hast", sagte Monica beruhigend, „aber mir scheint, sie ist glücklich."

Augustus kniff ein wenig die Augen zusammen, während er darüber nachdachte. „Sie ist sehr glücklich, oder?"

„Und außerdem glaube ich, dass sie wohl nach allem, was passiert ist, sowieso niemand anderes mehr nehmen würde."

„Oh nein", sagte Augustus und nickte in wütender Zustimmung. „Absolut niemand würde Honor jetzt noch nehmen."

„Dann würde ich vorschlagen, dass du sie fragst, ob sie so schnell wie möglich heiraten wollen, jetzt, wo die Gerüchteküche von Mayfair kein anderes Thema mehr kennt."

„Ja, natürlich, du hast vollkommen recht", sagte Augustus. „Ich werde verlangen, dass sie sofort heiraten!" Plötzlich erhellte sich seine Miene. „Ich weiß, was wir machen! Wir fahren alle nach Longmeadow. Dann sind wir nicht in London und außerdem könnte Mr Cleburne die Zeremonie durchführen."

„Oje, das könnte ein wenig zu viel des Guten sein", meinte Monica, die kurz zusammengezuckt war.

„Ach was. Wir denken uns schon etwas Passendes aus."

Augustus nutzte seine neu erworbene Autorität als Earl, um eine Sondererlaubnis für diese Eheschließung zu bekommen. Honor und George wurde am Ende derselben Woche in einer privaten Zeremonie getraut. Es war keine Zeit, um die angemessenen Vorbereitungen zu treffen, sehr zu Prucences und Mercys Missfallen, denn ihnen beiden hätte es Spaß gemacht, die Hochzeit nach allen Regeln der Kunst zu gestalten.

Im Gegensatz dazu war es Honor vollkommen gleichgültig, was sie trug, und sie erschien in einem einfachen grauen Kleid ganz ohne Accessoires. Kleider waren nicht mehr ihre erste Sorge – sie konnte nur noch daran denken, dass sie einen Mann heiraten durfte, den sie mehr liebte als alle materiellen Besitztümer, und darauf kam es schließlich an.

Angesichts der Ereignisse, die zu dieser Verbindung geführt hatten, bestand Augustus darauf, dass sie zumindest eine Zeit lang den höheren Kreisen fernblieben. Honor und George hatten nichts dagegen. Nach der Zeremonie zogen sie sich in das Haus in der Audley Street zurück; die ersten Tage verbrachten sie größtenteils im Bett, nur manchmal durfte Finnegan ihnen etwas zu essen servieren.

George brachte Honor Dinge über ihren und seinen Körper bei, die sie erstaunten, ihr aber sehr gefielen. Sie liebte es, wie er seinen Mund über ihre Haut bewegte, wie er mit seiner Zunge in sie glitt. Sie liebte es, wie er sie berührte, während sie sich liebten, so als wolle er sich versichern, dass sie noch da war, dass sie noch immer ein Teil von ihm war. Sie liebte die Dinge, die sie von ihm lernen konnte – wie sie ihn mit dem Mund befriedigen konnte, wie sie ihn reiten konnte, wenn sie auf ihm saß, während er ihr mit kundigen Fingern zum Höhepunkt verhalf.

Aber was sie am meisten liebte, war das, was kam, nachdem sie endlich Erfüllung gefunden hatten – in Honors Fall mehr als ein Mal –: die Zärtlichkeit, die zwischen ihnen herrschte. Wenn er erschöpft neben ihr im Bett lag, bedeckte er sie trotzdem mit Küssen. Im Schein des Feuers ließ er seine Lippen an ihr hinabwandern, ein Bein hinunter bis zu ihren Zehen, das andere Bein wieder hinauf bis zu ihren Brüsten und wieder zu ihrem Mund, wo er flüsterte, wie sehr er sie liebte, dass er jetzt erst sah, wie leer sein Leben gewesen war, ehe sie ihn damals an diesem schicksalhaften Nachmittag auf der Rotten Row abgefangen hatte.

Honor fühlte genauso wie er – ihr Leben war von Kleidern und gesellschaftlichen Ereignissen bestimmt gewesen, aber bevor George erschienen war, hatte es nichts von Dauer gegeben, das ihrem Herzen einen Platz hätte geben können. Jetzt hatte sie ihn und ihr Leben, und wenn Gott wollte, würden sie eine große Familie haben. Nichts konnte sie glücklicher machen, als mit ihm zusammen in einem bescheidenen Haus zu leben, an einem Tisch mit lauter lachenden Kindern zu sitzen und den Mann ihr gegenüber anzusehen.

Eines Abends, als sie nackt im Bett lagen und von einem Tablett gebratenes Hühnchen, Käse und Obst aßen, sprachen sie über die Zukunft. „Ich glaube, fünf Kinder wären genug“, sagte sie beiläufig.

„Du lieber Gott, das ist ja ein kleines Dorf.“

„Willst du das nicht auch?“, fragte sie und küsste ihn auf die Nase.

„Ich will sechs.“

Sie lachte.

Er wickelte ihr Haar um seine bandagierte Hand. „Wie soll ich nur ein ganzes Dorf ernähren?“, überlegte er laut. „Nun ja, darüber können wir uns Gedanken machen, wenn es so weit ist. Ich bin bisher immer wieder auf die Füße gefallen. Mr Sweeney ist gerade auf der Suche nach einem neuen Schiff …“

„Noch eins?“, fragte sie überrascht.

Er zuckte mit den Schultern und ließ sich von ihr ein Stück Hühnchen in den Mund stecken. „Ich habe großes Vertrauen in dich, mein Gemahl“, sagte sie, denn sie mochte den Klang dieser Worte. „Ich weiß, dass du die Sache meistern wirst. Und wenn es so weit ist, werden wir ein Haus finden, in dem wir die ganze Familie und alle unsere Kinder unterbringen können.“

„Grace auch?“, fragte er, während er beiläufig mit einer Traube um ihre Brustspitze strich. „Du hast ihr doch geschrieben, oder nicht?“

Honor zuckte zusammen. „Noch nicht“, antwortete sie.

„Also wirklich, Honor …“

„Ich weiß schon.“ Sie seufzte. „Ich habe mich gedrückt. Sie wird so wütend auf mich sein, George, und ich fürchte mich so davor, was sie sagen wird. Aber es ist doch auch erst zwei Wochen her, dass wir geheiratet haben.“

„Erst?“, fragte er zweifelnd. „Du solltest es ihr sagen, Liebes.“ Er richtete sich auf, um ihre Brust zu küssen.

„Du hast ja recht“, seufzte Honor und schloss die Augen, um das Gefühl seiner Lippen und seiner Zunge auf ihrer Brustspitze zu genießen. „Eigentlich hast du immer recht.“

„Mmm. Sag das doch noch einmal“, murmelte George. „Es macht mich heiß, wenn du es zugibst.“

„Du hast recht, Liebling. Du hast recht, du hast recht“, flüsterte sie, während er zu saugen begann.

George schob das Tablett beiseite und rollte sie beide herum, sodass er über ihr lag. „Wenn wir die Cabot-Schwestern erst alle unter einem Dach haben, dann arbeiten wir an unserem Haus voller Kinder, den Urgroßenkeln eines Königs.“ Er lächelte und beugte sich vor, um ihren Bauchnabel zu küssen. „Mit einem Titel, denen ihnen niemand wieder wegnehmen kann.“

Honor strich ihm über den Kopf und lächelte zur Decke hinauf, als er mit dem Mund ihren Bauchnabel verließ und küssend einem unsichtbaren Pfad bis zwischen ihre Beine folgte. „Das klingt sehr gut.“

„Wir sollten wirklich keine Zeit verlieren“, sagte er, während er sich weiter nach unten bewegte, ihre Schenkel spreizte und den Kopf zwischen ihre Beine schob. „Es ist höchste Zeit“, murmelte er und strich mit seiner Zunge über ihre rosige Scham.

Honor reckte die Arme über den Kopf und lächelte voller Wohlbehagen, als er begann, sie mit der Zunge zu verwöhnen. Sie hatten noch ihr ganzes Leben Zeit, um Kinder zu bekommen, sie standen am Anfang einer Reise, die sie niemals angetreten hätten, wenn sie nicht hätten annehmen müssen, dass sie ihnen verboten war.

Aber das war es, was Honor wollte. Sie wollte es dringend, aus tiefster Seele und mit ihrer ganzen Leidenschaft.

Sie würde Grace schreiben und ihr alles erzählen … morgen.

Im Augenblick war sie sehr beschäftigt.

– Ende –

September 2019

Julia London
Der Teufel von Blackwood Hall
€ 9,99, Taschenbuch
ISBN 978-3-74570-030-5

Miss Grace Cabot braucht dringend einen reichen Mann, um den Ruin von ihrer Familie abzuwenden. Deshalb stellt sie dem vermögenden Lord Amherst eine Falle: Wenn er zu ihrem heimlichen Rendezvous erscheint, wird sie ihn in eine kompromittierende Situation bringen und ihn so zur Ehe zwingen. Und kaum betritt sie den dunklen Raum, spürt sie seinen hungrigen Mund auf ihrem und das Reißen des Stoffs über ihren Brüsten ... Doch als das Licht angeht, sieht sie schockiert, wer sie da schamlos verführt hat: nicht der charmante Lord Amherst, sondern sein düsterer Bruder Jeffrey, Earl of Merryton! Man sagt, er sei mit dem Teufel im Bunde – und ihn muss Grace nun heiraten!